飛燕の生産ライン。手前の２機にはエンジンが搭載してある。著者は昭和９年１月、福岡県大刀洗の飛行第４連隊に現役志願兵として入隊した。その後、華中航空撃滅戦、ビルマ航空撃滅戦、台湾沖航空戦などに参加。九七式戦闘機、隼、飛燕と乗り継いだ歴戦の陸軍エースパイロットだった。

(上)キ61飛燕の試作機。(下)明野陸軍飛行学校における飛燕Ⅰ型甲。
液冷エンジンを搭載、それにともなって、機首は細くスマートな形
となっている。主翼の下に見える突起は、機関銃空薬莢の受け皿。

NF文庫
ノンフィクション

新装版

空戦 飛燕対グラマン

戦闘機操縦十年の記録

田形竹尾

潮書房光人新社

昭和14年5月、大刀洗飛行場空中勤務者控所前の田形竹尾曹長。昭和9年1月、大刀洗飛行第4連隊第3中隊に入隊。12年に熊谷陸軍飛行学校、明野陸軍飛行学校を卒業、陸軍操縦徽章をうける。北支戦線に参加、以後戦闘機操縦者として太平洋戦争の最前線で戦う。

誠心
勅諭下賜五十年記

(右)昭和19年10月12日、台湾沖航空戦に参加、台北・松山飛行場にて出撃直前の田形准尉。後ろを向いているのは僚機の真戸原軍曹。(右下)大刀洗飛行第4連隊牟田中隊。前列右から2番目が田形曹長。昭和14年3月撮影。(下)昭和15年10月、各務原飛行場で、11名の同期生とともに、九七式双発輸送機の未修教育を終えた田形曹長。

明野陸軍飛行学校の三式戦闘機飛燕――台湾沖航空戦で敵機来襲の際、台中飛行場に待機していた飛燕は田形准尉、真戸原軍曹の２機のみだった。

大刀洗飛行第４連隊の九七式戦闘機。昭和14年５月５日の夜間飛行訓練中に田形曹長の乗機はエンジン故障が発生、不時着を敢行、重傷を負った。

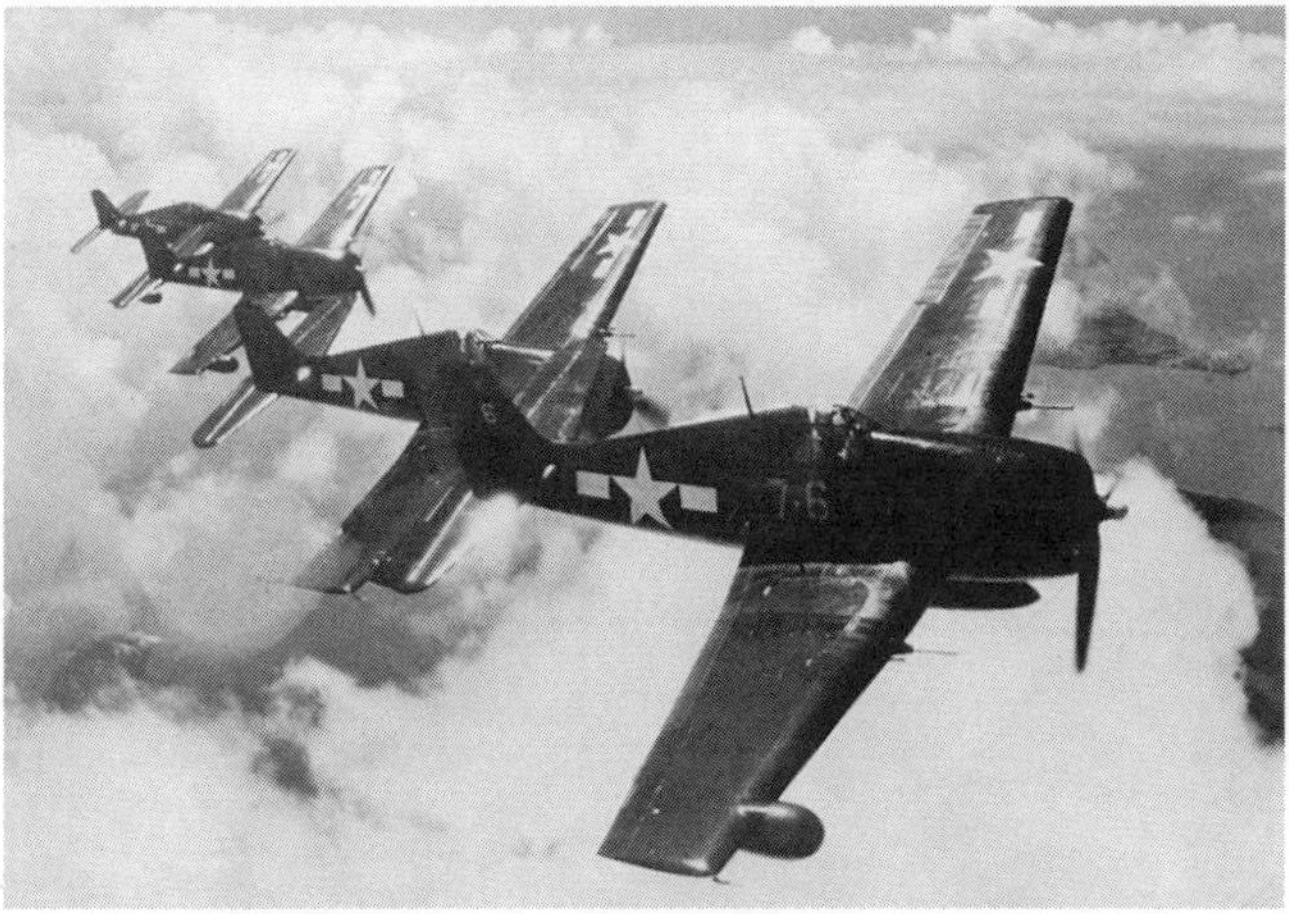

(上)米艦上戦闘機グラマンＦ６Ｆヘルキャット。(下)台湾沖航空戦で撃墜される敵爆撃機と戦闘機。田形、真戸原の２機の飛燕は36機という大編隊のグラマンＦ６Ｆを相手に死闘を演じ、辛くも生きのびることができた。

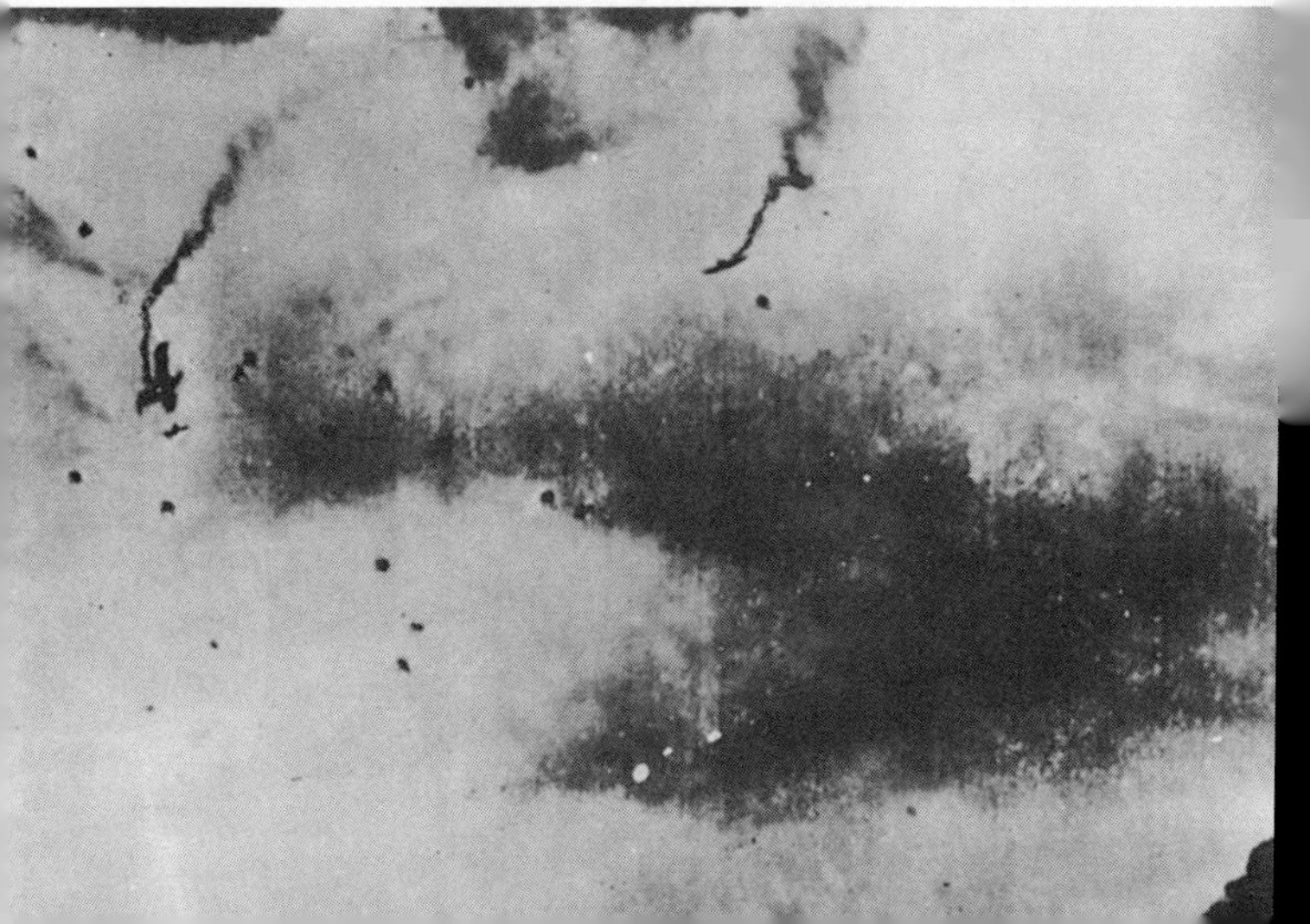

空戦 飛燕対グラマン——目次

大空へ巣立つ雛鷲

動乱の中国大陸

戦友の屍を越えて

炎熱のビルマ戦線

人間愛は国境を越える

楽土と地獄の台湾

戦う精鋭・第八飛行師団

二機対三十六機の死闘

第八飛行師団特攻隊

将兵、涙の武装解除

空戦 飛燕対グラマン

戦闘機操縦十年の記録

大空へ巣立つ雛鷲

念願の甲種合格

日本国民の三大義務のひとつとして、満二十歳となった男子は、国民皆兵の制度によって徴兵検査を受けた。甲種合格となった者は、祖国防衛のために二年間、軍務に服することになっていた。私は十七歳のため、徴兵検査は受ける資格がなかった。しかし現役志願の願書を提出すれば、検査が受けられた。私はこの道を選んだ。

昭和八年六月一日、午前九時までに徴兵検査めために、
久留米連隊区司令部に出頭を命ず
昭和八年五月十日
久留米連隊区司令部
田形竹尾殿

この命令書によって、六月一日、久留米連隊司令部で徴兵検査を受けた。結果は、念願どおり甲種合格であった。徴兵検査は健康状態によって甲、乙、丙に分けられ、平時は「甲」のみが、軍務についた。

体格・中、成長見込み、体のバランス良好、視力、内臓、五官、神経正常、甲種合格。無条件合格で、航空適性身体検査にも自信をもてるようになった。

「昭和九年一月十日、午前九時、平壌飛行第六連隊に入隊を命ず」

と、検査官の軍医大尉から指示と説明があった。書類には合格の印と、平壌の印がはっきりと押してあった。

「はい、ありがとうございます」と一礼した。

入隊が朝鮮の平壌と示されていたので、すぐ希望を述べた。

「私は寒い所は、いやです。大刀洗に変更して下さるよう、お願いします」

私の言葉に驚いた検査官と軍医は、しばらく何も言わずに、じっと私の顔を見つめておられた。そして、検査官は、

「君は志願ではないか」

「はい。志願ですから、自分の希望をお願いしたのです」

と答えると、軍医と検査官は納得したような、しないような、首をかしげながら平壌に×をされて、大刀洗と印を押して下さった。

命令絶対の軍隊で、このようなことは考えられない、不思議なことであった。

大刀洗・飛行第四連隊

昭和九年（一九三四年）一月十日、私は、童心に描いた大空を飛びたいという念願がかなって、コバルト色に襟をいろどる航空兵として、福岡県大刀洗の飛行第四連隊に現役志願兵として入隊した。

菊水のマークに象徴された大刀洗飛行場は、筑後平野の東北の一隅にあって、日本一といわれた六十万坪の大飛行場であった。大格納庫、兵舎、病院などが、三万坪の広大な敷地いっぱいに建てられていた。

入隊当日は、三十年ぶりの大雪であった。六十万坪の飛行場も、兵舎も、営庭も、雪に埋もれて、背振《せぶり》下ろしの寒風は肌をさす寒さであった。

久留米連隊司令部よりの甲種合格書に示された入隊時間は、午前九時であった。

私が、付きそいの父と連隊の営門前に着いたのは、午前八時であったが、すでに多くの入隊者と付きそいの人たちで混雑していた。

営門の前には、小銃をもち、腰に短剣を付けた歩哨が、厳しい表情で立っていた。左右の営門の柱に、新しい日章旗が二本、寒風に吹かれてあざやかにひるがえっていた。

営庭の中央に設けられた、連隊の創立記念塔の大時計の針が九時を指した。いよいよ私たちの入隊の時間がきた。

私は、喜びと不安感に胸をいっぱいにしながら、営内の雪の上に力強く第一歩をふみしめた。

新兵受付は、各中隊正面の雪の上に設けられていた。第三中隊に配属された私は、新兵受付係の嘉村上等兵に入隊通知書を渡して、入隊の手続きをすませた。この私たちを猿渡中隊長以下、中隊幹部の将校、准士官、下士官が、じっと見守っていた。

受け付けを終わった私たちは、嘉村上等兵に引率されて、久留米陸軍病院大刀洗分院の中にある飛行第四連隊医務室で、身体検査を受けた。医務室前の雪の上で、全員がパンツも脱いで裸になるよう命令されたのには驚いた。

きびしい身体検査に不合格になった何名かの者が、即日帰郷命令で帰って行く姿は気の毒であった。

無事に合格した私たち第三中隊の二十九名の同年兵は、それぞれ第一内務班、第二内務班に配属された。私は第一内務班に配属された。

内務班に入ると同時に、山本班長の指揮で、一斉に私服を脱いで軍服に着替えた。

私も母の手縫いの久留米絣《がすり》の着物とはかまを脱いで、新しい軍服を着用して、腰に短剣を付けた。コバルト色の襟章には、四連隊を示す「4」の数字が付けてあり、両肩には、二等兵の星一つの階級章が付けてある。

鏡に映った自分の軍服姿は、うれしいような、てれくさいような気持ちであった。支給された軍服、下着、本箱、寝台など、すべてに自分の姓名が書かれていた。

昼食には、入隊を祝っての赤飯と、紅白の餅、鯛《たい》などが、二年兵によって準備された。

「いただきます」

と言って、五分以内で食事を終わらねばならないのも、いままでに経験のないことであった。

25　大刀洗・飛行第四連隊

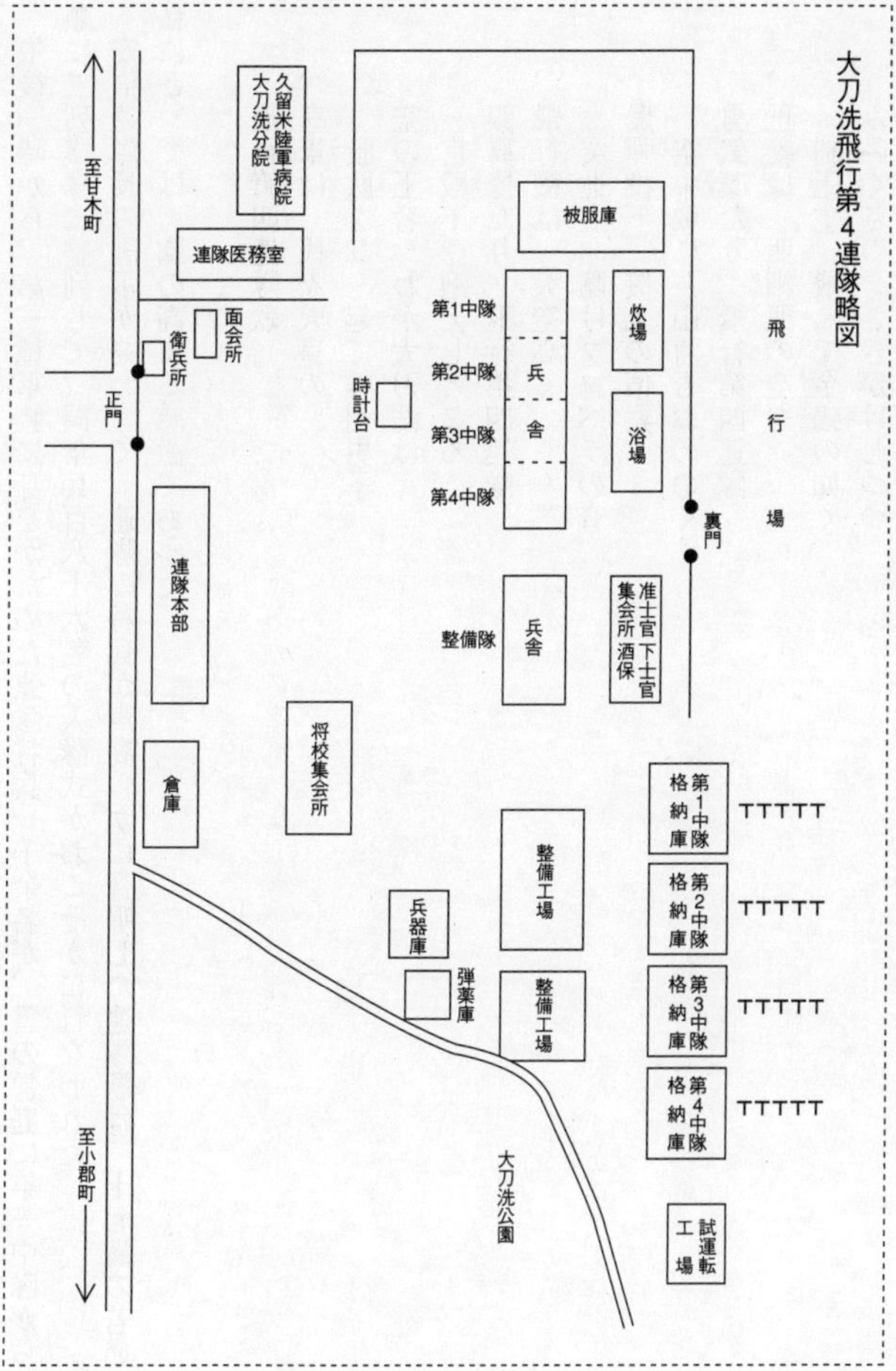

午後一時から、第一種軍装に身をかためた連隊将兵一千余名が、雪の営庭に第一中隊から順に二列横隊に整列して、同年兵百八十六名の入隊式がおごそかに行なわれた。安倍連隊長の訓示が終わって、連隊の将兵が声高らかに合唱した連隊歌は、十七歳の若い私にとっては、胸の高まる感激であった。

飛行第四連隊歌

一、皇軍は　代々天皇の
股肱《ここう》なり　起て神州男子
空の王者　わが大刀洗は
宮殿下　迎えしところ
銀翼燦《さん》たり　飛行第四連隊

二、飛行機は　大空高く
突進す　聴けプロペラの音
爆弾投下　機上の偵察
空中戦に　山河もおののく
勇気凜《りん》たり　飛行第四連隊

三、正義は　亜細亜《アジア》の空を
制圧す　飛んで金鵄《きんし》の如く
みいくさの　さきがけしつつ

済南城頭　満蒙上海に
武勲赫《かく》たり　飛行第四連隊
四、忠臣の　大刀を洗いし
西日本　見よ花爛漫《らんまん》と
南朝の戦跡のどか
あゝ祖国　護るわれ等の
使命厳たり　飛行第四連隊

入隊式が終わってから中隊講堂で、宣誓式と猿渡中隊長の訓示が行なわれた。内務班では山本班長から、兵営における起居などのこまかい指示があった。

こうして、目が回るような緊張した入隊第一日は暮れていった。午後九時、消灯ラッパは哀愁をおびて営庭に鳴りひびいた。

戦友の中島一等兵と、同年兵の塚本二等兵の間の寝台に横になった。まぶたをとじて、昨日の家での別れ、田本の氏神での町の歓送会、今日「しっかりやれよ」と言葉を残して帰った父の顔、郷里で別れた母の顔など、次々と脳裏に浮かんだ。

入隊第一日に、兄貴分の二年兵が初年兵の私たちに示した親切は、肉親の兄もおよばないほどの温かいものであった。

いつしか深い眠りにさそわれて、以後の軍隊生活十二年の第一夜の夢を結んだ。

中隊家庭

軍隊内務令の綱領の第三項に、兵営は軍人の本義に基づき、死生苦楽を共にする軍人の家庭であって、兵営生活の要は、起居の間に軍人精神を涵養し、軍紀に慣熟せしめ、強固なる団結を完成するに在り、と示されていた。

軍隊内務令には、兵営すなわち中隊とは、次のように規定されていた。

中隊長（会社では社長）は中隊を統括する。中隊家庭の父である。

将校（会社では取締役）は中隊長を補佐し、部下の教育訓練にあたる。

准士官（会社では総務部長）は下士官、兵を教育・指導・管理し、中隊長を補佐する。中隊家庭の母である。

下士官（会社では管理職）は兵を指導管理する。

兵（会社では社員）は中隊長の指導方針に基づき、各級指揮官の命令によって、軍務に服する。

旧軍隊八十余年に体系づけた、

「作戦要務令」（会社経営戦略）

「軍隊内務令」（会社経営就業規則）

「航空兵操典」（会社職種別営業戦術。各兵科ごとの操典があった）

これらの組織、管理、統率、規律、責任、士気、決断などを当時学んだが、組織は優れており、現代の企業経営、家庭生活などにその長所は活用できる。

このような綱領と「航空兵操典」に基づき、初年兵の私たちの、軍人基本の教育訓練と内務班における起居がはじまった。

内務は、掃除、洗濯、食事の準備、銃剣の手入れ、学習などで、一日の日課は、朝の起床から教育訓練、内務と就寝まで、目がまわるほどの忙しさであった。

その上に内務班では、班長、二年兵の私物命令と言われる、私的制裁と紙一重の奇行があった。

鶯《うぐいす》の谷渡り、捧げ銃《つつ》、前支え、対向ビンタなど、命令する方は面白いが、やられる新兵の私たちは、訓練ではなく苦行であった。

さらに物資徴発訓練の名目で、深夜に炊事場から豆腐をとってくる。また、他の中隊の物干場から下着を盗んでくる。こんな訓練はさすがに恐かった。

ときどき開催される中隊対抗の剣道の試合では、中隊代表の選手としての出場は楽しかった。演芸会、軍歌練習など、軍紀、規律の厳しかった軍隊で、心休まる楽しい時間であった。

世界一の戦闘機中隊

第三中隊は当時、世界一の戦闘機中隊と自他ともに言われた、精鋭な中隊であった。

中隊は将校十名、准士官二名、下士官十一名、兵五十七名の八十名であった。

二年兵は下士官勤務の五名の上等兵のほかに、森上等兵、小土井上等兵、中島一等兵、浮田上等兵ら九州、四国、中国出身の二十八名であった。

私たち初年兵は、上野松祐、山崎正典、瀬戸口倉助、井上光次、塚本敏人、荒平公平、山口政吉、高尾清、団野勤、伊藤文正、立花実、坂留三郎、永野、寺師、内田の面々で、変わ

り種として、上等兵から少年飛行兵二期生に転出し、恩賜の銀時計の栄誉を得た玉利盛孝がおり、九州各県出身の二十九名であった。

午前六時の起床ラッパによって、深い眠りを破られ、飛び起きた。週番下士官と週番上等兵が、鋭い目つきで私たちの動作を見ている。五分間で毛布をたたみ、駆け足で洗面をすませ、六時五分には中隊正面の営庭の雪の上に整列して、週番士官の朝の点呼を受ける。点呼後に五分間の保健体操が行なわれた。これから演習はじめの午前八時までに、朝食、内務班の清掃、営庭、格納庫、便所などの掃除をする。

午前八時から演習が開始される。二年兵以上は、飛行訓練のために白い作業服を着用して、駆け足で格納庫に行く。私たちは初年兵教育がはじまる。十二時には昼食、午後五時に教育訓練が終わる。掃除、洗濯、夕食、自習などに追われている間に、夜八時の点呼となる。八時から九時までが自由時間である。午後九時の消灯ラッパによって、兵舎の一部を除き、連隊全部の電灯が消される。

初年兵の内務教育指導の担当は、私が所属した第一内務班は、班長・山本軍曹、班付は野口伍長、平田伍長であった。第二内務班は、班長・仮屋軍曹、班付は古賀伍長、田口伍長であった。

第一期三ヵ月の教育は、教官・松村見習士官、助教・古賀伍長、助手・嘉村上等兵らによって、「航空兵操典」による軍人基本の軍事教練が、寒風吹きすさぶ飛行場で、飛行機の爆音を頭上に聞きながら毎日行なわれた。

講堂では、軍隊内務書、軍人に賜りたる勅諭、作戦要務令、航空兵操典、銃剣の手入れなどの学科が、教官、助教によって指導された。

こうして第一期検閲も終わり、軍隊生活にも慣れてきた。入隊当時は目が回るようで苦しい日課だったが、今では節度ある規則正しい生活が楽しいものになってきた。

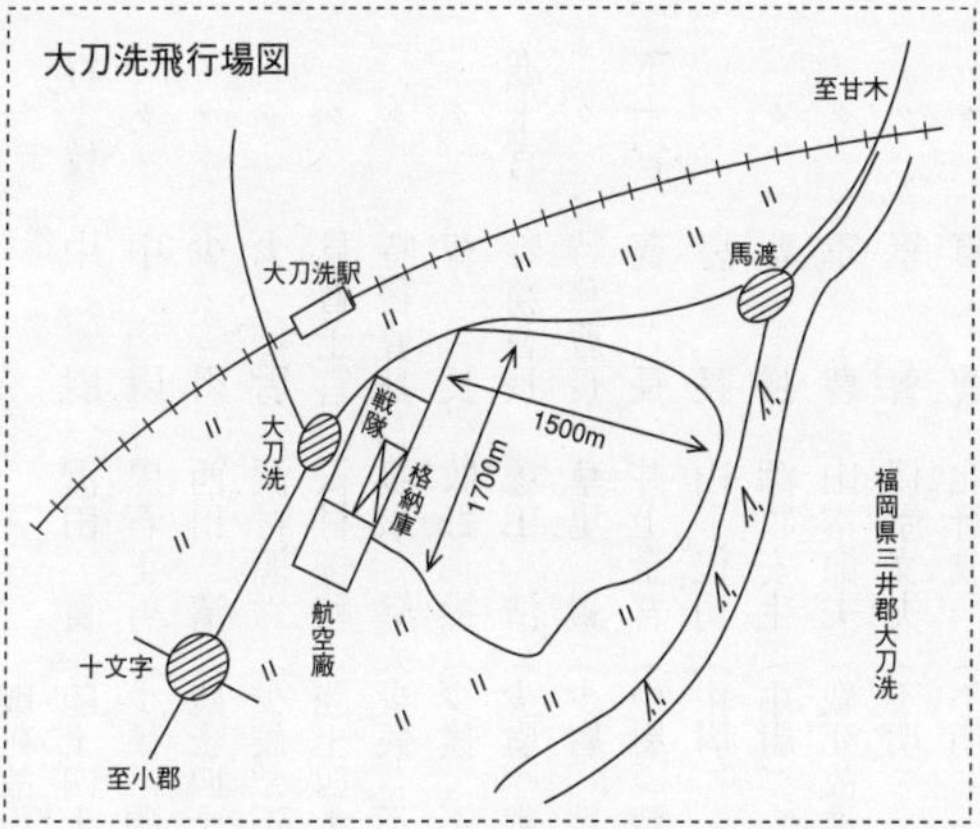

私たちが入隊してから、連隊で四人の殉職者がでた。私の中隊も毎日、激しい飛行訓練を行なっているが、さいわい殉職者は一人もいない。

中隊付のソ連空軍将校イワノフ少佐も、毎日、九二式戦闘機の操縦桿を握って中隊の操縦者とともに訓練を受けていた。そのイワノフ少佐が「日本の兵隊はいつ休養するのか？」と驚いていた。事実、朝早くから夜おそくまで働くので、「日暮れ中隊」とも呼ばれていた。

第三中隊編成（昭和九年十日）

中隊長　大　尉　猿渡篤孝（陸士三十五期。大佐）

将　校　大　尉　江山六夫（陸士三十七期。殉職故大佐）

〃　　　中　尉　杉浦勝次（陸士四十一期。

将　校　中　尉　沢田　貢（陸士四十四期。戦死故中佐）
〃　　中　尉　黒石正男（少候。殉職故大尉）
〃　　少　尉　西川　清（陸士四十五期。戦死故少佐）
〃　　少　尉　沢村源六（少候。不明）
〃　　見習士官　松村俊輔（陸士四十六期。戦死故中佐）
〃　　特務曹長　藤永　巌（少候。不明）
〃　　曹　長　牧野　操（少候。不明）
准士官　特務曹長　塚田　清（少尉。戦後病死）
〃　　特務曹長　草場　巌（少尉。戦後病死）
下士官　曹　長　井上金吾（中尉。戦後病死）
〃　　曹　長　山下仁司（中尉）
〃　　曹　長　深牧安生（中尉）
〃　　軍　曹　山本節夫（戦死故准尉）
〃　　軍　曹　仮屋文夫（不明）
〃　　軍　曹　北野成一（不明）
〃　　軍　曹　雪野孔士（不明）
〃　　伍　長　野口　満（少候。殉職故中尉）
〃　　伍　長　古賀　貞（少候。戦死故大尉）

〃　伍　長　平田梅人（少尉）
〃　伍　長　田口秀雄（少尉）
〃　上等兵　古川　豊（少候。大尉）
〃　上等兵　藤原辰美（不明）
〃　上等兵　梅津岩雄（不明）
〃　上等兵　嘉村武秀（戦死故曹長）
〃　上等兵　青木　茂（殉職故曹長）
中隊付　少　佐　イワノフ（ソ連空軍操縦者）

赤軍イワノフ少佐

四月一日から、第二期の六ヵ月間、航空兵の専門である特業教育を受けることになった。整備、自動車、電気、無線、機関銃などに分かれていたが、私は百二十六名の同年兵とともに、整備兵として飛行機学、発動機学など、学科と実習教育を受けた。私はエンジンもスパナも知らず、発動機も機体も、工具なども見るのが初めてなので、名称を覚えるだけでも大変で、構造や性能や調子がわかるまでには、人一倍の努力が必要であった。

四月初めに杉浦中尉に呼ばれた。杉浦中尉は、ソ連から日本に派遣され、飛行第四連隊第三中隊付となっているイワノフ少佐の、通訳としての役目ももっておられた。

飛行第四連隊編成（昭和九年一月十日）

連隊本部──本部業務　九機
第一中隊──八八式偵察機　五機
　　　　　乙式偵察機　九機
第二中隊──八八式偵察機　五機
　　　　　乙式偵察機　五機
第三中隊──九二式戦闘機　十五機
　　　　　甲式四型戦闘機　五機
　　　　　八八式偵察機　二機
第四中隊──九二式戦闘機　十五機
　　　　　甲式四型戦闘機　五機
　　　　　八八式偵察機　二機
整　備　隊──整備補給業務

「田形二等兵には、今日からイワノフ少佐殿の当番を命ずる。しっかりやれよ」

「はい、田形二等兵は、イワノフ少佐殿の当番兵をやります」

入隊して三ヵ月、まだ軍隊生活にも慣れていなくて、毎日が体力、気力の闘いである。まして外国人と接するのはこれが初めてで、もちろん言葉もわからない。不安と緊張で体がかたくなった。

この私の気持ちを察した杉浦中尉は、なにかと細かい注意を与えられた。

中島一等兵と山下曹長の洗濯から身のまわりの世話のうえに、イワノフ少佐の当番兵として、さらに忙しくなることになる。

週番下士官から、さっそくイワノフ少佐にお茶を持って行くように命令された。

「田形二等兵、お茶を持って参りました」

「どうも、ありがとう」

たどたどしい日本語でイワノフ少佐はお茶を受け取り、さもうまそうに飲まれた。隣りの席の杉浦中尉は、心配しなくても大丈夫だ、と微笑しておられた。

この日から半年間、日本の航空事情調査のために中隊付として勤務しておられるソ連将校イワノフ少佐に、失礼があっては日本の恥と、私は真剣に当番としての任務に努力した。

イワノフ少佐は、甘木町に住んでおられたが、毎日連隊の乗用車で送迎されていた。

吹雪をついての飛行訓練のある日、沢田中尉らと訓練飛行を行なっていたイワノフ少佐が、飛行場まで吹雪に包まれて着陸できなくなった。猿渡中隊長以下、深刻な表情で、吹雪となった上空を見守っておられた。

やがて、吹雪の切れ間から沢田中尉機とイワノフ少佐機が姿を見せて、無事に着陸したときは、自分のことのようにうれしかった。

桜の花が咲き乱れる季節に、大刀洗から二十キロの二日市まで、中隊全員の徒歩行軍があった。二日市からトラック五台に分乗して、福岡市郊外の津屋崎海岸まで行軍した。

海岸の松林で飯盒炊事を行ない、中隊全員が一日、胸いっぱいにオゾンを吸って楽しく遊んだ。そこには、日露戦争の戦利品であるロシアの廃艦が一隻係留されていた。その軍艦を、人の群れから離れて、静かに眺めているイワノフ少佐の横顔には、さびしさが漂っていた。

この年の秋に、イワノフ少佐の一年間の中隊付が終わって、ソ連へ帰国する日がやってきた。もうこのころは、外国武官と当番兵という立場を越えて、語らなくとも心と心が通じるようになっていた。イワノフ少佐は中隊を離れるとき、最後にお茶を持参した私の手を強く握って、

「どうも、お世話になりました。さようなら」

と別れの言葉を残された。

二日市駅まで、二十名ばかりの中隊の将兵がイワノフ少佐を見送った。もちろん私も見送りに行った。

二日市駅前に整列して、別れの敬礼を行なった。杉浦大尉から日本刀一振りが記念に贈られた。

「お世話になりました。いずれ、満州の空で会いましょう」

これがイワノフ少佐の、ソ連軍人としての別れのあいさつであった。

それから五年ののち、ノモンハン事件が起きた。イワノフ少佐は日本空軍を知る第一人者として、ソ連軍の期待を一身に背負い、空軍少将の飛行団長として、別れの言葉そのままに、ホロンバイルの大草原の上空でソ連の戦闘機を指揮し、日本空軍と勇敢に銃火を交えて戦ったのである。

まことに、奇しき大空の因縁であった。

軍隊生活にもすっかりなじみ、軍服姿も身についてきた。整備兵としての特業教育のほかに、下士官候補者として、国語、数学などの一般教養課目から、軍事学にいたるまで、特別教育を受けるようになって、さらに忙しい毎日となった。

八月一日の夕刻、内務班を掃除し、夕食の準備をはじめようとしているとき、九二戦六機が低空で、爆音を飛行場いっぱいにとどろかせて、高速で進入してきた。中隊の主力は、大村海軍航空隊へ空中実弾射撃演習のため出張中であった。

「なにかある。殉職かな」

不吉な予感が胸をよぎった。同年兵のどの顔も、一瞬、不安な表情に変わった。

まもなく、きびしい表情をした週番下士官が、黒岩中尉の殉職を発表した。この犠牲は、一月十日に私が入隊してから、連隊で五人目の悲しい犠牲者であった。中隊では初の犠牲者で、大空を志す私にとって大きなショックではあったが、どうしたことか大空への志望はさらに強まるばかりだった。

九二戦を操縦する黒岩中尉は、大村湾の海上に浮かべられた標的に対して、五百メートルの高度から急降下して実弾射撃の訓練中、操縦系統の故障か目測の誤りか、急降下の態勢のまま、時速三百七十キロのスピードで海中に突入、殉職されたのである。

さっそく、将校集会所においての棺前祭の準備と、第三中隊の大格納庫においての連隊葬の準備が、重苦しい空気のなかで進められた。

午後七時から棺前祭が行なわれ、続いて翌朝まで、お通夜がしめやかに行なわれた。私は、上野、山口らの同年兵とともに、棺前祭とお通夜に参列した。

将校集会所の会議室の正面に祭壇が設けられていた。三段の祭壇には果物や菓子や酒が供えられ、上段左右には天皇陛下より下賜された菓子が供えられている。中央には、陸軍中尉の軍服姿の黒岩大尉（殉職後に進級）の写真が飾られ、その前に真新しい位牌が置かれていた。

遺体は祭壇の下段の前に、頭を右にして棺に納められ、白布でおおわれて安置してある。棺の上には大尉愛用の軍刀が置かれていた。部屋いっぱいに、しめやかに線香のにおいが満ちていた。

会場正面右の喪主席には、未亡人となられた二十三歳の若い夫人が、誕生を過ぎたばかりの子供を抱いて、頭をたれて着席しておられる。その喪服姿の全身に、悲しみがただよっていた。

棺前祭は仏式で、六名の僧の読経によってはじめられた。安倍連隊長、猿渡中隊長の弔辞があって式は終わった。最後に黒岩大尉と妻子の別れの対面が行なわれた。故人と親しかった沢田中尉の手によって、黒岩大尉の遺体を納めた棺の蓋が開けられた。

いよいよ、黒岩大尉と妻子との最後の対面の時である。将兵は息をつめて見守っている。黒岩大尉の遺体は、軍医や戦友の手によって全身が消毒され、純白の包帯に包まれ、顔だけ残されていた。その死に顔には苦悩の色はなく、微笑しているかのように静かな表情であった。

未亡人は夫の死に顔を無言のままじっと見守っておられる。そのほおに涙が伝って流れていた。

「あなた、お国のためにご苦労さまでした。子供は、私の生命にかえて立派に育てます。安心して静かに眠って下さい。坊や、お父さまだよ、しっかりお別れしなさい」

子供を黒岩大尉の顔にふれんばかりにして、別れのあいさつをしておられる。その夫人の横顔は神々しく、武人の妻らしく落ちついた立派な態度であった。

棺前祭を終わって、黒岩大尉の遺体は甘木町の火葬場に運ばれ、荼毘に付して、その遺骨は白木の小箱に納められ、深夜の将校集会所に帰ってきた。

翌日の午後一時から第三中隊の大格納庫で、おごそかに連隊葬が行なわれた。第一種軍装に身をかためた全将兵と、衛戍《えいじゅ》地の朝倉中学校、朝倉女学校の生徒と、大刀洗村、甘木町、三輪村、小郡村などの有志多数の参加で、盛大な連隊葬となった。祭壇正面に飾られた黒岩大尉の遺影は、私たちの後輩に、

「あとを頼む」

と無言のうちに語っているかのようであった。

昨夜の棺前祭と今日の連隊葬において、今はなき夫、黒岩大尉の霊前に深く頭をたれて、必死に悲しみに耐えておられる喪服姿の未亡人の横顔は、大空をめざす私の若い魂に強烈な印象を与えたのであった。

初飛行

南国九州に秋風が吹き、筑後平野に黄金の波がゆれる朝、私は整備兵として六ヵ月間の専

門教育を終わって、中隊の格納庫で先輩に指導を受けながら、油に汚れて飛行機の整備を行なっていた。そこへ森週番上等兵が来て、私を呼んだ。

「田形一等兵、山本班長殿がお呼びだ」

「はい、すぐまいります」

私はなんの用だろうかと、駆けてピスト（控所）へ行った。

「田形一等兵、お呼びによって参りました」

「田形一等兵、中隊長より飛行許可が出たので、すぐ準備せよ」

「はい、すぐ準備します」

私は、うれしさに胸の高鳴りを感じながら、作業衣の上に落下傘を付け、航空帽をかぶった。

「田形一等兵、八八式偵察機同乗」

「よし、搭乗してバンドをしめよ」

操縦の山本軍曹は、小さい声だがきびしい表情で指示された。

五百五十馬力の水冷式エンジンは、最大馬力を出し、爆音を飛行場いっぱいにひびかせて離陸する。アッという間に高度二百五十メートル、甘木町上空で右第一旋回、高度三百メートルで水平飛行に移る。六十万坪の飛行場が、小学校の運動場のように小さく見える。旅客機とちがって、胸から上は強い風圧を受ける。

少年時代に描いた夢が実現して、地上を三百メートル離れた大空を、時速二百二十キロで飛んでいる。立体的に見るパノラマは、まるで夢の国をさまよっているようである。

「お母さん、私は、今飛んでいます」

航空兵になることを許してくれた母に、第一番に心の中で報告した。

飛行機が機首を下げた。前下方の飛行場が小さく見えるので、あの飛行場への着陸はだいじょうぶかなァと気になる。こう思っていると、もう着陸滑走に移っていた。

「田形一等兵、搭乗飛行終わり。異状なし」

「よし、楽しかったか」

離陸前と異なり、山本軍曹はニコニコしておられた。なにがなんだか、よくわからない初飛行であった。

昭和九年九月二十日、これが十八歳の私の記念すべき初飛行であった。

パイロットの適性

航空機は、学理的には安全に大空を飛ぶように設計されている。しかし、空中戦闘を主任務とする軍用機のパイロットは、ことに戦闘機の場合は、離着陸、空中操作、編隊などの基本操縦から、夜間飛行、野外航法、高空飛行、空中戦における状況判断、計器読み取り、射撃など、強靱《きょうじん》な精神力が必要であり、さらに気圧、温度の低下、酸素不足、加速度の作用など、高度と姿勢の急激な変化は、それに耐え得る肉体的条件が要求されるのである。

私が航空適性身体検査を受けた昭和十一年当時は、パイロットの適性を備えた青年は、三百名に一名といわれていた。

「航空適性身体検査」の大要は次のごとくであった。

一、体格
身長、体重、胸囲、栄養、体のバランス
二、内臓諸器官
心臓、肝臓、肺臓、腎臓、胃、腸、その他の諸器官
三、五官の機能
目、耳、鼻、口、皮膚
四、神経系統
平衡感覚、特に反射神経、自律神経
五、操縦者に必要な性格
意志強固、沈着、決断力、忍耐力、機敏性、慎重性、責任感、細心、勇気、大胆、闘魂

これらの点について、驚くほどの機械、器具を使用しての科学的方法をもって、連続四日間にわたる身体検査が行なわれた。一ヵ所でも基準以下のところがあれば、不適性として不合格であった。

とくに、視力、肺活量、血圧、平衡感覚、反射神経、記憶力、思考力、注意力、決断力、疲労度など、まったく厳しいものであった。

これだけの厳重な航空適性身体検査を受けた者でも、飛行学校で二ヵ月間、練習機で飛べば、確実に三十パーセントは操縦不適性で退学になった。

肉体と精神の限界に挑戦する戦闘機乗りの操縦生命は十年間、といわれるごとく、短いも

のであった。戦闘に最も力を発揮したのは、操縦六年から十年前後の操縦者であった。古すぎても若すぎても役に立たない。

階級で示すならば、将校は古参大尉および少佐、下士官は古参曹長と准尉がこれに該当した。

空飛ぶ操縦軍医

わが陸軍航空においては世界にさきがけて、航空医学の研究のために、空飛ぶ操縦軍医の制度を設けた。

陸軍で航空医学、宇宙医学の研究の目的で、初めての同乗飛行による研究を担任されたのは、大正時代の末期、のちの陸軍軍医中将、軍医学校長の寺師義信軍医中尉であった。

さらに、軍首脳において、空中勤務者の健康管理の重要性から、心身ともにすぐれた軍医を操縦者にすることに踏み切った。

昭和十年春に、操縦軍医第一号として操縦桿を握って飛んだのは、田所吉輝軍医中尉であった。田所軍医中尉に続いて、昭和十五年までに六名の軍医がそれぞれ操縦訓練を受け、操縦軍医として活躍した。その姓名階級は左のとおりである。

陸軍軍医中尉　田所吉輝（中佐）
〃　中尉　平沢正欣（満州にて訓練中に殉職故中佐）
〃　中尉　越川　仲（中佐）

陸軍軍医中尉　稲森正一（華中において戦死故少佐）
〃　中尉　野呂文彦（少佐）
〃　中尉　友成淑夫（少佐）
〃　中尉　南津　一（少佐）

操縦軍医の操縦者としての分科は、戦闘機、偵察機、爆撃機などに分かれ、私たちと同じく、練習機などによる基本操縦から実用機による戦技訓練など、一般の操縦者に劣らぬ猛訓練を受けた。それは二名の犠牲者を出したことによっても知ることができる。

私が台湾時代に知遇を得た第八飛行師団の野呂軍医少佐は、操縦歴六年の戦闘機操縦者で、専門の診断治療はもとより、師団傘下の操縦者の医療行政など多忙のなかにも、九七戦、一式戦、三式戦の操縦桿を握って、自らの航空体験を通じて、航空医学の研究開発に努力しておられた。

一、空中戦におけるスピード、急激な変化にともなう加速、風圧、気圧などが、操縦者に及ぼす影響。
二、高高度飛行による酸素不足、気圧低下、気温低下などが操縦者に及ぼす影響。
三、長距離航法、夜間飛行、天候不良などが操縦者に及ぼす影響。

このように、飛行が肉体的、精神的、心理的に操縦者に及ぼす影響を、自らの直接体験を通じて、健康医学、神経医学、心理学などを基礎にして、航空医学を体系づけるという地道な努力がはらわれていた。

戦闘操縦者戦力一覧表

区分	項目	飛行時間	操縦年数	戦闘能力	年度別	航空加棒月額
甲	大	5000	10	指揮官僚機として戦闘で力を発揮した	昭和11年	将校90円
	中	3500	8		〃12年	
	小	2000	5		〃13年	
乙	大	1500	4	僚機として作戦任務につける	〃14年	准士官60円
	中	1000	3		〃15年	
	小	600	2		〃16年	
丙	大	300	1	作戦任務につけない	〃18年	下士官45円
	中	200	1		〃19年	
	小	100	1		〃20年	
備考		陸士48期(少尉)　操縦60期(伍長)　少飛2期(上等兵)　昭和11年より操縦桿を握った、以上3つの区分の戦力表である。　学鷲1期の戦力は最終丙の大であった。　特攻隊は、乙の小から丙の大を主力として編成された。				兵30円 学生15円

その結果が、航空糧食、航空ぶどう酒などの栄養特別食から、定期的に操縦者の身心の疲労をいやす航空温泉病院の設立、漢方医学の指圧治療となってあらわれた。

さらに、実戦に参加し、その体験による研究がなされたなら、肉体と精神の極限状態の体得により、研究効果がいっそう高められたことと思う。

日本の陸軍航空のほかに、外国で操縦軍医を養成したのはドイツだけであった。この陸軍航空の卓見と進歩性が操縦軍医を誕生せしめたのである。

わずか七名の軍医であったが、彼らは戦友の屍を越えて航空医学を研究し、操縦者の健康管理をめざして飛びつづけたのである。私も操縦軍医の努力の成果によって、その恩恵に浴した一人である。空飛ぶ操縦軍医は、軍事航空史の一ページに特筆されるべき陰の功労者である。

陸軍航空隊の全貌（昭和十一年七月）

飛行第一連隊	戦闘二個中隊	九一戦	各務原《かがみがはら》
〃　二　〃	偵察二個中隊	九二偵	各務原
〃　三　〃	偵察三個中隊	九三双軽	八日市
〃　四　〃	戦闘二個中隊	九五戦	大刀洗
	偵察二個中隊	九四偵	大刀洗
〃　五　〃	戦闘二個中隊	九五戦	立　川
	偵察二個中隊	九四偵	立　川
〃　六　〃	戦闘二個中隊	九五戦	平　壌

〃 七〃　重爆四個中隊　九三重　浜　松
〃 八〃　戦闘二個中隊　九五戦　屏　東
関東軍飛行隊
ハルピン、新京、公主嶺、チチハルの四個大隊で、戦、爆、偵の八個中隊であった。

操縦者養成機関
所沢陸軍飛行学校—将校、下士官学生
熊谷陸軍飛行学校—下士官、少飛学校
(昭和十二年に、陸軍航空士官学校が設立された)

専門操縦戦技教育機関
明野陸軍飛行学校—戦闘機
下志津陸軍飛行学校—偵察機
浜松陸軍飛行学校—爆撃機

熊谷陸軍飛行学校

飛四連命令昭和十一年七月十四日
一、陸軍航空兵伍長田形竹尾は、第二次航空適性身体検査のため、七月二十五日九時、所沢陸軍飛行学校に出向を命ず。連隊出発は七月二十三日とす。

全国八個連隊、四個大隊、三十一個中隊と五つの飛行学校から、第一次試験に合格した六百名の下士官が、所沢陸軍飛行学校に出向した。私もその一人だった。

七月二十六日より四日間にわたって、医学的に、科学的に、むずかしい第二次航空適性身体検査が行なわれ、合格したのは六百名の中の百名であった。

さらに学科試験が行なわれ、入学を許可されたのは、わずかに六十名に過ぎなかった。

「田形伍長、合格」

「視力左右一・五、内臓強健、反射神経、平衡感覚正常、血圧、その他異常なし」

身体検査は、無条件合格の光栄に浴した。

合格の発表があった夜、校長の徳川好敏中将邸を訪問して、同郷出身の姫路師団長・松浦淳六郎中将の手紙を届けた。

昭和十一年八月一日、私は六十名の同期生とともに、群馬県の熊谷陸軍飛行学校へ入校した。

午前十時から、飛行学校本部講堂において、校長・長沢賢次郎少将以下、学校幹部列席のもとに入校式が行なわれた。校長の訓示が終わって、三十名ずつの二個教育班が編成され、教官、助教から必要な指示と注意があって、入校式は終わった。

私は第一教育班第一班に配属された。担任助教は、立川の飛行第五連隊偵察隊出身の心やさしい三好平八曹長であった。班員は、津野軍曹、青木軍曹、久保伍長、此本伍長、塚本伍長と私の六名であった。

同乗離着陸訓練

入校第二日から操縦訓練半日、学科と運動が半日ずつ行なわれる、と日課が発表された。

八月二日、飛行訓練第一日、学校本部より支給された航空服を着用した。鏡に映された自分の航空服姿に、うれしいような照れくさいような感じであった。

午前九時、ピスト前に集合した。田渕教育班長の訓示が行なわれた。

「飛行訓練開始にあたり一言訓示する。諸官らは、学生とはいえ軍隊の中核の下士官だ。軍人としての覚悟と決意については、いまさらなにも言うことはない。アジアの空は風雲急を告げている。諸君らの責任はまことに重大である。

飛行訓練は、肉体と精神の疲労が激しい。じゅうぶん保健、衛生、栄養に注意せよ」

いよいよ訓練に入る。

主任教官の安済中尉の初飛行に対する注意があった。

「教官助教の操縦による同乗離着陸飛行を実施する。離陸上昇時の姿勢、飛行姿勢と地平線との関係、着陸降下と一メートルの返しと三点着陸、これらの操縦における手足の一致の操舵感覚を感得せよ」

さらに、三好助教から細かい注意がなされた。

空冷百五十馬力、時速百四十キロ、二人乗りの初練十二機が、整備員の手によって一斉に始動された。

三分ごとに次から次へと離陸する。いよいよ私の搭乗順番がやってきた。軽い不安と、うれしさと期待で落ちつかない。

「田形伍長、一一五号機同乗、離着陸慣熟飛行」

安済主任教官に、力いっぱいの大声で報告する。落下傘をいだいて出発線の搭乗機まで駆けて行く。そして後方席に搭乗した。

三好助教は、

「おーい、そう固くなるな。下腹に力を入れて、もっと手足の力を抜け。行くぞ」

いよいよ離陸だ。エンジンが全開になる。尾部が浮き、機首の前に飛行場が眼下に見える。格納庫がものすごい速さで後方に流れていく。気がついたときには飛行機は離陸上昇していた。第一旋回、第二旋回が終わって高度二百五十メートル、時速百四十キロで水平飛行に移った。第三旋回、第四旋回と終わり、機首を下げた、と思ったら着陸している。なにがなんだかわからないまま同乗飛行の七分間が終わった。続いてもう一回飛んだ。

「田形伍長、同乗飛行終わり。異常なし」

安済教官に報告を終わって、ピストの椅子にかけた。気分壮快、軽い興奮で全身の血が騒ぐ。

全員二回の同乗離着陸訓練は終わった。訓練終了にあたり田渕教育班長の訓示があった。

「第一日の飛行訓練は無事終了した。飛行機は腕で操縦するのではなく、心で操縦するものだ。その操縦道の極意をきわめるよう心掛けよ」

つづいて安済主任教官、井上教官、三好助教から、それぞれ操縦上の細かい指導と注意が

熊谷（稜威原）飛行場図

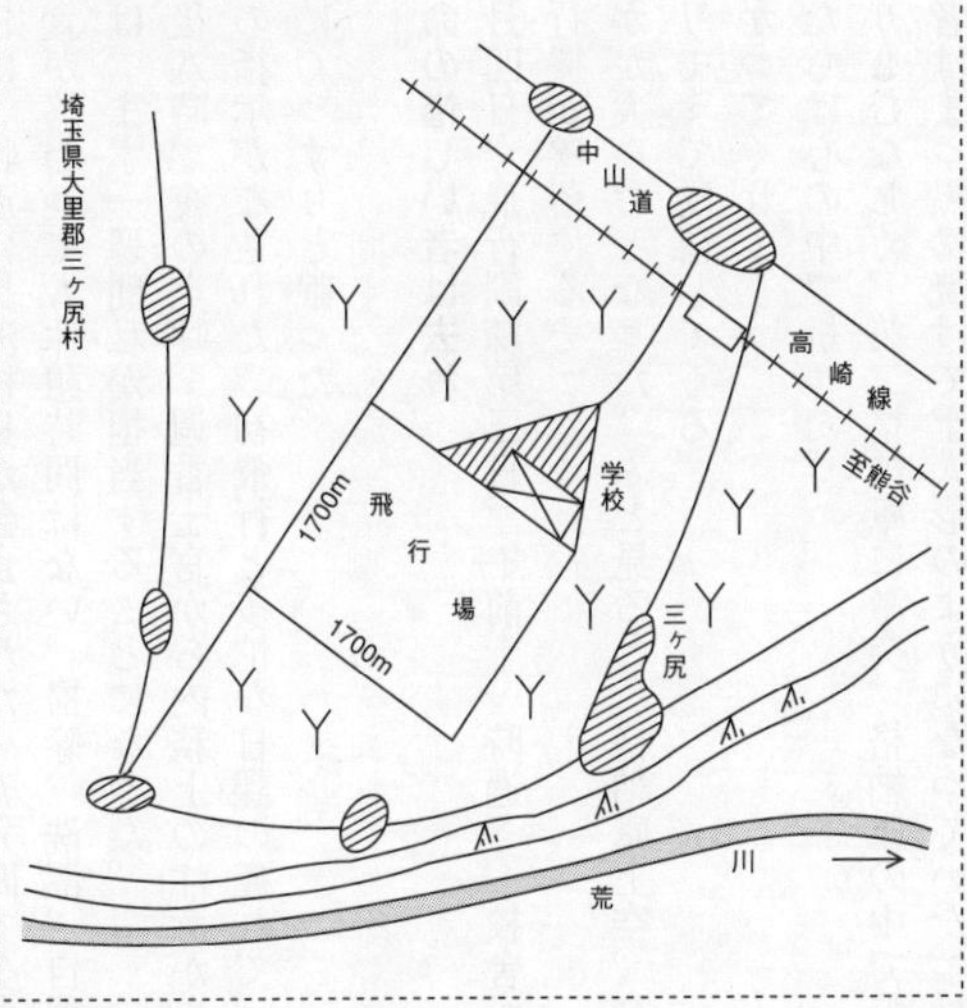

あった。

こうして、初飛行十四分と、私の戦闘機操縦十年の歴史の第一ページに記録された。

午後一時から校庭の木陰で、山田教官より操縦学の講議があったが、大半の者は眠っていた。わずか十四分の同乗飛行が、初心者の私たちの肉体と精神を極度に疲労させたのであろうか。人情豊かな山田教官は一言の注意もされない。

学科が終わって、肉体と精神の疲労をとる保健体操が行なわれ、多忙のうちに訓練第一日は終わった。

夕食のために食堂に集合、席についた。食卓を見ると、少年飛行兵（一期生）の生徒（上等兵待遇）の食事と、私たち学生（下士官）の食事の献立がちがっている。それは、学生は大人であるが、生徒は肉体的、精神的に発育ざかりの少年であるという配慮から、生徒の方には特別に牛乳と果物がつけてあった。

今日は、特別に長沢校長が会食された。五分間で夕食は終わった。夕食が終わっても休憩時間はない。掃除、洗濯、自習だ。みんながいちばんきらった便所掃除は、まず一週間私が担当することになった。

午後八時、夜の点呼。週番士官から内務上の注意があり、内務班長の下士官から日課についての指示がなされた。初飛行と多忙な日課の疲れで、午後九時の消灯と同時に就寝、夢も見ずにぐっすりと眠った。

生命の惜しい者は去れ

八月四日、飛行訓練第三日。午前十一時過ぎ、校舎が急に騒がしくなった。

「飛行機が墜落するぞ」

誰かが大声でどなった。ふと見ると、格納庫上空、高度七百メートル、九二式偵察機が背面キリモミで墜落してくる。

「助かってくれ……」

私たちは心の中で祈った。

祈りもむなしく、第二格納庫に激突、格納庫の中で飛行機は炎上した。駆けつけて見ると、操縦者はまっ黒に焼けて土人形のようになっていた。操縦者は、陸軍少年飛行兵二期生の十九歳の青年であった。

私たちは入隊以来、多くの先輩が殉職したのを見た。しかし、今日の事故ほど死を身近に感じたことはなかった。それは私たちが同じ運命にある操縦学生だったからであろう。

さっそく学生の集合が命じられた。同期生のどの顔も、興奮と緊張と恐怖でほおが引きつっている。しかし、教官助教の表情は、さすがに平常と変わらない。主任教官・安済中尉の訓示があった。

「諸君たちは、今日の事故を目撃して心が動揺している。入校するときは心の中で父や母に別れを告げて、祖国のためにいつ死んでもよいと覚悟を決めて操縦桿を握ったはずだ」

安済中尉はさらに強い語調で述べられた。

「操縦者の寿命は、長くて十年だ。ましてアジア風雲急なるとき、教官の安済中尉も、学生諸君も、大空に命を捧げた身だ、どうせ長くは生きられない。生命が惜しい者は、即刻、経理部に行き旅費をもらって原隊に復帰せよ」

なおも安済中尉は言葉を続けた。

「教官の安済中尉とともに大空に死のうという者は、午後一時、ピストに集合せよ。しかし人の生命は尊いものである。決して強制はしない。決心がつかない者は、飛行訓練に参加せず、納得ゆくまで何日でもよいから、静かに考えて結論を出せ」

教官が言われるように、私たちが自ら求めてきた道だ。同期生全員が父母の許可を得て、先祖の墓に参り、祖先の霊に誓って入校してきたのだ。もちろん原隊に帰ろうなどという者は一人もいなかった。

午前中の暗い悲しい事件で、学生全員が心の落ちつきを失っていた。飛行演習はどの班も失敗ばかりやって、教官助教から鉄拳の気合を入れられていた。私も三好助教からほおに大きいのを三つもらった。

単独初飛行

八月十六日、訓練十四日目である。いよいよ単独飛行だ。一回、井上教官の同乗による離着陸を行なった。

「さあ、一人で飛んでこい」

と言って教官は微笑を見せて飛行機から降りられた。

「やれるかなあ」

胸の動悸《どうき》が早くなり、下腹に力が入らない。しかし覚悟は決まっている。

「田形伍長、初練操縦、単独着陸」

教えられたとおり操作して離陸する。みるみる、ものすごい速さで飛行場が後方に流れて行く。愛機は浮揚し、速度をグングン増して五十~百メートルと上昇する。二百メートルの高度で、熊谷市を左に見て右第一旋回、続いて三百メートルで右第二旋回、速度百四十キロで水平飛行に移る。飛行場が小さく見える。前方に一機、後方に一機飛んでいる。

いままでは夢中でよく聞こえなかったが、

「離陸、だいたいよろしい。着陸に注意せよ」

と三好助教の声が無線の受話器から伝わってきた。

「おれは一人で飛んでいるのだ」

いつも前方に搭乗している教官助教がいない。

「お母さん、飛べたぞ」

こうして無事着陸した。つづいてもう一回、離着陸の単独飛行を実施した。同乗飛行二十二回、飛行時間二時間十六分、飛行日数十四日目の快挙であった。

「田形伍長、初練操縦単独飛行、終わり。異常なし」

「よろしい。単独飛行の真剣な気持ちを生涯忘れないで操縦桿を握れ」

井上教官と三好助教からそれぞれ注意があって、感激の初飛行は終わった。

この日に、同じ班の二十名ばかりが単独飛行を終わった。第二日、第三日と、特別に進度の遅い三名を除いて、全員が三日間で単独飛行を経験した。

九月二十二日の朝のことである。

「おい、急降下する馬鹿者は誰だ」

と、助教の松下曹長が緊張と怒りのために蒼白な表情でどなった。記録係の心やさしい吉川伍長が、

「第三班、古郡《ふるごおり》伍長であります」

と声をふるわせて報告した。

ピストで汗をふき、休憩しながら同僚の単独飛行を見守っていた私は、ピストの天幕すれすれまで急降下して飛行場の草をなで、離脱上昇していった古郡機に驚異の目をみはった。

私が慎重な操縦で場周離着陸二回を無事に終わり、ほっとした気分でいる間に、古郡伍長は単独飛行において、地上すれすれまでのみごとな急降下をやってのけたのである。

「飛行軍紀を乱す大馬鹿者、無茶すると死んでしまうぞ」

と松下曹長から二十幾つかのビンタをくらったことは当然であったが、私は彼の大胆さと、カンのよさに畏敬の念をおぼえた。

その夜、酒保では、熊谷名物の芋センベイを食べながら、若い学生たちの間で古郡伍長の無茶な飛行ぶりの話でもちきりであった。

「古郡伍長、あまり無茶するな」

と私が言うと、

「田形伍長、みんなに心配をかけてすまぬ。でもな、助教にできておれにできぬことがあるかと思って、ちょっとやってみたのだ」

と愉快そうに笑った。

九五式中間練習機

三ヵ月目から飛行機は、初練から中練に変わった。九五式中練は四百五十馬力、時速百七十キロの性能のよい、当時の最新鋭練習機であった。離着陸、空中操作、特殊飛行、編隊飛行、高空飛行など、課目は次第に高度なものになった。

十月二十二日、このころになって、心と目に少し余裕ができた。はるか西方に霊峰富士、北方には赤城、榛名、浅間の連山が、雪でまっ白く化粧して、冬の訪れをつげている。

この日、大失敗をした。高度一千二百メートルでの、中練によるキリモミの練習で、背面キリモミの停止に失敗した。一千二百メートルから五十メートルまで、キリモミの墜落状態で落下した。しかし、必死の努力によって、かろうじて助かった。

「ばか、ばか、ばか」

三好助教はボロポロと涙を流しながら、鉄拳を二十幾つ私のほおに見舞った。

「ああ、助かった。生きている。もう二度と失敗しないぞ」

自らの心に誓い、助教に心の中で詫びた。

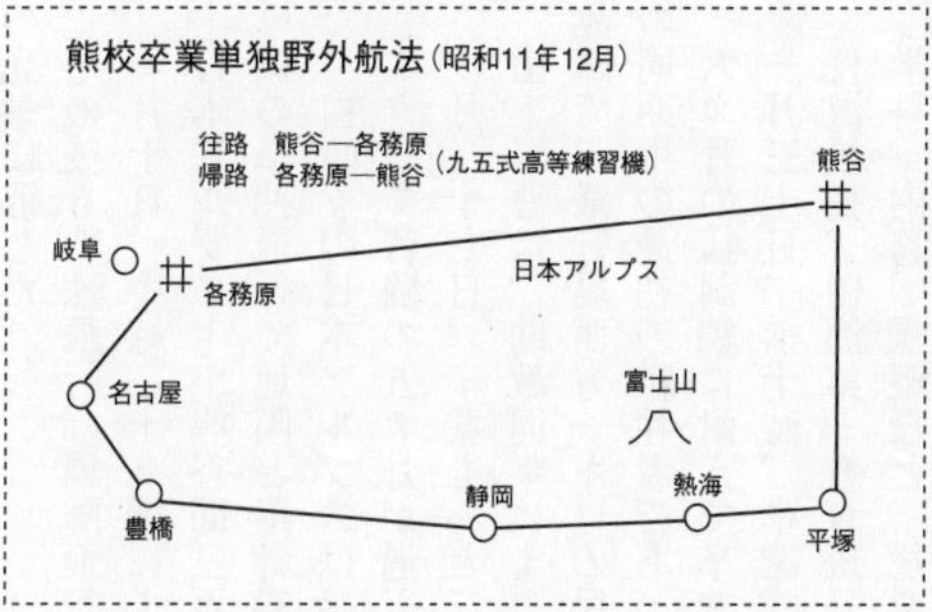

この日を記念して煙草を吸った。これが私の煙草の歴史のはじまりである。これで恩賜候補の夢は破れた。第一歩からやりなおしである。
三ヵ月間の外出禁止もとかれた。十一月の第一日曜日に朝八時から午後五時まで外出が許可された。三十九名の同期生は休養と娯楽の目的で、それぞれうれしそうな表情で熊谷、深谷、東京へと外出した。私は伊東軍曹、青木軍曹、瀬戸口伍長、塚本伍長らの五名で東京見物にでかけた。
十二月一日、私は陸軍航空兵軍曹に進級した。
十二月十五日、当時、陸軍少佐の秩父宮殿下が、私たち同期生の飛行訓練をご視察に来校された。宮殿下は、赤城下ろしの寒風吹きすさぶ雪の上で、外套も召されず一時間、田渕教育班長の説明を、うなずきながら熱心に聞かれた。離着陸、編隊飛行、特殊飛行など、同期生の中より選ばれた者が、それぞれ実施した。私は三好助教同乗で、特殊飛行の御前飛行の光栄に浴した。

その後も特殊飛行、編隊飛行、高空飛行、夜間飛行など、必死に取りくんで学んだ。

一月十日、中練三十九機による、熊谷―平塚―静岡―名古屋―岐阜間四百五十キロ、岐阜―日本アルプス――熊谷間三百五十キロの卒業野外航法が行なわれた。五分間隔に出発して、単機の単独飛行で地図と羅針盤をたよりに飛んだ。雪にうずもれた富士山を表と裏から眺めた。白皚々《はくがいがい》の日本アルプスは絶景だった。

こうして苦闘の五ヵ月が過ぎ去った。

一月二十七日、卒業もあと二日に迫ったとき、山下軍曹と助教の二名が殉職した。

山下軍曹は、助教同乗による特殊飛行を終わって、中練で着陸降下中、機体の操縦装置の故障で、飛行場西方一キロの民家の上に、高度百メートルから墜落惨死した。これが私たちの同期生の最初の犠牲者であった。

六ヵ月の猛訓練に耐えて卒業の喜びを味わったのは、六十名のうち十八名となった。

一月三十日午前十時、卒業式が行なわれた。

長沢校長、田渕第一教育班長、桜井第二教育班長の祝辞と、最後の訓示が行なわれた。

学科、内務、操縦など、総合成績の優秀な小林軍曹、桂軍曹の二人が恩賜の銀時計を賜る光栄に浴した。

卒業生は操縦技量、操縦適性、体力、希望などが考慮されて、戦闘、偵察、重爆の三つに分科が決定された。

午後一時、最後の会食が終わって、校長以下教官助教にあいさつ回りをした。

「卒業おめでとう。死ぬなよ」

「お世話になりました。長生きして下さい」

　送る者も送られる者も強い握手を交わし、私たち三十八名の同期生は、六ヵ月間きびしい訓練を受けた懐かしい熊谷陸軍飛行学校に別れをつげた。

　二月一日、偵察班十名は下志津陸軍飛行学校、重爆班六名は浜松陸軍飛行学校、私たち二十二名は明野陸軍飛行学校へ、それぞれあらたな夢を描いて入校した。

明野陸軍飛行学校

　明野陸軍飛行学校は、さすがに陸軍戦闘機隊の総本山だけあって、基本操縦の熊谷陸軍飛行学校とちがって、校門を一歩入ると、なにかピーンと張った厳しい空気を感じた。

　三重県明野に飛行場が創設されたのは大正八年（一九一九年）六月で、大正十三年四月に明野陸軍飛行学校が開設された。以来二十余年、名実ともに陸軍戦闘機隊の総本山として、戦闘機隊の指揮運用、戦法ならびに教育法を研究して、これを全軍に普及するとともに、幾多の精鋭な空中戦士を育成して、航空戦力の増強発展に貢献した。

　満州事変、ノモンハン事件、日華事変、太平洋戦争と、陸軍戦闘機隊の空中戦士はこの学校で学び、活躍、赫々《かくかく》たる武勲をたて、その大半が大空に殉じていった。

　私が入校した昭和十二年二月一日には、一期先輩の五十九期操縦学生十名が在校していた。午前十時、校長・若竹又男少将以下、日本戦闘機隊の至宝といわれた将校、准士官、下士官の教官助教が約二十名参加して、明野陸軍飛行学校第三回召集下士官学生として同期生二十二名の入校式がおごそかに行なわれた。

例のごとく、校長、教官の訓示があって、教育班の編成が発表された。

教育班編成(昭和十六年二月一日)

教育班長　大尉　武田金四郎(陸士三十五期)

九二式戦闘班　学生十三名

主任教官　中尉　沢田　貢(陸士四十四期。戦死故中佐)

助　教　森田敏行准尉、鈴木　大曹長、剣持一夫曹長

学　生　日置軍曹、鈴木軍曹、田形軍曹、此本軍曹、清水軍曹、日暮軍曹、笠井軍曹、太田軍曹、加藤軍曹、清木軍曹、塚本軍曹、笠井軍曹、伊東軍曹

九一式戦闘班　学生九名

主任教官　中尉　岩橋譲三(陸士四十五期。戦死故中佐)

助　教　吉沢曹長、郡司曹長

学　生　菅浪軍曹、石井軍曹、古郡軍曹、川北軍曹、瀬尾軍曹、関軍曹、北山軍曹、吉川軍曹、斎藤軍曹

私は大刀洗時代の中隊付将校であった沢田中尉を教官として、戦闘機の操縦訓練を受けることになった。それはなによりの喜びであった。

入校式が終わって教官助教より、あすからの訓練日課と内務上の指示と注意があった。

こうして四ヵ月間、戦闘機による基本操縦を学ぶことになった。

明野校における操縦訓練の激しさは、とうてい熊谷校とは比較にならなかった。内務は自覚にもとづく行動が要求され、下士官として待遇された。日曜ごとの外出も許可されたが、酒色はやはり許可にならなかった。

沢田教官の訓示

二月二日、伊勢湾から吹き来る寒風にほおを赤らめながら、ピストに整列した。操縦訓練第一日である。

武田教育班長の訓示があった。

「諸君らは選ばれて戦闘機操縦者になるのであるが、戦闘隊の生命は、見敵必殺の旺盛な闘魂である。技の鍛練と同時に、心の練磨を怠らないように」

つづいて沢田主任教官の訓示である。

「沢田中尉は、祖国を愛する情熱、戦闘機乗りとしての戦技と闘魂においては、日本一であるという信念をもっている。日本一は、つまり世界一である。戦闘機操縦者は、世界一にならねば敵に勝てない。

学生諸官らは、少数精鋭主義の日本空軍の運命を双肩に背負って戦う使命がある。日本一、世界一になるためには、それだけの覚悟と訓練が必要である。操縦者として、軍人として、すべての点で教官にまさるようになったとき、初めて諸官らは日本一、世界一の一騎当千の戦闘機乗りとして完成されるのだ。そしてお国のお役に立つようになる」

沢田教官はさらに言葉をつづけた。

「しかし、操縦とは学べば学ぶほどむずかしいものである。自信過剰と自信喪失は、ともに危険で死をもたらす。このことは生涯忘れてはならない。操縦は技以上に、心の練磨が大切である。真の一人前になるのには十年の歳月を要するが、操縦者の操縦生命はわずかに十年間だ。平時、戦時の別なく、操縦者が十年生き残るのは至難のわざである。これが操縦者の実態であり宿命であることを、はっきりと自覚して操縦桿を握らねばならない」

訓練第一日において、戦闘機乗りの烈々たる闘魂と、不動の信念を学生に訴えられた。この教官の精神は、私の戦闘機操縦十年の間、常に大切な教訓として、心の奥深くきざみ込まれて消えなかった。

沢田主任教官は、五尺八寸五分（百七十五センチ）の長身に長い軍刀を帯びて、独特の敬礼と口調で、つねに童顔に微笑をたたえながら、激しい訓練を指導された。この沢田中尉も昭和十八年三月五日、飛行第一戦隊長として部下の先頭に立って戦い、この訓示の精神そのままに、ニューギニアのラエにおいて散華された。

戦闘機による訓練課目は、練習機課程とほとんど同じであった。戦闘機は一人乗りであるから同乗訓練はできない。したがって指導は全部、地上から無線でなされた。

第一日は、九二戦の地上滑走による操舵感得であった。地上滑走は舵が鋭敏で練習機よりむずかしい。

「あすの単独飛行、大丈夫かなあ」

軽い不安でなかなか寝つかれない。同期生たちも同じ思いで眠れないようだ。

九二戦の初飛行

二月三日、操縦訓練第二日、いよいよ九二戦による離着陸飛行だ。

十三名の九二戦班の先陣をうけたまわって、私が第一番に単独飛行を行なうことになった。

「田形軍曹、九二戦第二三七号機操縦、離着陸二回」

沢田主任教官に報告した。

「よし、落ちついていけ。横風が強いので着陸のとき注意せよ」

つづいて、剣持助教に報告する。

「練習機より舵が鋭敏だから、荒い舵を使うな。よし、行け」

教官、助教の注意を心の中で復唱した。軽い不安と、大丈夫という矛盾した気持ちが交錯して落ちつかない。

山田市の方向に機首を向け、エンジンレバーを全開にする。見る見るスピードを増し、百メートルほど滑走して軽く浮揚する。上昇速度時速百七十キロ、急角度でグングン上昇する。高度計が三百メートルを指しているので、急いで機首を下げて第一旋回、つづいて第二旋回を終わって百十キロで水平飛行に移る。まったく忙しい。

第三旋回、第四旋回を終わって機首を下げ、着陸降下する。練習機より沈下が早い。われながら見事な三点着陸であった。

つづいてもう一回。二回目には第一回よりも心の余裕をもてた。

「練習機より舵が鋭敏である。スピードもあり軽快で、乗り心地もよい。しかし、これで千変万化の空中戦をやらねばならないが、果たしておれにできるだろうか」

　これが戦闘機初飛行の感激であり、感想であった。

　九二班も、九一班も、離着陸、特殊飛行、編隊飛行、高空飛行、野外航法など、日ごとに進度を高めて、教官助教の闘魂と学生の闘魂が火花を散らして、体力気力の限界までの激しい訓練が四ヵ月間つづいた。

　三月二十八日午前十一時ごろ、二ヵ月先輩の第二回召集下士官学生(五十九期)の卒業編隊飛行において、八木軍曹と相沢軍曹が衝突した。八木軍曹は落下傘降下で助かり、相沢軍曹は落下傘が開かず墜落惨死した。

　この事故を最後として、操縦五十九期の藤永巌軍曹、柳田重雄軍曹、高田茂平軍曹、清水武軍曹ら八名が、新しい操縦徽章を胸に佩用《はいよう》して巣立っていった。

　学生舎が急にさびしくなった。

女性あこがれの操縦学生

　猛訓練三ヵ月、戦闘機(九一戦、九二戦)の操縦にも慣れて、心にも少し余裕がもてるようになった四月、伊勢神宮の桜も満開となり、大勢の人でにぎわっていた。

　このころ風紀上、学校の校長以下を大騒ぎさせる問題が起きた。

　沢田主任教官は、私たち二十二名の学生に、

「修行中の学生は酒色は禁止されている。酒は絶対に飲んではならない。また女性との交際も禁止されている。これに違反した学生は退校させる、ということは、入校のとき注意した

とおりである。しかるに、紡績工場の女子社員と映画を見に行くとは、どういうことだ。映画を見に行った者は、手を挙げよ」と。

操縦教育以外は温厚で、いつもにこにこと微笑をもって温かく接しておられる教官が、人が変わったように厳しかった。

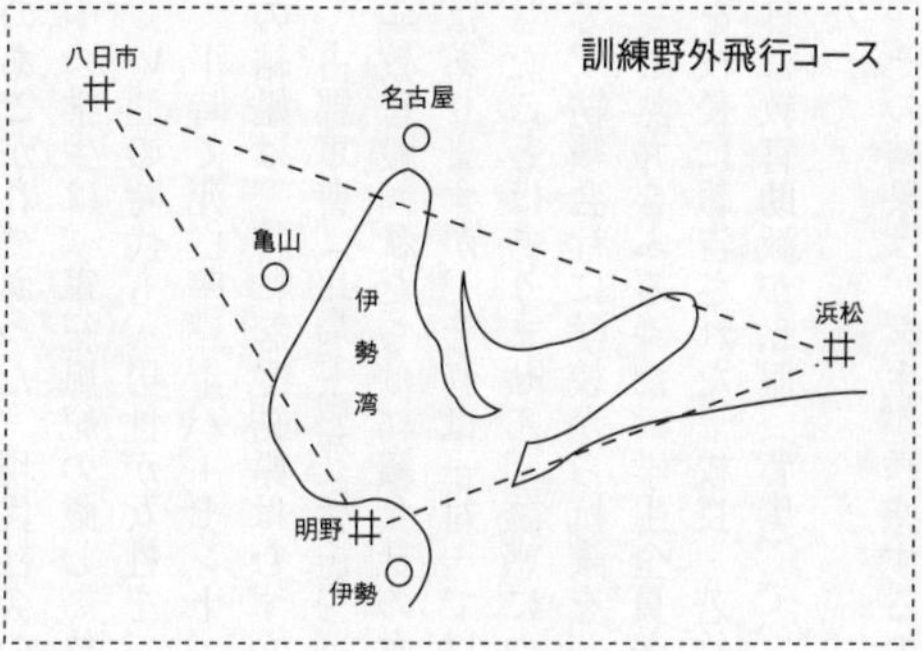

その理由は、紡績会社から学校長宛に、公文書で異例の抗議文が寄せられたからであった。教官が怒っておられる原因はこのためであった。
当時、伊勢付近には熊谷と同じく、紡績工場がたくさんあった。女子社員の大半が懐かしい故郷を離れて、就職して働いていた。厳しい労働条件のもとで、「女工哀史」で語られる籠《かご》の鳥の時代であった。
日曜日には、山田市の喫茶店も食堂も映画館も公園も、町の女性と紡績工場の女子社員であふれていた。
飛行機乗りには、娘はやれぬ
やれぬ娘が、ゆきたがる
と歌われていたように、戦争中の数少ないパイロットは、女性羨望の的であった。
明野陸軍飛行学校の私たち下士官学生二十二名と、将校学生（陸士四十八期、特志一期）十九名の学生は、若い女性のあこがれであった。現代社会のように男女の交際が自由な時代ではなく、特に私たち修業中の学生は、軍紀風紀の厳しい枠の中での自由であった。

いつの時代も、男性が女性を、女性が男性を慕うのは世の常であった。

平時で死亡率三十パーセント、戦時で死亡率八十パーセントといわれた私たちパイロットの結婚は、特に恋愛結婚はむずかしかった。

古郡軍曹（比島で戦死故少尉）が、

「教官殿、私たちは紡績会社の女子社員の方とコーヒーを飲んだり、映画を見たりしたことはありますが、それは一対一ではなく、大勢が一緒に遊んだのであって、また当方から誘惑したことはありません。誘惑については、学生の私たちが被害者です。教官殿、学生を信じて、紡績会社に学校から抗議をして下さい」

と熱弁をふるった。学生全員がこの意見に賛成した。沢田教官は学生を信頼されて、事実を校長に報告された。校長・若竹又男少将は関係将校会議を召集され、討議した結果、日曜日に教官助教が私服（背広）で、二十二名の私たち学生に同行して、実態調査されることになった。


その結果は、学生が誘惑するのではなく、学生が町のお嬢さん、紡績会社の女子社員にもてる、という結論が教官助教によって確認された。


さっそく学校長名で、関係会社の社長宛に抗議文が発送された。要旨は、

「当校の学生は軍紀風紀厳正にして、貴女子社員を誘惑した事例はなく、今後さらに自覚ある行動を指導する。故に、貴社におかれても、女子社員教育を徹底されるよう要望する」

これまた異例の抗議文が出された。会社からは、再調査した結果、学生から誘惑された社員はいない、ということで、丁重な挨拶状が送られてきた。

現代社会の風潮では考えられない、私の青春時代の奇談の一コマである。

胸に名誉の操縦徽章

四月一日、陸軍航空士官学校を卒業した四十八期（操縦六十一期）十二名と、特別志願操縦将校一期生（操縦六十二期）七名の将校学生など十九名の少尉が、基本操縦を終わって入校してきたので、学校もまたにぎやかになった。

陸士四十八期は、江藤豊喜少尉、三浦正治少尉、代永兵衛少尉、神保進少尉、村川巌少尉、岡本正治少尉、佐藤猛夫少尉ら十二名であった。特志操一期は、山口栄少尉、江原英雄少尉、藤本秋助少尉、福田徳郎少尉ら七名であった。

これらの将校学生は、私たち同期生とは最も関係の深い将校であり、後年、名中隊長、名戦隊長として活躍した人々である。

四ヵ月間の訓練に耐えぬいた同期生は、二十二名中、一名病気中退、一名卒業延期で、二十名が卒業することになった。

五月二十九日午前十時より、二十名の卒業式が行なわれた。成績順に卒業証書をもらい、沢田教官より、

「おめでとう」

と、航空隊のあこがれであり、操縦者の名誉を象徴する操縦徽章を胸に付けてもらった。

この日の感激は、生涯忘れ得ぬ思い出である。

帰隊準備に忙殺されているところに、大刀洗の飛行第四連隊に配属された江藤少尉と、藤本少尉の二人がやってきた。

「おめでとう。操縦徽章、うらやましいね。おれたちも早く付けたいよ」

「ありがとうございます。少尉殿たちもあと二ヵ月です。がんばって下さい。大刀洗で待っています」

階級を超えた戦友愛で、固い握手を交わした。

五月二十九日午後二時、四ヵ月間の猛訓練の思い出を胸に、私たち九二班二十名は、武田大尉、沢田中尉、岩橋中尉、剣持曹長らの教官助教に見送られて、大刀洗・飛行第四連隊へ、九一班九名は各務原・飛行第一連隊へと出発した。

動乱の中国大陸

部隊一番の新参

祖国日本は、ついに運命の日を迎えた。

昭和十二年(一九三七年)七月七日の払暁、華北の一角、蘆溝橋において日中両軍が戦火を交えた。いよいよ、宣戦布告なき戦争がはじまった。ラジオは臨時ニュースで、新聞は号外で、次から次へと大陸の戦況を報道している。

そのとき私たち同期生十一名は、大刀洗の飛行第四連隊第四中隊で、五月より四ヵ月間の予定で、九五戦による離着陸、特殊飛行、編隊飛行、単機戦闘、基本射撃などの戦技教育を受けていた。

七月七日午前十一時、私は九五戦による特殊飛行を終わって、ピストで第二回目の搭乗順番を待っていた。

「おい、ついに戦争がはじまったね」

「おれたちは戦争に行けるだろうか」

緊迫した空気の中で、同期生と語り合った。

このとき、大刀洗飛行場の西方から九五戦九機が低空飛行で、飛行場いっぱいに爆音をとどろかせながら、全速で進入してきた。

「いよいよ出征だなあ」

という予感がした。

大村海軍航空隊に空中実弾射撃演習のため出張していた第三中隊が、日中開戦により急遽《きゆうきよ》帰隊したのだった。

飛行機から降りてきた一年先輩の嘉村武秀軍曹に、私は興奮気味に話しかけた。

「嘉村軍曹殿、出征ですか」

「うん。田形軍曹、まもなく出征命令がくるぞ」

嘉村軍曹は頰を紅潮させて答えた。私も全身の血が騒ぎ、いままでに経験したことのないときめきを覚えた。と同時に、不安な気持ちに襲われた。それは、私は操縦まる一年、飛行百八十時間、まだ単機戦闘も基本射撃も習得していない。杉浦中隊長は修業中の私を、果たして戦場に連れていってくれるであろうか。

連隊本部から帰った吉岡教育班長は、中隊全員を集合させ、緊張したきびしい表情で命令を下した。

「諸君らもすでに知っているごとく、本朝、華北において、不幸にも日中両軍は銃火を交え、目下、戦闘は拡大されつつある。わが部隊にも動員が下命されることは必至だ。本日の訓練は、これをもって中止する。学生も中隊将兵も全員兵舎で、別命あるまで待機せよ」

第三中隊の下士官室に帰って、同室の先輩・平田梅人曹長をつかまえて話しかけた。

「平田曹長殿、田形もぜひ連れて行って下さい。お願いします」

「田形軍曹、残念だが、おれは残留のようだ。君は若いのだから腕を磨いてから征けよ」

平田曹長はこともなげにそう答えた。

まだ動員は下令されていないが、将校も准士官も、下士官も、兵も、出征できると信じて、緊迫した空気の中で、心はすでに大陸の戦場に飛んでいた。まだ一人前の操縦者でない私一人だけがとり残されて、中隊の空気になじめない。

七月七日の夜はこうしてふけていき、将兵は、待機命令の中で、思い思いの感慨を胸に、動員下令前夜の夢をむすんだ。

七月八日午前八時、非常呼集のラッパが勇ましく営庭に鳴りひびいた。

連隊本部、偵察第一、第二中隊、戦闘第三、第四中隊、整備隊と、建制順に各中隊が、格納庫前に二列横隊に整列した。

飛行第四連隊長・住々木誠大佐は、厳粛な口調をもって命令を下達された。

飛四連作戦命令（昭和十二年七月八日）
一、昭和十二年七月八日午前七時、わが飛行第四連隊に動員の大命が下命された。
二、戦闘隊は飛行第八大隊二個中隊、偵察隊は飛行第三大隊二個中隊の編成を命ずる。本職は飛行第八大隊長として出征する。
三、戦闘隊は北支天津、偵察隊は中支上海に展開すべし。

四、動員完了は七月十日とす。出征の期日は別命する。

命令伝達を終わって東方遥拝（皇居）し、つづいて各自の郷里に向かって遥拝した。

それからの三日間は、出征準備に忙殺された。出征部隊の編成、武器被服の支給、飛行機の整備、召集兵の入隊など、多忙をきわめた。

私は自分の出征が心配で、中隊長・杉浦勝次大尉に強行に出征を歎願した。西川清中尉、松村俊輔中尉にも助言を頼んだ。

編成完了までの三日間、私は中隊長室に日参した。十日の朝、杉浦中隊長は微笑しながら、

「田形軍曹は思ったより強情者だね。よし、連れて行くから、シナさんには負けぬようがんばれ」

と、私の肩をたたいて出征を許可された。

「はい、しっかりがんばります」

こうして修業中の私は、同期生の先陣として出征することになった。

内地部隊から戦闘機、偵察機、爆撃機約百三十機が、第一次で華北の天津、華中の上海に出動したが、その操縦者約百三十名の中で私はいちばん新参であった。

戦闘飛行第八大隊は九五戦二十四機、操縦者二十五名、戦場は華北の天津であった。偵察第三大隊は九四偵十八機、操縦者は十九名、華中の上海であった。

第一、二中隊編成（昭和十二年七月十日）

第一中隊
中隊長　大尉　杉浦勝次（陸士四十一期。戦死故中佐）
将　校　中尉　西川　清（陸士四十五期。戦病死故中佐）
〃　中尉　沢村源六（少候。不明）
〃　中尉　松村俊輔（陸士四十六期。戦死故中佐）
下士官　曹長　古賀　貞（少候。操縦五十六期。戦死故大尉）
〃　軍曹　嘉村武秀（操縦五十八期。戦死故曹長）
〃　軍曹　藤永　巌（操縦五十九期。少尉。戦後病死）
〃　軍曹　田形竹尾（操縦六十期。准尉）
〃　伍長　川田　一（少飛一期。少候。大尉）
〃　伍長　秀島政雄（少飛一期。少候。戦死故大尉）
〃　伍長　吉田佐一（少飛二期。戦死故少尉）
〃　伍長　岸田喜久治（少飛二期。戦死故少尉）
〃　伍長　木村哲大（少飛二期。殉職故少尉）
第二中隊
中隊長　大尉　吉岡　洋（陸士三十七期。殉職故大佐）
将　校　大尉　谷村正武（陸士四十一期。殉職故中佐）
〃　中尉　岡沢五郎（陸士四十七期。戦死故大尉）
〃　少尉　山下○○（操縦五十期。少候。不明）

下士官　曹長　大坪正義（操縦五十一期。大尉）
〃　曹長　安田一保（操縦五十五期。不明）
〃　軍曹　柳田重雄（操縦五十九期。戦死故准尉）
〃　伍長　田宮勝海（少飛一期。戦死故少尉）
〃　伍長　荒谷秀治（少飛一期。曹長）
〃　伍長　本間　実（少飛二期。戦死故少尉）
〃　伍長　北坂一郎（少飛二期。戦死故少尉）
〃　伍長　李　根哲（少飛二期。准尉。韓国空軍少将。戦死）

部隊長出征訓示（要旨）

大命により我が部隊は、偵察三中隊上海、戦闘二中隊天津に出動する。
出征に当たり、一言訓示する。
一、日本軍が戦うのは中国軍である。中国民衆とは友交親善を深める努力を忘れてはならない。
二、日本軍は人道上、戦闘がどのように困難な状況になろうとも、中国民衆の生命財産を守らねばならない。
三、日本軍は敵の軍事施設、軍隊以外を爆撃、銃撃してはならない。
四、日本軍は軍紀風紀を厳正にして、絶対に、婦女子を犯し傷つけてはならない。
国際法上、人道上、軍紀風紀を厳正にして、日本軍の名誉を守り、以上の点を犯した者は、階級の如何を問わず、軍法会議において処罰する。

昭和十二年七月八日

飛行第四連隊長大佐　佐々　誠

この部隊長の訓示は、私が所属した部隊においては、日華事変、太平洋戦争ともに守られていた。戦後、内外から日本軍の罪悪のみ指摘されているが、軍紀風紀が最後まで守られた部隊が多数あったことを報告しておきたい。

特に爆撃、銃撃の攻撃命令については、私が受けた命令は軍隊、軍事施設、飛行機のみで、無差別攻撃を命じられたことはない。

米軍の日本本土爆撃は全くの無差別爆撃で、一般の非戦闘員百万人以上もが悲惨な死を遂げたことが、東京裁判にも裁かれず、内外から何の問題提起もなされないことが不思議でならない。

問題の本質は、戦争の勝敗とは関係ない。これが文明であり、法であると信じている。善悪がはっきりしてこそ、正しい戦争観、歴史観が確立されると信じている。

第一陣輸送指揮官

七月十二日、連隊から出征兵士の留守宅に電報が打たれ、多くの面会人が、どっと津波のように押し寄せてきた。

私にも父、兄、姉妹らが、車を飛ばして面会にきた。

「母はなぜ来てくれないのか」

母と祖母に会って出征したかった。

「高良神社のお守りだ。竹尾は母の胸の中に生きている。お国のために立派に戦ってこい」

と、母の別れの言葉を兄の寅次より伝えられた。母は、会えば別れがつらいからと、見送りに来なかったそうだ。それが母の愛情だと思うと、熱いものがこみあげてきた。

「決して家名を辱めるようなことはしないので、安心して下さい。あとのことは頼みます」

と、私を二十一歳まで愛し、育ててくれた肉親に別れを告げた。これで何も思い残すことはない。晴れ晴れとした気持ちで出征できると思った。

七月十四日、出征準備に忙殺されていると、一年先輩の嘉村武秀軍曹（熊本県来民。三ヵ月後に戦死）から、「おい、祖国最後の飛行だ。すぐ準備するように」と、思いがけない指示を受けた。駆け足で格納庫へ行く。整備班が、出動する十五機の整備を急いでいた。

準備線に九五式戦闘機二機が整備され、私たちを待っていた。

ピストで待機しておられた西川清中尉（陸士四十五期。戦病死故少佐）に、

「嘉村軍曹、九五戦操縦、時間飛行」

「田形軍曹、二番機操縦、時間飛行」

と報告、二機編隊で離陸した。天候快晴、風速八メートル、九五戦二型の二機編隊で、高度二千メートルで大きく飛行場を一周して、針路を南に向けて飛ぶ。

私の郷里・黒木町は、飛行場から九五戦で南へ七分の航程にある。編隊長・嘉村軍曹の好意で、初の郷土訪問飛行となった。

黒木町を高度二千メートルで大きく二周した。懐かしい実家が小さく見える。人が動いているようだがはっきりわからない。出征前の大切な飛行である。事故でも起こしたら大変である。

「生きてふたたび、この懐かしい郷土に帰ることはあるまい」

心の中で合掌し、郷土の人々に別れを告げた。

祖国最後の飛行で、郷土訪問という予期せざる喜びを味わった。こうして思い出の飛行は無事に終わった。

昭和十二年七月十五日、出発の日を迎えた。私は操縦が若いので、空中輸送を中止して、下士官二名、兵十八名を指揮して、連隊の第一陣の輸送指揮官を命じられた。

「万歳、万歳、万歳」

と、歓呼の声と日の丸の旗に送られて、トラックに乗車して、住みなれた大刀洗をあとに、鹿児島本線二日市駅で乗車、門司港へと移動した。

大刀洗飛行隊では、将兵のほかに国防婦人会、愛国婦人会、在郷軍人会などの大勢の見送りを受けた。

門司に一泊。祖国最後の夜はぐっすりと眠れた。

在郷軍人会、国防婦人会、愛国婦人会などの歓呼の声と、日の丸の旗の波に見送られ、門司港から関釜連絡船に乗船。午前十時、哀愁のひびきをもつドラが鳴って、船は静かに岸壁を離れた。

船は玄海の荒波を越えて進む。九州の山、中国の山が、次第に遠ざかっていく。観光旅行でもない、演習出張でもない。船は、日本人と朝鮮人で混雑している。その姿は、戦争ではなく、平和な生活を楽しむ姿であった。

平和な姿がいつまで続くだろうか。ふと、戦争の将来に不安がよぎった。しかし、やっと

戦闘機で飛べるようになった私には、このときはこれ以上はわからなかった。

門司—釜山—京城—新義州と、急行が停車する駅ごとに、朝鮮在住の日本人と朝鮮人の多勢の人たちの熱烈な歓呼の声に送られて、満州国へと鴨緑江を渡り、安東から奉天へと列車は進んでいった。

朝鮮の平壌には、二年前に耐寒飛行で出張したことがあったので、少しは状況がわかっていた。満州は初めてで、すべてが珍しく、平和な風景で、戦争への道を忘れるほどであった。満州は戦場の一部である、と心を戒《いまし》め、奉天から軍用列車（貨車）で天津への道を進んだ。

門司を出港して、船と汽車の十一日間の戦場への旅を終わって、天津駅に到着したのは七月二十七日の夕刻であった。

天津駅の戦闘

天津駅より六キロ離れた飛行場には、杉浦中隊長以下十機が到着していた。沢村中尉が迎えにきて、中隊命令を伝達された。

第一中隊命令（昭和十二年七月二十七日）

一、田形軍曹は渡辺上等兵以下十一名を指揮して、停車場衛兵司令となり、部隊の燃料、弾薬、器材の警備に服せよ。

北支天津駅戦闘（昭和12年7月27日〜29日）

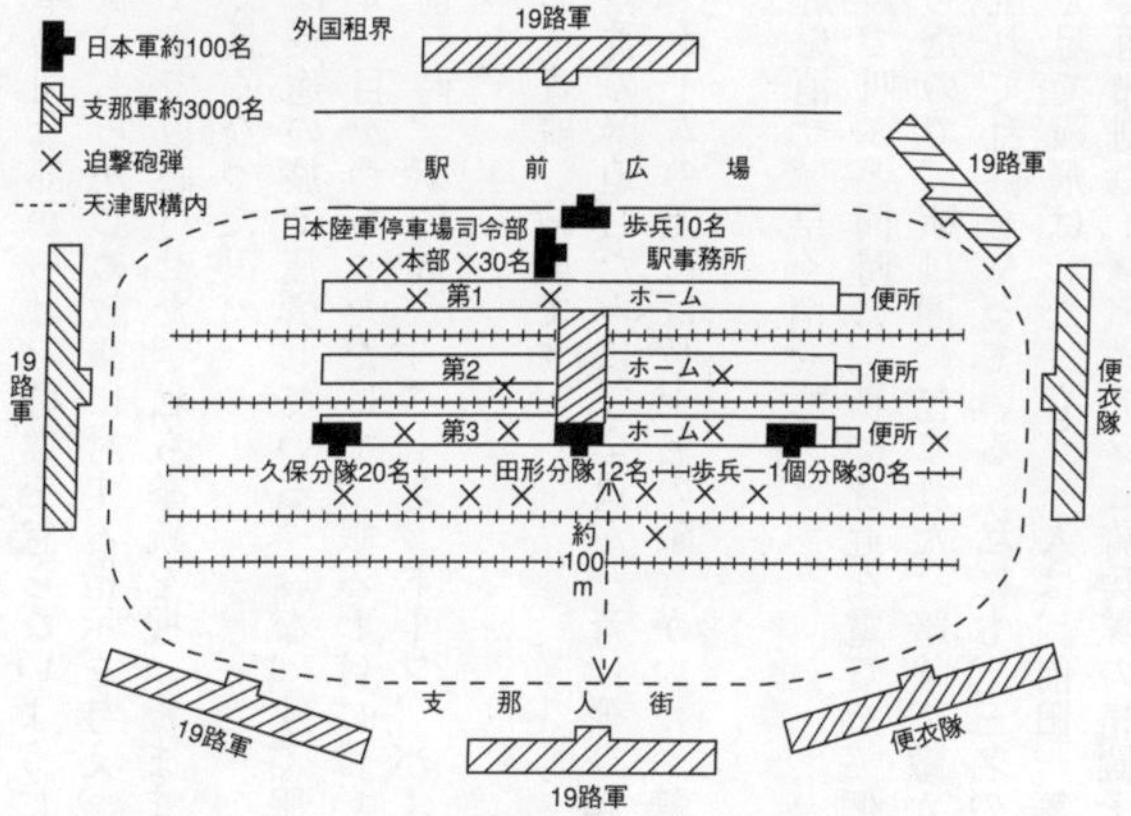

二、塚本軍曹は、山崎上等兵以下七名を指揮して飛行場に到り、ただちに作戦準備に参加せよ。

私は、輸送指揮官の任務をとかれ、あらたな任務に服することになった。

天津には日、英、米、仏、ソなどの租界があり、各国の軍隊が駐屯していた。日本軍の作戦行動は、これらの世界列強の監視のなかで、正々堂々と開始されたのである。

午後十時、北京行きの国際列車が天津を発車してから、駅も急に静かになった。

天津駅の警備には、独立守備隊の歩兵一個分隊三十名、停車場司令部三十名、偵察隊同期の久保了軍曹指揮の航空兵二十名、私の隊十二名など、約百名であった。

しかし、応戦力のある部隊は歩兵の三十名だけであった。

夜も次第にふけて十二時を過ぎると、駅の四周は静けさの中に不気味な殺気が感じられる。停車場司令部からは「警備を怠らないように」とだけの連絡で、具体的な指令も指示もない。私はあらかじめ敵襲に対する指示を与え、二名の不寝番を配して、他の兵には実弾をこめたままで仮眠させた。私も拳銃を握ったまま、午前一時三十分、ガソリン箱を枕にホームの上で長くなった。

兵は長途の旅で疲労している。みな、すぐ眠ってしまった。私は指揮官としての責任があるので、目をつむっただけで、眠るわけにはいかなかった。

午前二時、駅四周からバーン、ドーン、バーン、ドーンと、猛烈な銃砲の一斉射撃の音が起こった。

「田形軍曹殿、敵襲です」

不寝番の緊迫した声に、全員が一斉に飛び起きて、あらかじめ定めた部署についた。このとき、ホームの上には数十名の敵兵がいた。線路上には何百名という敵兵が伏せて射撃している。

「電灯を消せ。早く消せ」

大声で叫ぶと同時に、私は身近な電灯を二個、拳銃で撃った。このとき司令部が電灯全部を消したので、駅は闇に包まれた。暗くて敵か味方かよくわからない。ホームの上で幾組も入れ乱れて乱闘をやっている。私にも、三名の敵が襲いかかってきた。一人を拳銃でなぐり、一人を足で蹴飛ばした。もう一人は、前田一等兵が銃剣で刺した。私も腰を足で一撃された。まるで西部劇のインディアンと騎兵隊の格闘そのものであった。

敵は十九路軍と便衣隊（少年義勇兵）合わせて三千名以上で、天津駅は完全に包囲されていたのだ。

敵は迫撃砲、機関銃、小銃などで、昼夜の別なく執拗に攻撃を加えてきた。激しい攻防戦が実に連続二十七時間におよんだ。

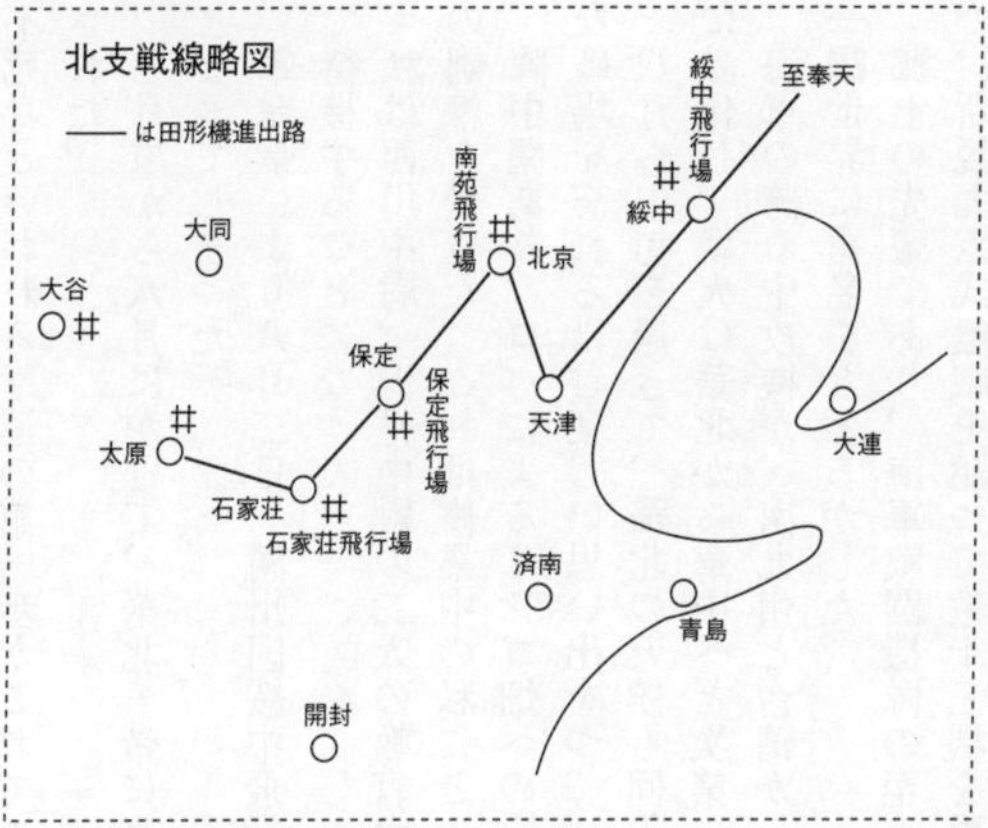

二十九日の払暁、前線より歩兵一個大隊（六百名）の救援と、わが八大隊の戦闘機と軽爆隊の銃爆撃によって、敵は約百二十名の死体を残して総退却した。

私たちは水だけ飲んで戦い、私が左頬に小銃弾の擦過傷、前田一等兵が腕に小銃弾の擦過傷を受けただけで、全員が奇跡的に助かった。

この攻防戦において味方は、戦死青木大佐以下十四名、重傷七名、軽傷四名、約三分の一の戦死傷者という犠牲を出した。私たちも必死で戦ったが、生き残ることができたのは、三十名の歩兵隊の勇敢な戦闘があったからである。

「田形軍曹は天津停車場衛兵司令として重大任務を遂行した。よって殊勲甲とする」

私の功績名簿の第一ページはこうしてつづられ、

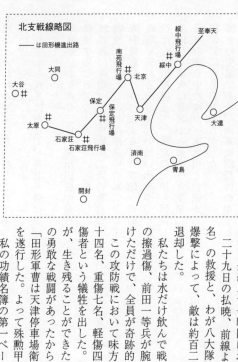

不死身といわれる幸運の第一歩がこれであった。部下もそれぞれ功績名簿にその殊勲が記載された。

七月末から八月にかけて、華北一帯に豪雨がやってきた。飛行場も町も田も、一面の泥海となってしまった。

軍命令により八月二日、満州国綏中飛行場へ退避した。こうして、華北の雨期明けを綏中で待機することになった。

私は西川中尉、沢村中尉の二人の教官から、連日、激しい単機戦闘、編隊飛行、空中射撃の訓練を受けた。これは修業中の私にとって、予期せざる喜びであった。

陣中閑あり、ロバによるリンゴ畑への慰安行軍、綏中川に糸をたれての亀釣りなど、殺伐な戦場を忘れるほど楽しい思い出をつくった。

八月も中旬を過ぎて、華北の天候も回復した。雨期明けとともに、空も陸も戦闘は日増しに激化し、戦火は華北から華中へと次第に拡大されていった。

海軍の誇る中攻機が、南九州と台湾から、台風圏を突破して上海、南京へ渡洋爆撃を敢行、一躍世界に勇名をとどろかした。

郷土の先輩であり、海軍戦闘機隊の至宝といわれた古賀清登一空曹が、南京上空の空中戦で、新鋭九六式艦戦を駆って敵十三機を撃墜し、エースとしてその名を知られたのもこのころであった。

九月六日、待望の華北への前進命令がきた。

わが八大隊は九五戦二十四機の大編隊で、万里の長城を越えて、北京市郊外の南苑飛行場へ前進した。

点と線の占領といわれたごとく、陸軍の精鋭は、北京—保定—石家荘—太原へと、怒濤の快進撃を続けていった。

私たち航空隊はこの地上戦闘に呼応して、南苑飛行場を根拠地として華北を南下していった。敵飛行場の攻撃、爆撃機の掩護、戦線上空の制空、地上部隊の攻撃、友軍の要地防空などの任務で多忙をきわめた。

敵機も奥地から増強され、次第に攻撃をかけてくるようになった。

杉浦中隊長以下の中隊の古参操縦者は、吉岡中隊とともに連日出動して活躍している。新前操縦者の私は、危険な出撃には連れていってもらえない。毎日、飛行場上空の哨戒飛行程度の任務に服していた。

わが初陣

九月二十日、ようやく待望の保定攻略戦に出撃することになった。

西川中尉がにこにこしながら言った。

「田形軍曹、きょうは連れて行くぞ」

「はい、お願いします」

いよいよ初陣だ。出撃の緊張で喉がかわいて気持ちが落ちつかない。うれしくてたまらないのだが、ちょっぴり生命の恐怖感も意識する。

九五戦三機の翼下に、十五キロの小型爆弾が二発搭載された。整備班長の山下仁司曹長指揮で、河辺虎雄軍曹、古賀正伍長、窪山降三郎上等兵、椋本軍次上等兵らの整備員の手によって、三機が一斉に始動された。

「田形軍曹、二番機操縦」

「古賀曹長、三番機操縦」

編隊長の西川中尉に報告した。

「西川編隊は、戦場上空の制空および、保定城周辺の敵地上部隊に対して銃爆撃を敢行します」

西川中尉は杉浦中隊長に報告した。

「田形軍曹は初陣だから、敵機と遭遇したら、おれから絶対に離れるな。爆弾投下は高度百メートル以上、銃撃は百メートル以上で離脱せよ。索敵に特に注意せよ」

払暁に南苑飛行場を離陸、高度三千メートルで直路、保定に向かう。天候快晴、エンジンは快調、朝日を浴びて三機編隊は進む。

三十分ほど飛んだ。いよいよ戦場だ。戦闘隊形に移る
やがて前方に市街が見え、保定城の城壁がはっきり見えるようになった。市外の数ヵ所から、火煙が空高く燃え上がっている。

城壁を翼下に見て、保定城を大きく三周した。上空に敵機なし、西川編隊長より「爆撃せよ」と命令が下った。

古賀曹長は上空掩護に残った。

二機は急降下で三百メートルまで高度を下げた。いるいる、敵兵が何千名といる。私たち

二機に向かって、小銃、機関銃で激しく撃ってくる。トラック、乗用車など三十両が南に退避するのが見えた。

西川中尉は五十メートルぐらいまで急降下して爆弾を投下、猛烈な銃撃を浴びせている。

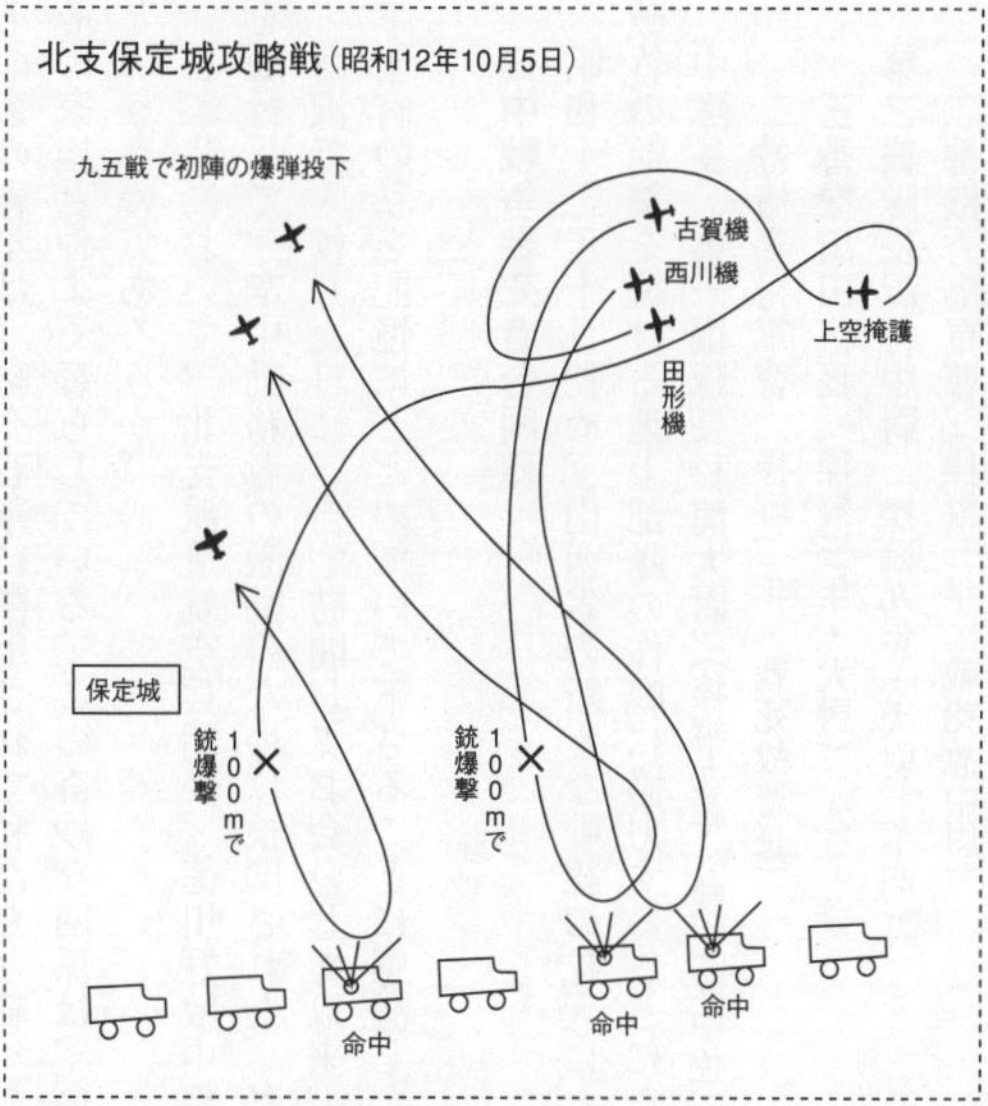

私は示された百メートルの高度で爆弾を投下し、機銃の一連射を加えた。

西川中尉はさすがに見事で、トラックに命中、炎上している。

私の一発目は畑の中で爆発した。二発目はうまくトラックに命中、これを爆破した。われながらほっとした。飛行一時間五十三分、こうして私の初陣は無事に終わった。これが、私の出撃二百回の、記念すべき初出撃であった。

戦局の進展にともなって、保定から華北の要衝・石家荘に前進した。初めて敵機を見、日中空中戦を見たのも石家荘時代であった。

石家荘では中国人街に民宿した。

その家の青年は、蔣介石軍に徴用されて私たちと戦っている。私たちはその家に宿泊して、その家族と仲よく暮らしている。この奇妙な関係は、いったいなんであろうか。これが戦争というものであろうか。

石家荘において、北支派遣航空兵団長・徳川好敏中将の巡視があった。兵団長は幕僚数名を随行して、空中勤務者の激励のために検閲された。私の前で軽くうなずいて行かれた。所沢で入校した日に、自宅訪問してお会いして以来、一年三ヵ月ぶりである。一介の操縦下士官の私を記憶にとどめていて下さることに感激した。

日中戦争戦死者合同葬

昭和十二年十月初め、山西省の新たな戦線の拡大にともない、中隊主力六機が大同に前進、破竹の進撃を続ける地上部隊の作戦に協力することになった。

中隊長・第一編隊長杉浦大尉（操縦九年・戦死故中佐）

二番機嘉村軍曹（操縦二年・戦死故曹長）

三番機川田伍長（操縦三年・大尉）

第二編隊長沢村中尉（操縦九年・大尉。不明）

二番機秀島軍曹（操縦三年・戦死故中尉）

三番機古賀曹長（操縦四年・戦死故大尉）

残留操縦者は西川中尉（戦病死故少佐）、松村中尉（戦死故中佐）、藤永軍曹（病死故少尉）、田形軍曹（准尉）、吉田伍長（戦死故少尉）、岸田伍長（戦死故少尉）、大村伍長（戦死故少尉）。

敵機は山西省の太原飛行場、大谷飛行場を前進基地として、奥地の蘭州、成都、華中の南陽、帰徳、徐州などの根拠飛行場と結び、陸軍航空隊の制空権下をたくみに縫って、猛烈な空の攻撃を展開してきた。

これに対して陸軍新鋭九七式重爆撃機は、初めてその勇姿を華北の空に現わして、奥地攻撃を展開した。渡洋攻撃で世界に勇名をとどろかした海軍中攻隊が、二週間ほど華北作戦に参加した。

次期攻略目標が太原飛行場であったので、私たちは石家荘から南苑基地に帰還して、九五戦の耐寒装備を行なった。太原は零下三十度の寒さで、朝鮮、満州における耐寒訓練の経験が生かされることになった。

私たちが作戦準備に忙殺されているとき、

「嘉村軍曹死す。遺体は夕刻、南苑飛行場に空中輸送する」と無電が入った。

これが、私の部隊の初めての戦死者であった。この嘉村軍曹の戦死から終戦まで、親しかった操縦者だけでも数え切れないほど、多くの人が死んだ。

夕刻、九五戦五機が南苑飛行場に帰還した。いつも壮快に感じる爆音が、今日はさびしさと悲しさを秘めた爆音に聞こえた。

嘉村軍曹の遺体は、中隊長機の胴体より降ろされ、私たちの手によって、すぐ火葬に付することになった。飛行場の片隅に穴を掘り、遺体を運び、薪を積み上げ、ガリリンをかけて、中隊長が火をつけた。嘉村軍曹の霊魂は、南苑の夕陽を浴びてさびしく消えていった。

さっそく兵舎の中に祭壇を設けて、戦友の手によって納められた遺骨を、祭壇中央に安置した。その横に、新しい木に「中国空軍戦死者の霊」と書かれた位牌が安置してあった。杉浦中隊長は中尉のとき、参謀本部から派遣され、ソ連のイワノフ少佐の通訳として中隊付になられた方で、国際感覚もすばらしい将校と思っていたが、今晩の嘉村曹長の供養とともに、いま戦っている中国の戦死者を供養される人間性に、心から敬意を表した。

こうして翌日の嘉村曹長の葬式は、「日中戦死者合同葬」という、悲しみの中にも恩讐を超えた形で行なわれ、今までにない、ほっとした気持ちを持つことができた。

三年後、私が熊本県菊池の飛行隊に転属して、念願の嘉村曹長の墓参ができた。熊本県鹿本郡来民町の実家に嘉村曹長の母上を訪ね、ありし日の思い出を語ったが、母上の両眼からは涙があふれていた。しかし、その表情の中には明るいものがあった。

初空戦の武者ぶるい

私にも待望の敵飛行場攻撃の命令が出た。

「田形軍曹、二番機操縦」

「秀島軍曹、三番機操縦」

編隊長の西川大尉に報告した。

任務は、太原飛行場と太原駅を爆撃する軽爆六機を掩護することであった。

戦爆連合九機編隊で、高度三千五百メートルで太原飛行場に向かって進攻する。石家荘から太原までは標高二千メートル以上の峻嶮が二百キロにわたって続いている。機内は零下十五度、電熱被服のスイッチを入れて飛ぶ。それでも外部から航空服を通して少しずつ寒さが

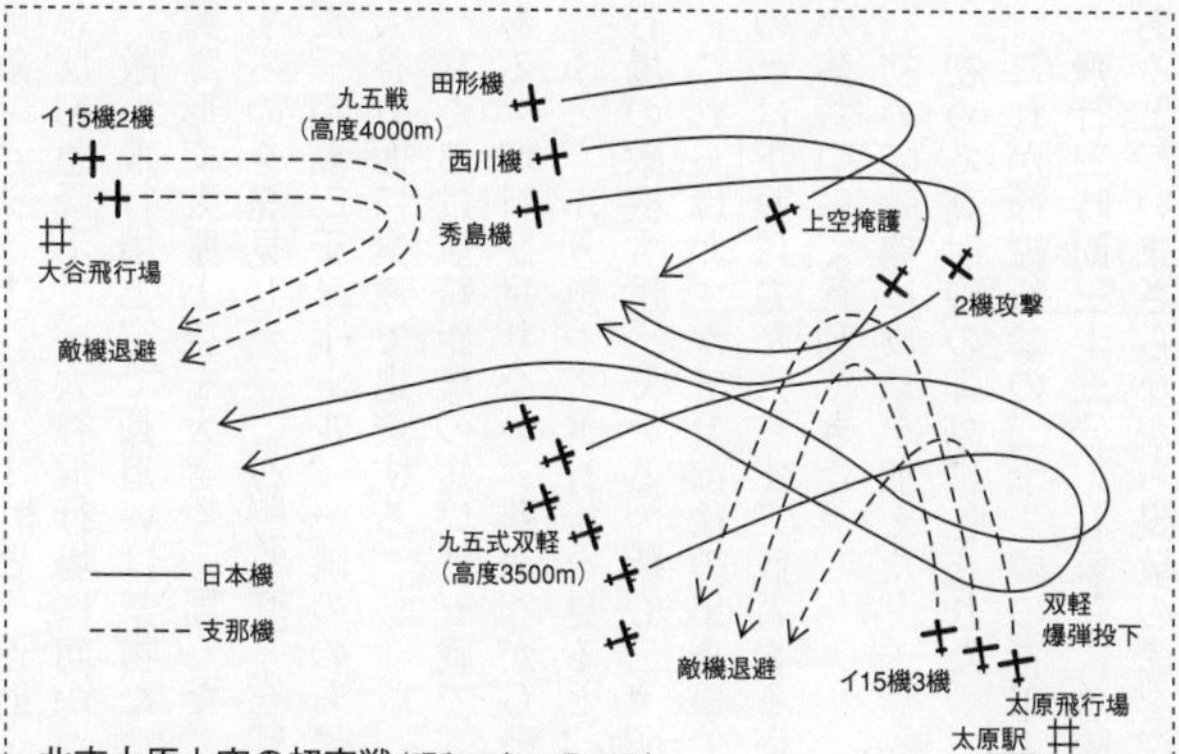

北支太原上空の初空戦（昭和12年10月15日）

肌にしみる。

石家荘飛行場を離陸して五十分、はるか前方の盆地に、太原飛行場と太原市街が見えてきた。いよいよ敵の根拠飛行場だと思うと、下腹の力は抜けて、全身に力が入ってくる。そして十五分後に、太原飛行場の上空に進入した。味方九機編隊は敵の三十門ほどの高射砲の弾幕に包まれた。飛行場には小型機六機、大型機五機が着陸している。ソ連製イ15戦闘機三機が、爆撃の弾幕をぬって急上昇してくる。

軽爆は全機爆撃を終わり、翼を振って帰還飛行に移った。

二千メートル付近を上昇中の敵戦闘機に対して、

「戦闘開始」

と、翼を振って攻撃を下令した。

西川大尉と秀島軍曹は、一千メートル上方から深い角度で、上昇中の敵機に向かって斬り込んでいった。私も遅れないように、西川大尉の上空掩護をかねて、夢中で敵機に向かって突進、遠い射距離で「ダッ！　ダッ！」と一連射を撃ち込んだ。敵三機は西川大尉の気迫にのまれたのか、急反転急降下で、大谷飛行場に向かって遁走した。

敵の飛行場上空で長追いは禁物だ。私たち三機は急上昇で四千メートルの高度をとり、戦闘隊形で太原上空を大きく一周した。このとき、大谷飛行場の方からイ15戦闘機二機が飛来するのを発見した。「見敵必殺」の旺盛な闘魂の西川大尉は、ふたたびこの敵に戦いを挑んだ。距離二千メートル、一瞬ののちに彼我の銃が火を吐く。なにを思ったか敵機は急反転、大谷方面に全速で退避する。

私たちは航続距離の短い九五戦で、二百キロ敵陣を侵攻、しかも敵飛行場上空での戦闘である。燃料が足りない。残念ながら戦闘を中止して、帰還飛行の途についた。

ふと、ふり返って飛行場を見ると、燃料が燃える煙が二千メートルまでのぼっている。飛行場の敵機も燃えている。駅も二ヵ所燃えている。すばらしい爆撃の成果である。

これらはわずか五分前後の出来事であったが、ずいぶん長い時間のように思えた。初空戦の私は下腹に力が入らず、武者ぶるいに襲われた。それも、一連射の射撃によって、いくらか落ちついて行動できた。

初めて敵機に攻撃を加えた。

初めて高射砲の弾幕に包まれた。

これが操縦新参の二十一歳の青年・田形の、いわば初空戦であった。

飛行二時間三十五分、石家荘に着陸した私は、西川大尉、秀島軍曹は頼もしい操縦先輩であると、いまさらながら畏敬の念を深めた。

十二月中旬、太原占領と同時に太原飛行場に移駐した。日中でも零下十八度、夜間には三十度を下まわる、きびしい寒さであった。

寒い山の中では娯楽とてなく、唯一の楽しみは作戦の合間のスケートであった。私もスケートがずいぶん上手になった。

華中戦線へ転戦

十二月下旬、華中戦線の拡大にともなって、南京への転進命令が下った。

このころは一部の部隊に新鋭九七式戦闘機が配属され、はなばなしい活躍が報道されていた。

「新鋭機が欲しい」

これは中隊長以下の心からの願いであった。私は南苑飛行場から兵五名を指揮して、北京―大連―門司、門司―上海―南京へと転進することになった。

十二月二十九日より大連に二泊した。大連で親友の田代又次氏夫妻、松尾一郎氏、いとこの赤十字看護婦の加藤アヤノさんらと楽しい再会ができたのは、予期しない喜びであった。

昭和十三年一月八日朝、待望の揚子江をのぼって上海港に到着した。

上海に一泊して、南京陥落後一ヵ月めの一月十二日、軍用列車で南京市郊外の大校場飛行場へ到着した。

飛行場には、陸軍の九五戦二十四機、九三式重爆十二機、九三式軽爆十四機、海軍の新鋭九六艦戦三十機、九五艦戦三十機、新鋭九六式中攻三十六機が鵬翼を休めていた。

陸海軍共同作戦による任務が規定され、私たちは南京、蕪湖地区の要地防空、水上部隊の上空掩護の任務が与えられた。

海軍は新鋭中攻隊の大編隊により長駆、重慶、漢口、南昌に進攻、敵の根拠地に果敢な攻撃を加えた。

敵も、優勢な日本空軍の制空権下をたくみにぬって、SB《エスベー》爆撃機を主力として、勇敢にも南京にしばしば攻撃を加えてきた。華北では想像もつかないほどの、激しい空の攻防戦が連日つづいた。

私と、藤永巌軍曹、柳田重雄軍曹が進級したのは、中山陵の桜の花がほころびはじめた三月一日であった。私にとっても二十二歳の多感な陽春であった。

陸士四十八期の新進気鋭の江藤豊喜中尉が補充要員として中隊付になり、内地より着任された。明野校で別れてから一年ぶりのうれしい再会であった。

三月三日、私たちの基地の南京・大校場飛行場が、爆撃で大損害を受けた。

「空襲、空襲」

本部のサイレンがけたたましく鳴りひびいた。当日は私の中隊が警戒任務に服していた。

「プロペラ回せ」

杉浦中隊長を先頭に、十二名の操縦者はいっせいに愛機に向かって駆け出した。私も負けずに愛機に飛び乗った。

雲量七、雲高二千メートル、風速南西七メートル、視界は不良であった。

突如、三千メートルの雲の切れめから、ソ連製SB双発爆撃機十二機が大校場飛行場に侵

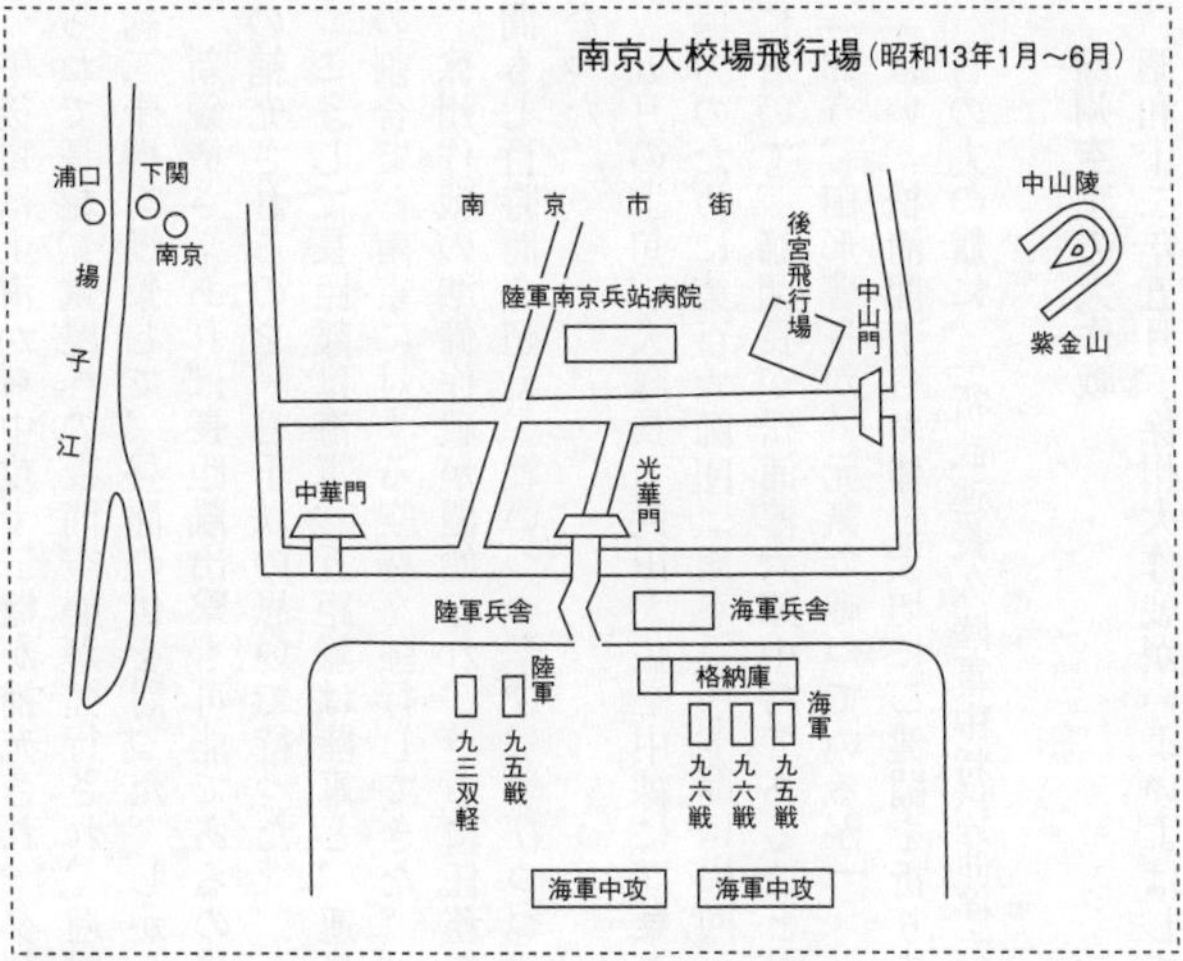

入、爆撃を開始した。第一弾は飛行場外の水田に、第二弾は海軍の中攻機に命中、三機が炎上した。一弾は私の機から五十メートル付近に投下された。

このとき、哨戒任務についていた海軍の九六艦戦三機が第一撃をかけた。敵爆撃機一機がキリモミで墜落して行く。つづいて海軍の九五艦戦三機が一機を撃墜した。

このときすでに敵機は私の頭上を飛んでいた。

中隊の飛行機は全機離陸して、敵機の退避方向に向かって直進しながら急上昇追尾する。旧式の九五戦ではなかなか敵機に追いつけない。スピードこそ戦闘機の生命であるということがよくわかった。

この日の空襲で、中攻六機炎上、七機大破、死傷十数名という甚大な損害を受けた。戦果は撃墜三機、撃破三機であり、操縦者はすべてソ連人であった。

午後には上海から中攻十二機が補充され、夕刻、中攻三十六機の大編隊が堂々の鵬翼をつらねて長駆、重慶への夜間空襲が強行され、迎撃してきた敵戦闘機五機を撃墜、地上の敵機約二十機を爆撃して、昼間の仇を討った。しかし、わが方も二機が悲しい自爆を遂げた。新鋭機さえあれば長距離出撃も可能であるのにと、無念の涙をのんで、全員が新鋭九七戦の補充されるのを一日千秋の思いで待った。

こうして長距離は海軍、近距離は陸軍と、連日出撃して戦った。敵機も三日に一回ぐらいの割合で、南京に対する空襲を強行してきた。

徐州作戦の準備作戦が開始され、さらに任務も多忙となってきた。戦場生活一年、飛行時間も七百時間を超え、戦いつつ学び、学びつつ戦い、いくらか作戦任務にも役に立つようになった。

五月の上旬、大隊長・武田大佐を中練に同乗させて、南京―蕪湖を飛んだ。目的は、空地協力のために第百六師団（熊本）司令部に出向、空地作戦協定をするためであった。司令部に着いて、師団長が松浦淳六郎中将であることがわかった。

「おう、田形曹長か。元気で戦っているか」

「はい、松浦閣下もお体を大切にご健闘を祈ります」

日の丸の旗に、「祈武運長久陸軍中将松浦淳六郎」と署名していただいた。

徐州空陸の大作戦

昭和十二年五月、徐州大作戦がいよいよはじまった。

私たち飛行第八大隊は、南京から北へ二百キロのバンプ飛行場に前進、この飛行場を基地として徐州作戦に参加した。

私もこの頃は、飛行学校卒業後一年、中国に出征して十ヵ月、出撃の回数も百回に近く、戦いつつ学び、学びつつ戦いながら、「心技体」も次第に向上して、作戦にも少しずつ役に立つようになった。

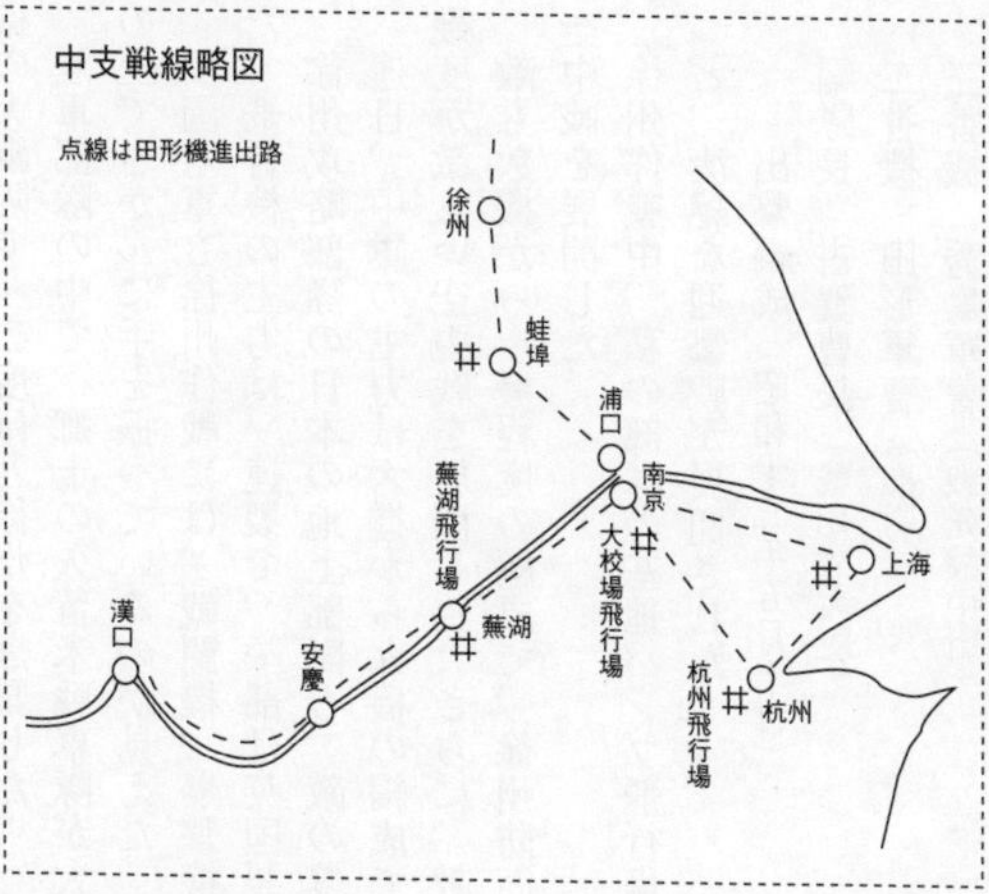

中支戦線略図

地上部隊も華北から南下した部隊と、南京から北上した部隊、二十万人の陸軍の精鋭が、徐州大包囲作戦を開始した。

中国軍は、蒋介石直系の正規軍二十五万人を主力に、義勇軍二十万〜三十万人を加え、五十万人を超える大兵力といわれていた。

空軍は日本軍が圧倒的に優勢で、華中方面からは、私が所属する飛行第八大隊の九五式戦闘機二十四機、九三式重爆撃機十二機、九三式軽爆撃機十四機、偵察機など約六十機、華北からは陸軍機の主力、戦闘機、爆撃機約五十機、合計百十機が徐州作戦に参加した。

海軍は上海沖の航空母艦から発進した約三十

機の大編隊で、二度ほど徐州を爆撃した。

陸軍部隊の中で、郷土の久留米戦車隊が大活躍をしたが、徐州を低空銃撃したとき、戦車の上でさかんに手を振っているのが見えた。地上部隊の活躍に空からも手を振って答えた。

中国空軍も徐州作戦には、戦闘機、爆撃機など、日本軍とほぼ同数の百機が動員されていた。飛行機の主力はソ連製で、一部は英国製であった。

徐州攻略部隊の日本の地上部隊も、敵の爆撃、銃撃を受けて損害を出した。

連日、中隊の主力は六機から九機の編成で、徐州上空の制空、爆撃機の掩護に出動して、幾度か激しい空中戦を展開した。さらに、敵陣地に果敢な銃撃を加えた。

敵も数機から十機程度の編成で、徐州防衛のために出撃して、日本空軍とそのつど激しい空中戦を展開した。

徐州作戦中、私の部隊の基地バンプ飛行場にも、戦爆連合で数回攻撃を加えてきた。そのつど、凄絶な迎撃戦が展開された。

出撃編成（昭和十五年五月十日）

編隊長　古賀曹長（戦死故大尉）

二番機　田形軍曹（准尉）

三番機　秀島軍曹（戦死故中尉）

古賀曹長指揮のもとに、バンプ飛行場上空掩護の目的で、夜明けとともに三機編隊で離陸、高度二千五百メートルで飛行場上空の哨戒飛行を行なった。飛行一時間をすぎたころ、黄河の方向から高度二千メートル、爆撃機三機、戦闘機三機の戦爆六機編隊を発見した。時速二百二十キロでバンプ飛行場に進入している。これに対して、古賀曹長は攻撃命令を発した。飛行場からは友軍機数機が離陸滑走中である。

時速二百八十キロで敵の前上方に向かって直進する。太原の初空中戦から半年、撃墜はないが、数回の空中戦を経験して、このときは落ちつかない武者ぶるいはなかったが、空中戦は一瞬の間に勝敗が決まるので、安心も油断もできない。

全身全霊を集中して敵機に向かって接近する。前上方三百メートル、爆撃機護衛の三機の戦闘機に、三機編隊で攻撃を加えた。敵戦闘機は急上昇してくる。射距離百メートルから機関銃の一連射を加えた。古賀曹長が発射した銃弾が命中したのか、一機が急反転、戦闘から離脱していった。

敵戦闘機が私たちの攻撃を回避している間に、私たちは爆撃機に対して三機で攻撃を加えた。敵戦闘機二機が、私たちに向かっているので、徹底した攻撃はできない。それでも一機の爆撃機が、翼からガソリンを噴きながら、不安定な状態で急降下退避していった。三機とも爆弾をバンプ飛行場に投下した。一発が飛行場の隅で爆発したが、損害はなかった。私たちの攻撃によって、爆弾は飛行場近くの畑に投下され、損害はまったくなかった。

一中隊、二中隊の飛行機六機が離陸迎撃したが、ソ連製SB双発爆撃機の方が九五戦よりスピードが速いので、追いつけなかった。戦闘機も同じイ15戦闘機であった。この日の戦果は、爆撃機一機撃破、戦闘機一機不確実撃墜であった。戦闘機の攻撃が早かったので、爆撃による損害がまったくなかったのは幸いであった。

新参の私も、こうして華北出征以来約一年、飛行場哨戒、第一線戦場制空、敵飛行場攻撃など、出撃百回を超え、心技体が充実し、雛鷲から荒鷲へと成長していった。

日華事変の緒戦において、中隊で赫々たる武勲をたてたのは、将校では杉浦中隊長（ニューギニアで戦死故中佐）、西川大尉（南京で戦病死故少佐）、下士官では川田軍曹（大尉。鳥取県）、秀島軍曹（ビルマで戦死故大尉）であった。

徐州作戦は日本軍の空と陸の精鋭の猛攻撃によって、文字どおりの大勝利であった。

私たちは、南京飛行場に帰還して、次期作戦に備えて戦力の回復につとめた。

華中は、六月から七月と雨季に入り、連日豪雨が降り続き、見渡す限りの水びたしで、航空作戦は一時中止の状態となった。

こうして私たちが、南京飛行場で雨に行動の自由を奪われているあいだにも、華北、華中、華南へと戦線は次第に拡大されていき、英米ソの対中経済援助は武器援助へと強化され、英米ソの代理戦争の性格がはっきりとして、いよいよ日中全面戦争の様相をおびてきた。

ああ西川大尉の死

私が初年兵として大刀洗の三中隊に入隊したとき、西川大尉は中隊付の少尉であった。

私が操縦者となって大陸の戦場に出征したときも、中隊付将校であり、太原上空の空中戦において、初陣の私を指導して下さったのは、ほかならぬ西川大尉であった。

豪快純情にして部下思いの西川大尉は、きびしい上官であり、やさしい兄でもあった。西川大尉は私にとって生涯忘れられない恩師である。

私は、昭和十三年七月一日、赤痢《せきり》で陸軍南京兵站《へいたん》病院に入院した。私より三日おくれて、西川大尉がやはり赤痢で入院された。私は入院一週間で快方に向かったが、西川大尉は四十度を超す高熱が五日間もつづき、ついに七月七日の夕刻、重態危篤におちいった。

私はゲリと高熱で疲労した体を、同郷の大牟田市出身の吉田看護婦さんに支えられて西川大尉の病室を見舞った。

西川大尉は連日のゲリと高熱の疲労で極度に衰弱し、意識はまったく不明である。闘魂の鬼といわれた西川大尉も病魔には勝てず、清純な魂はいま昇天しようとしている。

「西川大尉殿、田形曹長です。がんばって下さい」

私はせいいっぱいの大きな声を出したが反応はなかった。軍人が戦場で病死する、その心中を思うと、西川大尉がかわいそうで泣けて泣けてどうしようもない。

急を聞いて中隊長・杉浦勝次大尉、松村俊輔中尉、古賀貞曹長の三名が、作戦の合間に車を飛ばして病室に飛び込んでこられた。

「西川、どうした、わかるか」

人情深い杉浦中隊長は、声をふるわせて言葉をかけられた。

「西川大尉殿、しっかりして下さい」

松村中尉と古賀曹長が目に涙を浮かべて呼んでおられる。病室には死の静寂が流れ、無言の沈黙の重苦しい数分間が流れた。

軍医大尉が最後の診断を行なった。

杉浦大尉、松村中尉、古賀曹長、田形曹長、吉田看護婦、西川大尉付看護婦の六名が、息

をつめて軍医の顔を見守った。軍医は暗い表情で頭を横にふられた。

いよいよ西川大尉の臨終である。生命の灯がまさに消えようとする瞬間、西川大尉は突然、大きな声で、

「山下曹長、プロペラ回せ」

「杉浦中隊長殿、西川大尉は漢口攻撃に出発します」

この言葉が、遺言であり最後の言葉であった。こうして、西川大尉は息を引きとり、永遠の眠りにつかれた。その死に顔はやすらかであり、悟りきった聖人の表情であった。

「西川大尉、あとのことは心配せず、安らかに眠ってくれ。せめて、戦闘で死なせたかった」

杉浦中隊長は両眼からぼろぼろと大粒の涙を流しながら、西川大尉の手を固く握ってそう言った。

南京の大平野の彼方に太陽が沈むころ、私たちは西川大尉の遺体を火葬にふした。西川少佐（戦病死後に進級）を焼く炎と煙は、西川少佐の英魂とともに南京の空に消えて行った。

戦友の屍を越えて

懐かしい大刀洗へ

「陸軍航空兵曹長・田形竹尾は、昭和十三年十月一日付をもって、大刀洗・飛行第四連隊第一練習部付を命ぜられ、中支の南京より、ただ今着任いたしました。つつしんで申告いたします」

中隊長代理の牟田弘国《むたひろくに》大尉に着任の報告をした。牟田大尉は、

「第一線勤務ご苦労であった。中隊は若い操縦者ばかりであるから、戦場の体験を生かして、後輩の指導に当たるように」

大刀洗の飛行第四連隊は昭和十二年七月七日の日華事変勃発と同時に、四個中隊を大陸の戦場に送った。

その後、戦闘一個中隊・九五戦約二十機、偵察一個中隊・九四偵約十五機が編成され、日夜猛訓練がつづけられ、操縦者の戦力を充実しつつあった。

中隊長の牧野大尉は謹厳豪快な軍人で、夜間飛行の着陸のさい、飛行場近くの松林に激突、

墜落したが、全治六ヵ月で奇跡的に助かり、久留米陸軍病院に入院中であった。

第一練習部（中隊）編成（昭和十三年十月一日）

中隊長　大尉　牧野靖雄（陸士三十九期。中佐）
将　校　大尉　牟田弘国（陸士四十三期。中佐。自衛隊統幕議長）
〃　少尉　藤本一夫（特志。操縦六十一期。戦死故大尉）
〃　少尉　森　正幹（陸士四十九期。戦死故少佐）
下士官　曹長　田形竹尾（操縦六十期。准尉）
〃　曹長　中司竜三（操縦六十七期。戦死故少尉）
〃　軍曹　萩原三郎（操縦六十五期。少候。中尉）
〃　軍曹　横山　馨（操縦六十七期。戦死故准尉）
〃　軍曹　名越親二郎（操縦六十七期。少候。戦死故中尉）
〃　伍長　露口明雄（少飛三期。少候。大尉）

ほかに名前を失念したが操縦下士官三名がいた。

訓練は、実戦をうわまわる厳しさで、索敵、航法、戦闘、射撃、指揮など、広範にわたる課目を、初歩から次第に進度を高めて、地道に黙々と練度を積み重ねていった。

筑後平野が黄金一色に塗りつぶされた十月の初旬、萩原軍曹、横山軍曹、名越軍曹、露口伍長の四名が、私が所属していた飛行第八大隊付として、華中戦線の南京に出征した。

十二月一日、私は営外居住を命じられ、甘木町の尾籠質店に下宿し、私服の着用も許可されたので、軍隊勤務もずっと楽になった。

同年兵の上野松祐曹長は、美人の奥さんと新婚生活を楽しんでいたが、操縦修業中の二十二歳の若い私は、しばらく独身生活を楽しむことにした。

私が営外居住になった日に、航空士官学校を卒業した藤野元正少尉が中隊付として着任された。藤野少尉は陸軍幼年学校、陸軍航空士官学校を首席で卒業した、陸軍創設以来三人目と言われるほどの秀才で、陸士五十期恩賜の軍刀組であり、将来、陸軍航空の最高の地位が約束されていた。

同時に、少年飛行兵四期の若鷲、林俊夫、飛田昌幸、前畑禎二、岡田孝人、田谷徳三郎上等兵らが着任し、豪快で正義感の強い先輩・荒川功准尉は、少尉候補者として陸軍航空士官学校を卒業、帰隊された。

新鋭七名の操縦者を迎え、中隊も急ににぎやかになった。

中隊長代理の牟田大尉は、謹厳無口、愛情豊かな、部下の信望を一身に集めている将校であったが、操縦教育訓練は人が変わったように厳しく徹底していた。

単機戦闘、編隊戦闘、編隊群戦闘、基本射撃、戦闘射撃、薄暮飛行、払暁飛行、夜間飛行、野外航法、耐寒飛行、高空飛行、対爆戦闘など、昼夜をわかたぬ猛訓練が行なわれた。その上に、飛行学校を卒業した下士官の戦技教育も担当しなければならなかった。

昭和十四年一月七日、雲量八、風向北、風速七メートル、今にも雪が降りそうな天候であった。課目は、単機戦闘の教習戦闘（教官助教対未修者）と、互格戦闘（対等）であった。

私は森中尉と、教習戦闘二交戦（一交戦五分）を終わって着陸した。

ピストの椅子にかけながら森中尉に、

「森中尉殿、格闘戦の操舵は大変よくなりました」

「そうかね。どうしても田形曹長に回り込まれるが、どこが悪いのかね」

私は、九五戦の模型を二機、左右の手に握って空戦の姿勢を示しながら、

「森中尉殿、格闘戦は立体面、水平面において、どうやって相手を前方に追い込むかであり、そのために、速度、操縦桿の使い方によって旋回半径を小さくする、ということですね」

操縦カンのよい森中尉は、

「うん、そうか、うん」

と熱心に私の説明を聞いて研究される。

「森中尉殿は将来、中隊長、戦隊長となって、何十機も指揮されねばならないので、戦闘中に、もっと索敵に注意力の分配を考えることと、戦闘指揮をどうするかという点を考えられないといけないと思います」

「索敵と指揮という点に心を向けるということも考えているが、戦闘だけでどうも余裕がなくてね」

「常に大局を見て部分を忘れない。部分を見ながら大局を掌握する。このように注意力の分配を考えておられるならば結構です」

「どうもありがとう。また頼むぞ」

「はい。失礼しました」

森正幹中尉は陸士四十九期の俊鋭で、烈々たる闘魂を持つ典型的な軍人であったが、その半面で、心のやさしい純情な青年将校であった。操縦は私より一年二ヵ月後輩で、私に追いつき追い越すことを当面の目標として、闘魂を燃やしていた。よい意味での同年生まれのライバルであった。

この森中尉も、この日から四年後の昭和十八年四月一日、飛行第二十五戦隊第一中隊長として、中国・湖南省の零陵上空において、中隊を指揮して、有力な中国空軍と激しい空中戦を交え、壮烈な戦死をとげられた。

上級職と営外居住

飛四連命令（昭和十三年十二月一日）

一、陸軍曹長田形竹尾は、十二月一日付をもって営外居住を命ず。

二、陸軍曹長田形竹尾は、十二月一日付をもって上級職を命ず。

という命を受けた。

営外居住ということは、兵営内の起居から、兵営外に居住し部隊に通勤して軍務に服する、ということであり、結婚して家庭をもってよろしい、ということで、給料も営外居住手当が支給された。さらに私服の着用が許された。これは営内居住の軍人が一番楽しみにしている問題であった。

上級職というのは、階級身分は下士官であっても、週番士官勤務中は将校としての権限と責任をもち、将校としての待遇を受けた。

士官学校を卒業した見習士官（曹長の階級に相当する）は、将校勤務を命じられないときは准尉の下で、将校勤務を命じられると准尉の上位となる。曹長の私が、週番士官などの上級職に服していると、見習士官は曹長の私に敬礼しなければならない。上級職の勤務を解除されると、私は見習士官に敬礼をしなければならなかった。

軍隊の階級というものは、絶対的な権限をもっていた。

軍隊内務令に基づく下士官の業務は規定されていたが、特に上級職を命じられたことは、二十二歳の若い私にとっては貴重な体験であった。

昭和十三年の正月、休暇をもらって実家に帰った。祖父母、父母、兄弟姉妹たちが大変喜んでくれた。

小学生のときに特別なご指導をいただいた、恩師である豊岡小学校の校長・平島忠雄先生（八十五歳で死去）を学校に尋ねた。先生は、

「少年時代の夢が実現して、よかったね。生命を大切に、ご奉公してくれ」

と、大変喜んで下さったが、その瞼に涙が光っていた。平島先生も、少年時代は飛行機乗りになりたかった、と言っておられた。

私の少年時代、私の人生を決める「魂」の教育をして下さったのは、母と、聖職者としての平島先生であった。

国語、数学、歴史、地理、英語など、入隊までの二年間、雨の日も風の日も、三キロの山道を、しかも夜更けに歩いて、先生宅で個人教育を受けた。

上級職をいただいて、陸軍士官学校を卒業した優秀な将校とともに、准士官、下士官の立

場で業務の遂行ができたのは、平島先生の特別指導を受けた賜物であった。

三尺離れて師の影を踏まず。

至宝・藤野中尉の殉職

冬の天候は変わりやすい。北の空から降り出した雪が、格納庫の屋根をうっすらと白く染めた。飛行場上空、高度一千二百メートルまで雪雲が下がってきた。

「おい、格納庫上空の、あの馬鹿者は誰だ」

牟田中隊長が大声でどなった。

「あれは、藤本中尉と飛田伍長です」

訓練における高度は、六百メートルまでと制限されていた。二機の高度は三百五十メートルしかない。まったく危険な高度だ。

「だめだぞ。今日は天候が悪いので特に高度に注意せよ」

牟田中隊長はきびしい表情で全員に注意された。この注意を藤野中尉、林伍長も真剣に聞きながら、低空の二機をじっと見守っている。

それから三十分もたたない間に、藤野中尉が同じような状態から、ついに大地に激突して惨死されようとは、誰にも予想できないことだった。

教習戦闘を終わって着陸した藤本中尉と飛田伍長は、牟田中隊長からきびしい注意を受けた。

「藤野中尉、林伍長、九五戦操縦、単機戦闘」

藤野中尉は牟田中隊長に報告した。

「藤野中尉、林伍長は、初めての互格戦闘だから慎重にやれ。特に制限高度は八百メートルとする」

「はい、わかりました」

藤野中尉は牟田中隊長に答えて、ピストで落下傘の縛帯を付けた。私は笑いながら、

「おい、林伍長、藤野中尉に負けるなよ」

「はい、がんばります」

林伍長は、まじめな顔で答えた。私の言葉を耳にした藤野中尉は、にっこり笑って私の顔を見た。

藤野中尉は二型より性能が悪い九五戦一型、林伍長は九五戦二型で、二機編隊で、今にも降りそうな雪雲の大空に向かって離陸していった。

一千五百メートルの同高度で、等位戦で接敵戦闘訓練をはじめた。二分間ぐらい追いつ追われつの格闘戦をやって、林伍長が藤野中尉の後方二百メートルにピタリと追尾して離れない。藤野中尉は必死で態勢回復に努力しているが、林伍長は離れない。技量はまったく互格だから、藤野中尉機の性能が悪い以上、引き離すのは無理である。高度は八百メートルから、みるみる低空へ降下してくる。

「しまった」

暗い予感がした。一同、息をつめて見守る。牟田中隊長の表情も暗くなった。無線の装備をしていないので地上から指示はできない。藤野中尉か林伍長のどちらかが高度に気がつけ

ばよいが、飛行学校を卒業して二ヵ月目の雛鷲の彼らは、勝敗だけに夢中になり、高度の低下をすっかり忘れている。上官であり責任者である藤野中尉が、性能の悪い一型に乗っているのが命とりになった。高度は六百、四百、三百、二百メートルと下がる。まだ戦闘を中止しない。

「彼らは死ぬまで戦闘をやめないぞ」

操縦者も整備員も立ち上がって二機を見守る。二百、百メートル、まだ戦闘をやめない。このままではどうしようもない。だが助けることができない。ついに二機とも、飛行場南方の松林の陰に機影を没した。

ドーン。二百五十キロの爆弾が至近距離で爆発したときのような、大きな音響が伝わってきた。同時に、一機が垂直上昇で松林の上に飛び上がり、百メートルの低空で旋回をはじめた。距離六キロの地点であった。

殉職は藤野中尉、飛んでいるのは林伍長だと、松林の陰に突入するときの態勢でそう判断した。私は大声で「救急車を呼べ」とどなった。

「牟田中隊長殿、現場に行ってきます」

「よし、行ってこい」

中隊長の頰に無念の涙が流れていた。

「整備員、始動車に乗れ」

私は大声で叫び、始動車に飛び乗った。全速で飛行場を横ぎって墜落現場に急いだ。

もちろん、助かる望みは百パーセントない。しかし、たとえ死んでいても一秒でも早く収容して手当てをしてやりたい。操縦者として同じ運命にある私たち戦友の、これがせめてもの思いやりであった。

墜落現場は、福岡県三井郡大刀洗村、飛行場南西六キロの水田であった。私が現場に駆けつけたときは、地元の警察、消防団が収容中であった。数百名の群衆も悲しみの暗い表情で、じっと収容作業を見守っていた。

飛行機は四五度の角度で水田に突入、わずかに二メートルばかり尾翼が表面に出ている。消防団と整備兵の協力で、三十分ぐらいでやっと座席の周囲の土が除かれた。藤野中尉の遺体が見えてきた。私は思わず、

「おい、おれが収容するぞ」

大声で叫んで座席の中に飛び込んだ。右手は操縦桿をしっかりと握っている。左手はガスレバーを握っている。

頭骸骨の後ろ半分が砕けている。航空服が鮮血で真っ赤になっている。

死に顔はかすかな微笑をたたえ、苦痛の表情はない。藤野中尉は操縦者としては一年二ヵ月、飛行時間二百時間たらずの雛鷲の、二十二歳の青年将校であった。

この人こそ、特攻隊として第一番に突入して行く軍人魂を持っていた。

「藤野中尉殿、なぜ死んだのだ。あなたは日本のために長生きしなければならない人だったのに」

思わず遺体に抱きついた。大勢の人が見守っている中で、私は軍人の誇りも体面も忘れて心から大声を上げて泣いた。

こうして、故藤野大尉の遺体は、久留米陸軍病院大刀洗分院に収容され、軍医、看護婦、戦友などの手で、手厚い手当てと消毒がなされ、死屍室に安置された。

夜は将校集会所でしめやかな棺前祭が行なわれた。

戦士の母と妻

山口県の郷里から厳父・藤野陸軍少将とお母さんが、急を聞いて駆けつけられた。

告別式の最後に、棺《ひつぎ》に釘を打つ前に肉親との最後の対面が行なわれた。

「元正さん、お国のためによく死んでくれました。お母さんはお礼を言いますよ」

愛する子供を祖国に捧げたお母さんは、涙一滴も流さず、あたかも神に祈るように母子の最後の別れの対面をされた。藤野大尉の顔をじっと見守っておられた厳父は、微動だにせず一言も発せられない。

私は、昭和九年一月に入隊して、昭和九年八月、中隊付の黒岩正男大尉の殉職以来、終戦まで数え切れないほどの殉職者、戦死者の最後を目撃した。さらに、告別式、戦隊葬、火葬などに参加した。そして一つのことを発見した。

殉職者、戦死者の告別式のさい、棺に釘を打つ前に現世で最後の生と死の対面がなされるとき、涙を流された母と妻は一人もいなかった。告別式には涙一滴流さなかったその母が、その妻が、控室に入ってから初めて慟哭《どうこく》されるのを、私は見た。

私が死んだら、私の母も、この亡き戦友の母と同じく、立派な態度で臨んでくれるであろうと信じていた。それは、弟・盛男の戦死によって立派に立証された。

藤野大尉の殉職で寂しくなった中隊に、陸航士（陸軍航空士官学校）五十一期の関二郎少尉が中隊付となり、にぎやかさがもどった。

日華事変も三年目を迎えた。日本政府の不拡大方針にもかかわらず、米、英、ソなどの世界列強が、中国に対して軍事援助、経済援助を年とともに強化してきた。ついに戦火は華北、華中、華南へと中国全土に燃えひろがっていった。点と線の占領といわれていたが、当時、敗戦を知らない精鋭な陸軍は、完全に大陸の敵を制圧していた。

ソ満国境は、昭和十四年の雪どけと同時に風雲急をつげ、一触即発の危機をはらんできた。

このような情勢の中で四月二十九日、天長節の観兵式が代々木練兵場で行なわれた。わが大刀洗からは、牟田中隊長指揮のもとに新鋭九七戦六機が参加した。戦、偵、爆、五百余機の大編隊の堂々たる東京上空の分列飛行に、若い私は感激で胸がいっぱいであった。

満州氷上不時着

昭和十三年十二月十日から一週間、朝鮮・新義州飛行場を基地として、牟田中隊長指揮のもとに九五戦九機で耐寒飛行訓練が行なわれた。新義州は昼間でも零下二十度を下まわり、夜間は三十度の寒さであった。

十二月十二日、訓練第一日の午前九時、鴨緑江河口、高度一千五百メートルで、空中実弾射撃訓練を行なった。私は第一編隊長として九五戦二機を指揮して、三機編隊で今にも吹雪になりそうな空に向かって、新義州飛行場を離陸した。高度一千五百メートルで目標の吹き流しに向かって、三機編隊で機関銃の一連射を行なった。離脱するとき、三機とも吹雪に包まれてしまった。

耐寒飛行訓練教育のとき、「北鮮の冬の気象は変わりやすいので注意するように」と言われたことを思い出した。まったく恐いほどであった。

私は僚機に「急降下離脱するように」と命じて、地上すれすれまで急降下した。低空飛行で僚機をさがしたが、わからない。一機、鴨緑江の河岸に不時着転覆していた。一回旋回すると、操縦者が手を振っている。よかったと思った。もうこれ以上飛べない。

「よし、明るい満州国に越境して、大連の方向に脱出しよう」と決断した。

吹雪に悩まされながら、超低空飛行で鴨緑江を北に入る。その河の堤防の近くに、一機が不時着大破していた。操縦者の姿はない。

鴨緑江を超低空で飛び、満州国へ越境した。

吹雪に悩まされながら、満州国の海岸を大連の方向に四十分間飛んだ。幅一千メートル、長さ三千メートルほどの平坦なところを発見した。荷物を積んだ牛車が一台、氷の上を通っている。低空で二回旋回して確認したが、車の轍《わだち》の跡がない。これなら大丈夫と判断、氷上不時着を決意した。

滑走は一千メートルあまりで停止した。横風が強かったが、無事に着陸できた。家のある方向へ滑走してエンジンを停止せず、危険があればすぐ離陸すると決めて、拳銃の安全装置をといて、人が来るのを待った。十分ほど緊張しながら待っていると、日の丸の旗を振りながら、田浦敏雄副署長が満人警察官五名を指揮して、救援に駆けつけて下さった。不時着した場所は、鴨緑江河口から二百五十キロ南の満州国草河口セイタイシ、着陸したところは塩田であった。人口は一千二百名、日本人は高橋、佐野、田浦氏、家族十名であった（一人は朝鮮人）。

飛行機をロープで係縛し、警備を満州国警察官にお願いして、車で警察署に行った。潘樹譴警察署長（満人）にあいさつした。

電話で、新義州の牟田中隊長に報告した。

「田形曹長、九五戦を操縦、吹雪のため、満州国草河口セイタイシに不時着、異状なし。燃料があれば氷上で離陸できる。行動の指示をお願いします」と報告した。

牟田中隊長は、

「田形のことだから大丈夫と思っていたが、離陸して二時間以上も連絡がないから、心配していた。無事でよかった。二機は不時着、大破したが、操縦者は無事だ。荒川少尉に燃料を持たせて、トラックで救援に派遣する。五時間ぐらいで到着する。帰還は明朝するように」と命令があった。夕刻、荒川少尉が、伊藤曹長、中司曹長、ほかに兵三名の、五名を指揮して到着された。

この夜は、孫遜芳街長（市長。満人）主催の、田形曹長歓迎会の夜宴が開催された。潘樹譴警察署長をはじめ、市の有力者二十名ほどが参加され、田浦、佐野、高橋氏ら在留日本人十名が参加された。

特別参加として、市長令嬢はじめ、市の有力者のお嬢さん、いわゆる姑娘《クーニャン》といわれる美女が三十名ほど、接待をかねて参加され、数々の高級な中国料理とともに、桜の花が満開となったような、生まれて初めての王様になった気分であった。荒川少尉以下、皆「これが話に聞く竜宮城だ」と大喜びであった。主役は私で、一晩だけの「竜宮城の浦島太郎」であった。

翌朝、荒川少尉が九五戦を操縦され、新義州に帰還された。私は五名とともに、トラックで鴨緑江の長い橋を渡り、新義州に帰った。

セイタイシから新義州までの数時間、トラックの上で考えたのは、昭和十二年に中国大陸へ出征のおりの佐々部隊長の訓示であった。

「戦闘がいかなる困難になろうとも、住民の生命財産を守り、婦女子を犯してはならない」ということであった。

昨日の満州国人の暖かい友情は生涯、楽しい感謝の思い出として大切にしておきたい。しかし、現世の人類世界は、国と国、民族と民族が殺し合う戦争を、全力で行なっている。この満州国人の暖かい友情を考えるとき、佐々部隊長の訓示をどこまでも守らねばならない、という気持ちで胸がいっぱいであった。

日本軍軍人としての軍人風紀の大切さを、作日は学ばせてもらった。戦争と平和、国家と国家、民族と民族の問題を考えている間に、新義州に着いた。

生まれて初めてのすばらしい体験を、中隊長や戦友に話した。皆、加われなかったことを大変残念がっていた。

これは、殺伐な戦争中の、満州国における青春時代の楽しい一コマである。

運命の夜間不時着

五月五日の午後七時から、いよいよ夜間飛行が開始されることになった。夜間飛行用のピストの前に整列した隊員を前にして、牟田中隊長は次のような命令を下した。

「ただ今より夜間飛行を開始する。課目は九七戦による離着陸の訓練である。搭乗区分はすでに掲示してあるとおりである。各機はその順に五分間隔に離陸せよ」

搭乗区分（昭和十四年五月五日）

一、伍長田谷徳三郎（少飛四期。准尉）
二、伍長岡田孝人（少飛四期。戦死故曹長）
三、伍長飛田昌幸（少飛四期。殉職故曹長）
四、伍長前畑禎二（少飛四期。戦死故曹長）
五、伍長林　俊夫（少飛四期。准尉。戦後病死）
六、少尉関　二郎（陸航士五十一期。戦死故中佐）
七、曹長中司竜三（操縦六十七期。戦死故少尉）
八、中尉藤本明雄（特志。操縦六十一期。戦死故大尉）
九、中尉森　正幹（陸士四十九期。戦死故少佐）
十、准尉荒川　功（操縦五十二期。少候。少佐）
十一、曹長田形竹尾（操縦六十期。准尉）
十二、大尉牟田弘国（陸士四十三期。中佐。自衛隊統幕議長）

まだ暗い払暁飛行は操縦古参から、しだいに暗くなる薄暮飛行は操縦新参からと、つねに危険から若い操縦者を守る配慮がなされた。

当時、日本一の飛行場といわれた六十万坪の大刀洗飛行場は、緑一色におおわれていた。五月の春風をここちよく肌に感じながら、飛行場中央に設けられたピストの椅子にかけて、若い操縦者の夜間離着陸を観察指導する。

十六万燭光のスペリーは、着陸地帯を照明し、昼のように明るい。搭乗区分にしたがって、田谷伍長から新鋭九七戦を操縦して、暗黒の大空に向かって心強い爆音をとどろかせながら、五分間隔で勇ましく飛び立って行く。

整備班は、整備班長・仁木准尉指揮のもとに、小川豊彦曹長、森正彦軍曹、宮島英夫伍長、前屋敷清治伍長らが、純白の作業服を油と土ぼこりでまっ黒に汚しながら、黙々と働いている。私も現役時代の二年間は整備兵であったので、整備兵の責任と苦労を肌で感じている。

整備兵の犠牲も少なくなかった。つい一ヵ月前の夜間飛行において、島本上等兵がプロペラに頭をはねられて即死した。敵機銃爆撃下の戦場においては、さらに多くの犠牲者を出した。

牟田中隊長は、荒川准尉と話しながら、筆記板に各人の所見をメモしておられる。私はかたわらの森中尉に話しかける。

「田谷伍長、関少尉殿もだいぶうまくなりましたね」

「うん、まだ着陸が不安定でだめだね」

その森中尉の搭乗の順番がやってきた。

「森中尉殿、バウンドすると罰金とりますよ」

「だいじょうぶだ。見ておれよ」

にっこり笑って森中尉は離陸して行った。つづいて荒川准尉も離陸した。いよいよ私の搭乗だ。腕時計の針は午後十時十九分を指していた。

「田形曹長、九七戦二七三号機操縦、夜間離着陸」

牟田中隊長に報告して愛機の操縦桿を握った。

「試運転異状なし」

出発線からエンジンを全開にして、離陸滑走に移る。六百五十馬力の空冷エンジンは心強いうなりを夜の飛行場いっぱいにとどろかせ、暗黒の夜空に向かって、百七十キロのスピードでぐんぐん上昇する。高度二百五十メートルで第一旋回、三百メートルで第二旋回、二百五十キロで水平飛行を行なう。

夜空高く、星が魅惑的な淡い光を放っている。右翼下に筑後川の水面がぼんやりと見える。前方の闇の中に甘木町が明るく浮かんでいる。

荒川准尉の着陸につづいて、牟田中隊長の離陸がスペリーに照らし出されていた。

私は第三旋回を終わって、着陸降下のために高度を二百五十メートルにして、第四旋回に移った。牟田中隊長が第二旋回を終わって、私の後ろにつづく。

さあ、私の着陸の番だ。甘木町西端の飛行場まで三キロ、時間にして一分四十秒だ。飛行場に機首を向けて、ガスレバーを中速にしぼって二百三十キロで降下する。

と、突然、バーン、バーン、バーンという鈍い爆音と同時に、エンジンのリズムが狂って不規則な震動が体に伝わってきた。

「しまった、燃料系統の故障か」

「万事休す。どうするか」

闇夜の夜間飛行、しかも高度二百メートルの低空である。

「おれは戦闘機操縦者だ。好きでなった飛行機乗りで、このような非常事態に遭遇することは、操縦桿を握ったときから覚悟していたのだ」

瞬間このように考え、騒ぐ心が平静にかえった。手動ポンプを操作した。燃圧計は上昇するが爆音変調はつづき、エンジンが止まったり回転したりした。

生と死は隣り合わせ

高度二百メートル、降下速度二百三十キロ、ついにエンジンが完全に停止した。さあ、どうするか。考える時間はない。

闇夜の盲目の不時着か、低空の落下傘降下か。二つのうち一つの道を選ばねばならない。不時着が生に通じるか、落下傘降下が生に通じるか。

「エンジン停止か、気化器か」

ふたたびこのような事故で戦友の若い命が失われないために、筆記板に書いておいた。

「よし、落下傘降下だ」

決心と同時に縛帯を脱して座席に立った。風圧で吹き飛ばされそうだ。念のため、もう一度高度計を確認した。高度は二百メートルを少し切れている。まったく危険な高度だ。落下傘部隊なら二百メートルでも安全であるが、故障した戦闘機から、しかも夜間飛び降りるのは、この上もなく危険である。

瞬間、私は落下傘降下を中止した。そして不時着を選んだ。最後の覚悟は決まった。迷わず度胸をきめて、縛帯をしめた。運を天にまかせて。

飛行場に向かって直進する。高度がぐんぐん低下する。生か、死か。

こうして書けばずいぶん長いようだが、エンジン不調からエンジン停止、不時着の決心まで、わずか三秒から五秒の短時間であった。

エンジンが停止して滑空降下しているので、低下が普通の着陸降下よりはるかに早い。百八十メートル、百七十メートル、百六十メートル、百メートル、五十メートルと、みるみる高度が低下する。闇のなかに、飛行機と私はぐんぐん吸い込まれていく。

高度二十メートル。森林、電柱、電線、家の高さになったが、暗くてなにも見えない。いよいよ暗黒の大地に接地するのだ。

浮力を大にするために、フラップを全開にした。火災予防のために、スイッチと燃料コックを切った。速度を二百キロに落として、失速に注意しながら、機首を少しずつ上げていった。

接地の衝撃による頭と顔の負傷を防ぐために、左手をレバーから放して、前方計器盤に手をおいた。これで、つくすべき技術的処置はすべて終わった。

私が死んだら、藤野大尉のように微笑をたたえた表情をしているであろうか。ふと、そんなことが心にひらめいた。

接地の衝撃をやわらげるために、車輪を水田のあぜにたたきつけた。両脚が折れてふっ飛

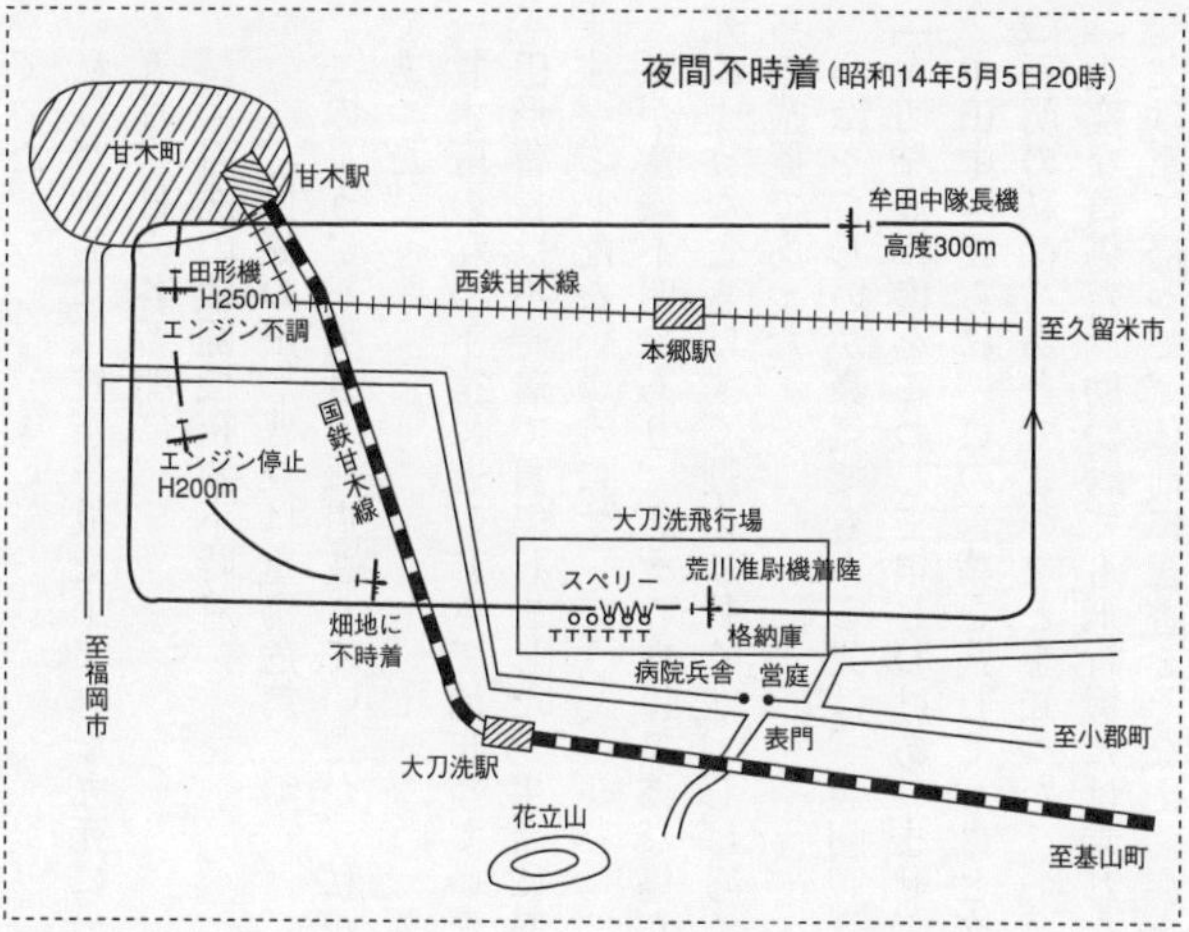

んだ。ドーンと百八十キロのスピードで接地した。

「接地した」

この瞬間まではっきり意識している。

接地の衝撃で、強い革のバンドが切れた。内出血はなかったが、前方の計器盤に頭をぶつけたからたまらない。頭部裂傷と打撲傷、左腕骨折、全身打撲傷、二十数時間の意識不明となった。

飛行機は転覆せず一点に静止していた。もちろん、重傷危篤の私が飛行機より救助されたことなど、まったく記憶がない。

村上軍医の診断は、

「しばらく経過を見ないと、助かるかどうかわからない」

ということであった。

頭部裂傷は三十七針縫った。重傷八ヵ月、運よく助かっても、ふたたび操縦桿を握ることはできないとの判断で、「兵役免除」となっていた。

私は奇跡的に、航空事故史上まれな九死に一生を得て助かったのである。

五月六日の各新聞に、

大刀洗の戦闘機夜間不時着

操縦の田形曹長は重傷危篤

このように、大きく報道されていたが、私がこの新聞を読んだのは、三日後の八日の夕刻であった。

甘木町の私の下宿に遊びにきて泊まっていた父には、中司曹長が知らせた。

「田形曹長は不時着で負傷しました。生命に異状はない。明朝、連隊から車で迎えにまいります。ご心配ないように」

私が意識不明であり、顔その他に無惨な傷があるので、父にこの姿を見せるのは酷である。死ぬようなときはすぐ迎えに行くが、しばらく経過を見てから、という幹部の温かい配慮からの措置であった。

心はやさしいが豪気でもある父は、翌朝、意識不明の私を見て、ただ一言、

「大切な飛行機をこわして申しわけありません。竹尾のことはよろしくお願いします」

牟田中隊長らに、この言葉を残して、母と交代すべく黒木町の郷里に帰った。もちろん意識不明の私は、あとでこのことを知った。

「大変な負傷だ。助かっても飛行機には乗れないだろう」

父は家に帰って、仏前に線香をそなえ、涙を手でふきながら母に語ったとのことである。

私の不時着の新聞記事を読んで、郷里から母をはじめ懐かしい友人たちが、そして甘木町の方からは、尾籠質店、坂口呉服店、大楠時計店、野口食堂の奥さんやお嬢さん方までが大勢見舞いに駆けつけてくれた。だが、私は意識が不明瞭ではっきり覚えてはいない。やはり、生きて母に会えたのがいちばんうれしかった。

特効薬は精神力

現認証明書

飛行第四連隊第一練習部付

陸軍航空兵曹長　田形竹尾

右ノ者、昭和十四年五月五日、夜間飛行ヲ命ゼラレ、九七式戦闘機第二七三号ニ搭乗、二十時三十分、大刀洗飛行場離陸、場周経路、甘木町上空高度三百米ニテ、第四旋回ヲ実施セントスル際、爆音不調（諸計器ヲ点検スルモ、異状ヲ認メズ原因不詳）トナリ遂ニ停止シ飛行場ニ向ケ進入セルモ、遂ニ進入シ得ズ、二十時四十分、福岡県朝倉郡三輪村高田西北端、五十米ノ地点ニ不時着シ、此ノ際右上額及右眼眉上ニ受傷セシコトヲ現認ス

昭和十四年五月五日

現認者　飛行第四連隊第一練習部長

陸軍航空兵大尉　牧野靖雄

一枚の現認証明書が、私の運命を大きく変えた。人生観も変わった。その後の思想も行動も変わったのである。

久留米陸軍病院大刀洗分室に入院、一週間の特別治療を受けた。外傷は一週間で包帯がとれるほどに直ったが、不時着の衝撃時の打撲傷は、時間の経過とともに激痛をおぼえ、耐え難い苦しみを味わった。

打撲傷の後遺症は簡単には直らない。村上軍医に無理に頼んで事故退院して、自宅療養することにした。

病院から中隊までの百メートルの営庭を、はうようにしてやっと中隊へ帰った。迎えてくれた牟田中隊長はじめ中隊の戦友は、重傷危篤の私が一週間で退院したので驚いて、しばらく誰も言葉をかけてくれなかったほどであった。

私は甘木町の下宿で一人苦しい、さびしい療養生活をはじめた。頭が割れるように痛む。全身が痛んで自由にならない。頭が支えきれないように重い。夜も昼も眠くならない。こんなふうでは、このまま廃人となるのではないかとさえ思った。

思考力、記憶力、判断力は日ごとに回復してくるが、頭痛と肩のこりは、打撲時のしびれがとれるにしたがって、ますます痛んでくる。飛行機事故で多くの戦友が廃人になった。おれもふたたび操縦桿は握れないのではなかろうか。そう思うと、たまらなく寂しく、いらだたしかった。

陸軍の病院だけでは十分な治療ができないので、福岡の九大病院の後藤外科に通院、治療することになった。主任は外科の権威、後藤博士であった。

「外傷、骨折は心配ない。内出血もない。打撲傷の後遺症は簡単には直らない。また薬もない。兵役免除になって、好きな女房でももらって、のんきに暮らすんだな」

博士は診察を終わって、こともなげにそう言った。

「どうしたら、頭の痛みが直るでしょうか」

「打撲傷には時間が薬だ。特効薬は精神力だけだ」

「はい、わかりました」

「無理すると、後遺症で十年ぐらいしか生きられぬぞ。自重しなければだめだ」

これが博士とのやりとりのすべてだった。

そうか、精神力と時間か。

「どんなに重傷であっても、生きているかぎり、必ずもう一回操縦桿を握って飛んでみせるぞ」

若い体力から闘志が盛り上がってくる。しかし、頭が痛む。人の足音が頭にひびいて苦しい。新聞の活字が目に映っても頭が痛い。不思議に家の上を飛ぶ爆音は頭にこたえない。これはどうしたことだろうか。

福岡市郊外の漢方医学の大家、原博士の病院に通って、頭に灸もすえた。温泉にも行ってみた。指圧、鍼《はり》も行った。

「このままでは、多くの先輩のごとく廃人になるのではないか」

人知れず苦悩した。幾度かひとり泣いた。独身だから看護してくれる人はいない。母が看護にくるというが、私が危険な飛行機乗りになることを、いちばん先に許してくれた母に、この苦痛の状態を見せて心配をかけたくなかった。

こうして、ひとり孤独な苦しい闘病生活をつづけた。

五月二十日、ついにノモンハン事件が発生したことが、ラジオの臨時ニュースで報道された。国家非常のとき、病床にあるのが残念でならない。

診断のとき、後藤博士の「特効薬は精神力だ」という言葉を思い出した。

操縦四年、飛行一千三百時間、二十三歳の若い私の肉体から、不屈の闘志が湧き上がってきた。病と体の不調を克服して飛ぶ決意をかためた。

決死の慣熟飛行

牟田中隊長に飛行許可を嘆願した。中隊長は私の身を案じて許可されない。中隊長室に重い体をひきずって日参した。

ついに飛行許可がでた。

「田形曹長、九七戦操縦、慣熟飛行」

「無理するな。慎重にやれよ」

牟田中隊長は、不安な表情の中にも、慈愛深いまなざしでこう注意された。

無言の中隊将兵が見守る中に、私は愛機に搭乗し操縦桿を握った。それは不時着から二十一日目の、五月二十六日の朝のことであった。

九七戦を操縦、高度二千メートルまで上昇した。軽い操作から次第に急操作へと、感覚と体を慣らしていった。

人の足音が頭にひびいて痛むのに、爆音も振動も、スピードも減圧もあまり体にこたえない。これはまさに奇跡であり、神助であった。

「ああ、操縦者としてふたたび飛べるのだ」

と、感謝と喜びで胸がいっぱいになった。この飛行機は奇しくも私が不時着した二七三号であり、座席には薄黒く私の血がにじんでいた。

この日から連日、九七戦で飛んだ。一週間後には空中戦闘ができるまでにカンと体力を回復した。しかし、地上に降りれば、頭の痛みと肩のこりは少しも良くならない。歯をくいしばってそれに耐えて飛びつづけた。

それからは、闘病生活と操縦訓練ひとすじに生き抜いた。操縦桿を握ることが精いっぱいで、残念ながら勉強はできず、入隊以来の夢であった飛行将校への道、航空士官学校の入校はきっぱりとあきらめた。

階級よりも、パイロットとしての操縦道をきわめ、不敗の戦技を身につけることに生きる目標を求めた。

当面の私の使命は、軍人として、戦闘機操縦者として、「心技体」が成熟の域に達し、心眼で敵機の殺気を感じる操縦道の奥義をきわめることにあった。

ノモンハン事件

昭和十四年五月十三日、満ソ国境の紛争が原因となり、ソ連軍と日本軍との間で戦争となった。それがノモンハン事件である。

ソ連軍は特に、圧倒的な量の空軍を動員した。これに対して日本軍は、飛行第二十四戦隊、飛行第十一戦隊、当時の精鋭機九七戦六十機を参加させて、壮烈な空中戦を展開した。

五月二十五日、ボイ湖上空で、味方は第十一戦隊の九七戦十二機、敵はイ16三十五機、三対一の決戦において、半数に近い十四機を撃墜した。味方は全機無事に帰還した。九七戦の高性能と、操縦者のすぐれた戦技と闘魂が実証された。この戦闘で、同期生の古郡曹長はみごとにイ16二機を撃墜した。

地上戦闘は、戦車を主力としたソ連の優勢な機械化部隊に対して、兵器の質が劣る日本軍は、苦戦につぐ苦戦で、損害は甚大であった。

ソ連空軍は落とされても落とされても、圧倒的な物量を投入して猛攻撃を加えてきた。これに対して日本軍は、東満から三十三戦隊、華中から六十四戦隊、朝鮮から五十九戦隊が動員され、第一線用戦闘機百五十機、予備機五十機が動員された。日ソ空軍が十対一で四ヵ月間の死闘を展開した。

一、敵機撃墜破一千三百機以上

二、日本軍未帰還機百二十機

この戦果は、まさに世界の驚異であった。第一線機百五十機のうち、百二十機の損害は、「数」の大切さを示す重大な教訓であった。

このノモンハン事件は、陸軍航空隊にとって貴重な経験であった。

一、新鋭機の研究開発と実験

二、単機戦闘から編隊戦闘へ移行
三、空地分離における航空隊の運用
四、操縦者の質と数の重要性
大きな犠牲をはらって得たこの事件の教訓は、太平洋戦争の遂行に戦略と戦術上で大きな貢献をした。

このような悽愴苛烈な決戦の中で、古郡曹長はつねに部隊の先頭に立って戦った。ノモンハン空戦参加者の中で第三位、四十三機撃墜破の偉功をたてた。
「さすがは古郡だ」と、同期生としての誇りと喜びを感じた。
大敵と対決している戦場の夜は、静寂の中に不気味な殺気をひしひしと感じる。戦死した戦友の顔が、夜空に大きく浮かび上がってくるような錯覚を起こすことがある。将も兵も、目に見えない戦場心理という不思議なものに支配される。そして、生きている自らに強い愛情を感じ、激しい郷愁を感じる。特に航空隊の特性上、百パーセントの死亡率を示す空中戦士よりも、はなやかな空戦の陰に咲く地上勤務者の方が、頽廃的な気分になる場合が多い。

思賜の煙草をいただいて
あすは死ぬぞと決めた夜は
広野の風も腥《なまぐさ》く
ぐっと睨《にら》んだ敵空に
星がまたたく二つ三つ

古郡曹長は「空の勇士」の歌を歌い、一升酒をたいらげ、三味線をひき、下手な都々逸《どどいつ》をうなって、散華した戦友の霊を弔《とむら》い、明日の戦闘に備えて英気をやしない、戦友を慰め勇気づけ、士気を昂揚した。殺伐な戦場において、彼の平静な水鏡に似た姿は、まさに大悟徹底した空の勇士の象徴であった。

ノモンハン事件当時の同期生は操縦四年、空戦の役に立つようになっていた。

曹長　清水新一（少尉）
曹長　石井武夫（重傷。准尉）
曹長　関　正光（重傷、片足切断。准尉）
曹長　川北清次（戦死故准尉）
曹長　清水徳三郎（中尉。病死）
曹長　古郡吾郎（比島で戦死故少尉）

これらの同期生は、古郡曹長をはじめそれぞれ活躍、殊勲をたてた。

当時、内地部隊で新鋭九七戦で出動待機していたのは、大刀洗の牟田中隊十二機だけであった。

牟田中隊編成（昭和十四年七月）

大尉　牟田弘国（陸士四十三期。自衛隊統幕議長。病死）
中尉　森　正幹（陸士四十九期。中国で戦死故少佐）
中尉　藤本一夫（特志一期。ビルマで戦死故大尉）

少尉　関　二郎（陸航士五十一期。ビルマで戦死故中佐）
少尉　荒川　功（少候。少佐）
曹長　田形竹尾（操縦六十期。准尉）
曹長　橋本辰美（操縦六十六期。少尉）
伍長　林　俊夫（少飛四期。准尉。病死）
伍長　前畑禎二（少飛四期。戦死故准尉）
伍長　飛田昌幸（少飛四期。殉職故曹長）
伍長　田谷徳三郎（少飛四期。准尉）

ノモンハン停戦により、出動待機は解除された。

私は昭和十五年の正月、愛機九七戦で大刀洗から海拉爾《ハイラル》に飛んだ。酷寒、零下四十度を下まわる雪の大平原に立って、半年前の激戦をしのび、戦死者の霊に合掌した。

昭和十九年の十月中旬、戦局の進展にともなって古郡曹長は満州から比島へと転戦した。移動の途中、屏東に着陸、一泊した。明野で別れて七年ぶりの再会であり、屏東での別れが永遠の別れとなった。

昭和十九年の暮れ、部下三機を指揮し、特攻機四機を掩護して勇躍基地を出撃した。敵戦闘機の大編隊に攻撃され、「全機突入する……」の無電を最後に、愛用の三味線を抱いて、壮烈な体当たり自爆を遂げた。

ノモンハン事件で、「三味線の古郡曹長」と新聞紙上に報道された不死身の彼は、祖国で無事を祈っておられた夫人と幼な子のもとには帰らなかった。

大日本青年航空連盟

飛四命令（昭和十四年八月一日）

一、陸軍曹長田形竹尾は、陸軍航空本部付を命ず。但し、勤務は兼務とする。

二、大日本青年航空連盟、監督官補佐官を命ず。但し、勤務は土、日を中心とする。

このような予期しない命令で、牟田中隊長も命令の内容がわからない。さっそく戦隊本部で戦隊副官に尋ねた。副官の説明では、福岡市郊外の雁ノ巣飛行場の西側にある「大日本青年航空連盟」（学生航空連盟）とは、次のようなものである。

最高顧問は九州日報社社長・清水芳次郎氏。

団長は高橋陸軍大佐（予備役）。

操縦助教十名（一、二等飛行士）、学生三十名（期間一年、二等飛行士）、学生百名（期間二年、二等飛行士）。

助教は一等飛行士、二等飛行士である。

学生は中学卒が三十名で、二等飛行士となると陸軍伍長に採用される。

学生は大学生で、毎週土曜日と日曜日を二年間、教育訓練を受けて二等飛行士となると、陸軍の幹部候補生の試験を受けられ、合格すると陸軍飛行学校で一年間の操縦教育を受けて、少尉に任官する。

飛行機は乙式一型偵察機（サルムソン。時速百十キロ）十二機を保有していた。

監督補佐官の業務

一、学校の操縦教育計画に関する全般の指導を行なう。

二、操縦助教の技量向上のため、高等練習機にて同乗訓練を行なう。

三、学生の飛行士受験の操縦試験を行なう。

四、特別な問題は、団長を通して航空本部と航空局の指示を受けて、業務を遂行する。

戦隊副官の説明で、このような具体的な内容が判明した。勤務は通常、土、日の二日間を基本とする。

操縦四年、二十三歳の私に、部隊で誰も経験していない、この職務ができるだろうかと考えた。特に不時着から三ヵ月、毎日、灸、鍼《はり》、指圧などの治療を受け、二ヵ月に三日間、温泉療養を行ない、頭の痛みと肩のこりと、全身の体調不調を克服しながら、中隊では、

一、基本操縦を習得した下士官学生（操縦七十一期生）の戦技訓練を行なっている。

二、操縦後輩の将校、下士官の戦技教育も行なっている。

三、操縦四年の私自身の訓練も大切である。

不時着重傷によって、入隊以来の目標であった航空士官学校受験も、残念だが断念して、健康回復と操縦道を学ぶことに集中している私に、この新しい任務が遂行できるだろうか、と考えたが、五月五日に殉職した、と思えば、生かされているだけでも有りがたい。自分でやれるだけのことはやろう、と決意した。こうして、すっきりした気持ちで、新しく加わった部隊での誰も経験していない任務に対する、闘志が湧いてきた。

さっそく、土、日と二日間、九七戦を操縦して大刀洗―雁ノ巣を三十分で飛んだ。第一回目の着任で、飛行場ピストに最高顧問の清水社長、団長の高橋大佐をはじめ、助教、学生全員が整列しての出迎えを受けた。

「私はこのたび航空本部の命により、青年航空連盟の監督官補佐官を命ぜられた飛行第四戦隊第一中隊付、陸軍曹長田形竹尾であります。当分の間、土、日、週二日間、皆さん方と訓練をさせていただきます。

国家非常時、一人でも多くのパイロットを必要としています。操縦は危険ですが、飛行機が好きで集まった学生の皆さんですから、不屈の闘魂で頑張りましょう。今後よろしくお願いします」

このような意味の挨拶をした。軍隊とは勝手がちがうので、うまく話せなかったように思えた。

軍隊しか知らない私には、操縦以外は、教えることよりも教わる方がはるかに多かった。

この日から一年間、私が熊本の菊池の飛行隊に転属するまで勤務した。

特に、最高顧問の思想家、九州言論界で重きをなしておられた清水社長から、思想、哲学、経済、政治などについてご指導いただいたことは、人生経験の浅い私にとっては、貴重な得がたい体験であった。

私が教育担当した学生の中から、陸軍の将校、下士官となって活躍した操縦者がたくさん生まれたことも、大きな喜びであった。

五百機の大編隊

昭和十五年十月一日、紀元二六百年記念の観兵式には、大刀洗から新鋭九七戦九機で参加した。

九月三十日早朝、牟田中隊長指揮のもとに、九機編隊で大刀洗を出発して、一路、大刀洗―立川間八百キロを飛んで、全機無事に立川飛行場に着陸した。立川飛行場には、全国からの戦闘機二百機が翼を休めていた。

大刀洗の飛行機の隣りに、明野陸軍飛行学校の九七戦が三十機あまり着陸していた。教官の沢田大尉、助教の森田准尉、剣持曹長、鈴木曹長らがおられるとのことで、明野を卒業して二年半ぶりの再会でわくわくする気持ちをおさえて、ピストを訪ねた。

そこでは、日本のエースといわれる名パイロット（終戦までに大半が戦死された）が三十名ほど、愉快に談笑しておられた。私は沢田大尉に「田形曹長です」と久しぶりに学生のように大きな声で挨拶した。

沢田大尉は例の微笑をたたえた温かい表情で、「おお、田形か。夜間不時着で重傷と聞き、心配していた」と、学校時代と変わらぬ気持ちで「頑張れよ。戦争は激しくなるぞ」と強く握手して下さった。そして「おい田形、操縦者らしく風格が出てきたね」と、目を細めて教え子の私の成長を喜んでいただいた。

他の教官、助教にも喜んでもらった。「ありがとうございました」とあいさつした。教官、助教は笑顔で「田形、死ぬなよ。長生きせよ」と別れの挨拶をされた。その教官、助教が、終戦までに戦死された。

「おい死ぬなよ」「長生きせよ」「奥さんを未亡人にするな」——これが操縦者のあいさつであった。

立川、所沢、熊谷、下志津飛行場から戦闘機と偵察機、浜松飛行場から爆撃機が離陸した。午前十時、立川上空で戦爆五百機が編隊を組み、菅原道大中将の総指揮のもとに、高度三百メートルの低空で堂々と代々木練兵場に向かう。昭和天皇が白馬に乗られ、閲兵されるお姿がよく見えた。操縦者となって、二度目の感激であった。

昭和十四年七月には、飛行学校を卒業した、

曹長　林　栄重（操縦七十五期。殉職故准尉）
曹長　安斎　公（操縦七十五期。殉職故准尉）
曹長　橋本龍美（操縦七十五期。少尉）
曹長　神谷義雄（操縦七十五期。准尉）

など十二名が、四ヵ月間の予定で戦技教育のため中隊に配属された。中隊での訓練、教育、青年航空団への教育出張、その上に不時着負傷のあとの後遺症との闘いと、さらに多忙となってきた。

八月初旬には、牟田中隊長指揮のもとに九七戦九機編隊で、大刀洗―札幌間三千二百キロの、思い出に残る日本一周飛行に第三編隊長として参加した。

十二月、年の瀬も押しつまったころ、新義州を基地として朝鮮一周の耐寒飛行が行なわれた。

昭和十四年の暮れまでの着任者は、

上等兵　内田　実（少飛五期。戦死故准尉）
少　尉　上田秀夫（陸航士五十二期。少佐。自衛隊空将補）
少　尉　伊豆田雄士（陸航士五十二期。戦死故少佐）
少　尉　永田良平（陸航士五十二期。少佐。自衛隊空将補）
少　尉　村岡英夫（陸航士五十二期。少佐。自衛隊空将補）
少　尉　小林公二（陸航士五十二期。少佐。医学博士）
少　尉　坂戸篤行（陸航士五十二期。少佐。医学博士）
曹　長　樫出　勇（少飛一期。大尉）

中隊に配属された将校、下士官の操縦者は、南方作戦、比島作戦、本土防衛戦で活躍、その大半が壮烈な最期を遂げた。

特筆すべきことがらは多い。樫出大尉は北九州防空の昼夜の戦闘において、「屠龍」（複座双発）戦闘機でB29撃墜王といわれる殊勲をたてた。大刀洗で戦技教育を担当した内田実曹長がB29夜間邀撃《ようげき》で殊動をたて、壮烈な最期を遂げた。小林少佐は飛行第四戦隊の中隊長、戦隊長として、樫出大尉、内田曹長らを指揮して活躍された。村岡少佐は飛行第二十戦隊長、永田少佐は飛行第二十六戦隊長として、台湾で沖縄特攻作戦の指揮などに活躍された。上田少佐は、中隊長、戦隊長として沖縄および本土で活躍された。

双発大型機の操縦

昭和十五年九月五日、戦局の要求によって、陸軍航空隊の大拡張と、軍制上の改編が行なわれた。その結果、航空隊のあこがれであり、操縦者の名誉を象徴する操縦徽章が、陸軍大学校卒業徽章とともに、准士官、将校において廃止された。これはとくに青年将校をがっかりさせた。

二年前の七月に飛行連隊から飛行戦隊へと改称されていた、歴史と伝統に輝く大刀洗では、飛行第四戦隊（戦闘）、第百六教育飛行連隊（戦闘）、第百七教育飛行連隊（偵察）と、三個部隊が編成された。大刀洗には大刀洗陸軍飛行学校が新設され、学生の基本操縦の訓練が行なわれることになった。

私は第百六教育飛行連隊第一中隊付となった。三個部隊は九月十五日、熊本県の阿蘇山の麓にある菊池飛行場に転居することになった。敬慕する人情中隊長・牟田大尉は四戦隊付となり、新任中隊長には特別志願操縦出身の山口栄中尉が着任された。

百六教飛連命令（昭和十五年九月十四日）

一、陸軍曹長田形竹尾は、九月十五日岐阜師団司令部飛行班に出向、九七式双発輸送機の未修を命ず。

この命令で、各務原《かがみがはら》において二週間、AT輸送機（七人乗り双発）の未修教育を受けることになった。内地部隊十二個戦隊（戦、偵）より一名ずつ選抜された、准尉、曹長十二名のベテランパイロットたちとともに教育を受けた。飛行第四戦隊からは、樫出勇曹長（少飛一期）第百七教育飛行連隊からは、河合操曹長（操縦六十七期）らがいっしょであった。

教官は先輩のベテラン平山大尉（少候）、助教は同期生で重爆出身の小林曹長であった。助教が小材曹長であったのは予期せぬ喜びであった。

「おい、田形曹長、夜間不時着でよく助かったね」

「うん、悪運が強かったのだ。よろしく頼む」

熊谷陸軍飛行学校卒業以来、三年半ぶりの懐かしい再会であった。夜は、二人で岐阜市内のキャバレーで再会を祝して乾杯した。

操縦五年、飛行一千六百時間の私は、他の十一名の同期生とともに二週間で双発機の操縦を習得した。双発大型機には、単発小型機にはない独自の操縦の味があることを学んだ。卒業の技量明細書には、次のように書かれていた。

「操舵円滑にして操縦感正しく、平衡感覚正常、反射神経鋭く、大型機の操縦に適す」

十二名中一位の未修もさることながら、負傷の後遺症が完全に全快したことがなによりもうれしかった。

卒業式後、師団参謀と平山大尉、小林曹長から、

「師団飛行班に残れ。ぜひ残ってくれ」

と強く再三要望されたが、「戦闘機こそわが生命」と戦闘機と運命をともにする信条をもっている私は、あくまでも「輸送機はいやだ」と、ご信頼には感謝しながらも断わった。

十月五日、新品のATを受領して、同年兵の機上機関士の田島勇曹長と二人で、各務原―菊池間五五十キロの初航法を体験しながら、新任地へ空から着任した。

山口中隊長に、

「田形曹長はAT未修の上、AT操縦、ただ今帰隊しました」

と報告した。

「ご苦労。今日は帰宅してゆっくり休養せよ」

戦隊副官・高橋大尉の世話で、下宿は準備されていた。下宿は、南朝の忠臣・菊池城のある、隈府町正観寺の福田ハツエ様方であった。

山口中隊編成（昭和十五年十二月一日）

中隊長　大尉　山口　栄（特志一期。操縦六十二期。少佐）
将　校　中尉　伊豆田雄士（陸航士五十二期。戦死故少佐）
〃　中尉　村岡英夫（陸航士五十二期。少佐。自衛隊空将補）
〃　少尉　丸川公一（陸航士五十三期。少佐）
〃　少尉　太田英夫（陸航士五十三期。戦死故少佐）
〃　少尉　原田　直（陸航士五十三期。戦死）
下士官　曹長　田形竹尾（操縦六十期。准尉）
〃　曹長　辰　新次（操縦七十一期。少候。殉職故中尉）
〃　曹長　木内春雄（操縦七十二期。少候。少尉）
〃　曹長　蘭守一夫（操縦七十四期。殉職故准尉）
〃　曹長　西原　一（操縦七十五期。殉職故准尉）
〃　曹長　山田　勇（操縦七十五期。殉職故准尉）
〃　軍曹　飛田昌幸（少飛四期。殉職故曹長）
〃　軍曹　田谷徳三郎（少飛四期。准尉）

〃　軍曹　小松二郎（操縦七十五期。故曹長）

人機一体の境地

十月六日から山口中隊長指導のもと、牟田中隊時代に変わらぬ激しい訓練が、翌年十二月八日の太平洋戦争開戦の日までつづいた。そして牟田中隊と山口中隊の三年間に、藤野大尉ほか数名の尊い殉職者と、負傷者を出すほどの、文字どおり屍を越えての猛訓練であった。

不時着以来、三年間の猛訓練の結果、不時着による負傷も全快した。心眼で敵機が見えるようになり、人機一体の境地に達し、格闘戦法に、高速度戦法に、いずれも独自な戦技に開眼した。精神としての操縦道も少しずつわかってきた。分隊、小隊の空中指揮にも自信がもてるようになり、戦闘機隊の生命である索敵も、二・五の視力と心眼で自信がもてるようになった。

昭和十六年十二月一日、私は陸軍准尉に任官した。操縦六年、飛行二千四百時間（戦闘機二千二百時間、AT百時間、練習機百時間）を記録し、「心技体」も充実し、満を持して再度の出征を楽しみに待った。

それは、宿命の日米開戦の七日前、阿蘇山がまっ白く雪で化粧した二十五歳の冬であった。

炎熱のビルマ戦線

太平洋戦争勃発

「十二月八日未明、帝国陸海軍部隊は、西南太平洋方面において、米英軍と戦闘状態に入れり」

勇ましい軍艦マーチとともに、開戦のニュースがラジオの電波に乗って流れてきた。真珠湾の奇襲攻撃をはじめ、南太平洋の戦闘など輝かしい大戦果が報道された。

米英中蘭のいわゆるABCD包囲陣に対して、祖国日本は民族の興亡を賭して、大戦の火蓋を切ったのである。比島、香港、マレー、ビルマへと、陸海空一体となって怒濤の進攻作戦を開始した。

南方派遣の陸軍部隊は、南方総軍司令官・寺内寿一大将の指揮下に、陸軍の精鋭が、内地から、中国戦線から動員された。

陸軍航空隊は、第三飛行集団が集団長・菅原道大中将指揮のもとに、サイゴンに司令部を置き、マレー、ビルマ方面の航空作戦を展開することになった。

戦闘機五個戦隊百六十八機、重爆撃機四個戦隊九十九機、軽爆撃機三個戦隊百八機、偵察機その他七十二機、合計四百四十七機。それに海軍機百十七機を加え、陸海軍の空の精鋭が、緒戦のマレー、ビルマ方面の航空作戦に参加した。

地上部隊は近衛師団、第五師団、第十八師団、ビルマ方面は第三十三師団、第五十五師団の精鋭が参加した。

開戦当初の敵の兵力は、マレー方面は陸軍数万名、航空機は戦闘機を主力として約二百機、ほかに有力な極東艦隊など。ビルマ方面は陸軍約三万名、航空機約百機で、ビルマ、マレーとも主力は英軍であった。

ことにビルマ方面には、開戦と同時に、インドから英軍、中国から蒋介石軍、さらにインド経由で米軍など、空軍と陸軍が続々と増強され、戦局は緊迫の度を加えた。

ビルマ防衛・英軍総司令官ウェーベル大将、陸軍司令官はマクレオド中将であった。

ビルマ作戦の戦略的意義は、援蒋ルートを遮断し、英国の植民地支配からビルマ人の独立を助けて解放するとともに、満州からビルマまで延々数万キロにわたる中国包囲作戦の完成によって、日華事変の早期解決をはかることにあった。

香港ルート、甘粛・新疆の赤色ルート、ハイフォン・昆明の仏印ルート、ラングーン・ラシオ・昆明のビルマルートなど、これが問題の米英ソの援蒋ルートであった。

ビルマ作戦は、陸軍部隊の第三十三師団、第五十五師団の精鋭のビルマ進攻によって、戦闘の火蓋が切られた。

マレー作戦中の陸軍航空隊の一部が、地上作戦に呼応して協力し、敵の根拠地ラングーンに対して壮烈な先制攻撃を加えた。

第三飛行集団編成（昭和十六年十二月八日）

第三飛行団
飛行第五十九戦隊（戦闘）コンポントラッシュ
飛行第二十七戦隊（襲撃）コンポントラッシュ
飛行第七十五戦隊（軽爆）コンポントラッシュ
飛行第九十戦隊（軽爆）コンポントラッシュ

第七飛行団
飛行第六十四戦隊（戦闘）ゾンド
飛行第十二戦隊（重爆）プノンペン
飛行第六十戦隊（重爆）プノンペン
飛行第九十八戦隊（重爆）サイゴン

第十飛行団
独立飛行第七十中隊（司偵）クラコール
飛行第三十一戦隊（軽爆）シェムレア
飛行第七十七戦隊（戦闘）三亜
飛行第六十二戦隊（重爆）クラコール

第十二飛行団

飛行第一戦隊　（戦闘）コンポントラッシュ
飛行第十一戦隊　（戦闘）クーカン
　集団直轄
飛行第八十一戦隊　（司偵）プノンペン
第十五独立飛行隊　（司偵）コンポントラッシュ。一部プノンペン
　集結中の部隊
第八十三独立飛行隊　（軍偵）
独立飛行第七中隊　（軍偵）
独立飛行第七十三中隊　（軍偵）
独立飛行第八十九中隊　（直協）

戦爆連合ラングーン攻撃

第一次ラングーン攻撃は、十二月二十三日に敢行された。進攻部隊は、第十飛行団の重爆十五機、軽爆二十七機、戦闘機三十機、司偵五機、第七飛行団の重爆四十五機の合計百二十二機で、タイ国のランパン、ピサンローク、ナコンサワンの基地を一斉に発進した。

戦爆連合の鵬翼を連ねて、タイ・ビルマ国境の人跡未踏の大密林地帯二百キロを一気に飛んで、なおタイ国―ラングーン間の五百五十キロを、飛行第九十八戦隊（重爆）、第六十戦隊（重爆）、第六十二戦隊（重爆）、第七十七戦隊（戦闘）、第三十一戦隊（軽爆）、の順に、敵高射砲の弾幕を突破、高度三千五百メートルでラングーン上空に殺到した。

ラングーン上空には、英空軍が誇る新鋭スピットファイア、ホーカー・ハリケーン、バッファロー、米国自慢のP40トマホークなど、数十機の戦闘機があり、わが戦爆連合の大編隊を迎撃して、彼我入り乱れての凄絶な空中戦が展開された。

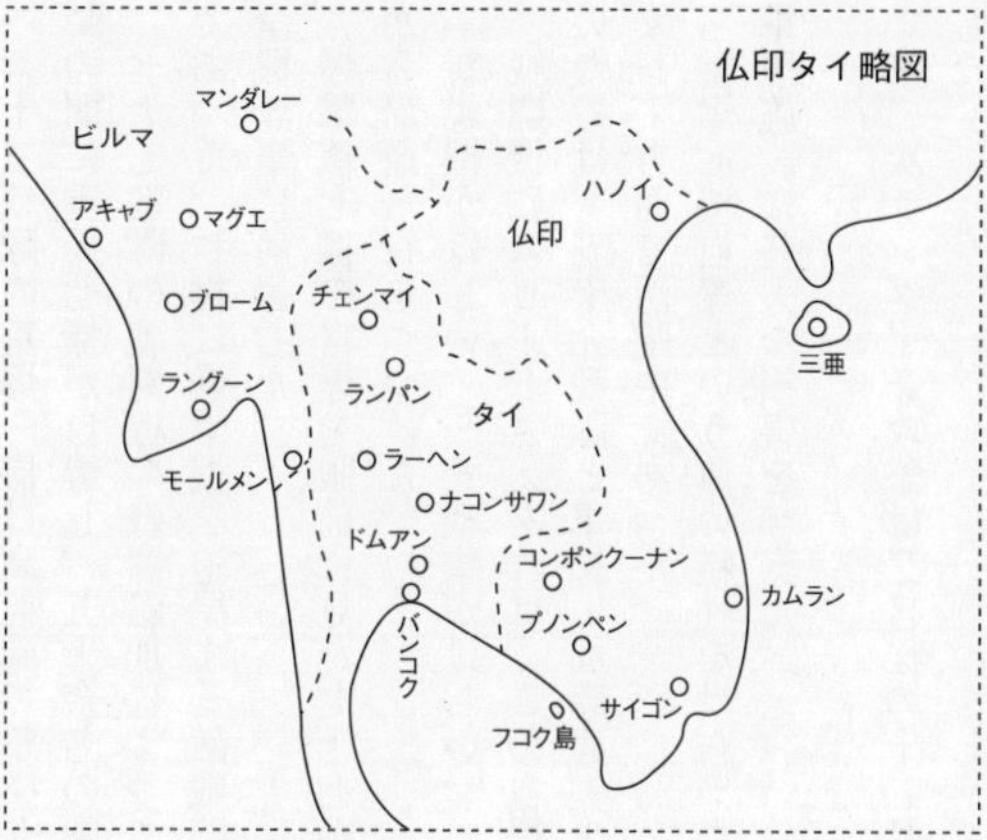

仏印タイ略図

爆撃機掩護の任務をもつ七十七戦隊の三十機は旧式の九七戦で、重爆より速度が遅い。ラングーン飛行場群を爆砕して全速退避する重爆に追いつけない。

爆撃機護衛の日本戦闘機の目の前で、高速を誇る敵戦闘機につぎつぎ爆撃機がやられて、火だるまとなって自爆していく。速度がほしい。隼ならこんな悲惨なことにはならない。

七十七戦隊は戦隊長・吉岡洋少佐に率いられた、第三飛行集団随一の強豪によって編成されていた。戦隊長以下、歯ぎしりしながら、味方爆撃機を攻撃中の敵戦闘機に接近していく。そして敵戦闘機に決戦をいどんだときは、すでに遅く、九十八戦隊の重爆二機が自爆した。

陣頭指揮中の戦隊長・臼井茂樹大佐は敵弾を受け、機上で壮烈な戦死をとげた。

六十二戦隊の重爆一機は高射砲で撃墜され、四機は敵戦闘機に撃墜された。こうして、一瞬の間に重爆七機が自爆し、五十余名の戦士がラングーン上空の華と散った。

七十七戦隊の戦闘機の戦闘参加によって、六十戦隊の重爆、三十一戦隊の軽爆は全機無事であった。執拗に爆撃機を追尾する敵戦闘機をけちらしたわが戦闘機は、数機を撃墜破して全機無事に帰還した。

爆撃機七機の自爆を眼前に見た七十七戦隊の三十名の操縦者は、機上で無念の涙を流しながら帰還飛行をつづけた。

「新鋭機がほしい。一式戦隼がほしい」

戦闘機にスピードさえあれば、この自爆は食い止められたのだ。開戦当初に隼を使用していたのは、五十九戦隊と軍神・加藤建夫少将の率いる六十四戦隊のみで、このときはともにマレー方面で活躍中であった。

重爆七機自爆という尊い犠牲をはらったが、数百発の巨弾を投下し、ラングーン飛行場、軍事施設に甚大な損害を与えた。

第二次ラングーン攻撃は二日後の十二月二十五日、戦爆連合約二百機の大編隊で全力出動した。

戦闘機はやはり七十七戦隊の三十機であった。この日は第一次攻撃の教訓を生かして、戦闘機が部隊の先頭に立ってラングーンに進入し、数十機の敵戦闘機と日本の戦闘機、爆撃機が入り乱れて、壮烈な空中戦を展開した。

この日は、敵戦闘機撃墜三十二機、飛行場の大型機八機と軍事施設を爆破する、大戦果をおさめた。しかし、航空戦の常として、わが方も重爆三機、戦闘機は五機、合計八機の尊い犠牲者を出した。

これらをみても、当日の空戦がいかに激しかったかがわかる。その後も地上部隊の猛進撃に呼応して、陸軍航空隊は連日出動し、敵航空基地の攻撃、地上部隊協力など、めざましい活躍をつづけた。

しかし、ビルマの敵空軍も逐次増強された。

一月二十四日、二十七日、二十八日の三日間、ウェリントン双発爆撃機六機編隊で、連続三回にわたって、日本軍のビルマ進攻の基地、バンコクのドムアン飛行場に夜間空襲を加えてきた。

この空戦のニュースが報道されたとき、私に待望の出征命令が出た。

二度目の出征命令

百六教飛連命令（昭和十七年一月二十五日）

一、陸軍准尉田形竹尾は、仏印野戦補充飛行隊付を命ず。

二、田形准尉は、岐阜飛行師団司令部に出向、内地部隊より転出する戦闘機操縦下士官二十名の輸送指揮官を命ず。細部に関しては師団参謀の指示を受けよ。

操縦七年、飛行二千五百時間、二十五歳の私は、夜間飛行の負傷も全快して、満々たる闘志を胸に秘めてこの出征命令を受けた。

当時、私は関西防空と航空要員の戦技教育を担当して、明石飛行場に勤務していた。ちょうど中隊長の山口栄大尉、中隊付の村岡英夫大尉が、戦隊長要員教育のため、明野陸軍飛行学校に出向されていて不在であった。会わずに出征するのは心残りだったが、時間がないので仕方がない。中隊長代理は陸航士五十四期の二十二歳の熱血漢、永瀬一男中尉であった。

「おれをはじめ幹部がみな若いので、田形准尉にもうしばらく指導してもらいたかったが、やむを得ない。あとのことは心配せず、戦隊の名誉のために戦ってくれ。必ず生きて帰ってこいよ」

そういう永瀬中尉に別れを告げた。

「お世話になりました。あとのことは頼みます。一足先に行きます。中隊長殿を戦場で待っています」

私は中隊将兵の激励に見送られて、明石飛行場を出発、大阪駅のホームで戦友と別れ、下り急行で原隊の菊池飛行場へと向かった。

一月二十七日、菊池飛行場に帰隊した。残務整理や下宿の整理などをすましたうえで、戦隊副官・高橋大尉らに見送られて、住み慣れた菊池飛行隊に別れをつげ、菊池神社に参拝、熊本駅から郷里福岡への道を急いだ。

「二度目の出征だ。今度は世界を相手の大戦争である。生きてふたたび故郷へ帰ることもあるまい」

このような感慨を抱いて、二時間ばかりで郷里の福岡県八女郡黒木町に帰った。

母と二人で先祖の墓参りをした。男まさりだが心のやさしい母と、祖母をはじめ遠い祖先の墓前に線香を供えて合掌した。

「竹尾さんは戦場も二度目だから、なにも言うことはない。水などに注意して体を大事にして、お国のために戦って下さい。あとのことは心配いらない。盛男（弟）さんがシンガポールの攻撃に参加しているそうだから、生きていたらよろしく伝えて下さい」

「お母さん、私のことは心配無用です。うんと働いてきますので、あとのことは頼みます」

このような別れの言葉を交わした。

私の先祖の墓は、町の北西の小高い丘の上にある。ここからは町の中心全部が展望できる。眼下には、童心の夢を胸いっぱいにふくらまして学んだ豊岡小学校がある。その向こうには矢部川の清流が、晴れ渡った冬空に映えてゆうゆうと流れている。東方二キロの地点には、栄枯盛衰一千年の歴史を秘めて、黒木城跡が静かに横たわっている。

八十七歳の祖父、父母、兄弟姉妹に囲まれて、送別会の宴が開かれた。

「先祖の名をはずかしめないように働いてくれ」

という祖父の言葉に、

「おじいさんも長生きして下さい」

と私は答えた。

これが祖父との永遠の別れのあいさつとなった。

「行ってきます。さようなら」

「元気で戦ってくれよ」

家族と別れのあいさつを交わして、生まれ育った懐かしいわが家をあとにした。

仏印野戦補充飛行隊

一月二十九日、岐阜の飛行師団司令部に出向して命令を受領した。

「二十一機の戦闘機の準備が間に合わない。前線では緒戦の犠牲者の補充を急いでいるので、田形准尉は二十名の操縦下士官の輸送指揮官として、二月二日に宇品港を出港し、すみやかにサイゴンの軍司令部に出向、爾後の指示を受けよ」

師団参謀のこのような指示によって、空中輸送を中止し、輸送船で宇品―門司―高雄―サイゴンへ向かって、二月九日に宇品を出港した。

二十名の操縦下士官は、戦闘機操縦四年以上、飛行一千時間から二千時間の一人前のパイロットたちであった。

山田曹長（操縦六十七期）、山口文一曹長（操縦八十一期）、私と同戦隊の佐々木軍曹（予備下士）らであった。

二月十五日、サイゴン上陸。サイゴンに一泊して、プノンペン―コンポンクーナンへとトラックで向かった。途中の町に日の丸の旗が、南国の強い太陽の光に映えてひるがえっていた。渡し船にトラックを積んでメコン河を渡った。

上陸地点に、「大日本国使節団上陸の地」と、大きな標識が建てられていた。

トラックはようやくコンポンクーナンの仏印派遣野戦補充飛行隊に到着した。

「田形准尉以下の二十一名、ただ今内地より到着いたしました」

「ご苦労、田形准尉。待っていたぞ」

温かく迎えて下さった隊長は、熊校時代の助教・垣見馨大尉（操縦四十五期）であった。垣見隊長とは数年ぶりの再会であった。

夜は缶詰と日本酒で歓迎会が開催された。

補充隊には、私より二ヵ月前に菊池から出征した田谷徳三郎曹長と、大刀洗時代の一年後輩の大谷満曹長（操縦六十九期。殉職故准尉）らがいて、予期せざる再会であり、別れであった。

補充隊は、第一線からの要請で操縦者を補充するのが任務であった。またの名を「操縦者の消耗品倉庫」と呼ばれていた。

操縦者は、陸航士五十三期、五十四期の若い中尉十二名と、准士官は私一人、下士官は大谷曹長以下飛行一千時間以上の一人前のパイロットたちが三十一名いた。これだけの戦力をもつ戦隊は第一線にもあまりなかった。

私の任務は、第一線転出まで、この将校、下士官に対して単機戦闘、編隊戦闘を指導することであった。特に将校に対しては、指揮官としての空中指揮の指導が重点であった。

思えば五年前、いちばん新参の操縦者として華北に出動した私も、このときには古参の操縦者になっていた。

初めて仏印の空を飛んで驚いたことは、一方は地平線のかなたまで水田がつづき、一方は一望千里のジャングルとゴム林が延々とつづいていることであった。

アンコールワット

昭和十七年二月二十八日、飛行第七十七戦隊付を命じられた。戦隊は旧式の九七式戦闘機四十機（三個中隊）をもって、タイ国北部のランパーンを基地として、ビルマのラングーン攻略戦に参加していた。

仏印野戦補充飛行隊の垣見隊長以下、戦友に見送られて部隊を出発した。

宮本少尉（戦死故中尉）、山本少尉（戦死故大尉）、佐々木軍曹（戦死故准尉）と私の四名は、コンポンクーナンからサイゴンへと軍用トラックで移動した。

世界の大河メコン河は橋がないために、工兵隊の舟艇にトラックを積んで渡った。「大日本国使節団上陸の地」の大きな標識が建てられているところから、舟に乗った。何百年も前に日本人が、小さな舟で南シナ海を渡って、この地まで使いをしている。その苦労を偲びながら、悠々と流れるメコン河を感無量の気持ちで渡った。

サイゴン駅の停車場司令部で、タイ国バンコク行きの国際列車を調べると、三月三日朝出発までないので、サイゴンの陸軍兵站宿舎に三泊することになった。

夕食をすませて、佐々木軍曹と二人で市内を見物することにした。

仏印は長い間フランスの植民地であった。町の中心地にフランスの権威を象徴する総督府をはじめ、立派な建物はほとんどフランスのものであった。

現在は日本軍に占領されて、日章旗が熱帯地の夕日を浴びて翩翻《へんぽん》と翻っていた。

サイゴン市内は、戦争は関係ない、という平和な雰囲気でにぎわっていた。中心地の商店街には華僑の立派な店が多かった。

白木屋サイゴン店に友人を尋ね、第一線で困らないように下着を何枚も買った。二ヵ月後、北部ビルマのマグエ飛行場で敵爆撃機を邀撃離陸中、爆弾によって負傷したが、そのとき着ていた血染めの襦袢は、このうちの一枚で、今も保存している。

兵站宿舎に同宿した毎日新聞社の森記者から、

「田形准尉、明日、アンコールワット、見学に行きませんか」と話があった。

私は少年時代から歴史が好きであった。日本歴史のほかは、特に歴史的に関係の深いアジアの歴史が好きであった。日本、中国、タイのほかは、アジアはほとんど欧米諸国の植民地であった。子供心に不思議に思っていた。

古代クメール王国の文化を象徴するのが、世界の三大遺跡といわれるアンコールワットと知っていたので、「ぜひ、お願いします」と返事をした。

三月一日、停車場司令部付の高木少尉の案内で、午前八時に宿舎を出発した。車に毎日新聞社の旗を立て、プノンペンを出発、十時三十分にアンコールワットの正面に到着した。さっそく「アンコールワット」を背に記念写真を撮った。

古代クメール王国により、十二世紀前半に五十年から百年の歳月をかけてアンコールワットは建造されたと伝えられている。仏教、ヒンズー教によって、寺院、神殿、墳墓が、周囲十六キロという壮大な敷地に建立されていた。

古代カンボジアの遺跡は、インドシナが中国文明とインド文明の影響を受けて発展し、創造した、独自の文明により生み出された。寺院の中に入って、壮大さと荘厳さに心をうたれた。その中心に首のない京人形が置かれていた。その横に、

「日本国奥州伊達藩士支倉《はせくら》常長此の地に使いす」と、墨で書いてあった。慶長十二年、伊達政宗は家臣・支倉常長をローマに派遣して、西洋諸国の情勢を視察させたが、その途中、アンコールワットに立ち寄ったといわれている。

すばらしい古代クメール王国の文化遺跡にふれて、深い感銘を受けた。それぞれの民族、国家には、学ぶべき歴史と伝統と文化があることを、アジア各国に教えられたことは、貴重な体験であった。

帰途、旧フランス人経営の高級レストランで、森記者、高木少尉の三人で昼食をとった。客は東洋人と西洋人であったが、戦争を忘れさせるほどの、なごやかな平和な空気であった。

飛行第七十七戦隊へ

二月二十八日、待望の前線への転出命令が出た。

陸軍准尉田形竹尾は、二月二十八日付をもって飛行第七十七戦隊付を命ず。即日出発、タイ国ランパーン飛行場に出向せよ。

私とともに、陸航士五十四期の宮本伯雄中尉と山本敬二中尉、佐々木軍曹らが第七十七戦隊付となり同行することになった。

七十七戦隊は、日華事変のおり大刀洗で編成された飛行第八大隊が母隊である。吉岡戦隊長以下、大刀洗時代から中国時代と、苦楽をともにしたなつかしい戦友たちであった。

「垣見隊長殿、お世話になりました」

「田形准尉、死ぬなよ」

垣見隊長と別れの言葉を交わして、固い握手をした。田谷曹長、山口曹長、大谷曹長、山田曹長らがトラックのところまで見送ってくれた。

宮本中尉、山本中尉、佐々木軍曹と私の四名は、プノンペンへ前進した。プノンペンからバンコクへの軍用列車も国際列車もないので、プノンペンに二泊することになった。

三月三日朝、私たちを乗せた国際列車は、タイ・仏印国境に到着した。国境には鉄条網が張られ、トーチカが構築されている。この鉄条網をはさんで、タイ国軍隊と警察、仏印軍と警察が、それぞれ実弾をこめて国境を警備している。この地域はタイ、仏印がしばしば武力衝突したところで、険悪な空気を肌で感じた。

三月五日朝、バンコク停車場に到着した。駅の屋上には、日本国旗とタイ国旗が朝日を浴びてひらめいていた。

ランパーン行きの列車の都合で、バンコクに二泊することになった。

バンコクの将校兵站宿舎のメナムホテルに旅装をといて、半そで半ズボンの軽装でバンコクの町の見物に出た。

バンコクの兵站宿舎に、緒戦の戦死者の遺骨が安置されていると聞いたので、行ってみた。遺骨安置所には一千名を超える遺骨が安置され、部屋には線香のにおいがあふれていた。

「故陸軍少尉吉田佐一の霊」

「故陸軍少尉岸田喜久治の霊」

その祭壇の中央に、二人の遺骨を発見した。私は一瞬、強力な電流にふれたような強い衝撃を受けた。思えば、吉田少尉、岸田少尉は少飛二期の荒鷲で、私とは大刀洗以来、華北、華中の戦線で苦楽をともにした親しい後輩たちであった。

私は、二人の冥福を心から祈って合掌した。

七十七戦隊付の木村准尉が私の帰りを宿舎で待っていた。

「おい、木村准尉、生きていたのか」

「はい、田形准尉殿の到着を待っていました。吉田、岸田は戦死しました。川田少尉、秀島少尉、萩原准尉は健在です」

「そうか。吉田、岸田の遺骨にお参りしてきたところだ。川田少尉らが健在だったことはよかったね」

一年三ヵ月ぶりのうれしい再会であった。

ランパーン航空基地

三月八日朝、ランパーン飛行場に到着した。

飛行場には、懐かしい大刀洗の菊水のマークをつけた第七十七戦隊の九七戦が四十機、闘志を秘めて翼を休めていた。三十一戦隊の九七軽爆が三十機、タイ国空軍の軽爆も六機いる。

中隊長・谷田部定三中尉に着任のあいさつをした。

「田形准尉、ご苦労だが報告はあとで聞く。ただちに出動だ」

中隊に到着して煙草一本のむ時間もない。当番兵が持参した航空服をすばやく着用し、腰に拳銃をつけ、軍刀を握って九七戦に搭乗、第二小隊長として僚機二機を指揮して、中隊長機につづいて離陸する。

ラングーン攻略を目前にして、陸軍の三十三師団と、五十五師団の精鋭は、ダイク戦線で英軍との死闘を展開していた。この地上戦闘に協力の目的で、九七軽爆九機が敵陣地を爆撃することになった。私たちは吉岡戦隊長指揮のもとに、本部三機、三個中隊十八機、計二十一機の九七戦で、この軽爆を掩護《えんご》するのが任務であった。

基地ランパーン上空で、戦爆連合三十機がみごとな編隊を組んで機首をラングーンに向け、次第に高度をとって進攻する。

高度四千メートルで、タイ・ビルマ国境二百キロの人跡未踏の大ジャングル地帯を一気に飛んで、四百キロのダイク戦場上空に到着した。

十数ヵ所がさかんに燃えている。彼我の砲弾が真っ赤な火を吐いて爆発する。地上戦闘は文字どおりの死闘を展開している。

軽爆隊は一千五百メートルまで高度を下げて、敵陣地に急降下爆撃を開始した。

私たちは、第三中隊六機を上空掩護に残して、戦隊本部三機、第一中隊六機、第二中隊六機（私の中隊）の順に、高度六百メートルから深い角度で低空まで急降下、数回銃撃を敢行した。

第一回の出撃は、敵機の攻撃もなく全機無事に、往復八百キロ、飛行時間約四時間で帰還した。

こうして、連日、ビルマ戦線に出動して戦った。

私たち操縦者は、タイの中流家庭に宿泊していた。夜は、昼の激しい戦いを忘れるほどの平和で楽しい毎日であった。川田少尉、秀島少尉、萩原准尉、木村准尉、赤松曹長らと、童心にかえって、ランパーンの夜の町で珍しい異国情緒を味わった。

本部編成

戦隊長　少佐　吉岡　洋（陸士三十七期。殉職故大佐）
副戦隊長少佐　広瀬吉雄（陸士四十五期。戦死故大佐）
本部付　少尉　川田　一（少飛一期。少候。大尉）
〃　准尉　萩原三郎（操縦六十五期。少候。中尉）

第二中隊編成

中隊長　中尉　谷田部定三（操縦四十九期。少候。戦死故大尉）
将　校　中尉　松尾義英（陸航士五十二期。戦死故大尉）
〃　少尉　名越親二郎（操縦六十七期。少候。戦死故中尉）
准士官　准尉　田形竹尾（操縦六十期。准尉）
下士官　曹長　赤松正一（少飛三期。少尉）
〃　曹長　柴田（操縦七十期。戦死故准尉）
〃　曹長　長江包三（操縦八十二期。戦死故准尉）
〃　軍曹　石川（操縦七十五期。戦死故曹長）
〃　軍曹　小野久吉（少飛五期。戦死故曹長）
〃　伍長　橋本正一（少飛六期。戦死故曹長）

ラングーン攻略

三月九日、陸空呼応して激戦三ヵ月、多くの犠牲をはらって、ビルマルートの根拠地ラングーンを攻略した。

私が所属した飛行第七十七戦隊は、戦闘三個中隊、旧式の九七戦三十機を保有していた。第一中隊長は豪快な名戦闘機乗りの陸士四十八期の江藤豊喜大尉、三中隊には少飛一期のベテランパイロット秀島政雄少尉、少飛二期の本間実准尉らが健在であった。秀島少尉は緒戦のマレー作戦で夜間船団掩護中、敵爆撃機を撃墜して、海軍の「香椎」艦長より異例の特別感謝状を授与されたのであった。

第五飛行集団はラングーン占領と同時に、ラングーン飛行場群を使用して、残存英空軍と逐次増強されつつある同空軍を、徹底的に追撃することになった。

七十七戦隊は、ラングーン陥落後三日目の三月十二日、ラングーン郊外マウビ飛行場に前進した。

山本中尉の英陸軍葬

ラングーンのミンガラドン飛行場は、さすがに英空軍が誇ったビルマ最大の基地だけに、その設備は立派なものである。

放棄された飛行場に、陸鷲の猛攻で破損したまま放り出された英空軍の中型機、小型機の中に、自爆した友軍機の残骸もそのままであった。

戦闘の合間に、できればその遺体を収容したいと、吉岡戦隊長の命令で山本機をさがした。

ことに山本金吉中尉と同じ中隊の私たちは、懸命に駆け回った。

尋ねる飛行機だけは、飛行場のすみで発見された。わずかに残る尾部と、胴体の一部に見られる機体番号、焼けた発動機の番号から、まさしく山本中尉機と確認された。

だが、山本中尉の遺体はどこにも見つからなかった。

ところが、思わぬ偶然から、山本中尉の最後の状況がくわしく判明した。たまたま戦隊の兵がラングーンで買物したとき、その包み紙として持ち帰った新聞「ラングーン・ガゼット」が手がかりとなったのである。

故山本中尉の英陸軍葬と、その後の状況を確かめるために、戦隊副官・高桑中尉がエドワード教会に行き、教会の神父からつぶさに当時のもようを聞いた。

埋葬された遺体を戦友の手によって掘り出し、検視したところ、間違いなく山本大尉であることが判明した。

遺体は全身包帯に包まれ、立派な棺に納められていた。埋葬場所も、同教会の最高の地に、新しい十字架に飾られて静かに眠っていた。そして誰が捧げたのか、ジャスミンの白い花が香り高いにおいをただよわせていた。

吉岡戦隊長以下、墓前に合掌し、その偉勲をしのび、新たなる涙の中で山本大尉の勇姿を回想した。

回想は、昭和十七年一月二十八日にさかのぼる。

陸軍の精鋭のビルマ進撃に呼応して、第三飛行集団による第一次ラングーン攻撃が開始された。

集団麾下《きか》の戦闘機隊の主力は、シンガポール攻撃に参加していた。緒戦のビルマ作戦を担当したのは、飛行第七十七戦隊一個戦隊の、旧式の九七戦四十機であった。

七十七戦隊は、日華事変当初に大刀洗で編成された飛行第八大隊を母体として、編成された戦隊である。

太平洋戦争突入一ヵ月前、満州・竜鎮から海南島・三亜に前進、つづいて南部仏印に進駐して、山下兵団のマレー半島奇襲上陸作戦に参加する大輸送船団を掩護した。

さらに、タイ国空軍基地ナコン飛行場を制圧した。引きつづき戦隊はタイ国の奥地ランパーンに移動して、ラーヘンを前進基地としてラングーン攻撃に参加した。

当時、英空軍の戦闘機は、カーチスP40、ホーカー・ハリケーン、ブリュースター・バッファローなどで、旧式の九七戦より速度も武装もはるかに優れていた。

昭和十七年一月二十八日、タイ国の奥地ラーヘン前進基地である。

エンジンの音ごうごうと、戦隊の九七戦三十機がいま出撃しようとしている。任務は、重爆、軽爆百数十機のラングーン爆撃の掩護である。ずらりと整列した二十歳前後の若き戦士に対して、戦隊長・吉岡少佐は、副戦隊長・広瀬吉雄少佐以下の操縦者に対して、きょうの出撃の指示を与えた。

めざすはラングーン上空。そこには数万の英印軍が、日本軍の精鋭第三十三師団、第五十五師団のビルマ進撃をくいとめようと、頑強な抵抗線を張っていた。

吉岡戦隊長を先頭に、三十機が飛行場上空でみごとな編隊を組んで、機首をラングーンに向け、次第に高度をとりながら、山また山のタイ・ビルマ国境を越えて、人跡未踏のジャングル地帯を飛ぶこと四十分、今度は果てしなく広がるビルマ平野である。

このころから、高度二千メートルから五千メートルにかけて乱雲が重なり、しかも煙霧も多く、視界はきわめて悪い。前後に飛ぶ百数十機の爆撃機の姿も見えなくなる。

戦隊は吉岡少佐を先頭に、右後上方に第一中隊、左後上方に第二中隊、後上方に第三中隊と、三十機ががっちりと戦闘隊形を組んで、爆撃機を掩護しながら、高度六千メートルでラングーン上空に進入した。

敵高射砲は狂ったように弾丸を友軍機に集中する。

先行した爆撃機はラングーン基地に巨弾の雨を降らして、帰還飛行に移った。これに対して、十数機の敵戦闘機が攻撃を加えてきた。雲の切れ間から下を見ると、ミンガラドン飛行場から、爆弾の弾幕を縫って、敵戦闘機が砂塵を上げ、次から次へと舞い上がってくる。

雲はさらに厚さを増し、戦隊全機の目視連絡がとれなくなる。このとき、雲の切れ目から、P40、ハリケーンなど俊鋭三十数機が、七十七戦隊に攻撃を加えてきた。ここに、彼我六十機以上の戦闘機が、密雲と断雲の切れ間で壮烈な死闘を展開した。

味方は一騎当千の荒鷲であるが、敵機の性能は九七戦よりはるかに優れている。各中隊が天候にはばまれて連絡がつかず、中隊ごとに敵機と激しく戦った。

第二中隊第二小隊長の山本金吉中尉も、部下を指揮して勇敢に戦った。松田中隊長の危機も一回救った。そしてハリケーン一機をみごとに撃墜した。しかし不幸にも敵弾は、山本機のエンジンに命中し、エンジンから火を噴き出した。

「エンジンをやられた。今はこれまで」

と覚悟を決めた山本中尉は、大きく翼を振って僚友に別れをつげながら、ミンガラドン飛行場に向かって急降下していった。

乱戦中に、少年飛行兵三期の撃墜王、赤松曹長がこれを確認していた。

この日の戦闘は第二中隊がいちばん悲惨であった。九機のうち、中隊長・松田大尉、第二小隊長・山本中尉、李根哲准尉（不時着生還）、長島曹長の四機が未帰還であった。

ラーヘン飛行場に帰還した吉岡戦隊長以下、撃墜四機、撃破五機の戦果をあげていたが、未帰還四機の犠牲に心を痛め、全員がいつまでもラングーンの空を仰いで立ちつくしていた。

山本中尉は、あえなくビルマの空に散ったのであろうか。落下傘降下すれば確実に助かるのだが、日本軍は敵地上空では決して落下傘を使用しなかった。

ミンガラドン飛行場に、巨弾を浴びせて爆破した日本の爆撃隊は、潮がひくように引き揚げていった。ただ一機だけが白い煙をはきながら、飛行場上空に低空で進入してきた。機体の日の丸の標識もあざやかな九七戦である。それが山本機であった。

エンジンの火は消えているが、燃料タンクからガソリンを噴いている。エンジンも不調である。断雲の切れ間から、傷ついた愛機を操縦して、飛行場に並んでいる十機ぐらいのうちの、ブリストル・ブレニム軽爆に急降下機銃掃射を浴びせて、これを炎上させた。

不時着するものと、かたずをのんで見守っていた英軍将兵は驚いた。あわてて一斉に地上砲火を撃ち上げる。山本機は黒煙を吐き、いまにもエンジンが停止しそうである。敵十字砲火の間をぬって、対地銃撃七回、ブレニム三機を炎上させた。

ついにエンジンが停止した。地上からの猛射で、山本機はふたたび真っ赤な炎に包まれた。

だが、闘魂の鬼となった山本中尉は、この状態になっても降参も自爆もしなかった。最後の攻撃と、燃ゆる愛機の操縦桿をぐっと握って格納庫に突入した。

これでも山本中尉は死ななかった。わずかに左手と左足に負傷しただけであった。

愛機の残骸から飛び出した山本中尉は、腰の拳銃を手にしながら走り出した。英国兵は、彼が投降するものと思って射撃を中止した。

だが山本中尉は、一隅にあった敵戦闘機バッファローに飛び乗ると、たちまち離陸滑走に移った。

敵は山本中尉の闘魂にのまれて、ただポカンと口をあけて見とれていた。だが、無念にもバッファローはついに浮揚せず、飛行場の外に飛び出して大破した。山本中尉はまだ参らない。もうもうたる土煙の中からポッカリ浮かび出た。

このときになって、初めて敵陣地から狂ったように機関銃を撃ち出した。山本中尉は銃弾の雨を浴びながら、その場にどっかりとあぐらを組み、はるか東北方の祖国の空を仰ぎながら、

「祖国よ、さようなら」

頭をたれて最敬礼をした。そして数発の敵弾を体に受けて、くずれるように地上へ打ち伏した。

英国兵が駆けつけてみると、重傷で意識不明になっていた。すぐ英国陸軍病院にかつぎこまれたが、ついに息を引きとった。

この勇敢な山本中尉の奮戦ぶりを、最初から最後まで見守っていたミンガラドン基地の大隊長ワッセン大佐は、日本の武士道精神に深く心をうたれた。

いまやラングーンは、日本の空陸の精鋭の猛攻の前に、陥落寸前にあった。その食うか食われるかの状況下にありながら、英国騎士道精神は発揮され、山本中尉の遺体はていねいに納棺された。

翌日、ワッセン大佐はみずから祭主となって、英国陸軍葬をもって葬ることにしたのである。

その日の英字新聞「ラングーン・ガゼット」は、このことを第一面に取り上げ、葬儀のもようをくわしく報道した。その要旨は、

「ヤマモトは、ミンガラドン飛行場攻撃直前の空中戦において、身をもって指揮官機をかばい、火を噴いたのである。これこそ英国が誇る騎士道精神である。かかる勇敢なパイロットは、世界のどこにも見当たらないだろう。このような大空の戦士が、わが大英帝国にも出現することを祈ってやまない」

と、ほめたたえて書いてあった。

昭和十七年一月末の午後。

ダダーン、ダダーン……。

からりと晴れ上がった酷暑のビルマの空に、十九発の銃声が響きわたった。

英国陸軍儀仗兵の一隊が姿勢をただし、小銃弾による弔砲を撃ち鳴らした。軍楽隊の吹奏

するヒューネラルマーチが、ヤシの木陰を静かに流れる。英国の将兵が最も光栄、名誉としている陸軍葬が、おごそかに行なわれているのだ。

ここは、ミンガラドン飛行場にほど近い、エンゼル街エドワード教会である。

儀仗兵と、いならんだ数百名の英軍将兵の前に、十字架の付いた棺が横たわっていた。花束をかかえ、五、六歩前へ進み出た一人の老大佐が、ひつぎのかたわらに立って深い祈りをささげた。みずからきょうの祭主となった英空軍大隊長ワッセン大佐である。

「勇敢なるヤマモトよ、安らかに神のみもとに眠れよ」

と敬虔《けいけん》な祈りをささげた。顔を上げた大佐は、ゆっくりと一同を見わたした。

「諸君、私は諸君とともに、いま、日本空軍の将校ヤマモトに最後の祈りをささげた」

あたりは声一つなく静まり返り、英国の栄光を象徴するユニオンジャックの旗が、ときどき南風にゆれて、思い出したようにハタハタと音をたてている。さらに言葉をついで、

「ヤマモトのような勇敢なパイロットは、世界空戦史上にもまれであろう。われわれは、この日本空軍将校の精神を体して、愛する大英帝国の祖国防衛に生命を捧げねばならない」

と訓示した。棺の中に眠っているのは、英国軍人ではない日本陸軍航空隊の、飛行第七十七戦隊第二中隊の若鷲・山本金吉大尉（戦死後に進級）である。

これは、いったいどうしたことであろうか。

敵であるはずの日本人が、英国の陸軍葬をもって、ていねいに野辺の送りをされたのである。葬送行進曲が吹奏されはじめた。砲車に乗せられた山本大尉の遺体は、左右を四十名の英軍将兵に守られ、沿道にひざまずいて冥福を祈るビルマ人に見送られながら、ミンガラド

ン飛行場を望む英国軍人墓地に、新しい十字架に飾られて葬られたのであった。

このように、勇敢な山本大尉の最期と、英陸軍葬の状況が判明した。

山本金吉大尉の武人としての壮烈な最期が、敵国である英国軍人に大きな感銘を与え、尊敬の念から陸軍葬となったことは言うまでもない。

山本大尉と前後してビルマの空に散華した荒鷲の吉田佐一少尉、岸田喜久治少尉、北坂武准尉の最期も、山本大尉の最期に劣らぬ壮烈なものであった。

撃墜の陰に犠牲あり

こうして、わが七十七戦隊は、開戦当初半年間の第一次、第二次のビルマ航空作戦において、敵機百機以上を撃墜破する大戦果をあげたが、戦隊も松田少佐ほか四十名、戦隊操縦者の過半数を含む尊い犠牲者を出した。

第一次、第二次の作戦に殊勲を立てて生き残ったのは、吉岡洋少佐、広瀬吉雄少佐、江藤豊喜大尉、川田一少尉、秀島政雄少尉、萩原三郎准尉、木村哲大准尉、本間実准尉、赤松正一曹長ら飛行二千時間以上のベテランであった。私も第一次の後半から、第二次作戦に小隊長として参加した。

故山本金吉大尉は大正八年七月、三重県一志郡八知村（美杉村）の旧家に生まれた。津中学二年から陸軍予科士官学校に入校し、陸軍航空士官学校第五十三期生となり、昭和十五年、士官学校と明野陸軍飛行学校を卒業。同年十月、満州・竜鎮の飛行第七十七戦隊付となり、戦闘機操縦三年、飛行一千時間、二十三歳の若鷲は、ラングーンの華と散ったのである。
山本大尉は個人感状、七十七戦隊の私たちは部隊感状の光栄に浴した。

感状

吉岡飛行部隊陸軍中尉山本金吉

右は、昭和十七年一月二十八日、ラングーン飛行場攻撃に際し、小隊長としてこれに参加し、ラングーン付近上空において、優勢なる敵戦闘機群と交戦するや、進んで難に赴き、身を挺し幾度かよく中隊長の危急を救援せり。
而して乗機敵弾を受けて、空中戦殆ど不能に陥るや、剛毅不屈なる中尉は、黒煙を曳きつつも敢然単機低くミンガラドン飛行場に突進し、熾烈なる地上砲火を冒し、在地敵機を求めて、反復銃撃を加うること実に七回、敵爆撃機三機を炎上せしむ。すでに弾丸尽き機もまた遂に火を発するに及び、従容機とともに身を敵中に突入して、壮烈なる自爆を遂げたり。中尉の不屈不撓倒れて尚やまざる気迫と闘志とは、実に我が陸軍飛行隊精神の発露にして、その武功抜群なり。よってここに感状を授与す。

昭和十七年五月十日

ビルマ方面陸軍航空隊最高指揮官

第五飛行集団戦果と損害

一、戦　果

撃　墜――四百三十五機
地上撃破――五百七十七機 ｝一千十二機
二、損　害
自　爆――二十八機
未帰還――三十機
大破炎上――四十八機 ｝百六機
修理不能――二十四機

第五飛行団
一、戦　果
撃　墜――二百十六機
地上撃破――二百四十三機 ｝四百五十九機
二、損　害
自　爆――二十七機
未帰還――二十機
大破炎上――二十四機 ｝七十一機
修理不能――十八機

開戦わずか三ヵ月の緒戦の航空作戦に、マレー、ビルマ方面だけで一千五百機あまりを撃墜破する大戦果をおさめている。

しかし、わが方も百七十七機の損害を出した。この数字は、可動機数四百四十七機の三分一以上に当たり、ベテランパイロットの戦死でその戦力は半減したが、このころまではまだ内地から、満州から、操縦者も飛行機も補充できたのである。

ラングーン攻略後のビルマ作戦の戦略は、ビルマルートといわれた援蔣ルートの遮断と封鎖を完全にすることであった。中国、仏印、タイ方面のサルウィン河、ビルマ中央のシッタン河、インド方面のイラワジ河、この三方面に分かれて、北部ビルマ攻略の一大作戦が展開された。

七十七戦隊は、西部方面のイラワジ河の作戦に参加することになった。

敵はラングーンの友軍航空基地に対して、マグエ、アキャブ、マンダレー方面から昼夜を問わず、小数の戦爆連合による執拗な攻撃をくり返してきた。一瞬の油断も休養もできない緊張の連日であった。

私たちはビルマの炎熱と風土病と闘いながら、連日、敵航空基地の攻撃、基地の防衛、戦場上空の制空、爆撃機の掩護など、朝早くから夜おそくまで、疲労でふらふらになるまで出動して戦った。

三月中旬、第五飛行集団は、ラングーンから五百キロ奥地のマグエ総攻撃を決意した。当時、各部隊は次のごとく展開していた。

精鋭第五飛行集団

第五飛行集団編成（昭和十七年三月十五日。独飛中隊は略）

第五飛行集団司令部　ラングーン（インセン）
第四飛行団司令部　ミンガラドン
　飛行第五十戦隊（戦闘）　ミンガラドン
　飛行第八戦隊（軽爆）　ミンガラドン
第七飛行団司令部　バンコク
　飛行第六十四戦隊（戦闘）　ミンガラドン
　飛行第十二戦隊（重爆）　ドムアン
　飛行第九十八戦隊（重爆）　ナコンサワン
第十飛行団司令部　ミンガラドン
　飛行第七十七戦隊（戦闘）　マウビ
　飛行第三十一戦隊（軽爆）　ムドン
第十二飛行団司令部　レグー
　飛行第一戦隊（戦闘）　レグー
　飛行第十一戦隊（戦闘）　レグー
　第十五独立飛行隊（偵察）　ミンガラドン
　飛行第二十七戦隊（襲撃）（四月二十日にトングーに進出）

三月二十日、当時、高速を誇った司令部偵察機からの報告で、イラワジ河上流、エナンジョン油田地帯の近くのマグエ飛行場に、戦闘機約百機、爆撃機約三十機、さらにインド国境のアキャブ飛行場にも敵機が相当いることが確認された。情報によれば、一大攻勢準備を進めているとのことである。この敵に対して先制攻撃を加えることになった。基地には殺気と闘魂が燃え上がった。

陸鷲もマレー攻略後に主力がビルマに集結したので、その数は三百機を超えていた。

マグエ航空基地攻撃

マグエ攻撃は、三月二十一日、第一次、第二次、三月二十二日、第一次、第二次と、連続四回にわたって猛攻を加えることが明らかとなった。

「さあ、敵さんをまたやっつけるか」

戦闘機隊の荒鷲たちは燃ゆる闘魂を胸に秘めて、静かに出撃命令を待った。

第一日、第二日、総計三百二十機の大編隊でマグエ飛行場を攻撃した。

マグエ攻撃隊編成

第一日、三月二十一日

第一次攻撃隊編成（一五二〇～一五三二）

第七飛行団　戦闘十四機　重爆五十一機

第十二飛行団　戦闘三十一機

合　計　戦闘四十五機　重爆五十一機

第二次攻撃編成（一六〇〇〜一六一〇）

第四飛行団　戦闘十四機　軽爆十七機

第十飛行団　戦闘十四機　軽爆十機

合　計　戦闘二十八機　軽爆二十七機

第二日、三月二十二日

第一次攻撃隊編成

第四飛行団　戦闘十三機　軽爆十二機

第十飛行団　戦闘十四機　軽爆十二機

第十二飛行団　戦闘三十四機

合　計　戦闘六十一機　軽爆二十四機

第二次攻撃隊編成

第七飛行団　戦闘十八機　重爆五十三機

第十二飛行団　戦闘二十三機

合　計　戦闘四十一機　重爆五十三機

私たち、第十飛行団所属の七十七戦隊は、第一日は第二次、第二日は第一次で攻撃に参加した。七十七戦隊では約四十機、四十名の操縦者の中から、飛行二千時間以上の歴戦のベテランパイロット十四名が選ばれた。第二中隊は谷田部中隊長、田形准尉、赤松曹長の三機が参加した。

第一日の第一次攻撃隊は、第七飛行団長・山本建児大佐が、司偵隊長・大室大尉操縦の百式司令部偵察機に同乗、空中指揮をとった。

勇将・山本大佐に率いられた戦爆連合九十六機の大編隊は、高度四千五百メートルでマグエ飛行場に進攻した。数十門の高射砲の猛射と、迎撃してきた数十機の敵戦闘機をけちらして巨弾を投下し帰還した。

私たち第二次攻撃隊は、第一次攻撃隊より五十分おくれて、戦爆連合五十五機の大編隊で、高度四千五百メートルで堂々の進攻をつづけた。途中、攻撃を終えて帰還する第一次攻撃隊と劇的なあいさつをかわして、マグエに向かった。

第一次攻撃を受けたマグエ飛行場は大混乱におちいっていた。爆撃によって燃える飛行機、燃料の大爆発など、凄惨な相様を呈していた。しかし敵も必死である。爆破をまぬがれた高射砲が、狂ったように友軍機を撃ちまくる。

勇敢にも十数機の敵戦闘機が私たちに襲いかかってきて、七十七戦隊、五十戦隊の二十八機の戦闘機と、壮烈な空中戦を展開した。

一瞬で火を吐いて墜落する敵機、かなわじと全速で退避する敵機を、かるく蹴ちらして、ふたたび見事な戦爆連合の大編隊を組んで帰還の途についた。

自爆寸前に助かる

マグエ飛行場上空から三分ほど飛んだとき、突然大きな振動が体に伝わってエンジンが停止した。敵地上空を五百キロ進攻して、しかも敵航空基地付近でのエンジン故障である。故障は燃料系統か。手動ポンプを操作すると、燃圧計は上がるがエンジンは始動しない。高度はみるみる低下する。反転して機首をマグエ飛行場に向けて降下する。航空地図と手帳を破って捨てた。

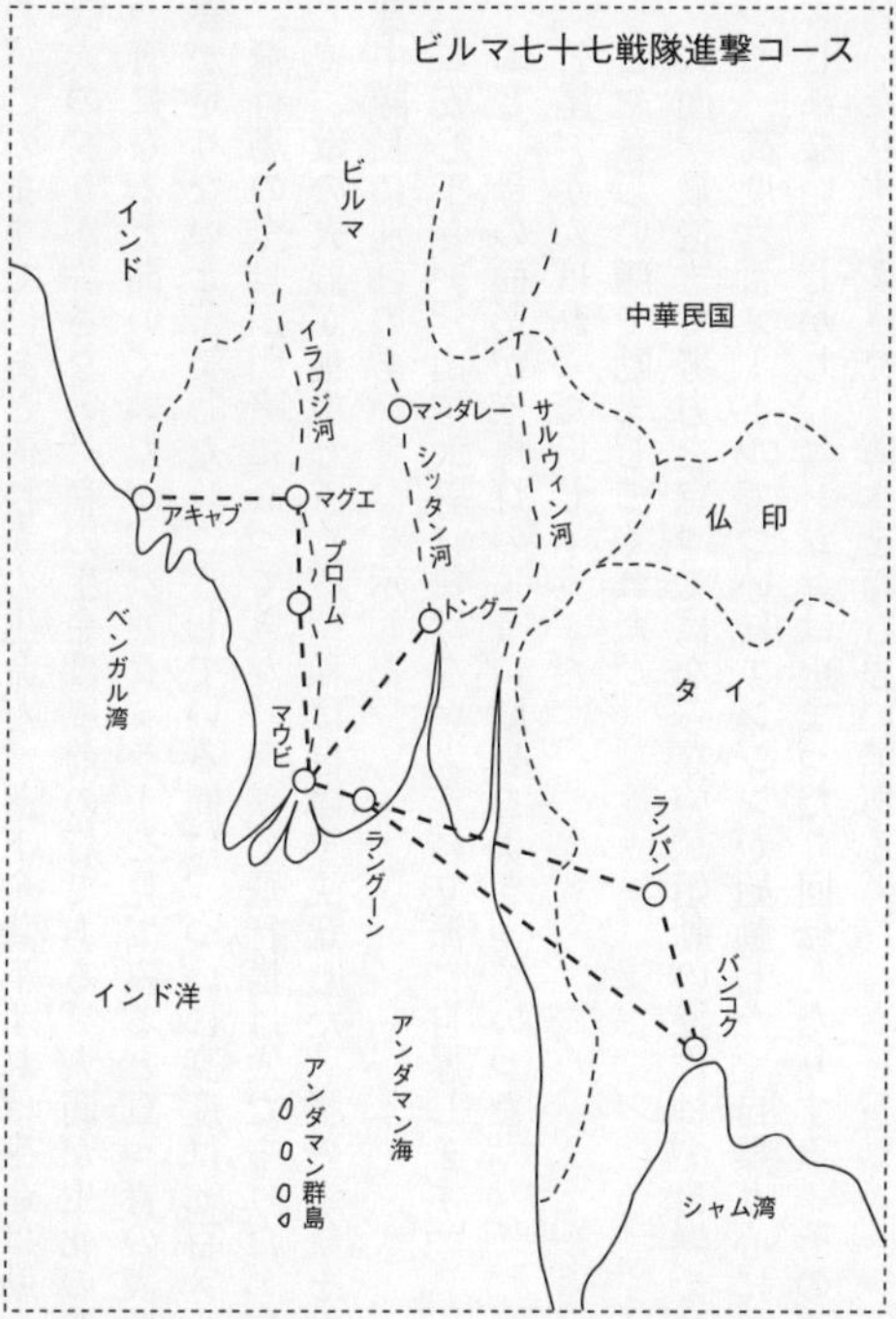

あきらめず始動の操作を行なう。谷田部中隊長がすれすれまで接近して、

「ラングーンの方向に機首を向けよ。がんばれ」

と手を振って激励してくれる。

攻撃隊はラングーンの方に向かって小さくなって消えて行く。

高度は四千五百メートルから、ついに一千五百メートルに低下し

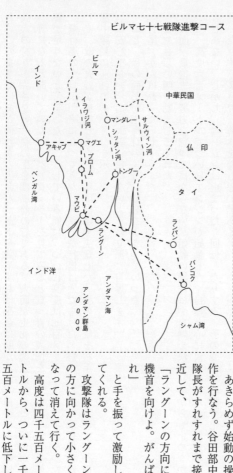

た。このままではあと何秒かの生命だ。落下傘降下すれば生命は助かるが、捕虜になるのは武人の誇りが許さない。私の生命は風前の灯である。人間が生死の関頭に立つと、顔色が真っ青になると聞いていたが、バックミラーを見てみると真っ青の表情をしている。おれも修養が足りないと苦笑した。こうしている間に、ついに高度は七百メートルになってしまった。

飛行場の全景が明瞭になってきた。爆撃で飛行場は穴だらけだ。傷ついた私の飛行機に対して、敵の火器が集中してくる。私は自爆を決意した。腰の拳銃を右手で高く上げて、谷田部中隊長に別れのあいさつを示した。

「ご安心下さい。山本大尉に負けないように立派に自爆します」

ふと、母の面影が走馬灯のように脳裏をよぎっていった。

「竹尾、がんばれ。だいじょうぶだ」

とやさしい顔で励ましてくれた。

人間、最後まで努力を怠ってはならない。始動の操作は、自爆を決意してからも止めなかった。高度六百メートルでついにエンジンが始動した。自爆と心に決めていたが、助かるかもしれない。しかし、エンジンは止まったり回転したりする。そのつど、心臓が止まったり動いたりするようで、薄氷を踏む思いである。

回転を中速にすればエンジンは止まらない。巡航速度二百四十キロの九七戦だが、速度二百キロ以上は出せない。やっと高度を保って飛べる程度で、少しずつ高度が低下する。燃料系統の亀裂で、空気を吸い込んでエンジンが止まるのだ、と判断がついた。

五百キロのうち、四百五十キロは敵地である。必死の努力で友軍戦線の上空に到着したときは、高度百五十メートルであった。それから五十キロ、マウビ飛行場に帰還したときは、わずかに五十メートルの高度しかなかった。かろうじて森を越えて、飛行場に滑り込んだ。五百キロの航程、約一時間四十分のところを、五十分ばかり長い二時間三十分かかったのであった。

故障の原因は、増加燃料タンクの上部の亀裂による空気の吸い込みで、そのためエンジンが停止したのであった。まったく危なかった。整備の下士官が涙を流して私にあやまった。しかし、こういう故障は整備員の責任ではない。いわば不可抗力の故障である。

マグエ飛行場攻撃の第二日の第一次攻撃にも参加したが、第一日の故障のため、あまり気持ちはよくなかった。

この二日間の徹底的な攻撃でマグエ飛行場は全滅した。二日間のマグエ大空襲の戦果は、撃墜八機、撃破四十六機、地上炎上二十六機、銃撃破四機、そのほかに軍事施設を全滅させた。

これに対して味方の損害は、未帰還四機（人員三名）、機上戦死二名、戦傷十七名、地上炎上一機、大破九機であった。

燃ゆる長江曹長機

三月二十三日、二十四日には、第七飛行団の主力、戦爆連合五十機が、アキャブ飛行場を空襲して、地上の敵機十数機を爆破した。

三月二十九日、ブロームの前線、シュエンダ市街に敵戦車三十数台、火砲二十門、自動車二百台の三万名の機械化部隊が、市街地高地に陣地を構築して、追撃する三十三師団の荒木部隊一個連隊を迎撃、激戦中との情報が入った。

「攻撃中の日本軍は、数倍の敵に包囲され全滅の危機にある」

第一線から救援たのむの急報に接した航空隊は、ただちにこの部隊を救援することになった。三十一戦隊の軽爆が整備中である。救援は一瞬の遅延も許されない。

軽爆隊が出撃するまで、私の戦隊が地上部隊を掩護することになった。戦隊本部から第二中隊に命令が下った。

中隊の最強編成でシュエンダ戦場に出撃した。

出撃編成（昭和十七年三月二十九日）
指揮官・第一小隊長　谷田部定三中尉（操縦四十九期。少候。戦死故大尉）
二番機　長江包三曹長（操縦八十二期。戦死故准尉）
三番機　松尾義英中尉（陸航士五十二期。戦死故大尉）
第二小隊長　田形竹尾准尉（操縦六十期。准尉）
二番機　柴田曹長（操縦七十期。戦死故准尉）
三番機　赤松正一曹長（少飛三期。准尉）

私たちはマウビ飛行場を午前十時十分に離陸し、飛行四十分で戦場上空に到着した。高度三千五百メートル、在空敵機を認めないので、高度六百メートルまで降下して、六機編隊で銃撃を開始した。

プロームの英印連合軍戦車隊を銃撃（昭和17年3月29日）
長江曹長自爆、松尾中尉重傷不時着、全機敵弾を受く

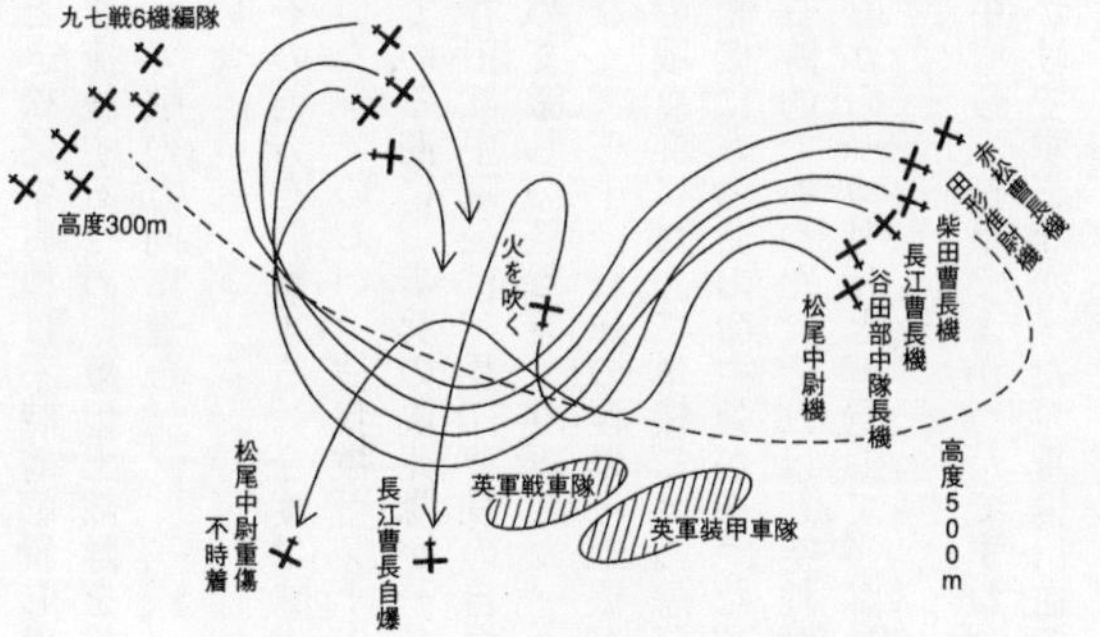

森や家の周辺に、戦車が密集している。彼我地上部隊は、小銃、機関銃、大砲など全火器を集中して、必死の攻防戦を展開している。

私たち六機も地上から集中攻撃を受け、銃弾は火のスコールのように舞い上がってくる。六百、五百、四百メートルと深い角度で急降下、突進する。三百メートルから一斉に射撃を開始した。銃弾は戦車、装甲車に向かって集中する。

高度百五十メートル、突如、第一小隊の二番機の長江曹長機が、私の飛行機から三十メートル付近で火を噴いた。あっという間に火だるまとなって、大きく翼を二回振って急反転し、流星のごとく墜落、大地に撃突炎上した。つづいて三番機の松尾中尉機が急激に翼を振って、敵と味方の中間の畑に不時着の姿勢で降下する。ほんの一瞬の間に二機やられた。

私も、機体にガン、ガンという銃弾の命中する音を体で感じた。

私たち四機は超低空で戦車群の上空を突破、森の上で急旋回して松尾中尉機を追った。

このとき松尾中尉機は不時着転覆した。敵は松尾中尉機に集中攻撃を加える。私たちは松尾中尉を掩護するため、敵地上部隊を銃撃した。まもなく松尾中尉は機より脱出した。はうようにして敵の方向に進む。

「危ない」

と、その前方を射撃する。今度は味方の方向に歩きだした。重傷を負っているのか、その行動はいたってのろい。彼我数百メートルで対陣している、その中間に不時着したのである。

こうしている間に、歩兵の決死隊が一名重傷、一名軽傷の犠牲をはらって救援してくれた。豪胆な谷田部中隊長は、長江曹長の自爆、松尾中尉の不時着に、私たち三機を指揮して、怒りをこめて激しい銃撃をくり返した。

まもなく、三十一戦隊の軽爆十二機が、高度一千五百メートルで戦場に姿を現わした。そして敵の戦車群に対して単機ごとの急降下爆撃を開始した。

私の愛機にも二発の命中弾があった。他の三機もそれぞれ被弾していた。四機が生還できたのは奇跡的であった。それほど空地激しく戦ったのである。

この日から一ヵ月ほど経過して、私は、ラングーンの陸軍兵站病院に松尾中尉の見舞いに行った。

「松尾中尉殿、無事でよかったですね。どうして不時着したのですか」

「心配かけてすまなかった。重傷出血で意識がもうろうとして、気がついたら不時着していたのだ」

「そうでしたか。早く全快して下さい」

松尾中尉は腰と足に二ヵ所、貫通銃創を受けていた。この松尾中尉も、この日から一年ののちには壮烈な戦死をとげた。

ビルマの敵空軍はほとんど撃滅されたが、インド方面から英空軍と米陸軍航空軍が増強され、ラングーン方面に対する攻撃も次第に激しくなってきた。

対爆戦と名越少尉の戦死

三月二十八日、基地哨戒飛行の目的で、小隊長・名越少尉、二番機・赤松曹長、三番機・田形准尉の三機編隊でマウビ飛行場を離陸、高度三千五百メートルでマウビ、ミンガラドン基地上空を哨戒した。当日は雲量六、雲高四千メートルで、索敵にはやや困難な気象条件であった。

「敵機が来襲する」

私は、多年の訓練と実戦の体験で、そう感じた。ミンガラドン飛行場からマウビ飛行場に向かって飛んでいるとき、インドの方向からミンガラドン飛行場に進入する一つの黒点を発見した。距離二十キロ、敵機か、味方機か。二・五の視力でも判別は困難である。戦況全般の情勢を基礎として、心眼による判断のほかはまだ判別できる距離ではない。戦闘機操縦者の目的は、敵機を撃滅することにある。戦いの第一歩は索敵からはじまる。

訓練に実戦に、索敵は私の最も得意とするところである。訓練においても実戦においても、一人前になってから、奇襲攻撃を受けたことは一回もない。それだけに、私は心血をそそいで索敵の訓練に励んできた。

「敵爆撃機来襲」

私は確信をもって、指揮官の名越少尉と僚機の赤松曹長に通報した。名越少尉はまだ発見していないので、私は敵機の進行方向の前方に向かって全速で誘導した。彼我の距離はグングンせばめられていく。

やがて英空軍ウェリントン中型双発爆撃機九機と判明した。敵機の高度も同じ三千五百メートルである。

雲のため高度がとれない。やむを得ず前上方の浅い角度で三機が戦闘隊形で接敵する。

名越少尉が攻撃命令を出した。距離二千メートル、日の丸の標識によく似た英国標識があざやかに目に映じてきた。敵九機編隊の第二編隊外側の二番機に一斉に射撃を加えながら接近する。敵九機の旋回銃十八梃も、猛烈に火を吐いて応戦する。

敵の搭乗員がはっきり見える五十メートルの距離まで突進して、射弾を突きさし、敵編隊の直下に入り、深い角度で四百八十キロのスピードで離脱した。たしかに手応えがあった。

次の攻撃のために反転、高度をとりながら敵機を追う。このとき、敵機は猛烈にガソリンを噴き、不安定な状態で高度を下げながら、インドの方向に向かって全速で退避する。

小隊長の名越少尉が、翼を左右に振ってマウビ飛行場に向かって急降下していった。

「やられたなあ」

名越機を見守りながら、私が指揮をとって敵機を追撃する。少飛三期の赤松曹長はピタリと編隊を組んで、

マウビ上空の邀撃戦（昭和17年3月28日）

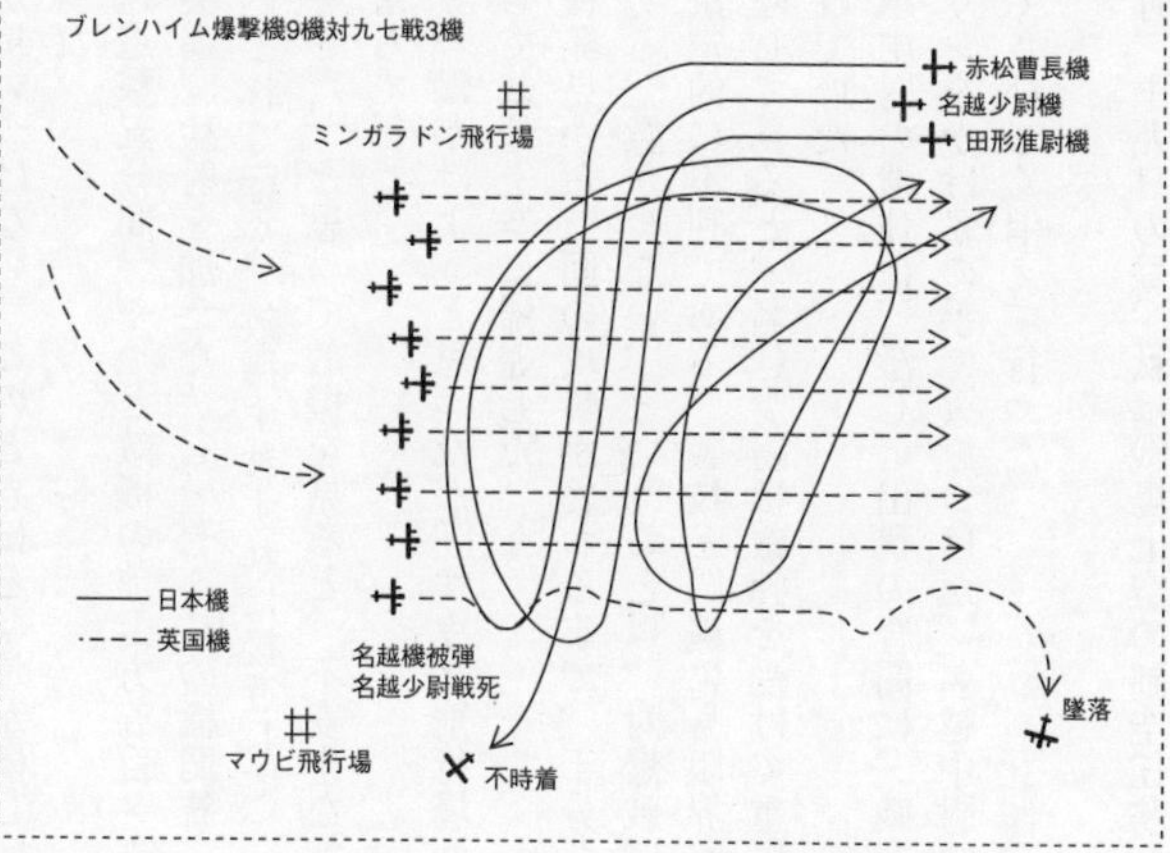

「よし、やるぞ」

と手を上げて闘魂の合図をする。

「高田准尉、一機撃墜」

このとき、無線が入った。ミンガラドン飛行場上空で敵一機が火だるまとなって、大空に紅蓮《ぐれん》の炎を残して墜落していく。

高田茂平准尉（操縦五十九期）は屏東で編成された飛行第五十戦隊付で、私とは同郷同年兵である。彼の指揮する九七戦三機が、友軍の高射砲の弾幕をぬって離脱するのが見えた。

高田小隊三機、田形小隊二機に攻撃されながら、残った七機は小型爆弾数十発をミンガラドン飛行場に投下した。飛行場の数ヵ所で友軍機と燃料が炎上し、その火柱は中空に燃え上がってくる。

私たちの九七戦は、最大速度四百七十キロしか出ない。敵爆撃機の方が少し速度が出るので、前方をおさえて接敵するが、なかなか追いつけない。このときほど「隼がほしい。新鋭機がほしい」と無念に思ったことはなかった。

全速追撃五分間、やっと敵機の前上方五百メートルの位置を確保した。二機編隊の深い角度で突進、猛射を加えた。七・七ミリの機関銃二梃から発射した銃弾は、敵機に気持ちよく吸い込まれて行く。敵機すれすれに接近して、四百七十キロの全速で直下に突き抜けた。「命中した」と思って敵機を見ると、不安定な状態で急反転、黒煙を吐きながらウェリントンが落ちて行く。

もう一撃かけようと思ったが、マウビ飛行場から二十キロぐらい離れているので、攻撃を断念して基地上空に帰還した。

敵機発見から二回の攻撃が終わるまで、十分ちかくもかかっていた。スピードがない、性能が劣る、数が少ない、ということは、対爆戦闘においてもそうだが、ことに対戦闘機戦闘では決定的に不利である。戦技と闘魂にも限界があった。

着陸して見ると、名越少尉は敵弾を受けて重傷を負い、気力の着陸で転覆し、悲しい戦死をとげていた。

名越中尉の遺体は、激しい出撃の合間に、戦友の手でピストの裏に穴を掘り、木を集めてガソリンをかけ私の手で火をつけた。名越中尉の英魂は炎とともに、炎熱のビルマの夕陽を浴びてさびしく消えて行った。

三月二十九日の昼、私は戦場上空の制空任務を終わって、ピストで昼食をとっていた。このとき突然、低空でホーカー・ハリケーン戦闘機が飛行場に侵入した。一機は急上昇して高度六百メートルで上空掩護に移り、一機は地上すれすれまで降下して、九七戦を二回銃撃、一機を炎上、一機を撃破して、さっと忍者のごとく退避していった。

飛行場上空には、高度四千メートルで第一中隊の九七戦三機が哨戒飛行を行なっていた。しかし、あっという間の出来事で、この二機を追撃したが、九七戦よりハリケーンの方がスピードがあるので、ついに追いつけなかった。

私は昼食をしながら、この敵の勇敢な攻撃を見ていたが、戦闘機が四十機もいる敵飛行場に、たった二機で攻撃してきたその闘魂に、心から敬意を表した。

こうして、敵も必死で連日ラングーン基地に攻撃を加えてきたが、そのつど私たちと激しい攻防戦を展開した。

地上戦闘は、英、印、米の連合軍相手に、プローム攻略の激戦が展開され、私の戦隊も連日、第一線上空制空の任務で出動した。

四月一日、私は、柴田曹長、森田軍曹の二機を指揮して、プローム東方六キロのマウビ戦線に出動した。

仙台の三十三師団は、プローム攻略の激しい攻防戦を展開していた。

高度三千五百メートルから、彼我の銃砲撃の火花が手にとるように見える。十数門の高射砲の熾烈な弾幕をぬって哨戒飛行をつづける。哨戒二十分を過ぎたころ、三十一戦隊の軽爆三機が、高度一千五百メートルで戦場に飛来した。そして、敵の砲兵陣地に対して単機の急降下爆撃を開始した。

高射砲、高射機関砲の弾幕に包まれながら、七百メートルまで降下爆撃する。一番機、二番機は一回で全弾投下して急上昇に移った。三番機は爆弾が落ちない。故障か、照準が悪かったのか、対空火器の集中攻撃を浴びながら、再度爆撃コースに入った。一千五百メートルから一千二百メートルまで急降下したとき、突然、不安定な姿勢で機首を上げた。

「しまった、やられたのか」

と息をつめて見守っていると、上空の私たちに軽く翼を振って合図し、急角度で敵の砲兵陣地に向かって突入していく。後方席の同乗者が大きく手を振っている。操縦者は重傷なのか、座席にうつぶせになっているように見える。

「おい、落下傘降下せよ」

私は思わず大声でどなった。もちろん爆音で聞こえるわけはない。柴田曹長を上空掩護に残して、小野軍曹と二機で急降下、全速力で自爆をめざす軽爆を追尾していった。

十メートル付近まで接近すると、同乗者はあたかも微笑しているような感じだ。

軽爆は私の祈りもむなしく、ついに敵砲兵陣地に突入、爆弾もろとも吹き飛んだ。その火煙は二百メートル上空まで舞い上がってきた。

悲しみと怒りで、気持ちのやり場のない私は、数回敵陣地を銃撃して二勇士の霊を慰め、基地に帰還した。名前も顔も知らない曹長と軍曹であったが、奇しくも機上から悲しい今生の別れを惜しんだ因縁で、その悲壮な自爆の光景が、私の脳裏に深く刻み込まれている。

払暁から夜間まで激しい出動で、ビルマの暑さも忘れて毎日戦ったが、戦場に静寂な夜が訪れると、戦う機械となっている私たち操縦者も、やはり愛と悲しみを持つ人間にかえるのだった。

私たち操縦者の寝室には、白木の小箱に納められた名越中尉、長江准尉らの遺骨が安置されていた。

「おい、行ってくるぞ」

「おい、今日も無事に帰ってきたぞ」

と私たちは朝に夕に、もの言わぬ戦友と語りながら、この悲しみを乗り越えて戦った。

四月二日、プロームが攻略されたので、四月五日にマウビからプローム飛行場へ前進した。

四月七日には、プローム―マグエ間の要衝アランミョが陥落した。

そして四月十七日、中部ビルマ最大の航空基地マグエを攻略し、五月五日にはアキャブも攻略した。

このような、陸軍部隊の猛進撃にともなって、私たちの戦隊は五月一日、マグエ飛行場に前進した。マグエ飛行場に着陸した私の感慨は、二ヵ月前のマグエ空襲にさいして、危機一髪、自爆直前に助かった苦い思い出であった。

マグエ飛行場は、私たちの四次の攻撃で完全に破壊されていた。いまさらながら爆撃の威力に驚いた。

爆死、危機一髪

五月五日は雲量九、雲高一千五百メートル、風速五メートル、飛行場上空は乱雲におおわれて、飛行には不適な気象条件であった。

第一中隊と第三中隊が警急任務につき、第二中隊の私たちは久しぶりで休養を命じられ、戦場の休日を楽しんだ。

第一線のこととて、なんの娯楽施設もない。飛行場には谷田部中隊長と私が残り、兵数名と休養をかねて待機した。中隊全員が四キロ離れたイラワジ河に水泳に出かけた。

このころ私は囲碁を楽しんでいたので、ピストの中で暑い暑いとタオルで汗をふきながら、谷田部中隊長とザル碁をやっていた。

このとき突然、

「空襲、空襲」

と、けたたましい警報がひびいた。すでにこのときは、英空軍ウェリントン中型双発爆撃機九機が、一千五百メートルの乱雲を縫って飛行場上空に侵入しつつあった。第三中隊の九七戦六機が飛行場上空を哨戒していたが、天候不良のためにこの敵機を発見していない。

「プロペラ回せ」

まったくの奇襲である。谷田部中隊長と私は、第一中隊と第三中隊の戦闘機十数機とともに、迎撃のために愛機に向かって駆けていった。このときにはすでに第一弾が飛行場の近くに投下された。

「間に合うかなあ」

と思いながら、愛機に飛び乗ると同時にエンジンを全開、離陸滑走に移った。飛行場の端から五十メートル間隔に百キロ爆弾が、シュー、シューと不気味な音を発しながら、二十数発落ちてくる。九七戦三十四機、軍司令部のAT輸送機一機（第七飛行団長・山本健児大佐搭乗機)、燃料、弾薬などが弾幕に包まれた。

山本大佐以下数名の幕僚将校が輸送機より降りて、出迎えの吉岡戦隊長と敬礼を交わしているとき、輸送機に直撃弾が命中、大爆発を起こしたのが、ちらっと目に映じた。

敵機は私の頭上を通過した。私の飛行機は尾部が浮き、まさに車輪が地面を離れようとする瞬間、愛機の前方十メートルに爆弾が火を噴いて爆発した。

「しまった、やられた」

こう感じた一瞬、爆風で愛機は転覆、ガソリンに引火して大爆発を起こした。

まさに危機一髪、私の生命は風前の灯であった。しかし幸運にも、まだバンドをしめながらの離陸であったので、爆風で飛行機が転覆するとき、座席から五メートルぐらい吹き飛ばされた。

右腕に一発、胸に五発の破片を受け、航空服と襦袢《じゅばん》の右そでが破れて飛んだ。前歯五本がぐらぐらになり、二本は折れた。意識はもうろうとなったが、ガソリンの爆発で意識をとりもどした。近くで整備兵が重傷危篤で倒れている。その兵を右手で引きずって、二十メートルほど離れた防空壕に退避した。

爆弾の爆発、輸送機一機、九七戦三機の炎上、燃料の大爆発などで、飛行場全体が火の海のような状態になった。

「田形准尉殿、右手をやられていますよ」

整備兵が教えてくれたので、はっと右手の負傷に気がついた。右手は爆弾の破片を関節に受けて、動かなくなっていた。

「しまった。右手をやられては操縦桿は握れない」

傷の痛みはたいしたことはないが、これは大変なことになったと思った。しかし幸運にもこの傷は、三日間で操縦桿が握れるようになり、二週間で全快した。

谷田部中隊長の受傷現認証明書には、「投下爆弾破片創」と記録された。このときの血ぞめの襦袢とハンカチは今も記念に保存している。

奇しくもこの負傷は、三年前の夜間不時着と同じ日であった。

谷田部中隊長は、この日は弾幕をぬって無事離陸し敵を追撃したが、三ヵ月後には同じ状況下で、離陸中に敵の銃弾が頭部を貫通して壮烈な戦死をとげた。

この日の損害は、輸送機一機、九七戦三機炎上、九七戦六機が大破した。さらに、燃料炎上、施設破損、一名戦死、七名重軽傷の大損害をこうむった。

戦果は、一機撃墜、二機撃破であった。

当日は、インド方面は快晴であり、気象条件が禍いした損害であった。戦いは一瞬の油断もできないという教訓を、身をもって学んだ。

兄弟、戦場の誓い

五月九日、私の右腕の負傷がまだ完全に快癒しないので、橋本正一伍長（少飛六期）を指揮し、古い九七戦を操縦して、新品の九七戦受領のためにタイ国のバンコク野戦航空廠に出張することになった。

マグエ―ラングーン間五百五十キロ、ラングーン―バンコク間六百キロの航程を飛ぶのだ。

午前八時、マグエ飛行場を離陸して、二機編隊でラングーンのミンガラドン飛行場まで飛んだ。二機とも調子が悪くて、バンコクまでの飛行は危険である。ラングーン—バンコク間は、軍司令部の輸送機に便乗することにした。輸送機は十一日にしか飛ばない。二日間ラングーンに泊まることになった。

ラングーンの町に入り、兵站将校宿舎に落ちつき、戦塵によごれた体をシャワーの水で落とした。さっぱりした気持ちで町の見物にでかけた。町の三分の一は焼野原になっている。驚いたのは、タイ、マレー、仏印と同様に中国人が多く、しかも経済の実権を握っていることであった。

最も対日感情のよいタイ人経営の喫茶店に入って、熱いお茶を飲んだ。大勢の陸軍の兵隊さんが、懐かしい郷土の筑後弁で話している。一人の上等兵に、

「おい、君たちは牟田口部隊ではないか」

と声をかけると、

「はい、牟田口部隊ですが」

と答える。

「そうか。久留米の五十六連隊はいないか」

「はい、私がその五十六連隊です」

牟田口部隊とは、精鋭な師団として敵の中国軍と英軍から恐れられた、久留米第十八師団(菊)のことである。その麾下の歩兵第五十六連隊は、弟盛男が所属している郷土編成の部隊である。

この菊部隊は、日米開戦と同時に華南の広東よりコタバルに上陸して、マレー作戦に参加、シンガポール攻略後はインド洋を渡って昨日ラングーンに上陸し、近日中にマンダレーから雲南方面へ前進することになっていた。

こうして、故国を遠く離れて幾千里の異国の丘で、空と陸の兄弟が無事に対面できるとは、予期せざる喜びであった。

五十六連隊が駐屯している衛兵所の前に私が立つと、衛兵司令が、

「敬礼」

と号令をかけて全員が起立した。私は、

「休ませ」

と言って答礼した。

「なんだ、兄さんか」

と驚いて弟が声をかけた。司令は弟の盛男兵長だったのだ。

私は、大隊長の林大尉と中隊長に、弟がお世話になっているあいさつをした。中隊長の命令で、私たち兄弟の対面を祝って、ビールと牛肉の缶詰で祝宴が開かれた。

その夜は、こわれた窓ぎわに机二個をならべ、毛布を一枚しいて、弟と二人、枕を並べて寝た。

「兄さん、ビルマに来ていたのですか」

「うん、二月に日本をたって、三月ビルマに来たのだ」

「お母さんがたは元気ですか。おばあさんが死んだそうですね」

「うん。母さんが体を大切に戦えとのことだよ」

「はい。兄さんも危険な飛行機ですから、自重して戦って下さい」

「戦争は激しくなるぞ。がんばれよ」

「私のことは心配無用です。生死は定められた人間の寿命です」

弟は昭和十五年の一月に門司港を出港、広東に進駐していたので、まる一年以上祖国を離れていたのだ。門司で別れて一年四ヵ月ぶりの再会であった。わずか二年たらずの軍隊生活と、シンガポールの実戦の体験で、すっかり悟りを開いて、明るい表情で戦っている。

その人間的な成長に私は安心した。

「兄さんがもしシンガポールに行くことがあったら、同郷の井手君がブキテマの高地で戦死したので、墓を作っておいたからお参りして下さい」

「うん、生きていたら参ってやるよ」

一年半ぶりに戦場で会ったのに、これだけの話で弟はぐっすりと眠ってしまった。私は、もっともっと、心残りのないように語りたかったのだが。

ビルマの月はこうこうと輝き、弟のやすらかな寝顔を照らしていた。私は一晩中眠れなかった。弟は十九歳の青年である。志願していなければ、まだ母が恋しい遊び盛りであるが、現在は分隊長として、年長の兵二十数名を指揮して立派に戦っている。これが永遠の別れとなるかもしれない。弟の寝顔をじっとながめた。

翌朝、弟が作ってくれた砂糖水の味は、私の生涯を通じて忘れられない思い出の味である。

華中の蕪湖で松浦中将からいただいた「祈武運長久」の日の丸の旗と、私の腕時計を弟へ、弟からコタバル上陸で海水のため痛めた腕時計を私がもらった。

これは二人のうちどちらか戦死したとき「母への形見」にという、無言のうちに語られた私たち兄弟の別れであった。

「盛男、元気で戦えよ」

「兄さんも長生きしてください」

この別れが弟との永遠の別れとなった。

弟はこの日から二年後、北部ビルマのミイトキーナにおいて戦死した。武勲によって異例の二階級特進で、陸軍准尉に任官の光栄に浴した。

バンコクで三日間、久しぶりに平和な空気にふれて休養した。メナムホテルで、六十四戦隊一の荒鷲といわれた同年兵の清水武准尉（操縦五十九期）に久しぶりで会った。

弟に時計を渡したので、タイ人の店で米国製の時計ミドーを買った。それから三十年後のいまも、まだそれを愛用している。

五月二十二日、飛行第六十四戦隊長・加藤建夫中佐がアキャブで戦死された。七度輝く感状の空の軍神として、その武勲が讃えられた。

六月末からビルマは雨期に入る。航空作戦はほとんど不可能となるので、戦隊はマグエからマウビに後退、次期作戦に備えて戦力の回復をはかることになった。

こうして、ビルマルート遮断のビルマ作戦は、緒戦の半年で目的を完全にはたした。

昭和十七年六月十五日、開戦以来六ヵ月間の飛行第七十七戦隊の活躍に対して、ビルマ方面陸軍航空隊最高司令官より感状が授与され、上聞に達したのである。

感状

吉岡飛行部隊

右は大東亜戦争開始と共に、長駆南部仏印に躍進せしが、ビルマ作戦となるやその当初よりこれに参加し、爾来終始積極果敢克く敵を撃破し、航空撃滅戦に至大の貢献を致すと共に、各種の重要任務に服して常に赫々の戦果を挙げ、開戦以来、その敵機を撃墜破せるもの実に百十余機に上り、ビルマ作戦全局に寄与せる所甚大にしてその武功抜群なり。よってここに感状を授与す。

昭和十七年六月十五日

ビルマ方面陸軍航空隊最高指揮官

飛行第七十七戦隊は猛将・吉岡洋戦隊長に率いられ、タイ・ビルマ国境突破作戦から第一次ビルマ航空作戦、ラングーン攻略戦、第二次ビルマ航空作戦において縦横の大活躍をした。「ビルマの荒鷲」とうたわれ、緒戦において輝かしい戦果をおさめ、旧式の九七戦にもかかわらず、敵機百機以上を撃墜破した。

しかし、その陰には、戦隊の過半数のベテランパイロット二十数名をビルマの空で失う損失があった。

私もビルマ作戦参加以来、出撃回数が百回を超えた。

人間愛は国境を越える

シンガポールへ

シンガポールは赤道直下に近く、日本の淡路島とほぼ同じ面積で、本島のほか大小五十八の島々からなる。本島は東西四十一キロ、南北二十一キロ、陸地の大半は沼地とジャングルで、都市部は島の南側に集中していた。北はマレー半島のジョホール水道を境として、約一キロの橋で結ばれている。

赤道直下の熱帯地にもかかわらず、比較的涼しく、過ごしやすかった。十四世紀の頃からシンガポールは、貿易港として重要な拠点であった。一六〇〇年代、イギリスは「東インド会社」を設立した。オランダは、「連合インド会社」を設立して、しばしば武力衝突した。イギリスはジョホール王国と割譲条約を結び、ついにシンガポールはアジア植民地支配の重要な拠点となった。

太平洋戦争開戦時には、テンガー飛行場、センバワン飛行場、カラン飛行場（民間機共同使用）およびセレター飛行場に第一線機三百二十機が展開し、防衛にあたっていた。

英軍上層部は、日本空軍の戦力を過小評価していたといわれている。

海軍はセレター軍港を基地として、新鋭戦艦「プリンス・オブ・ウェールズ」を中心に、また陸軍部隊は約七万名で、それぞれ防衛していた。

これに対して日本軍は、近衛師団、第五師団、第十八師団の三個師団、航空機は陸軍の第三飛行集団の、

陸軍――六百十三機（一部はビルマ攻撃）

海軍――百八十七機

であった。

第一次マレー方面作戦に参加した陸軍機は、戦闘機百八十機、軽爆撃機百機、重爆撃機百三十機、偵察機四十五機であった。

第三飛行集団長は菅原道大中将、最高司令官は山下奉文中将であった。

昭和十六年十二月八日のマレー上陸以来、わが軍は戦闘七十九日目でシンガポールを完全占領した。

山下中将は英軍の無条件降伏と同時に、シンガポール市内の治安維持のために小部隊を派遣して、軍の主力は入城せず、郊外に駐屯させた。こうして軍紀風紀は厳正に守られた。

このことは、戦後パーシバル将軍が『戦争回顧録』に「日本軍の軍紀風紀の厳正」と特筆している。心温まる一面である。

シンガポールは昭南市と改名され、すべてが日本色に変えられていった。

第十六野戦航空修理廠

昭和十七年五月二十五日付で、シンガポールの第十六野戦航空修理廠付試験飛行掛《がかり》を命じられた。

かくて、悽愴苛烈な大空の思い出を胸に秘めて、ビルマ戦線を去ることになった。

「死ぬなよ」

「長生きせよ」

六月二日早朝、谷田部中隊長以下の戦友に見送られ、愛機とも別れて、マウビ飛行場からラングーンへと車を走らせた。

ラングーン兵站将校宿舎に宿泊して、三日後に出港する陸軍御用船でインド洋からマラッカ海峡を経て、任地のシンガポールに向かうことになった。

シャワーで戦陣の汚れを洗い落として、熱もあるので早めに寝台に横になった。戦死した石越中尉、長江准尉や、別れてきた赤松曹長ら戦友のこと、雲南国境で大軍を相手に戦っている弟盛男のことなど、静かに思いを巡らせていると、元気のよい声で、

「当番、お茶を持ってまいりました」

と、一等兵の召集兵が冷たい茶を運んできた。

「ありがとう。デング熱で発熱したので軍医を頼む」

「はい、軍医殿に連絡します」

どこかで見たような気がするが、どうしても思い出せない。

「おい、お前は誰かね。どこかで見たような気がするが」

「そうですか」

微笑しながら、不動の姿勢で立っている。

「私は、映画俳優の沢田清です」

「ああそうか、二枚目の俳優さんか。召集ご奉公、ご苦労さんだね」

「戦争はいやですが、国民の義務ですから喜んで働いています」

しばらく二人で、熱の苦しみも忘れて懐かしい祖国の話、映画の話などで時を過ごした。

トングーには、高田浩吉が一等兵で召集されていることもわかった。

話している間に、急に熱が上がって四十度を超えた。戦闘の疲れでデング熱が再発したのだ。診断の結果、軍医は、

「体が疲労している。入院して治療せよ」

と言う。

「いや、入院しない。シンガポールの新任地へ、予定どおり行く」

と軍医とあらそった。

乗船まで三日間、デング熱でずいぶん苦しんだが、兵站宿舎での沢田一等兵のあたたかい看護は、長く忘れられぬ感謝の思い出となった。

六月四日、熱でフラフラになりながら、ラングーンから乗船した。そしてインド洋の荒波も、高熱のため知らずに航海してしまった。

六月十三日の朝、九日間の航海を終わって、無事にシンガポールへ入港した。

四十度を超す熱をおかして、カラン飛行場の航空修理廠の本部に出向して、部隊長の安田

大佐と中隊長の平野少佐に着任のあいさつを行なった。

「飛行第七十七戦隊付、陸軍准尉田形竹尾は、ただいま到着いたしました」

「待っていたぞ。前線の消耗が激しいので、補給が大変だ。古参の操縦者がいないので困っていた。試験飛行係を命ずる。さっそく勤務するように」

部隊長は真剣なまなざしで、こう命令された。中隊長は副官に舎宿のことを指示され、温かい表情で、

「田形准尉、熱があるようだから、診断を受けろよ」

と注意された。

安田部隊は、軍人一千名、軍属三百五十名、現地人六百名を擁する、約二千名の大部隊である。本廠はシンガポールの国際空港のカラン飛行場に、分廠はシンガポールのセンバワン飛行場、インドネシアのバンドン飛行場とスマトラのパレンバン飛行場にあった。

私の任務は、内地から空輸された新品の飛行機の試験飛行と管理、前線より後送された飛行機の整備と試験飛行など、第一線部隊に対する補給が主任務であった。

部隊本部前の、カラン憲兵分隊の隣りの元英軍高級将校宿舎だった、モダンな二階建ての西洋建築の家屋を宿舎としてもらった。

シンガポールの第一夜は、発熱のため苦しい夜であった。

翌朝、航空修理廠付の岡軍医大尉の指示で、昭南陸軍兵站病院に入院、治療することになった。新任地で着任早々の入院はまことに残念でならない。

将校病棟の個室の寝台に横になりながら、病室の窓の向こうに見えるゴム林をボンヤリと

眺め、はるかな祖国に思いをはせていると、七、八歳ぐらいのマレー人の子供たちが、赤道直下の炎熱の下で、西洋紙に自分で書いた日章旗を持ちながら、

遺骨を抱いていま入る
シンガポールの町の朝

あの哀愁をおびた「戦友の遺骨を抱いて」の歌を、片言の日本語で無心に歌っている。それは、なにか心にひっかかる姿であった。

香港陸軍病院の台湾娘

デング熱が日ごとに悪化したので、ついに台湾に送還されることになり、六月二十一日、シンガポールから陸軍病院船で香港に後送された。

香港陸軍兵站病院は、香港の町と港の海に面した山の中腹にあり、元英軍の病院であった。香港の港を眼下に望み、遠く広東、九龍に視界は開け、風光明媚な天下の絶景であるが、軍務を離れ、療養中の私の心を慰めてはくれなかった。

当時、陸軍では、陸軍看護婦、赤十字看護婦、特志看護婦（台湾人）の三つに区別され、病院の看護婦の編成がなされていた。白衣の天使といわれる看護婦は、ある場合は、第一線の軍人以上の勇敢な働きをした。

香港病院の私の担当の看護婦さんは、台湾人のゲッケイ嬢で、台南州鹿港出身の、台南州で一、二を競う資産家のひとり娘であった。嘉義市の日本人女学校を卒業して、茶、生花、舞踊、三味線などを学び、ゆかたが似合う十八歳の美人だった。

私が入院した二日間は、四十度を超す高熱でうなされていたので、彼女は徹夜で私の看護に当たってくれた。

軍医と、看護婦の特別の治療と看護の結果、自分でも驚くほど早く回復し、一週間で退院できるようになった。それで、内地還送を中止してシンガポールに復帰をするよう申請した。

退院前に、一週間お世話になった衛生兵二名とゲッケイ嬢を含む看護婦三名の六名で、香港の町に外出した。

レストラン、喫茶店など、どこも日本の軍人であふれていた。喫茶店でコーヒーを飲みながら、看護婦さんといろいろ語り合った。台湾人、韓国人の婦人は、志願しなければ看護婦になる必要はなかったのだが、多くの人が志願して激務に服した。

三十年の歳月を経た今日でも、親身になって看護してくれたこのゲッケイ嬢の面影は、私の心から消えていない。

この日から二年後、私は台湾の屏東に勤務していた。第八飛行師団司令部（台北）第百四教育飛行団司令部（屏東）に出向を命じられ、しばしば高級将校を双発大型機、小型複座機に同乗させる任務についていた。

八月下旬、空中勤務者の検閲のため鹿港飛行隊に出張する星飛行団長、村田副官を、九九式襲撃機に同乗させて、屏東―鹿港間を飛んだ。この操縦と、検閲補佐官として飛行団長の戦闘訓練の講評原案を作製するのが、私の任務であった。

その日、戦隊長に案内された私たち三名の宿舎が、偶然にもこのゲッケイ嬢の自宅であった。

陳《チン》家は台湾きっての名門の親日家で、北白川宮台湾征討のおり道案内したのがゲッケイ嬢の祖父であり、その功績により勲五等を授与されていた。

私とゲッケイ嬢との思いがけない再会に、一家を上げて歓待してくれたのも、私の青春時代の忘れられない楽しいひとコマであった。

広東・天河飛行場

シンガポールを出てから二十日ぶりに、白衣を軍服に着替えたが、やはり軍服を着て任務についているときが、いちばん幸福であると思った。軍医、看護婦らの見送りを受けて、心も軽く、香港から乗船して広東へ向かった。

広東ホテルの五階に宿泊、天河飛行場での飛行師団司令部に連絡に行った。飛行場には、飛行第二十四戦隊の隼が二十機ほど翼を休め、上空には、四機の一個小隊が哨戒飛行を行なっていた。隼の戦隊長は誰だろうと思い、司令部の将校に聞いてみた。

「戦隊長は誰ですか」

「松村少佐殿です」

「なに、松村俊輔少佐殿」

想像もしていなかったことだけに、なつかしさがこみ上げてきた。松村少佐とは、昭和十三年の夏、華中・南京の大校場飛行場で別れて以来四年ぶりである。

司令部で車を借りて、飛行場の向こう側の戦隊本部に向かって、はやる心を押さえて車を飛ばした。

潔白豪快な松村少佐は、対空監視哨屋上の陽当たりのいいところで、水虫の治療をしておられた。

私は階段を跳ぶようにかけ上がった。

「松村少佐殿、田形准尉です」

「おお、田形か。生きていたのか」

と目を細めて叫ばれた。口髭とあご髭をのばして、風貌は絵に描いた漫画の部隊長のような愛嬌さえうかがえる。

「古賀中尉が中隊長で、元気でやっているぞ」

「なんですか、古賀貞中尉殿ですか」

「そうだ。古賀は哨戒飛行中だ。着陸したら会って行け。喜ぶぞ」

華南で、大刀洗、華北、華中でともに過ごした、二年先張の古賀中尉とは、伊勢の明野陸軍飛行学校以来、一年ぶりに再会するのである。

「田形准尉、戦いは激しくなるぞ。長生きせよ」

「はい。松村戦隊長殿もお元気で」

これが永遠の別れのあいさつであった。この日から二年後に、松村少佐は第十一戦隊長として、第二次比島作戦において赫々たる武勲をたてながら、ついに壮烈な戦死をとげられた。

間もなく、古賀中尉は地上に降り立った。

「おお、田形ではないか」

「はい。古賀中尉殿もお元気でなによりです」

うれしさのあまり強い握手を交わした。古賀中尉は中隊の指揮を先任将校に命じて、私を飛行場の宿舎に案内した。戦地では珍しいタカラビールで再会を祝し、健闘を誓って乾杯した。

「君はまだ独身か」

「はい。嫁の来手がないので、一人です」

「若い未亡人をつくりたくないからね」

古賀中尉は、祖国に残して来た愛する妻子に思いを走らせているようであった。

「名残はつきないが、明朝六時の出撃だからね。これで別れよう。生きていたらまたどこかで会えるだろう」

「はい。古賀中尉殿も元気で戦って下さい。私も明日の朝七時に、軍の九七式輸送機に便乗してシンガポールに帰ります」

ホテルへの帰途、広東陸軍兵站病院に立ち寄って、デング熱の治療をしてもらったが、そのとき偶然にも同級生の井星正光上等兵に会って、ふたたび予期しない喜びを味わった。

翌朝七時、私が広東飛行場へ出向いたとき、すでに隼は三機しかいなかった。二十四戦隊の主力は、華南空軍基地の桂林攻撃のために払暁に出撃して行ったのだ。

七月十三日午前七時十分、私は、軍の輸送機に便乗して広東飛行場を離陸、一路、海南島の三亜飛行場に飛んだ。

弟盛男が一年駐屯していた広東の町が次第に後ろに流れ、小さくなっていく。華南大陸の海岸線を上から眺めて、今ごろは勇将・松村戦隊長に率いられた古賀中隊長らが、優勢な敵の空軍と、食うか食われるかの死闘を展開しているであろうと、その光景を脳裏に描きながら、無事を祈って心で合掌した。

三亜飛行場で燃料を補給し、一時間休憩した。三亜は、海軍航空隊と艦隊の基地として活気を呈していた。

広東―三亜―サイゴン―バンコクへと飛んで、夕刻にはタイ国バンコクのドムアン飛行場に無事に着いた。

顔なじみのメナムホテルに一泊した。

インド軍とヒワリ中将

七月十四日朝、日章旗とタイ国旗がひるがえるバンコク駅から、シンガポール行きの国際列車の一等車に乗り込んだ。車内は日本軍の将校、軍属、タイ国要人、マレー人、インド人、中国人などで大混雑していた。私の隣りの席には、風格ある人物を中心に数名のインド人が乗車していた。

列車は予定どおり、目的地に向かって進む。タイ国領は水田と川とクリークなどを点綴して、文字どおりの一望千里の大平野であった。

マレー領へ入ると風景は一変した。ゴムと錫の世界の宝庫といわれるだけに、車窓に映じる風景は、延々と続くゴム林と、数えきれない錫の露天掘りであった。

隣りの席のインドの紳士が、私の胸章を見ながら、じょうずな日本語で話しかけてきた。

「貴官は飛行機乗りですか」

「はい、私は陸軍の戦闘機乗りです」

「どちらから来られましたか」

「ビルマから、シンガポールに向かいます」

「私は若い青年と飛行機が大好きですから、シンガポールまで話しながら行きましょう」

ただのインド人ではない、と思っていたら、インド独立の首領チャンドラ・ボース氏の右腕といわれた、インド軍陸軍中将のヒワリ・ボース氏とその高級幕僚たちであった。

ヒワリ氏の夫人は新宿・中村屋の娘さんで、その長男は日本の陸軍伍長として、後日、沖縄作戦で名誉の戦死をとげられた。

バンコクからシンガポールまでの二日間の汽車の旅は、ヒワリ氏との奇縁で思いがけない楽しい旅であった。

センバワン出張所

「陸軍准尉田形竹尾は、昭和十七年七月十六日付をもって、センバワン出張所所長を命ず」

香港からシンガポールに帰った私は、このような予期しなかった命令を受けて、部隊統率の責任と、多忙で危険な試験飛行係（テストパイロット）を兼務することになった。

私が所長となったセンバワン出張所は、山下兵団が渡河したジョホール水道に近い、島の中央北東のゴム林の中にあった。

出張所は、下士官兵三十名、軍属の雇員三十名と、マレー人、インド人、中国人など、現地人三百七十名（百名は婦人）の合計四百三十名を超える大世帯である。通常、大尉か古参

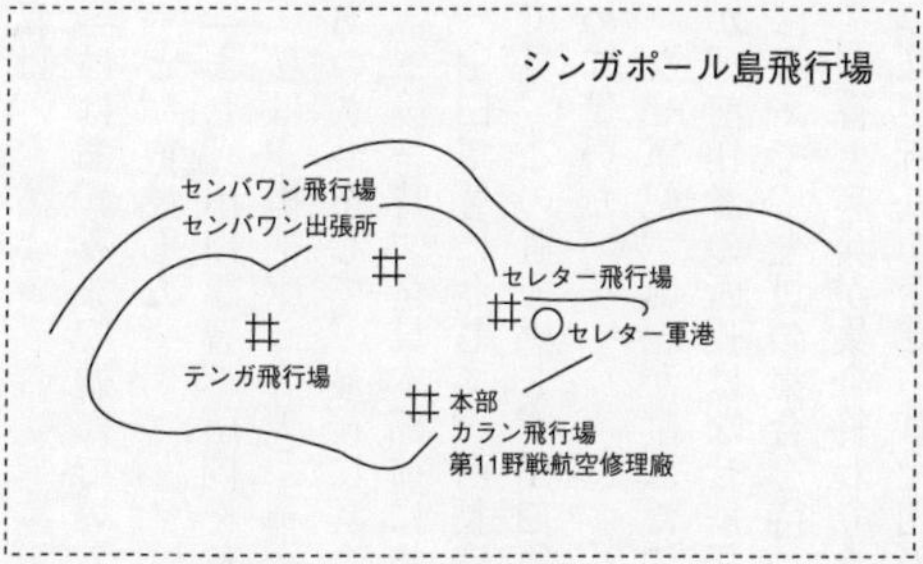

中尉の将校がやるべき職務を、百名を超える部隊付将校、准士官の中から、いちばん階級の下の、しかも着任したばかりの私に任命したのは、部隊長が私を信頼して命じたのか、それとも私の反骨精神を嫌って追放したのか。そのどちらなのか判断がつかない。

バンドン出張所、パレンバン出張所ともに所長は大尉であり、センバワン出張所は、前任者は古参中尉であり、初代は大尉であった。しかし、いずれにしても航空部隊では例のない上級職についた上、部隊長の信任、不信任のおもわくに関係なく、完全に任務を達成しなければならない。

若い情熱と夢を抱いて、七月十六日、本部から八キロ離れたセンバワン出張所に車で単身乗り込んだ。

あらかじめ電話で連絡しておいたのに、出張所の本部で私を迎えたのは、先任下士官の田口軍曹と、週番下士官の山本軍曹と、山田上等兵の三名だけであった。

「おれが、所長を命ぜられた田形准尉だ。よろしく頼む」

「田口軍曹であります」

「山本軍曹であります」

「山田上等兵であります」

「皆はどうした」

はい、と答えて、三人が困った表情で顔を見合わせている。

私は、

「ははあ、みなで遊んでいるな」

と、直感した。

「よし。田口軍曹、所内を巡察するから、車を準備して案内せよ」

私は、格納庫（五棟）、飛行場、運動場（プール）などを巡察し、飛行場警備隊長に着任のあいさつをして、最後に兵舎を巡回して三十分で本部に帰った。

「午後一時、全員本部前に集合せよ」

田口軍曹に命じて、所長室に落ちつき、田口軍曹から全般の報告を受けた。私は、この目で見、この肌で感じ、田口軍曹の報告を聞いて、聞きしにまさるごろつき部隊だ、とあらためて驚いた。

なぜ軍紀、風紀が乱れたのか。なぜ軍人、軍属が働かないのか。なぜ現地人が働かないのか。前任者の所長はなぜ解任されたのか。おれは、いったいどうすべきであるか。このように考えて、全員の集合を待った。

週番上等兵が集合終わりを報告してきた。私は部隊正面に立ち、全員の敬礼を受けた。

「私が所長を命ぜられた田形准尉だ。よろしく頼む。解散」

私は号令調整で鍛えた大きな声で話し、一言の訓示も行動上の注意もあたえず解散を命じた。

ごろつき部隊と自他ともに許した所員たちは、予期せぬ私のあいさつに、いささか予想が違ったとみえて、一瞬かすかな動揺が下士官兵の心の中に生まれたことを、その表情から読みとった。

私は、昭和十三年秋から五年間、人事係として多数の下士官兵をあずかり苦労した。この体験を通じて、自ら学んだ部下の指導方針を私なりに持っていた。それを要約すると次のようになる。

指揮官六原則

一、指揮官は、上官として部下に信頼、尊敬されるほかに、風格を内に秘める力と指導力をもたねばならない。

二、指揮官は、部下に任務を命じるときは、能力、体力などに応じて、適切な指導を行なわねばならない。

三、指揮官は、責任は自らが負い、功績は部下にゆずり、任務を完全に果たす努力を怠ってはならない。

四、指揮官は、軍隊指揮の中枢にして、また団結の核心である。責任観念と率先躬行《きゅうこう》、軍人の模範とならねばならない。

五、指揮官は、階級の権威は守らねばならないが、人間として、階級を超える平等の精神で、部下と苦楽をともにしなければならない。

六、指揮官は、人事、給与、業務など公平を旨として、感情や利害などにより差別してはならない。

センバワン出張所の四百三十名の中には、軍徴用現地人三百七十名、うち女性百名、このすべてが私の部下である。責任をもって指揮しなければならないと、闘志がわきあがり、身の引きしまる思いであった。

戦時中の軍人は、「お国のために」と、愛する妻子、年老いた両親を残して、戦場に出征している。しかるに軍紀、風紀を乱す者がいるとしたら、それはすべて指揮官の責任である。階級絶対の社会ではあるが、生命をかけて戦うのであるから、上官と部下が階級を超えて、強い戦友愛に結ばれねばならない。その誠心と愛情に結ばれて、初めて強い戦力となるのである。

軍紀風紀の刷新

着任第一日で、だいたいの実情を知ることができた私は、次のような命令、通達を下した。

所長命令（昭和十七年七月十六日）

一、軍紀風紀を犯し、理由なく勤務を怠った者は、下士官、兵、軍属を問わず処罰する。

二、現地人に対して暴行を加え、女性を犯した者は、理由のいかんを問わず処罰する。

三、不平、不満、要望のあるものは、所長に直接進言すること。

所長通達（昭和十七年七月十六日）

一、任務終了後、勤務に支障ない者は、毎日午後六時から十二時までシンガポールに外出を許可する。ただし、往復、部隊の自動車を配車し、内務班長の指揮による。

二、明十七日より酒保を拡大、娯楽設備を設ける。酒の販売と飲酒を酒保にて毎日許可する。ただし、酒保以外で飲酒したものは厳罰に処する。

三、今後は貯金は強制しない。みなの自由意志にまかせる。ただし祖国に残した妻子、父母などの家族のことを忘れないようにせよ。

四、明十七日より、兵による不寝番勤務を廃止し、現地人をもって不寝番に勤務せしむる。ただし、後方兵站基地であるが戦場であるから、夜間の下士官の巡察を強化する。

五、自動車の運転を習得希望者は、毎日、任務終了後指導する。希望者は申告せよ。

六、作業班は爾後、下士官一名、兵一名、軍属一名、現地人十名〜十五名とし、作業も娯楽もすべて、この班を基本として行動せしめる。

点呼が終わると同時に、入れ墨をした三十代から四十すぎの召集兵などが、筋の通らない不平、不満をぶっつけてきた。その夜は、下士官、兵、軍属の半分は、従来どおり無断外出している。残った連中は酒を飲んで暴れている。

「さあ、一週間したら、みなを生まれ変わらせるのだ」

私は、指揮官としてのこの苦労は得難い人生体験になるに違いない、と確信した。

着任第二日、格納庫、飛行場を巡回したが、一部を除いて大半の者がのらりくらりと時間をかせぎ、真剣に働いている者はほとんどいない。

私は部隊でいちばん優秀な松本上等兵を同行させて、トラック二台で飛行師団司令部野戦補給部に行って、強引《ごういん》に米、缶詰などを受領し、両方のトラックに満載した。これは官給品、いわゆる軍の物資であり無料である。

帰途、シンガポールの町で、ラジオ、碁石、花札、将棋、ピンポン玉、テニス道具、野球道具、ボールなど、大枚一ヵ月分の私の給料を投じて、娯楽用品を買い集めた。

さらに約二十軒の中国人食堂、喫茶店で、山田上等兵と飲んだり食べたりしながら、中国美人で清潔な姑娘《クーニャン》をさがしてまわり、すばらしい姑娘を発見。雇い主をくどいて、同年兵の黒木憲兵曹長を保証人として、一年間の契約で、給仕として高給で雇い入れた。

さらに、腕のよい中国人コック三人を雇った。この五名分の給料は、軍から出ないので私個人の負担とした。

こうして、昨夜の命令、通達通り、まず衣食住のうち、私の権限でできる最高の配慮を払い、次のような精神的環境作りに努力した。

一、娯楽室を設け、娯楽用具と、運動用具を準備した。

二、本職のコックによって料理を改善、軍医の協力によって健康食糧の供給に努力した。

三、食堂を設け、当番兵二名と姑娘二名を充当したので、ホテルのような感じになった。

四、不寝番は兵の勤務を中止して、純朴なインド人四名（次郎長、大政、小政、石松と命名）に、二名ずつ、一日おきに勤務を命じた。警備については、兵の解任の代わりに、所長の私、週番下士官、週番上等兵のほか、毎晩二名の下士官を特別服務させ、兵と軍属の責任を軽くし、幹部の責任を重くした。

五、希望者には全員に、休養時間を利用して自動車の運転を指導した。（私の自動車運転技術が一人前になったのはこのときである）

六、私が試験飛行するときは、階級の序列順に、軍人、軍属は全員、現地人は班長以上を同乗させ、飛ぶことの快感と恐怖感を味わわせ、整備に魂を入れるよう指導し、航空危険手当も支給した。

七、下士官、兵、軍属の外出は、引率外出により毎晩許可した。

四百名の現地人に対しては、監督兼通訳のインド人クワリ・ヘリおよび班長以上二十名を集めて、次のことを命令し、その徹底を指示した。

一、現地人にして軍の機密をもらし、軍紀を犯す者は、軍法会議または即刻解雇する。

二、日本人から暴行を受けたら、ただちに所長に報告せよ。加害者は軍紀に照らして厳罰に処す。

三、軍医の診断により、健康上、入院、休養を要する者は、有給での入院または休養を命ずる。

四、現在、家族に病人のある家庭は、所長が見舞いにまいる。病状によっては軍医の診断と治療を行ない、可能な救助の手をさしのべる。

五、勤務成績によって、米三キロずつを特別に配給する。(シンガポールは軍政により米は配給であった)

アジア人は同じ血のかよった、宗教も同じ兄弟である。公的には軍紀に従い、個人的には、肉親の愛情で愛し合って行かねばならない。

その具体的な実践の方法として、部隊の幹部と懇談して、現地人の家族を全部参加させ、日本人と現地人の半分ずつが一組となり、赤、白に分かれて月に一回、第一日曜日に運動会を開催することにした。

その実行委員には、日本人、マレー人、インド人、中国人より一名ずつ参加させた。

大要以上のことを、私は実行に移した。

私の予想どおり、一週間を待たずに、軍紀、風紀は厳正となった。一週間で、南方派遣軍随一のごろつき部隊が一変したのである。業績も、師団司令部から何回もおほめの言葉をいただくようになり、航空廠の第一位となった。

人間として未熟な二十六歳の若い私が、将校でもない准士官の身で、本職のテスト飛行に精魂をかたむけ、戦闘機、偵察機、重爆撃機、米英の捕獲飛行機など、十ヵ月に七百五十機を超える試験飛行に、一回の事故もなかったのは、実にこの四百余名の部下の心からなる協力の賜物であった。

おれは戦闘機乗りだ

第十六野戦航空修理廠には、私のほかに、

田口中尉（陸士五十二期・偵察出身）

渡辺准尉（操縦六十八期・重爆出身）

渡辺軍曹（少飛六期・偵察出身）

この三名の操縦者がいたが、私はいちばん古参だから責任は重大であった。戦闘機、偵察機、爆撃機と、新鋭機十三機種をあますところなく試験飛行を実施した。なにぶん野戦のことで、操縦教程もなければ教官もいない。単発、双発とも経験があるので、試験飛行には自信があったが、操縦は学べば学ぶほど難しいし、危険でもある。だから、決してうぬぼれたり無茶はやらなかった。

一機ごとに地上で研究した。慎重に操縦して、一ヵ月で十三機種を未修(飛行訓練)した。試験飛行と未修飛行を同時に行なうのは極度の緊張感の連続で、さすがに心身の疲労感を意識した。

整備、試験飛行、部隊の指揮と、多忙な毎日であった。

こうしている間に、ニューギニア方面の戦機は刻々と熟しはじめていた。

陸に海に空に、激しい消耗戦が展開され、陸軍航空隊の損害も急速に増えてきた。敵は次々と優勢な航空兵力を投入し、空の主導権を握りつつあった。

昭和十七年の十月末、飛行第一戦隊、飛行第十一戦隊の第十二飛行団の隼百機が、岡本飛行団長指揮のもとに、テンガー飛行場とカラン飛行場に前進してきた。そのなかに、華北、華中時代の中隊長・杉浦勝次少佐が十一戦隊長として飛来された。私はセンバワン飛行場から昭南ホテルに車を飛ばした。杉浦少佐とは華中・南京で別れて四年ぶりの再会であった。

「杉浦少佐殿、田形准尉です」

「おお、田形准尉か。無事だったのか」

「ラバウル方面ですか。自重して戦って下さい」

「ありがとう。いよいよおれも年貢の納めどきだよ」

と軽く微笑して語られた。その表情には、決意のほどがありありと現われていた。

ビールで乾杯しながら、

「長生きしろよ、田形」

「はい。戦隊長殿もご無事で」

万感こもごも胸にせまり、別れのあいさつを交わして部屋を出た。廊下を曲がるときに、ちょっと振り返ってみると、杉浦少佐は部屋の前に立って私をじっと見つめておられた。心なしか、暗い予感が私の頭をかすめた。

この日から一ヵ月足らずだった。ラバウルの沖で敵弾を受け、杉浦少佐機が火だるまとなって海中に突入したことを軍情報で知った。

豪快で人情味豊かな杉浦少佐は、ついに散華された。

この日から数日ののち、二十四戦隊がカラン飛行場に飛来した。私はさっそく宿舎の南明閣に飛んでいった。ちょうど操縦者が宿舎の前で、トラックから降りるところであった。

三十数名の操縦者の中に古賀中尉の姿があった。

「古賀中尉殿、無事でしたか」

「おお、田形も無事だったか」

「松村少佐殿は」

「うん内地に転属になったよ」

古賀中尉と固い握手を交わした。

古賀中尉は福岡県柳川市の出身で、明晰な頭脳と負けじ魂、豊かな情操と、貴公子を思わせる美貌の快男子で、いわば男がほれる男であった。

私たちは宿舎で乾杯してから、シンガポールの海岸に出た。夜の海岸は、昼間の暑さを忘れるほどの涼しさである。砂浜に長くなりながら、私たちは心から語り合った。海岸に茂る椰子の木の葉が風に吹かれてゆれている。そのはるか上方には、魂を魅するような南十字星がキラキラと輝いていた。

私が古賀中尉と別れてから広東の航空戦は本格的になり、敵もやっつけたが、味方にも犠牲者が出た。

「かわいい部下を、また三人なくしてしまった」

と中尉は、南十字星を仰ぎ見ながらさびしそうに語られた。

「それは、あなただけの責任ではありませんよ」

私はこの人情中隊長を慰めるために、ただそれだけのことしか言えなかった。

古賀中尉と別れて半年後の七月のある日、南方戦線から台湾に飛来した一人の下士官から、古賀中尉の戦死を伝えられた。

昭和十八年六月十日、基地で待機していた中隊長・古賀中尉は、「プロペラ回せー」の言葉を残して飛び立ち、ニューギニアのブーツ飛行場に来襲した米戦爆連合三十数機の大編隊に襲いかかった。中尉は敵一機を撃墜したが、自らも火だるまとなって南海に突入したのである。

野戦航空廠の十ヵ月間に、私が試験飛行を行なったのは次の十三機種であった。

戦闘機

一式「隼」(キ四三)

二式「鍾馗」(キ四四)
二式複座「屠龍」(キ四五改。双発)
爆撃機
九七式重(キ二一)
百式重「呑龍」(キ四九)
九七式軽(キ三〇)
九九式双軽(キ四八)
偵察機
九七式司偵(キ一五)
九八式直協(キ三六)
九九式軍偵(キ五一)
百式司偵(キ四六)
輸送機
九七式(AT・キ三四)
百式(MC20・キ五七)

私がこうしている間に、南太平洋方面の戦機は、刻々と熟しはじめていた。当初、半年ぐらいの勤務の約束が十ヵ月を経過した。再三、安田部隊長に転出を願ったが許可してくれない。仕方がないので師団司令部に出頭し、作戦参謀に直訴した。そのかいがあって、昭和十

八年四月十八日付で、

「陸軍准尉田形竹尾は、台湾嘉義・第三十七部隊に転出を命ず」

という内容の師団命令を受けた。

この命令を受けた私は、魚が水を得たようにうれしかった。

しかし、命令が発令されてからの所内の空気が急におかしくなった。下士官、兵、軍属、現地人幹部が、本部の片すみで、あるいは格納庫の隅で、こそこそと会合をやっている。私が姿を見せると皆散って下を向き、怒ったような表情で誰も私に声をかけようとしない。私は不審に思って田口軍曹を所長室に呼んだ。

「田知軍曹、お呼びによってまいりました」

「おい、皆はどうしたのだ。沈んだような表情をしているではないか」

「はい。それは田形所長殿が、私たちを捨てて転属してしまわれるからです」

「おい、内命はもらったが、捨てるとはひどいよ。おれが第一線に出たい気持ちは、君がいちばんよく知っているではないか」

「それは知っていますが……」

「昨日、本部で田形所長殿の転属の内命を知りました。さっそく幹部が集まって、昨日から師団司令部と部隊本部に留任運動をやっています。昨日の夕刻、下士官全員と兵、軍属、現地人幹部二十一名、合計八十一名の連名簿を作製して提出しました。きょうの所内がおかしいのは、陳情の結果を心配しているからです。田形所長殿、転属せずにせめてもう一年、ぜひ残って下さい。部下を残して、いま田形所長が去られては、あれほど慕っている部下たちがかわいそうです」

ああ、そうであったのか、私は知らなかった。部下たちが私の留任運動をしている。人間として未熟な、階級も一介の准尉に過ぎない戦闘機乗りの私を、このように慕ってくれる。人間はすばらしい上官に仕えることも幸福だが、部下を信頼し、部下から信頼され、部下に慕われることもこれまた幸福なものである。

かつて私もまた、牟田中隊長、山口中隊長、沢田教官らに指導していただいた時代がなつかしく思い出された。

「おい田口軍曹、みなの気持ちはありがたいが、しかし田形は戦闘機乗りだ。君も知っているように、シンガポールを飛び立った戦友たちで、ふたたび元気な姿を見せたものは、ほとんどいないではないか。この戦況と実情を知っている田形は、一日も早く、再度亡き戦友につづいて戦いたいのだ」

田口軍曹は歯をくいしばり、怒ったような表情で私をじっと見ている。

「戦闘機乗りの生命は短いのだ。一人前になるには、五年から十年かかる。しかし、十年を超えると、体力的に戦力は峠を越える。いま、田形は操縦八年目だ。心技体が充実し、心眼も開け、現在が絶好調だ。この状態はあと二、三年しかない。いま戦わねば田形の戦闘機生命はなくなる。それは田形にとっても、国としても大きな損失である。田形も、苦楽をともにした部下と別れたくはない。どうかおれの立場と決意を理解して、皆を納得させてくれ」

これほどに部下から慕われることは、むしろ上官から信頼されるよりありがたい。これは武人の本懐である。しかし、このような感傷に浸ってはおれない。部下を納得させて、心おきなくシンガポールを去らねばならない。別れの日は、二日後に迫っているのだ。

試験飛行と職務上の申し送り事項の整理で多忙な時間をさいて、本廠本部を訪ね、信頼して私を指導してくれた平野少佐と田口大尉の二人に相談した。

百名以上の部隊付将校の中から、後任所長を選ばねばならない。

一、愛情豊かな人物

二、部下の指揮統率力のある人物

三、現地人に正しい理解をもつ人物

以上、三項を中心にした。

幹部候補生出身の山本大尉に白羽の矢を立てた。山本大尉は私より三歳年長で日大理工学部出身である。

平野少佐、田口大尉の三人で、部隊長の安田大佐を説得した。こうして、山本大尉が後任所長に任命されることになった。これでよかった。後任の立派な所長が決定した。安心して新任地へ出発できるのだ。

ただ心残りは、山本大尉はジャワのバンドン出張所へ出張のため不在で、本人と会って今後の問題を相談できないことであった。新所長着任までは、田口大尉に代行してもらうことになった。

現地人との涙の別れ

部下は私の転任を納得していないが、軍の命令は絶対である。なかば、あきらめたような

空気になった。出発も翌日にせまった二十日の朝、現地人監督のクワリ・ヘリが、

「マスター日本帰る、みなさみしい。今夜送別会する。村に来て下さい」

「よし、お伺いしよう」

一日の仕事を終わって、下士官三名を同行して、監督の家を訪ねて驚いた。監督の家の前の広場に臨時に電灯をつけ、三百七十名の私の部下とその家族が総出で集まり、大野外祝宴が準備されていたのだ。参加者の数は数百名である。

私が席につき、あいさつを終わると、

「マスター、これはみんなからの贈り物です」

と言って、英国製高級乗用車一台、宝石数個、服地多数、果物を自動三輪車一台分ぐらいと、驚くほどの贈り物を準備していた。このような現地人の厚意は、二十六歳の人生経験の浅い私にとっては、予期せざる大きな感激であった。

「おい、クワリ監督。皆のご厚意は感謝するが、こういうことをするならば、おれは帰るぞ」

「マスター、これは皆の感謝の気持ちです。どうか受け取って下さい」

「いや、このような高価なものは絶対受け取れない」

「受け取ってもらわねば困ります」

監督はじめ、代表の者がどうしても聞きいれない。

「せっかくの厚意だから、果物は私の乗用車に積めるだけいただいて、帰隊後みなで食べさせてもらう」

私は日本人と日本軍人の名誉のために、断固たる信念を述べた。一時、会場が騒然となったが、間もなく静かになり、三十名くらいの地元の幹部が集まって、何ごとか真剣に相談していた。

「田形所長は真心をいちばん大切にする人だから、質素なもので、真心のこもった贈り物なら喜んで受け取ってくれると思うから、そういうものを贈ろう」

ということになったらしい。

「マスター、これは宝石ではない、安いものです。しかし、三百七十名の真心がこもっています。宝石以上のものです。日本に帰られたら、これを私たちと思って、体を大切にして戦って下さい」

「ありがとう。皆の真心を喜んでいただく。私の生涯を通じて、シンガポールの皆のことは忘れない。これは一生大切に持っています」

このような国境と民族の違いを越えて、暖かい友情の誓いを交わし、夜おそくまで歌と踊りと酒で賑わった。私も世話になったことへの寸志として、私の一ヵ月分の本給百円を置いてきた。

いよいよ、台湾に向かって出発する日がやってきた。昭和十八年五月二十一日、この日は若い私にとっては、終生忘れることのできない感激の日であった。

田口軍曹と監督とが協議のうえ、下士官は一部を残して主力が、現地人は全員休暇をとって、トラック十数台に分乗して、シンガポールの波止場まで四百名以上の部下が見送りに来てくれた。

陸軍のご用船には、一千名以上の軍人と三十数名の婦人が乗船、シンガポール—マニラ—高雄と、敵潜水艦の攻撃を回避しながら航海するのだ。

内地と台湾に帰還する将官、佐官、尉官と多数の人がいたが、マレー人、インド人、ビルマ人、中国人の男女三百七十名と田口軍曹以下四十名の、色とりどりの人たちが見送ってくれたのは私だけであった。

船上で、次第に遠ざかるシンガポールの町や山を眺めながら、昨夜もらった小包をあけてみた。出てきたのは、高さ二寸くらいの黒檀で作られた象であった。現在の金で一千円ぐらいの安いものである。これは現地人三百七十名の愛と真心の記念碑として、今なお私の書斎にかざられている。

シンガポール港を出港して三時間、シンガポールやマレー半島の山々が、海のかなたに次第に沈んで行くころ、突如、非常警報が発せられた。急いで甲板に出て見ると、魚雷が二本、船より二十メートルぐらいのところを白い航跡を残して通過するところであった。まったく危なかった。

連戦連勝の日本軍の南方作戦の戦略拠点の、制空、制海権を持つシンガポールの近海で、敵潜水艦が出没するということは、戦いの前途に暗い影を感じずにはいられなかった。

シンガポール—マニラ間、南シナ海の一週間の航海を無事に終わって、二十八日の夕刻、船は静かにマニラ港に入港した。

マニラ市に上陸して、マニラホテルに一泊した。

フィリピンは一八九八年、スペインからアメリカの植民地となり、終戦までの四十八年間をアメリカが支配した。マニラ市内を歩くと、スペインとアメリカの混血の女性がめだった。日本軍が占領して一年あまり、治安も安定して、一年後には日米決戦の天王山として死闘が展開されようとは、この時点では予想できなかった。

私は昭和五十年、三十二年ぶりに音楽使節団として、ペギー葉山さんたちとマニラを訪ねた。

特攻基地を一人で慰霊参拝した。マニラの夕日は世界でも有名であるが、私の悲しみを慰めてはくれなかった。

楽土と地獄の台湾

第百八教育飛行連隊

台湾は九州の南西一千三百キロ、面積は九州とほぼ同じで、気候も温暖、陸も海も美しい。農産物、海産物に恵まれ、人口は六百万人（内地人五十万人）で、台湾人は教育程度も高く、勤勉な国民性、住みごこちよく、誰がつけたか、平和な楽園、蓬莱島《ほうらい》という別名で呼ばれていた。

台湾の中部、台中市、嘉義市から北に北極星、南に南十字星が望め、大自然のロマンを感じる神秘な島であった。

軍事的には南方作戦の補給基地であり、出征兵士にとっては祖国最後の地であり、帰還兵士にとっては懐かしい祖国第一歩の地であった。

昭和十八年五月五日、私がシンガポールから台湾の部隊に転属したときまでは、一回の空襲もなく、平和な楽園そのものであった。

五月四日朝、マニラから軍の輸送船で高雄港に入港した。高雄で下船したのは、軍人二百名と婦人三十名であった。

高雄検疫所で全員が、伝染病、風土病などの検疫を受けることになった。軍人二百名の将校も下士官も兵も、また三十名の女性も、全員が大講堂で衣類をぬぎ、裸になるよう指示された。

もちろん、時計、ハンカチ、眼鏡から軍服、下着まで、すべて袋に入れて消毒された。二時間の待機中はもちろん、真っ裸で、便所に行くのも裸であった。私たち男性も初めての体験であったが、三十名の女性も生まれて初めての体験で、便所にも行かず、三十名で円をつくって、二時間、下を向いていた。軍人も裸で二時間も同じ条件でいると、将校、准士官、下士官、兵の区別が全くわからなくなった。

このような珍しい光景は、軍隊でもこれが初めてであり、最後であった。

五月四日夕刻、嘉義駅で下車して、駅前の旅館に一泊した。台湾は夜はシンガポールより涼しいので、夏布団をかけて、祖国帰還第一夜の夢をむすんだ。

五月五日、任地の嘉義飛行隊に到着した。ここは重爆隊であった。さっそく戦隊長に、

「私は戦闘機操縦者ですから、戦闘機隊に転属させて下さい」

とお願いした。

「田形准尉は大型双発機でも何百時間も飛んでいるので、部隊に残って若い操縦者の教育を担当してくれ」

と、戦隊長と副官の二人で説得された。

私は熊谷で分科が決まるとき、戦闘機だけで第二希望はしなかった。それだけ戦闘機が好

きで、他の飛行機には乗りたくなかった。

戦闘機隊転属まで時間がかかりそうであったので、戦隊長の許可を受けて、命令が出るまで休暇をもらって、福岡の生家に一年四ヵ月ぶりに帰ることにした。

所属部隊は台湾・屏東の第八教育飛行連隊が申請されていた。

生と死は紙一重

人間万事塞翁《さいおう》が馬、といわれるごとく、人間の生と死は紙一重である。

台湾の嘉義から福岡の大刀洗まで、嘉義の重爆隊の九七式重爆撃機に便乗して飛んだ。四時間三十分の航程を約六時間で飛び、大分海軍航空隊に着陸したときは燃料は一滴もなく、着陸滑走中にエンジンが停止した。まったく危機一髪、好運に恵まれて十名の命が助かった。

陸軍機は海上飛行は得意ではない。私も得意ではないが、日本本土、特に九州、四国、中国地方の近海は、何年も空中実弾射撃訓練で飛んでいるので、日本の近海は海の色で日本海と太平洋の区別ができた。

私たち十名を遭難から救ってくれたのは、海の色であった。日本海の色は濃い、太平洋の色は薄い、このように日本本土近くの海の色は違っていた。

五月六日午前九時、九七式重爆撃機は、A中尉（陸士五十四期）指揮、B軍曹（少飛五期）操縦で嘉義飛行場を離陸、嘉義—大刀洗一千四百五十キロ、飛行四時間三十分の予定で、第一コース嘉義—沖縄に向かって高度三千五百メートルで飛んだ。

搭乗員は四名。便乗者は私たち将校、准士官、下士官の六名であった。

天候は沖縄までは晴れであった。沖縄本島上空で針路を大刀洗に向けて飛行三十分、天気予報の如く、九州に近づくに従って悪くなってきた。四千メートルで雲上飛行を行なった。途中から無線が故障で、誘導は受けられなくなった。一時間ほど飛んだが、雲の切れ間がない。飛行時間は四時間を超えていた。順調にコースを飛んでいれば、九州上空のはずである。この頃、操縦席から大きな声が聞こえてきた。心配になるので、のぞいて見た。

A中尉とB軍曹が、真剣な表情で地図をひろげて激論を交わしている。

「今どこを飛んでいるか、わからない」と真剣な顔で言った。予定時間の四時間三十分を少し過ぎている。燃料はあと一時間と少ししかない。一瞬を争う。時機を失すれば、燃料ぎれで海上に不時着し、十名の生命はない。

「便乗者は階級、操縦が上位であっても、干渉してはならない」

という飛行軍紀はよくわかっている。しかし十名の生命と飛行機を救うためには、と決意した。

「責任は田形がとる。A中尉、操縦指揮を代わるように」と。

私の気迫に押された、指揮に自信のないA中尉は、「田形准尉、お願いします」と操縦席をゆずった。私は機を失せず、「雲の下に降下するように」と指示した。

好運にも雲のわずかな切れ間から、高度四千メートルから旋回しながら、二百メートルまで降下した。雨で視界が大変悪い。危険な飛行である。

「高度二百メートル、羅針盤十五度」

慎重に操縦するように指示を与えた。私は海の色から、太平洋で、しかも日本列島に近い、と自信をもって判断した。

三分、五分、十分と、全員が息づまる緊張の中を飛び続けた。陸地がなかなか見えない。降下前に、全員に救命胴衣は着用させていた。少しでも燃料を節約するために、機材や土産などを全部海中に捨てるように指示した。

三十分ほど飛ぶと、機体の揺れを体に感じるようになった。「陸地が近い」と思ったが、雨で前方がよく見えない。高度百五十メートルしかとれない。

飛行三十五分、前下方に黄色いものが見えた。

「陸地か？」

二分ほど飛ぶと、川と市街が見えた。全員が、「陸地だっ」と思わず叫んだ。信じたとおり、陸地にたどりついた。しかし、どこかはわからない。

百五十メートルの低空飛行で市街上空を一周した。四国の高知市であることが確認できた。燃料を点検したら、二十五分は飛べるとわかった。いちばん近い飛行場は大分海軍航空隊であった。約百キロ、二十分前後の航程である。不時着をするか、飛ぶかを決断しなければならない。不時着を覚悟しながら、大分海軍航空隊まで飛ぶ方針を決断した。

四国の八幡浜市から九州の別府市間の海上は、何回も飛んでいるが、このときほど長い時間に思えたことはなかった。

こうして無事に、大分飛行場に着陸した。しかし、着陸滑走中に燃料がなくなり、エンジンが停止した。救援に駆けつけた海軍さんが、「燃料なし」に驚いていた。

好運にも人も飛行機も無事であった。A中尉、B軍曹が「ありがとうございました」と述べ、涙の中に固い握手をかわした。戦闘機、爆撃機と分科は違っても、ともに大空に生命を賭ける操縦者には、共通の心情があった。

他の便乗者も航空関係者で、「貴重な体験をした」と涙の握手で別れた。

このような天候不良やエンジン故障のために、歴戦の名パイロットといわれた多くの人たちが大空に散っていった。

私の一年後輩の大谷満曹長（故准尉）、三年後輩の蘭守一夫曹長（故准尉）のベテランパイロットらは、このコースで海上に不時着、殉職した。

操縦適性を備えた青年は三百名に一名という、厳しい航空適性身体検査が行なわれた。飛行中はどのような状態になっても、正しい判断と決断ができる強靭な精神力と肉体的条件が必要であったのは、戦闘だけではなく、天候不良時の航法でも同じで、計器飛行が不備な戦争中には、自然現象を克服する適性によって生と死がわかれた。

私は、大分駅から久留米駅まで九大線に乗り、夕刻、一年半ぶりに福岡の生家に帰った。父母、姉妹、友人らが赤飯で祝い、喜んでくれた。

翌五月七日、母と祖父母の墓参をした。久留米陸軍病院に入院して、ビルマでのデング熱による肺臓肥大の治療を受けた。五月二十八日、三週間で退院した。大分県の湯の平と福岡県の船小屋で、一週間の温泉保養をした。こうして、すっかり健康を回復した。

門司港から台湾まで三泊四日の船の旅を楽しみ、基隆《キールン》港へ着いた。

昭和十八年六月八日、新任地の屏東・第八教育飛行連隊へ到着した。

屏東の陸軍官舎

台湾・屏東の飛行第八連隊は大正十五年、福岡の大刀洗・飛行第四連隊で編成され、屏東に移駐した。飛行第八戦隊（軽爆）に改称後、太平洋戦争開戦と同時に南方に派遣され、ビルマ戦線で活躍した。

その留守部隊で編成されたのが、第八教育飛行連隊であった。その関係で、この部隊には大刀洗出身者が多かった。

六月八日午前九時、第二中隊に到着した。少尉候補者出身の部隊長は、操縦下士官学生の九期生で、操縦二十年以上の陸空軍の至宝、西嶌《にしじま》道助少佐であった。

戦隊は戦闘四個中隊、任務は台湾防空と航空要員操縦教育であった。

私は第二中隊に配属された。中隊長は陸航士五十三期の熊谷淳大尉で、中隊付には「坊ちゃん」の愛称で部下に慕われていた陸航士五十五期の高橋渡中尉がおられた。下士官には大刀洗時代の教え子、河野蓮美曹長がいた。

熊谷中隊長に着任の報告をした。

「陸軍准尉田形竹尾は、休暇中のところ、ただいま着任しました」

「ご苦労。部隊には古参の操縦者が少ないので、田形准尉の着任を待っていた。官舎は河野曹長に準備させている。今日はゆっくり休養して、明日から訓練に参加するように」との指示を受けた。

中隊付古参将校の高橋中尉は、「田形、頼むぞ」と握手して、にこにこ笑っておられる。その意味が二、三日してわかった。

中隊付将校、下士官、兵の挨拶を終わって、本部に部隊長を尋ねた。

西嶌部隊長は、日本陸軍航空、戦闘機操縦者の大先輩で、一度お逢いしたい、と願っていた方であった。副官の案内で部隊長室に入った。

「陸軍准尉田形竹尾は、休暇帰省中のところ、ただいま着任、第二中隊付を命ぜられました。謹んでご報告申し上げます」

と着任の報告をした。西嶌部隊長は、

「ご苦労。少し話していけ」

と、椅子にかけるよう指示された。当番兵が持参したお茶を飲みながら、十分間ほど話をした。

西嶌部隊長は、陸軍航空兵二等兵から、兵出身者で最高の陸軍中佐に進級された。二十七歳の私より十二歳年長の、三十九歳の陸軍少佐であり、このときすでに戦闘機操縦二十年を超える、陸軍戦闘機隊の至宝であった。最後に部隊長は、

「戦争はきびしくなるぞ。田形准尉、頼むぞ」

と、慈愛あふれる温かい表情で言葉を下さった。本部から中隊に帰る途中、過ぎ去った六年前の明野陸軍飛行学校での沢田主任教官の訓示が、頭に浮かんできた。

「操縦は腕でするものではない。全人格、心技一体の心で操縦するものである。操縦者は、外に現われる風格と、内に秘める徳力と指導力が大切であり、このように人格と技術が一体となったとき、上官の信頼と部下の尊敬を受ける。こうなったとき、一騎当千の戦闘機操縦者として完成する」との訓示の一節を、営庭を歩きながら心の中でくり返し、今お目にかか

った西嵩部隊長こそ範とすべき大先輩であると、尊敬の念が心の底から湧き上がってきた。風格、徳力、指導力を大成された西嵩部隊長は、戦後、埼玉の高萩町で農業に従事しながら英霊の供養を続け、平成五年十二月、九十四歳で安らかに成仏された。

部隊正門から約三キロの、部隊の准士官、下士官の陸軍官舎に、河野曹長に案内してもらい、屏東第一夜の夢をむすんだ。台湾の陸軍官舎は、朝鮮、満州のものより立派であった。

部隊の准士官下士官官舎は三十戸ほどあった。官舎には操縦後輩の渡辺台三郎准尉、藤田重石准尉、河野蓮美曹長、出口宣春曹長、本田秀夫曹長らが家庭をもって住んでいた。近くに将校官舎が二十戸ほどあった。

私は九月の初めに九七戦十機受領のため、操縦下士官九名を指揮して立川陸軍航空廠に出張した。その帰途、福岡の大刀洗に一泊した。

陸軍航空本部長・陸軍中将李王殿下に「結婚許可願」を提出していたのが、八月末に許可になった。

福岡に一泊したこの日が、父母、姉静枝らが準備してくれた私とテルヨの結婚式であった。

十月二日、大日本航空の友人、宮本操縦士の厚意で、福岡の雁ノ巣飛行場から大日本航空機で、夕刻に台北飛行場に到着した。台北発の夜行列車で、三日の朝に屏東に着いた。

十ヵ月間、妻は官舎で生活した。

私は、中国大陸より夜間に高雄方面に来襲するP38双発戦闘機の夜間邀撃《ようげき》戦闘、二ヵ月に一回の飛行機受領のための立川航空廠への出張、月一回の週番士官勤務、毎日の航空要員の操縦教官と、文字どおりの多忙な日常であった。

しかし、この時機までは、台湾全土が平和であった。

昭和十八年十二月一日、熊谷中隊長が南方戦線に出征された。後任には陸航士五十五期の若い岩本茂夫大尉(戦死故少佐)が着任。高橋中尉が大尉に進級され、近くの潮州部隊の中隊長になって転出された。

山崎軍曹以下五名の操縦下士官が比島に転出したが、比島作戦で特攻機掩護作戦中、五名とも壮烈な最期を遂げた。部隊も中隊も多くの人々の移動があり、様相が変わっていった。

ガダルカナルの敗北、サイパンの玉砕と、米軍の反攻作戦は日ごとに激しさを加えてきた。進攻目標はフィリピン、台湾、沖縄と判断されていた。

航空作戦に参加する私たち操縦者は、戦争の大勢は軍の機密情報で知っていた。いよいよ台湾も戦場となる。いちばん先に戦うのは、敵の攻撃部隊を邀撃する戦闘機隊操縦者の私たちである。全員が心の中に深く期するものがあり、静かにその日を待っていた。

昭和十九年一月十五日付で、第百八教育飛行連隊は第八教育飛行隊に改称された。

それから七ヵ月後の八月九日、飛行訓練中に、戦局のゆくえに関して、妻を日本に帰すか、帰さないかを真剣に考えた。そして、帰すことに決断した。

着陸して岩本中隊長に報告し、急いで官舎に帰宅した。

「台湾まで来てくれて、おれは感謝しているが、台湾もすぐ戦場となる。いま帰らないと日本に帰れなくなる。すぐに準備して、屏東発六時の夜行で台北に行って、明日基隆を出港する輸送船で郷里に帰ってくれ」

と話した。あまりにも急で、妻は驚いてしばらく泣いていたが、

「はい、わかりました。生家に帰って、お母さん方と待ちます。私のことは心配せず、お国のために戦って下さい」と。

屏東の十ヵ月間、ここから南方戦線に飛んで行った私の戦友が、ほとんど戦死したことを妻は知っていた。

帰ることにしたが、時間は五時間しかない。

「ありがとう。一緒に帰る方がいるか、話してくる。荷物をまとめておけ」

と言って、官舎をまわって訳を話した。夫人方は帰国したい気持ちをもっておられたが、急なので決心がつかなかった。

伊藤軍医大尉夫人と、森田曹長夫人と子供の三名が、同行帰国されることになった。

戦隊本部に行って西嶌部隊長に帰国許可と乗船許可を申請したが、「そんなに急に決めなくても」と、時間がかかった。

部隊長が許可書とともに、

「二日間休暇をやるから、台北まで送ってこい」

と、温かい表情で指示された。予期しない部隊長の温情で、帰国する四名を台北まで送ることになった。

基隆船舶司令部には同郷の高橋少尉がおられたので、乗船手続きなど大変助かった。

八月十日、基隆を出港した二隻の陸軍輸送船は、米潜水艦の攻撃を二回受けたが、無事に四日間の航海を終わって、十四日朝、門司港に入港した。これは軍情報で知った。夕刻、「ブジツイタ」の電報も受けとった。

神仏のご加護に、心から感謝した。

一ヵ月後、戦隊の将校下士官夫人十一名と、子供三人が帰国されたが、沖縄沖で米潜水艦に撃沈され、十四名が悲しい最期を遂げられた。これが、「軍国の妻」といわれた軍人の妻たちの一面であった。

私も結婚四十年、私を見送るはずの妻が「安祥院大律師輝代不生位」となって、昭和五十九年九月十七日、六十三歳で霊界に旅立っていった。

私の判断どおり、妻を日本に帰した二ヵ月後の十月には台湾沖航空戦があり、楽土・台湾は地獄の台湾となり、壮烈な沖縄特攻作戦へと変貌していった。

陸軍特別操縦見習士官

昭和十九年四月一日、熊谷陸軍飛行学校、大刀洗陸軍飛行学校を卒業した学徒兵が、屏東の教育飛行隊に八十名配属され、その四十名が私の中隊付となった。

この学徒兵は、いわゆる「学鷲」の愛称で呼ばれた陸軍特別操縦見習士官であった。出身地は関東が多く、帝大をはじめ各大学、高専出身の、心身ともに優れた秀才が大半を占めていた。

午前十時から、准士官下士官集会所においておごそかに入隊式が行なわれた。部隊長・西嶌少佐は温顔をきびしい表情に変えて訓示した。

「諸官らは、名誉ある陸軍特別操縦見習士官である。ことに数多くの学徒兵の中から選ばれた精兵である。戦局はまことに重大で、四ヵ月の教育が終了したら、諸君らは陸軍航空隊の中堅将校として、重大な任務に服さねばならない。自らの使命を自覚し訓練に精進するように」

このような訓示があって、会食が終わって入隊式は終了した。

午後一時には、中隊講堂において、教官、助教、学生が集合して、八個教育班と二個内務班が編成された。

中　隊　長　大尉　岩本　茂夫（陸航士五十五期。戦死故少佐）
主任教官　准尉　田形　竹尾（操縦六十期。准尉）
助　　　教　曹長　河野　蓮美（操縦七十三期。准尉）
〃　曹長　出口　宣春（予備下士）
〃　曹長　本田　秀夫（操縦七十四期。曹長）
〃　曹長　中村　国正（操縦七十七期。戦死故准尉）
〃　曹長　小林　正幸（操縦七十七期。曹長）
〃　曹長　高鍋　定（操縦七十八期。曹長）
〃　軍曹　真戸原忠志（少飛七期。曹長）
〃　軍曹　川崎　重雄（操縦八十期。曹長）
〃　軍曹　丸毛格太郎（少飛七期。曹長）
〃　軍曹　押川　春美（少飛九期。殉職故曹長）
予備教官　中尉　尾崎　恭忠（陸航士五十六期。大尉）

予備教官　中尉　丹下　一男（陸士五十六期。大尉）
〃　准尉　日暮　吾朗（操縦六十期。准尉）
予備助教　軍曹　高橋　正幸（少飛八期。特攻戦死故少尉）
〃　軍曹　堀田　明夫（少飛十一期。特攻戦死故少尉）
〃　軍曹　荻野　光雄（少飛十二期。特攻戦死故少尉）
〃　伍長　伊藤　一夫（少飛十三期。特攻戦死故少尉）
〃　伍長　藤　明光（少飛十三期。特攻戦死故少尉）

ほかに学生四十名であった。

私は主任教官を命じられ、操縦教育と内務教育の全責任を課せられた。

少年飛行兵とともに、太平洋戦争における航空決戦要員として、全軍の期待を集めて誕生したのが、この学鷲であった。

私は将校学生の主任教官として、その教育の責任の重大さを痛感したので、特に西嶌部隊長の許可を受けて、営内に教官室一室をもらい、屏東の陸軍官舎から営内に移り、四ヵ月間、学生と起居をともにすることにした。

四月二日、飛行訓練第一日目である。天候快晴、風速五メートルの南西風で、絶好の飛行日和《びより》である。

午前九時、演習はじめのラッパとともに、教官、助教、学生全員が、中隊のピストの前に新品の航空服に身をかためて、二列横隊に整列した。私は岩本中隊長に、

「頭右《かしらー》、なおれ。田形主任教官以下全員、集合終わり」

と報告した。

「諸君らは、学徒の中より選ばれた光栄ある陸軍特別操縦見習士官である。将来は陸軍航空の中堅将校として、あるいは特別任務につく将校学生である。将校学生の責任と誇りにおいて、覚悟を新たにして訓練に精進するように」

岩本中隊長の訓示である。

台湾特有の強い太陽の光で、吹き来る嵐も焼けているから、全身が熱いお湯に入っているようである。内地から昨日到着したばかりの学生は、熱帯地に慣れていないので、とりわけこたえるはずだ。しかし、誰ひとり微動だにしない。

学生服を軍服に変え、ペンを握った手に操縦桿を握って一年、すっかり航空戦士になりきっている。

岩本中隊長は、さらに言葉をついだ。

「諸君らは現在、見習士官であり、階級は准尉より下だが、二ヵ月後には将校勤務を命ぜられるので、准尉より先任となる。さらに、四ヵ月の戦技教育が終了すると、陸軍少尉に任官する。諸君らの四ヵ月間の教育は、操縦、内務ともに田形准尉が主任教官として指導する。助教は下士官だ。しかし操縦者としては歴戦の大先輩たちである。謙虚な気持ちで師の礼をもって指導を受けるように」

階級絶対の軍隊において、准士官、下士官の私たちが教官、助教となって、将校学生の正規の教育を担当するのだ。この変則的な現実に対して、岩本中隊長は教育の権威と、教官助教と学生との人間関係の在り方について指導された。

私は主任教官として私の教育方針を話し、次の教育計画を示した。

本日から四ヵ月間の教育課目は、
一、九七戦による離着陸一ヵ月間
二、高等飛行、編隊飛行一ヵ月間
三、単機戦闘、基本射撃一ヵ月間
四、編隊戦闘、野外航法一ヵ月間
訓練開始に当たり、助教に対して言った。

「諸君たち助教は、階級は下士官であっても、教育中は先生だ。遠慮はいらない。徹底的に気合を入れて教育せよ。ただし、事故によって殉職者を出さないよう、細心の注意を払うように」

私が操縦学生であった九年前は、教官助教も学生も少数精鋭時代であった。しかしながら大戦の要求によって、万を超える操縦者の大量養成時代に入って、教官助教、学生の質はぐっと低下した。飛行学校六ヵ月間の基本操縦習得の練度は、私たちの時代の六十パーセント以下であった。

単座戦闘機の九七戦で、いきなり単独飛行をやらせるには技量上危険であった。私は岩本中隊長に前例のない意見を具申した。それは九七戦の操縦席の後方に学生を同乗させて、離着陸の操縦を感得させることであった。

私の意見を採用された岩本中隊長の命令で、異例の戦闘機同乗離着陸訓練がはじまった。

陸軍少年飛行兵

陸軍少年飛行兵は、軍が航空戦力強化のために多大の期待をかけて生まれた、画期的な制度であった。

昭和九年一月、私が現役志願兵として大刀洗に入隊した年、第一期生、操縦百名が、所沢陸軍飛行学校に入校した。

終戦までの十二年間に第二十期生まで約二万七千余名が、少年飛行兵として操縦、通信、整備に分かれて採用された。

これらの少年飛行兵は、将校、下士官として、航空戦力の人的中核となって、日華事変、ノモンハン事件、太平洋戦争と、赫々たる武勲を立て、その質は陸士、陸航士出身者に劣らないほど優秀であった。ことに、比島、沖縄、本土における特攻作戦では、学鷲とともにその主力であった。

陸軍少年飛行兵は名実ともに空の精鋭であり、りっぱに軍の期待にこたえたのである。

少年飛行兵操縦一期生は、二年間の教育課程を終了して、昭和十年十二月一日、各連隊に配属されたが、私が所属する大刀洗の飛行第四連隊には、一期生首席、恩賜の銀時計の田宮勝海上等兵、川田一上等兵、秀島正雄上等兵、荒谷秀治上等兵の四名が戦闘隊付となり、偵察隊付として安部正彦上等兵、西上等兵の二名が配属された。

当時、私は第三中隊付伍長として、内務班付下士官であったが、中隊付には川田上等兵、秀島上等兵の二人が配属された。この二人は、現役志願兵の私と歳は同年生まれであった。

階級は彼らより私が一年先輩で、操縦は彼らが私より一年半先輩であった。

少飛出身者のうち、一期生は一年後輩、二期生は二年後輩であった関係上、特に親交を結んだが、人物、識見、戦技ともにすばらしいパイロットたちであった。

昭和十九年七月三十日、四ヵ月間の猛訓練に耐え抜いた学鷲が、一名の殉職者もなく全員教育を終了した。

同日付で陸軍少尉に任官した。畠山少尉、大野少尉、五味少尉、辻少尉の四名が中隊付となり、残る三十六名は第八飛行師団司令部付となった。

「お世話になりました」

「長生きせよ」

と固い握手を交わした。お互いにふたたび会う日もあるまいと、心の中で永遠の別れのあいさつを行なって別れた。

学鷲が去った二日後の八月一日には、十代後半の少年飛行兵第十五期生が四十名入隊してきた。

十五期生は、少年飛行兵甘木生徒隊（福岡県）に、昭和十八年九月に入隊した。生徒数約二千名であった。軍人としての基礎教育を受け、十九年四月一日上等兵に進級して、大刀洗陸軍飛行学校に入校、練習機による基本操縦術を習得して、七月二十日に同校を卒業した。

戦闘班約百名が九七重に分乗して、七月二十五日、大刀洗―嘉義一千六百キロを飛び、嘉義に一泊。二十六日の夕刻、汽車で嘉義から私たちが待つ屏東へ到着した。

昭和十九年七月七日、サイパンが玉砕し、七月十日にはインパールで敗北し、七月十八日、東條内閣が総辞職した。

このような戦局のために、彼らは入隊以来一回の休暇帰省もなく、台湾へ赴任してきたのである。ことに特攻隊で沖縄に散華した十五期生は、十八年七月の大津少年飛行兵学校入校のおり、郷里の駅頭で肉親に見送られて別れたのが、懐かしい父母との永遠の別れであった。

昭和十九年八月一日午前十時より、陸軍少年飛行兵第十五期生四十名の入隊式が、四月一日の学鷲と同じ要領で、准士官下士官集会所で行なわれた。

学鷲と違う点は、階級が上等兵で、年齢が十七歳から十九歳の紅顔の美少年たちであった。少年飛行兵の場合は教育班の編成は行なわず、岩本中隊長が直接教育することになった。一個班五名で、八個班が編成され、それぞれ教官助教が担当した。私は直接担当せずに、最も技量が未熟な者と操縦の危険性のある者を担当して教育した。

操縦訓練は連日、学鷲教育におとらぬ激しさであったが、学生は歯をくいしばって耐えた。この四十名の中からは、ついに悲しい犠牲者を出した。

九月十二日の午後、小川上等兵操縦、押川軍曹同乗による九七戦が、屏東飛行場を北向きに離陸した。高度百メートルで突然、キリモミ状態となり、飛行場から五百メートルの畑に墜落、二名とも殉職した。無残に壊れた機体とエンジンからは、適確な墜落の原因はつかめなかった。

小川上等兵は韓国人の志願兵であった。彼は四十名の同期生の中で、一、二位を競う優秀な成績であった。人物も、人間性、感性も優れ、しかも親孝行の、心の温かい勇気ある青年であった。

特攻隊志願について、教官の私に淡々と語ってくれた決意は、

「私は祖国・韓国を心から愛しています。現在、韓国と日本は同じ運命にある運命共同体です。私は、韓国生まれの日本人であるという誇りと、使命感をもって、特攻隊を志願しました。祖国に殉ずる決意をしたのです」

と、あふれる涙の中で、教官の私に心情を語ってくれた。

教官と学生、日本人と韓国人という立場を超えて、大空に生命を賭ける青年として、私と小川上等兵は、涙の中に無言で固い握手を交わした。

殉職した助教の押川春美軍曹は、少年飛行兵の九期生出身、二十一歳の前途有望なパイロットであった。人格、識見、闘魂のいずれも優れ、情に厚く、清純な魂の持ち主で、男からも女からも好かれる、男らしい男であった。

押川軍曹こそ、将校になっても陸士出身者に一歩もひけをとらない人物であると、私は彼の大成を祈り、心から期待をよせていた。まことに惜しい男を失ったと、いまでも彼と過ごした一年間が思い出されるのである。

学生名簿（昭和十九年八月一日）

上等兵　大橋　茂（特攻戦死故少尉）

上等兵　有馬　達朗（特攻戦死故少尉）

上等兵　上野　強（特攻戦死故少尉）
上等兵　東局　一文（特攻戦死故少尉）
上等兵　松岡　巳義（特攻戦死故少尉）
上等兵　田中　瑛二（特攻戦死故少尉）
上等兵　荒井　茂（特攻戦死故少尉）
上等兵　芦立　孝郎（特攻戦死故少尉）
上等兵　吉川　照孝（特攻戦死故少尉）
上等兵　遠藤昭三郎（特攻戦死故少尉）
上等兵　高川　一郎（特攻戦死故軍曹）
上等兵　柳本　一雄（特攻戦死故軍曹）
上等兵　小島　康雄（特攻戦死故軍曹）
上等兵　小川　武竜（殉職故伍長。韓国人）
上等兵　山崎　健作（特攻生存。伍長）
上等兵　日高　一郎（特攻生存。伍長）
上等兵　阿部　実（特攻生存。伍長）
上等兵　大須賀賢司（特攻生存。伍長）
上等兵　坂口　秋彦（特攻生存。伍長）
上等兵　中野　昭彦（特攻生存。伍長）
上等兵　神谷（特攻不明）

上等兵　井上（特攻不明）

ほかに十八名、計四十名であった。

特攻教官の苦悩

昭和十九年四月一日、台湾の屛東で、「学鷲」（大学、高専出身）の愛称で呼ばれた特別操縦見習士官の将校学生四十名に、四ヵ月間、特攻要員主任教官として、操縦と内務を教育することを西嶌《にしじま》部隊長に命じられた。

准士官の私が、将校学生、特に特別攻撃隊員という重大任務につく操縦学生の教育担当に選ばれ、身の引きしまる重圧を感じた。

西嶌部隊長の許可を受け、妻には「四ヵ月間、留守をたのむ」と理解させて、一日から兵営内の教官室に移り、学生と起居をともにして、操縦訓練と内務教育を担当した。

当時の軍隊は午前七時起床、九時演習はじめ、午後五時演習終わり、午後九時の消灯ラッパで部隊全部が眠りに入る。

週番下士官を同行して、第一内務班、第二内務班を巡回した。昨日、大刀洗飛行学校などを卒業した学生は、爆撃機に便乗して台湾に到着、この日四月一日の午前十時から入隊式があり、早くも午後は、操縦教育訓練計画に基づき、九七式戦闘機で訓練第一日が行なわれた。

全員が疲れているのか、よく眠っていた。

操縦訓練は日ごとに進度を高めて、教官助教の闘魂と学生の闘魂が火花を散らして進められた。操縦、内務の教育訓練一ヵ月が過ぎた。四十名の学生の人間性と心情、家庭環境、操縦素質などを掌握することができた。

私はこのとき二十八歳（学生は二十二歳から二十五歳）、操縦八年、飛行四千時間、専門は戦闘機だが、大型双発機の爆撃機、輸送機、偵察機と、陸軍のほとんど全飛行機を操縦習得していた。

西嶌部隊長の操縦技量明細書には、「闘志旺盛にして、技量成熟の域に達し、如何なる任務に服せしむるも差し支えなし」と書いてあった。心技体が充実し、空中戦で殺気を感じ、肉眼で見えない敵機が心眼で見えるようになっていた。

宮本武蔵の剣の極意『五輪書』に、二刀流の究極「万理一空《くう》」の理の一節に、「万理一空の所、書きあらはしがたく候へば、おのづから御工夫なさるべきものなり」とある。空、無は言葉で説明できない。「実戦悟り」であると示されている。兵法の真髄が少しずつわかってきていた。

操縦は学べば学ぶほどむずかしく、危険であることを覚えつつあった。

私は将校学生教育は、学生航空連盟以来、幹部候補生の教育などを担当していたので、学生気質はよくわかっていた。また、曹長時代から上級職の将校勤務を体験していたのが役に立った。

時間があればコーヒーを飲みながら、集会所で、また訓練終了後に飛行場の草の上で、夜空に輝く魅惑的な南十字星をながめながら、四ヵ月間、学生の一人一人と語り明かした。言葉には言わないが、その表情には、別れてきた父母、兄弟、姉妹への強い愛情があふれていた。その最愛の人を守るための特攻志願であることがよくわかった。

一、戦争と平和、戦争と戦士などの戦争観。
二、帝国主義戦争と植民地侵略などの歴史観。
三、唯物論と唯心論の次元を超える物心一如の哲学思想。
四、権利と義務、自由と秩序の調和の政治原理。
五、生と死の死生観。

学生がいちばん真剣に語りあったのは、生と死の死生観の問題であった。自らの運命を自分で決めて、祖国の難に殉ずる悟りを開いている学生に、精神教育は私にはできなかった。

死生観の確立に少しでも役に立てばと、私の悟りへの考えを話した。

その一つの事例として、江戸時代、百六十歳を超える日本一の長寿者の沢水長茂の白骨無常の一節を話した。みな真剣に聞いてくれた。

「長生きすると、祖父母、父母、兄弟、姉妹、子供、友人、残らず白骨となり、土にかえった。裸で生まれ、裸で死んでいく。この世は仮の宿である」

「この道理を知らず、地位や名誉や金などに執着して罪をつくる。これほどむなしいものはない」

と話すと、何の代償も求めず、愛する者を守るために大切な生命を捧げる学生は、

「その通りである」

と、明るい表情で納得してくれた。私はさらに、

「私は八歳のときから、大空を飛びたいと思った。これが人生のすべてで、母と二人三脚の十年間の努力の結果、念願のパイロットになることができた。私が入隊するとき、

『地位、名誉、金を欲しない、人間として、男として、軍人として、上官に信頼され、部下に尊敬される人格と能力を身につけるよう、頑張って下さい』

と、中国の古典『菜根譚《さいこんたん》』にある『高潔な心は、簡素な生活から』を示されたのが、私を育ててくれた母の餞別の言葉であった」

この話をすると、学生が皆ハンカチで涙をふきながら、故郷に残した母を偲んで泣いていた。理性と智性と勇気を備え、「愛する者を守るために、生命を賭ける」という清純な魂の学生に育てたのは、学校でも軍隊でもない、強い愛のきずなで結ばれている、母であった。特攻隊員に「母に会いたくないか」という言葉は禁止されていた。母こそ、心のよりどころであったからである。

昭和十九年八月から十二月までの四ヵ月間、陸軍少年飛行兵十五期生、四十名の特攻要員、下士官学生の教育を担当したが、その清純な魂において、将校、下士官の違いはまったくなかった。

この学鷲、少飛の教官時代は、

一、一般航空作戦に参加して戦った。

二、特攻要員教育の教官となった。

特攻作戦要員は必死隊であり、一般航空作戦要員は決死隊である。当時、決死隊の心境の私が、必死隊の学生に対して精神教育はできなかった。あまりにもすばらしくて、その必要もなかった。

もちろん、高級将校も、参謀も、宗教家も、哲学者も、特攻隊員の指導はできなかった。

指導できる人は、一緒に死ぬ特攻隊指揮官のみであった。

私が終戦の前日、特攻命令を受けて、人類の平和と祖国の栄光を信じて、死の恐怖を克服したとき、初めて四十三名の教え子と四千六百十五名の特攻隊員の心境の一端にふれることができた。

教官の私は決死隊で、必死隊ではない。人間特攻教官の苦悩を語る言葉を、当時の私は知らなかった。

「地位も、名誉も、お金も、生命もいらぬ者は始末に困る。しかし、国家社会の大事には、地位も、名誉も、お金も、生命もいらぬ者でなければ役には立たない」

特攻隊を考えるとき思い出されるのは、この西郷隆盛の言葉である。

民主主義国家を自認するアメリカは、日本撃滅のために、日本より一年早く学徒動員がなされ、この時点では、彼らはすでに第一線で日本軍と戦っていた。

戦う精鋭・第八飛行師団

見敵必殺の闘魂

昭和十九年七月六日、サイパン島が玉砕して以来、日米決戦の天王山といわれたフィリピンが戦雲急をつげ、一触即発の危機をはらんできた。

一方、中国大陸には「超空の要塞」B29爆撃機の基地が整備されて、台湾、九州に対する爆撃も今や時間の問題となった。

南方補給と訓練の基地・台湾は、いまや本土防衛の前線基地に変貌、刻々と戦機は熟し、息づまる殺気が急速に全島をおおっていった。

「台湾と沖縄に敵機動部隊の侵攻近し」

と、日夜、迎撃作戦の準備に闘魂を盛り上げていた。

「沖縄、台湾に敵の有力な機動部隊が侵攻してきた場合、海軍は総力をあげてこれを迎撃、一挙に敵機動部隊を撃滅し、大東亜戦争の戦勢の挽回につとめる」

これが、台湾沖航空戦前夜における、海軍の一大決意であった。

この海車の決意に対して、台湾防衛の責任をもつ勇将・山本健児中将は、

「第八飛行師団は、いかなる犠牲を払っても敵機を迎撃し、敵機動部隊を台湾にくぎづけにして、海軍の攻撃に協力する」

と呼応して、敵機迎撃の戦略をたて、静かに台湾沖航空戦を待った。その決意は師団隷下の部隊にも伝わり、戦闘機操縦者の私たちは、

「いよいよ最後の年貢を納めるときが来た」

と新たな闘志を燃やしていた。

第八飛行師団の戦力は、第一線機約百十機、練習機約三百機であった。台湾駐屯の戦闘機は九十五機だが、グラマンF6F、ノースアメリカンP51戦闘機を迎撃して、戦闘機対戦闘機の決戦を交えることのできる単座（一人乗り）戦闘機は、わずかに七十五機であった。これが、山本師団長が、

「全滅を覚悟で大敵と決戦を交える」

と、悲壮な決意を固めたときの、麾下戦力の全貌であった。戦う私たちにとっては、まさに命令されざる特攻作戦であった。

第八飛行師団編成（昭和十九年十月一日）

師団長　中将　山本　健児（陸士二十八期）
参謀長　大佐　岸本　重一（陸士三十四期）
高級参謀　中佐　石川　寛一（陸士四十一期）

参　謀　少　佐　西　　篤（陸士四十六期）
〃　　　少　佐　川野　剛一（陸士四十七期）
〃　　　中　佐　川元　浩（陸士四十三期）
兵器部長　中　佐　永石　正久（陸士三十六期）
軍医部長　軍医少佐　野呂　文彦（軍医学校。戦闘機操縦）
〃　　　軍医中佐　佐々木義孝（軍医学校）
経理部長　主計中佐　田中　喜三（経理学校）
高級副官　中　佐　星　光（陸士三十八期）
　師団直轄部隊（昭和十九年十月十日）
独立飛行第二十三中隊　三式戦闘機（飛燕《ひえん》）十五機　沖縄北飛行場
中隊長　大　尉　木村　信（陸航士五十三期）
飛行第十戦隊　百式司令部偵察機十機　主力台北、一部小港
戦隊長　中　佐　新沢　勉（陸士三十七期）
飛行第十一戦隊　四式戦闘機（疾風《はやて》）三十機　宜蘭
戦隊長　少　佐　金谷　祥弘（陸航士五十一期）
飛行第二十戦隊　一式戦闘機（隼《はやぶさ》）三十機　潮州
戦隊長　中　佐　山本　五郎（陸士三十八期）
〃　　　少　佐　村岡　英夫（陸航士五十二期）
（山本中佐転任発令、村岡少佐未着任のため、戦隊長不在で台湾沖航空戦に参加）

独立第百四教育飛行団（昭和十九年十月十一日）
四個教育飛行隊　司令部屛東
飛行団長　少　将　星　駒太郎（陸士三十一期）
集成防空第一隊　一式戦、三式戦十五機　台中
中隊長　大　尉　東郷　三郎（操縦五十一期）
（台中、北港、潮州、鹿港の四個教育飛行隊の混成）
集成防空第二隊　二式複座戦闘機（屠龍）十機　桃園
隊　長　少　佐　杉本　明（陸士四十六期）
（空中指揮は陸航士五十五期、中尉橋本保善）

沖縄戦闘機隊全滅

昭和十九年十月十日朝、予想どおり敵の大機動部隊は沖縄に侵攻してきた。ラジオの臨時ニュースは、大本営陸海軍部発表として、

「十日未明より、空母十数隻を基幹とする有力な敵機動部隊は沖縄周辺に侵攻、艦載機延べ数百機をもって沖縄基地を空襲せり。わが所在の陸海軍部隊は、空陸呼応して目下果敢に迎撃戦闘中なり」

と報じた。

私はこの臨時ニュースを、台中州北港街の下宿の花屋旅館で聞いた。

「畜生、やりやがったなあ」

二日前から四十度を超すマラリアの高熱に苦しんでいた私は、気ははやれども体の自由がきかない。沖縄の次には、台湾に侵攻することが予想されていた。比島作戦の陽動作戦として、日本軍の補給と攻撃の基地・沖縄と台湾を空襲するのは、戦術の常識であった。

軍情報によって沖縄の状況が判明した。

沖縄基地防衛の戦闘機隊は、第八飛行師団の隷下にある独立飛行第二十三中隊であった。中隊長は木村信大尉で、飛行機は新鋭・飛燕十五機、隼二機、操縦者十五名（うち数名は技量未熟者）、基地は北飛行場であった。

「敵の大機動部隊、沖縄に侵攻中」

この重大な情報に接した木村中隊長は、中隊付先任将校の馬場園房吉大尉に、敵機動部隊の強行索敵の目的をもって、隼で早朝に出撃を命じた。馬場園大尉は決死の覚悟で、単機北飛行場を離陸、爆音を残して洋上遠く飛び去っていった。

時間は過ぎていくが、馬場園大尉からは何の報告もない。ピストの椅子にかけ、腕を組み、鋭い目つきで南の空を見つめていた木村中隊長は、

「空中勤務者、全員集合」

と大声で命じた。

馬場園大尉から報告がなく、帰還もしないので、自爆したものと判断した。沖縄基地防衛の責任をもつ木村中隊長は、生還を期せず全滅を覚悟で部下に命令した。

「敵は、米海軍部隊一を誇る精鋭な第三八機動部隊である。しかも、十倍、二十倍の大敵を相手に戦うのだ。木村中隊はたとえ寡兵であっても、陸軍戦闘機隊の責任と名誉のために戦

う。死力をつくして敵機を撃滅せよ」

平静な表情で、愛する部下九名の操縦者に出撃の命令を与えた。

「木村中隊は全力出動、来襲中の敵機を邀撃《ようげき》、これを撃滅する」

同時に、八飛師の山本師団長に対して、最後の報告を無電で行なった。

木村中隊長に率いられた新鋭の飛燕十機は、心強い爆音を飛行場いっぱいにひびかせながら離陸していった。見事な戦闘隊形を組み、高度三千五百メートルで沖縄上空の哨戒飛行を開始した。

このとき、第一次攻撃隊グラマン二百四十機が、数個の編隊を組んで殺到してきた。

ここに、飛燕十機対グラマン二百四十機の空中戦が展開された。木村中隊長以下、秘術をつくして戦い、グラマン十数機を撃墜破した。しかし味方も、木村中隊長以下六機が火だるまとなって自爆し、四機が敵弾を受けて不時着大破した。

物量と精神力の戦いであったが、わずか一回の迎撃戦闘で中隊は全滅の悲運に泣いた。


独立飛行第二十三中隊戦死者（昭和十九年十月十日）

大尉　木村　信（陸航士五十三期、福島県）
曹長　星　竹次郎（操縦九十一期、新潟県）
伍長　大森　重明（少飛十一期、福井県）
伍長　三木　武吉（少飛十二期、愛媛県）
伍長　高橋信太郎（操縦九十三期、千葉県）
（階級は戦死当時）

ほかに下士官一名が戦死した。不時着した四名のうち、二名は重傷、二名は軽傷で生還した。

その後、この中隊は馬場園大尉によって再建され、亡き木村中隊長の遺志を受けついで、次の沖縄攻防戦で活躍した。

木村中隊は、まさに命令されざる特攻隊であり、その戦闘は壮烈な特攻攻撃であった。

この第一次攻撃についで、第二次二百十機、第三次百二十機、第四次百十機、第四次百六十機と、朝から夕刻まで合計五回にわたって一時間おきに来襲、その数は延べ八百四十機の多数に達したのである。

木村中隊の壮烈な迎撃戦闘が、日米最後の対決の序章になろうとは、あまりにも不運な運命の開幕であった。

この沖縄迎撃戦の前日の九日に、第六教育飛行隊（台中）の東郷三郎大尉は、星飛行団長に呼ばれ、屏東の飛行団司令部で、独立中隊・集成防空第一隊の中隊長を命じられていた。

「敵機動部隊、台湾に向かって侵攻中」

十月十一日朝、軍情報は伝えてきた。こうして台湾沖航空戦の戦機は刻々と熟し、師団より迎撃作戦命令が下された。

第八教育飛行隊作戦命令

一、部隊は第八飛行師団命令に基づき、台湾防衛の臨時防空戦闘に参加する。

二、陸軍准尉田形竹尾は、十月十一日付をもって集成防空第一隊付を命ず。僚機二名の任命は田形准尉行なうべし。

三、北港飛行場出発時刻は十一時〇分、三式戦により空路台中にいたり、飛行団付小林少佐の指示を受けよ。

昭和十九年十月十一日

部隊長西嶌道助少佐

緊張で頰を紅潮させて戦隊本部ピスト前に整列した将校十二名、准士官二名、下士官三十八名の飛行隊隊付操縦者と、操縦学生（少飛十五期）四十名を前に、西嶌部隊長はきびしい表情で命令を下達された。

将校は、中隊長・岩本茂夫大尉（陸航士五十五期）をはじめ、陸航士五十六期の尾崎恭忠中尉、陸士五十六期の丹下一男中尉らであったが、操縦四年以下で指揮官として実戦に参加するのは、技量上、任務が過重であった。だから私に、戦隊を代表して命令が下ったのである。

八飛師操縦最古参の私が、指揮官として出撃するのは当然のことであるが、おそらく生還は期しがたい二名の僚機を任命しなければならない。「死んでくれ」と命令する指揮官の人間としての苦悩を味わった。しかし、今はそのような感傷にひたる時間はない。即時、命令しなければならない。私は心を鬼にして命令した。

「二番機・真戸原忠志軍曹、三番機・中村国正曹長」

中村曹長は操縦七十七期出身、操縦五年、飛行二千時間、ニューギニア戦線で飛燕を駆って活躍した。真戸原軍曹は少年飛行兵七期の出身、操縦四年、飛行一千五百時間、屛東以来一年半にわたって私がその戦技の錬成に当たった、いわゆる愛弟子である。二人とも心、技、体とも充実し、その戦技は、若い大尉の中隊長クラス以上の実力をもつ、中堅の操縦者であった。

「真戸原軍曹、二番機操縦」

「中村曹長、三番機操縦」

不屈の闘魂を顔にみなぎらせて迫力ある報告をする。

「よし、ご苦労だが、おれといっしょに戦うぞ」

信頼する部下に対して、おれといっしょに死んでくれと、無言のうちに心と心で誓った。

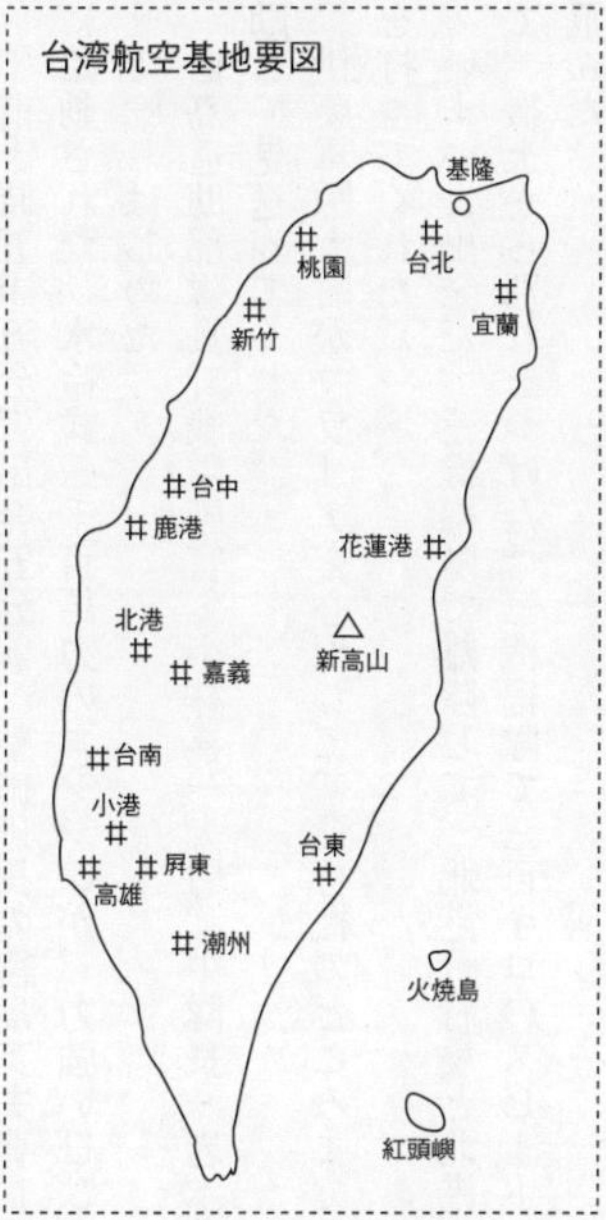

私は、西嶌部隊長に、

「田形准尉以下三名、集成防空第一隊付を命ぜられ、三式戦操縦、ただ今から出発します」

人情部隊長の西嶌少佐は、じっと私たちを見ながら、

「ご苦労、頼むぞ」

と、その目は生きて帰ってこい、と語っていた。

午前十時五十五分、出発五分前、整備班長の宮島英夫曹長の指揮により、飛燕三機が一斉に始動された。水冷式一千百馬力のエンジンが、力強いひびきを飛行場いっぱいにとどろかせて唸りはじめた。

西嶌道助部隊長、戦隊副官・小林喜一大尉、中隊長・岩本茂夫大尉はじめ、隊員一同が激励して見送ってくれた。

伊藤軍医大尉がマラリアを心配して、飛行機のところまで来て、マラリアと栄養剤の注射を打ってくれた。

いよいよ出発だ。三機編隊で離陸して、北港飛行場と北港街を高度三百メートルで二周して、機上から別れをつげた。三機編隊で三百キロのスピードで、北港から台中へと真っすぐ飛んだ。

午前十一時二十分、台中飛行場上空に到着し、三機編隊で着陸した。

勇将のもとに弱卒なし

独立第百四教育飛行団司令部は、ピストから三十メートル離れた野外天幕にあった。ピストには、私がシンガポールから屏東に転属してきた当時、一年間苦楽をともにした、「坊ちゃん」の愛称で部下に慕われてきた高橋渡中尉（陸航士五十五期）が、にこにこしながら肩をたたいて迎えてくれた。

「おい田形准尉、来たのか」

「高橋中尉殿、元気でしたか。私は不死身ですから、どこにでも現われますよ」

私も、高橋中尉とともに戦えるのは、予期せざる喜びであった。まもなく岩本照中尉が、飛燕三機を指揮して到着した。かくして台中飛行場には、飛燕七機、隼八機が翼をならべた。これが、第百四教育飛行団隷下の、台中、北港、潮州、鹿港の戦闘四個教育飛行隊より選抜された、新鋭戦闘機の全力である。

十五名の操縦者は、操縦十一年の東郷中隊長、操縦九年の私、操縦八年の三宅曹長の、飛行四千時間以上のベテランパイロットをはじめ、中堅は千五百時間から三千時間の歴戦の戦士たちであった。中隊の戦力は、八飛師一の精鋭である。全陸軍の戦闘機中隊の中でも、これだけの操縦者で編成された中隊はあまりない。

師団命令によって、東郷中隊長から中隊の編成が命じられた。

集成防空第一隊編成（昭和十九年十月十一日）

中　隊　長　大尉　東郷三郎（操縦五十一期。少候。少佐）
第一小隊長　中尉　高橋　渡（陸航士五十五期。大尉）
第二小隊長　中尉　岩本　照（陸航士五十五期。戦死故少佐）
第三小隊長　准尉　田形竹尾（操縦六十期。准尉）
第四小隊長　　　　林　中尉（陸航士五十五期。大尉）
僚　　　機　〃　　中村中尉（陸航士五十五期。大尉）
　　　　　　〃　　藤田准尉（操縦七十二期。准尉）

僚機　三宅曹長（少飛三期。准尉）
〃　中村曹長（操縦七十七期。戦死故准尉）
〃　河野曹長（操縦七十四期。准尉）
〃　吉田曹長（少飛六期。戦死故准尉）
〃　真戸原軍曹（少飛七期。曹長）
〃　岩切軍曹（少飛九期。曹長）
〃　岡田軍曹（少飛八期。特攻戦死故少尉）
〃　伊藤軍曹（少飛八期。特攻戦死故少尉）

このように、一騎当千の操縦者十五名で編成された。私は、第四小隊長として中村国正曹長、真戸原忠志軍曹の二名を指揮して、最も危険な後衛小隊長として戦うことになった。

戦闘機乗りの一人前になるには五年の歳月を要した。神技といわれるベテランパイロットは、実戦の体験をつんだ操縦十年前後の生き残りで、その人数はわずかであった。

大空の勝負は非情できびしい。体力、気力の限界に挑戦する戦闘機操縦者の操縦生命は、肉体的に十年といわれる短いものであった。古すぎても、若すぎても役に立たず、第一線の戦闘で最も威力を発揮したのは、操縦五年から十年の戦士たちであった。

この台湾沖航空戦は、私にとっては、操縦九年、飛行四千時間を超え、年齢二十八歳、心、技、体が充実し、操縦十年の歴史を通じて、このときが絶好調の時代であった。
「闘志旺盛にして技量成熟の域に達し、いかなる任務に服せしむるも差し支えなし」

と、西嵩部隊長の操縦技量明細書には書いてあった時代である。

歴戦のベテランパイロットのすべてがそうであったように、私も、階級は一介の准尉であっても、操縦後輩の陸士四十八期の少佐および少飛三期の将校、准士官、下士官にぜったい負けない、という信念をもって、操縦桿を握っていた。しかし、「自信過剰と自信喪失は、ともに生命を失う」という教訓は、操縦十年間を通じて、常に肝に銘じて飛んでいた。

台湾沖航空戦は私にとっては、空中戦士として、まさに天の時、地の理、人の和に恵まれた戦闘であった。

東郷中隊長は私より二年先輩で、ノモンハン事件、日華事変を通じて、四十機以上を撃墜破した撃墜王であり、陸軍戦闘機隊の至宝であった。ノモンハン事件の武功抜群により個人感状の栄誉をうけ、准尉から少尉へ特別進級した、名実ともにベテランパイロットであった。

勇将のもと、弱卒なし。名戦闘機乗り・東郷大尉を中隊長として、四個部隊の混成だが、中堅からベテランパイロットまでの十五名は、わずか一日で精神的団結ができ上がった。

訓練、実戦をとわず、戦闘機で十年間生き残ることは至難であった。操縦桿を握って九年間、訓練と実戦によくも生き残ったものだと、ピストで椅子に長くなりながら感慨にふけっていると、隼が一機、低空で飛行場上空に爆音をひびかせながら飛来した。

それは、戦闘を明日にひかえた第八飛行師団隷下の戦闘機隊を激励するために、自ら操縦桿を握って、幕僚も連れず単機飛んできた、師団長・山本健児中将であった。

第一線で師団長が単身、操縦桿を握って飛ぶということは、さすがに異例のことであった。この師団長の激励に、隷下の戦士の士気は大いに上がった。

夕刻、飛行第十戦隊の快速を誇る百式司令部偵察機からの報告で、敵第三八機動部隊の全貌が明らかになった。

米第三八機動部隊編成（昭和十九年十月十一日）

機動部隊司令官　ミッチャー中将

空　母　正規九隻、巡洋艦改造八隻

戦　艦　六隻

巡洋艦　重巡四隻、軽巡十隻

その他　六十四隻

艦載機　戦闘機　グラマンF6F約七百機

艦上爆撃機、攻撃機　約三百機

日米開戦当初、無敵を誇った日本海軍の連合艦隊以上の、強大な機動部隊で、航空と艦隊の戦力が低下した現在の日本軍にとっては、恐るべき大敵であった。

「さあ、どこからでも来い」

私たちは、肩をそびやかして大空を見上げた。

夕食には赤飯、紅白の餅、スルメ、昆布などが支給され、明日の決戦の必勝を誓ってビールで乾杯した。

夕食後、寝台に横になっていると、飛行団司令部からの命令を伝令が伝えてきた。

「明朝、集合五時五十分、出撃離陸は六時二十分の予定」

日の出十五分前の払暁の出撃である。敵は十倍以上だが、「見敵必殺」の陸軍戦闘機隊創設以来の伝統の精神で戦うのだ。

命令の伝達と同時に、操縦者に一枚の紙が渡された。それは、戦死後の通報先と戦死後の希望を書き入れる身上調書であり、遺言状であった。

さらに午後八時、八飛師より命令が伝達された。

「明払暁を期して、敵艦載機の大挙来襲は必至である。師団は全力をあげてこれを邀撃撃滅する。各隊とも戦備の万全を期せ」

ついに決戦の火蓋が切って落とされる。私たち十五名の操縦者は、明白の決戦を胸に秘めて、決戦前夜の夢をむすんだ。

東郷中隊、全機出動

十月十二日午前五時五十分、非常呼集のラッパは勇ましく営庭に鳴りひびいた。すわと飛び起き、航空服の上から拳銃をつけ、駆け足で飛行場に駆けつけた。東郷中隊長はピストで腕を組み、やや緊張した表情で立っておられた。駆けつけた十四名の操縦者は、緊張で顔が紅潮しているが、たくましく明るい表情をしている。

台中の街はまだ静かでほの暗い。炊事当番兵の心づくしの握り飯を三つ食べた。食後の水を、うまいと思ってグッとひとくちに飲んだ。ホマレに火をつけて一服する。

午前六時十分、偵察機からの待望の第一信を受信した。

「空母十七隻、戦艦六隻を中心とする敵機動部隊は、台湾東方洋上二百キロの海域を台湾に向かって全速侵攻中。母艦上には約三百機のグラマン試運転中……」

陸軍の偵察機が、ついに払暁の偵察で敵機動部隊を発見した。待機中の気持ちの定まらない操縦者は、

「さあ来い、グラマンとの決戦だ」

と、期せずして万歳を連呼した。それは、あたかも自分の死に場所を確認した者の、決意の鬨《とき》の声であった。

サイパン玉砕以来、敗北、後退と長い問、反攻のかなわなかった敵に対して、師団は全滅を覚悟で、組織的な迎撃戦闘を交えるのだ。

台中基地には、一瞬にして殺気がみなぎった。いまや飛行団司令部には、紅白の戦闘旗が高くひるがえった。

飛行団作戦命令（昭和十九年十月十二日）

「集成防空第一中隊は、東郷大尉指揮のもとに全機出動、敵機を捕捉撃滅すべし」

東郷中隊長は、敵撃滅の気迫をこめて飛行団命令を伝え、出動を命じた。飛燕七機、隼八機が一斉に始動された。十五機のエンジンの音は、暁の大空にひびきわたり、決戦の空気を盛り上げていった。

さらに東郷中隊長は、次の指示と注意を与えた。

「中隊は、四個小隊十五機の編成で出動する。台中、嘉義、新高山を結ぶ線上において敵機を迎撃、これを撃滅する。敵は五倍、十倍の大敵である。中隊一丸となって戦う。決して深

追いしないように。敵を撃墜することも大切だが、味方機が撃墜されないよう相互救援に全力をつくせ」

私は僚機の中村曹長と真戸原軍曹に、

「やるぞ。しっかりついてこい」

と激励した。屏東以来一年半、後輩として訓練してきた二人は、にっこり笑ってうなずいた。

午前六時三十分、東の空がようやく明るくなってきた。中隊長小隊から編成順に、小隊ごとに編隊離陸する。第四小隊の私は、しんがりをうけたまわり、暁の大空に向けて三機編隊で離陸した。

台中飛行場上空三百メートルで十五機の戦闘隊形を組む。四個部隊の混成中隊だが、さすがに各部隊より選ばれた戦士たちだ。みごとな編隊を組み、中隊長を中心に呼吸もピッタリと合っている。これならば、三倍、五倍の敵と戦っても勝てると思った。

私の愛機の脚出入指示灯が、赤のままで青にならない。何回操作してもだめだ。車輪が引き込まないと速度が四十キロ落ちて、空戦の性能がぐっと悪くなる。二番機の真戸原機も車輪が上がらず苦労している。残念だが故障では仕方がない。着陸することに決心した。東郷中隊長に無電（八十キロ有効）で指示をこう。

「田形小隊、着陸せよ」

中隊長の指示により、僚機に着陸を命じた。中村曹長、真戸原軍曹より「了解」の応答があり、三機編隊で三百メートルまで高度を下げた。ところが、飛行場上空に進入したとき突然、中村曹長が翼を振り、編隊を離脱して反転、中隊主力の方向に機首を向けて飛びはじめた。

「はてな、敵機か」

と慎重に索敵したが、視界内に敵機はいない。慎重を期して地上に無線連絡をとった。

「在空敵機を認めず」

との返信があった。私は、なにやっているんだと、再三「着陸せよ」と記号で命じたが、彼は翼を振りながら全速で中隊主力を追って行く。

必ず敵機に遭遇すると判断される出撃に、任務途中で着陸する残念な気持ちは、体験を通じてよくわかる。彼の旺盛な闘魂は讃えられるが、しかし敵は大敵である。指揮官の指揮から離れてはならない。東郷中隊長に無電で頼む。

「中村曹長収容たのむ」

中隊長から折りかえし、

「中村曹長収容した」の返信があったので、ほっとした気持ちで着陸した。整備兵が油圧系統の空気もれの修理を急いだ。二十分ほどで修理は終わった。

飛行団司令部付の小林少佐に出撃の指示を受けたが、

「田形准尉は、別命あるまで警戒姿勢で待機せよ」

との命令で、真戸原軍曹と二人ピストで待機した。

次々と情報が入ってくる。

宜蘭《ぎらん》上空、交戦中。

花蓮港上空、交戦中。

基隆上空、交戦中。

屛東上空、交戦中。

さらに、司令部偵察機からの無電は、「各空母から大兵力が発進中」を知らせた。

台風の襲来を思わせる敵の大攻撃である。このとき、地上の監視哨より情報が入った。

「新高山上空、彼我数十機、入り乱れて交戦中」

私は、ふと中村曹長の顔を思い浮かべ、なぜかこのとき不吉な胸騒ぎを感じた。

新高山東方の地平線上に、グラマン数十機の大編隊を発見した東郷中隊長は、ただちに急上昇に移り、高度五百メートルから、四百メートルで侵攻中のグラマン戦闘機に対して攻撃を命じた。

「全機、攻撃を開始せよ」

さすがは百戦練磨の東郷中隊長である。有利な高位から奇襲の第一撃である。第一小隊の中隊長を先頭に、十三機が一斉に敵の大編隊に突入していった。

奇襲攻撃を受けた敵機は、一瞬、大混乱におちいった。東郷中隊長がまず一機を撃墜、同時にグラマン四機が火を噴いて墜落していった。

三千五百メートルから一千五百メートルまで密雲にとざされている。以後、態勢を整えた敵機と入り乱れての、彼我数十機の激しい編隊群戦闘が、大空に複雑な弧を描いて数分間展開された。

敵は五倍の戦力であるが、各指揮官の巧妙な指揮と有利な高位からの攻撃を受けて、態勢回復は困難と判断した敵の指揮官は、全機に密雲への突入退避を命じた。

戦機を見るにすぐれた東郷中隊長は、

「戦闘中止。隊形を整えよ」

と深追いを戒《いまし》め、戦闘中止を命じた。ただちに集合したのは十一機であった。中村曹長と吉田義人曹長の二機は、敵機を追撃して密雲の中に機影を没していった。しばらく二機を待ったが、ついに帰ってこない。敵の大編隊は次々に侵攻してくる。この戦況判断にもとづいて、次の敵に備えて哨戒飛行を行なった。

このとき、高度一千五百メートルの密雲の下で、グラマン一機を飛燕（中村機）が追尾し、飛燕をグラマン二機が追っている。その近くで、グラマン一機を隼（吉田機）が追い、隼にグラマン一機が攻撃を加えている。こうして、二対五の激しい格闘戦を展開、ほとんど同時に、グラマン二機、飛燕一機、隼一機の四機が火だるまになって墜落した。

ああ、二機ついに還らず。

撃墜破十機の戦果の陰に、二機自爆の尊い戦死者を出した。これが航空戦の特性であることは知りながら、愛する部下を、自分の指揮下を離れて戦死させたことは残念であり、悲しいことであった。

私の不吉な予感が的中してしまったのである。

飛行第十一戦隊の非運

わが中隊が第一次の戦闘を展開していた時刻、宜蘭方面ではさらに凄惨な死闘が展開されていた。

宜蘭飛行場を基地として、台北などの台湾北部の防衛を担当したのは、当時、陸軍の最新鋭機の四式戦・疾風（キ八四）を装備する飛行第十一戦隊の精鋭三十機であった。

戦隊長は、陸航士五十一期、操縦七年目の金谷祥弘少佐であった。金谷少佐に率いられた部下も、操縦二千時間を中堅として、いわゆる一人前のパイロットで編成され、大戦末期の戦力の低下したこの時点では「空の新選組」と自他ともに許した戦隊であった。

この戦隊は、内地で隼から疾風に機種改変を行ない、猛訓練を受けて、陸軍航空の期待を一身に集め、風雲急をつげる比島戦線への移動の途中で、たまたま宜蘭に翼を休めていた。米機動部隊の台湾侵攻必至となり、臨時に第八飛行師団の迎撃戦闘の命令を受けることになった。目的地の比島戦線に進出できず、非運の戦隊でもあった。

十月十二日、宜蘭方面は密雲低くたれさがり、霧深く、気象条件は迎撃戦闘不能の状態にあった。

第八飛行師団においては、宜蘭方面の悪天候のために、十一戦隊に迎撃戦闘中止命令を下し、警急待機命令を発信した。戦運十一戦隊に味方せず、時すでにおそかった。

「グラマン戦闘機の大編隊来襲中」

との情報により、

「断乎としてグラマンを邀撃、これを撃滅する」

と、金谷戦隊長は編隊の先頭を切って、疾風二十数機の精鋭を指揮して、飛行場までたれさがった雲と霧の悪天候の中を離陸した。師団から中止命令が伝えられたのは、すでに離陸したあとだった。

低空まで密雲がたれさがり、高度をとれない。疾風隊は海面スレスレの低空で、台湾東方洋上五十キロの沖から、幾層にも重なる断雲をぬって、やっと高度二千五百メートルまで上昇した。

おりから、まったく不運にも、一千メートル上空からグラマン戦闘機三十機の三個編隊群約九十機の大編隊が、台北に向かって侵攻中であった。疾風隊はその直下に出てしまった。戦闘機対戦闘機の空戦は「高度は速度なり」の原則があるように、低位では決定的に不利である。しかも敵機は三倍以上の大敵である。

ここに、彼我百機以上が入り乱れて、文字どおり凄絶なる死闘が展開された。

新鋭・疾風は、グラマンF6Fよりはるかに優秀な戦闘機である。しかし、その真価が発揮されるのは残念ながら、三千メートル以上の高空であった。低空ではグラマンとの性能の差はあまりなかった。

台湾東方洋上で激闘数分間、彼我の機関砲が狂ったように火を吐いた。

金谷戦隊長はグラマン三機を撃墜した。戦隊の精鋭は、低位、寡兵《かへい》の悪条件を、闘魂と戦技で克服しながら善戦敢闘、またたく間に敵の三分の一の三十機あまりを撃墜破した。

しかし、戦いの常として、味方も第一中隊長・大沼国夫大尉、第三中隊長・松本三郎中尉らの十機が火だるまとなって海中に突入、壮烈な自爆をとげた。

金谷戦隊長は残存する部下をまとめながら、執拗な敵機の追撃をふり切って、密雲を突破し宜蘭飛行場に帰還した。バラバラに帰還して、着陸したのは出撃時の約半数の十四機であった。

もとより生還を期していない金谷戦隊長は、淡々とした悟りきった表情で、戦隊副官に戦闘状況を記録させた。

「戦隊は最後の一機まで敵機を邀撃し、これを撃滅する」と事後の指揮を命じ、「あとを頼む」の遺言を残して、再び態勢を整え、台北を襲った第二波のグラマン数十機に対して、部下十数機を指揮して、花蓮港と台北を結ぶ線上で決戦を挑んだ。

そして、敵に大損害を与えながらも、ついに金谷戦隊長は新鋭戦闘機・疾風と運命をともにし、火だるまとなって台湾上空に散っていった。

勇将のもと、弱卒なし。その部下は金谷戦隊長の遺志をついで最後の一機までと、敵を相手に三日間にわたって数回の迎撃戦を敢行した。そしてその大半が、台湾沖航空戦の華と散っていった。

不利な条件のもとに、寡兵よく勇戦奮闘した飛行第十一戦隊は、「空の新選組」の名に恥じない輝かしい戦果と悲劇の記録を、大戦末期の陸軍航空戦史につづったのである。

三日間の戦闘で、十一戦隊のあげた敵機撃墜破数は五十機以上の大戦果であったが、自爆も二十機を超えたのである。

台湾沖航空戦が終わって、満身創痍となった飛行第十一戦隊は、第二中隊長・四至本広之丞大尉（陸航士五十四期）が指揮して、目的地の決戦場・比島へと台湾を飛び立っていった。その数はわずかに七機であった。そしてその七機も、比島決戦で悲しくも全滅した。

飛行第十一戦隊戦死者（昭和十九年十月十二日）
少佐　金谷　祥弘（陸航士五十二期、岩手県）
大尉　大沼　国夫（陸航士五十三期、山形県）
中尉　松本　三郎（陸航士五十五期、和歌山県）
中尉　佐野　均（陸航士五十五期、香川県）
中尉　小林国太郎（陸航士五十六期、東京都）
曹長　滝沢　了（旧姓吉沢。少飛六期、栃木県）
（階級は戦死当時のもの）
宜蘭を基地として台北州での戦死者は他に十数名あるが、氏名は不詳である。

隼の飛行第二十戦隊

一方、小港を基地として、台湾南部の防衛を担当していた飛行第二十戦隊の装備機は、隼三十機であった。このころは隼もすでに旧式となっていた。

十月六日付で、戦隊長・山本五郎中佐（陸士三十八期）は明野教導飛行師団付として転出命令が出て、後任の村岡英夫少佐（陸航士五十二期）はまだ未着任であった。だから、二十戦隊は戦隊長欠員のまま迎撃戦闘に参加した。

飛行第二十戦隊も、飛行十一戦隊に劣らぬ活躍と、悲惨な戦闘を展開した。敵機撃墜破四十機以上にのぼったが、陸士五十四期の小林貞和大尉以下十二名が戦死した。

なかでも悲壮だったのは、戦隊付先任将校の陸士五十四期の山縣清隆大尉である。胸部疾患の重態で入院療養中であったが、戦隊長不在という指揮統率上の重大事にさいし、先任中隊長としての責任感と、この非常時に病魔に生命をむしばまれていたので、

「自らの死期近し」

と悟った山縣大尉は、軍医や戦友の説得も振り切って戦隊の先頭に立ち、第一日、第二日は小港を基地として、高雄、屏東方面で何回も機上で喀血しながら、群がるグラマンを相手に、文字どおり壮烈鬼神を哭かしむる戦闘を展開した。そして自らも敵数機を撃墜破した。第三日の十四日には、桃園飛行場に移動、台北に移動した私たちとともに戦った。桃園上空の空中戦において、山縣大尉はついに精根つきはて、悲壮な自爆をもって病身を散らしたのであった。

　この山縣大尉に象徴されるごとく、飛行第二十戦隊も勇敢に戦い、飛行第十一戦隊とともに、山本師団長の敵撃滅の決意に身をもって応えたのである。

　飛行第二十九戦隊は、二式戦三十機で編成され、戦隊長は陸士四十五期のベテランパイロット・川田武雄少佐であったが、台湾沖航空戦の直前、一部を小港に残して、川田戦隊長は華北戦線へ転戦していた。台湾沖航空戦が終わった直後、台湾防衛のため台湾へ帰還した。

　台湾沖航空戦で最も悲惨だったのは、集成防空第二隊であった。この隊は桃園を基地とした第三錬成飛行隊で編成されたのである。飛行機は、二式複戦・屠龍であった。対爆戦闘においては威力を発揮したが、単座戦闘機に対してはまったく無力であった。格闘戦、高速度

戦法を得意とする機動部隊のグラマンの迎撃戦闘には参加すべきではなかった。

部隊長は陸士四十六期の転科の、戦闘機操縦の若い杉本明少佐であった。迎撃戦闘の空中指揮は、勇敢な陸航士五十五期の橋本保善中尉がとった。

グラマン戦闘機の来襲に対して、離陸迎撃した九機が全機低空で撃墜された。こうして、悲しくも操縦者九名、機上射手八名が戦死した。このような悲劇的な空戦の記録は、陸軍の戦史にもあまり例がない。


飛行第二十戦隊戦死者（昭和十九年十月十二日）

大尉　小林　貞和（陸士五十四期、東京都）
曹長　前橋　利夫（操縦九十一期、長野県）
軍曹　鈴木　茂（少飛十期、福島県）
軍曹　榎本　桃介（操縦九十期、愛知県）
軍曹　田淵　隆二（操縦九十期、岡山県）
軍曹　村田　儀八（操縦九十一期、滋賀県）
軍曹　前田　政治（操縦九十一期、和歌山県）
伍長　中村重一郎（少飛十一期、三重県）
伍長　藤田　輝雄（少飛十一期、千葉県）
伍長　佐藤　延巳（少飛十一期、山形県）

潮州を基地として、高雄州で戦死

大尉　山縣　清隆（陸士五十四期、広島県）

桃園を基地として、十四日に台北州で戦死（階級は戦死当時のもの）

集成防空第二隊戦死者（昭和十九年十月十二日）

中尉　橋本　保善（陸航士五十五期、長崎県）

曹長　中沢　健治（操縦八十九期、長野県）

曹長　斎藤　公照（操縦九十期、鹿児島県）

曹長　岸川　明光（少飛九期、佐賀県）

伍長　橋本　彰（少飛十一期、鹿児島県）

伍長　幾留　弘海（少飛十一期、鹿児島県）

伍長　二宮　重明（少飛十一期、愛媛県）

伍長　近藤　勘二（少飛十二期、埼玉県）

伍長　戸川　重二（少飛十二期、同乗、鹿児島県）

伍長　瀬田川慶三（予下九期、秋田県）

伍長　平岡　一企（少飛十三期、同乗、広島県）

伍長　岡田　篤磨（同乗、広島県）

伍長　山本　裕康（同乗、東京都）

伍長　奥村　清計（同乗、大阪府）

伍長　小野瀬博郎（同乗、茨城県）

伍長　小林　秀夫（同乗、新潟県）
伍長　大堂　円寿（同乗、滋賀県）
桃園を基地として、新竹州で戦死（階級は戦死当時のもの）

二機対三十六機の死闘

小型機四十機北進中

私が台中飛行場のピストで待機していると、このような激戦の戦況が、次から次へ伝わってきた。各地のレーダーからは、たえず敵大編隊の侵攻を報じてくる。

十二日未明からの空襲で、台湾の主要都市および飛行場で一回も攻撃を受けていないのは台中飛行場と台中市、嘉義市だけである。

「ガランピ東方洋上、高度四千メートル、小型機四十機北進中」

台湾南部にあるレーダー基地から、このような情報が伝えられた。

「こいつは来るなあ」

私は多年の戦場の体験からくるカンで、そう感じた。

「おい、真戸原軍曹、大至急めしを当番兵に持ってこさせよ。次に情報が入ったら行くぞ」

「はい、承知しました」

真戸原軍曹は私に微笑で答えて、電話で二人分の弁当を命じた。中隊主力はどうなったのか、まだ帰ってこない。台中飛行場には、私と真戸原軍曹の飛燕二機しか待機していないのだ。

私は、いよいよ決戦のときがやってきたと、あらためて決意を固めた。こうして、重苦しい沈黙の十分間が過ぎた。

「敵機は屏東上空を突破して北進中」

私のカンが適中した。台中まで二十五分、嘉義まで十五分の航程に敵機は迫った。

「真戸原軍曹、敵さんは多いぞ。戦闘は長くなる。腹八分に食べておけよ」

「田形准尉殿、二機で蹴ちらしますか」

初陣の真戸原軍曹は、にこにこ笑いながら、当番兵が持参したにぎり飯を五つも食べた。食後のバナナを食べて煙草を吸っていると、飛行団司令部から伝令が飛んできた。

「田形准尉殿、飛行団長閣下がお呼びです」

司令部に駆けつけると、星飛行団長と小林少佐が緊張した表情で待っておられた。

「田形准尉、お呼びによって参りました」

小林少佐はきびしい口調で、

「田形准尉は僚機一機を指揮し、屏東上空を北進中の小型機四十機を邀撃、これを撃滅すべし」

と命じた。

「田形准尉は僚機一機を指揮して、来襲中の小型機四十機を邀撃、これを撃滅します」

私は小林少佐に報告、星飛行団長に敬礼した。星飛行団長は軽くうなずいた。

「頼むぞ。自重して戦え」

「はい、ご期待にそうよう戦います」

ピストに帰った。出撃まであと十分ある。迎撃戦闘としては、じゅうぶん余裕のある出撃であった。

私は笑いながら真戸原軍曹に言った。

「おい、命令が出たぞ。おれといっしょに死ぬか」

「はい、死にます」

笑いながら、いとも簡単に答える。初陣でありながら、不敵というか大胆というか、少年飛行兵は頼もしい。彼は少飛七期の二十二歳の青年である。操縦四年、飛行一千五百時間で、屏東以来一年半、常に私の僚機として、単機戦闘、編隊戦闘、戦闘射撃など、精魂こめて高度な戦技を錬成しているので、若い大尉の中隊長クラス以上の実力をもっている。しかも、伝統的な薩摩隼人の根性をもち、典型的な戦闘機操縦者として、中堅からベテランパイロットとして開眼しつつあった。

実戦の初陣に当たり、私は真戸原軍曹に次のような注文を与えた。
一、真戸原は初陣であるが、日頃の訓練のとおりに戦え。二対四十の大敵だが、数の大小は考えるな。敵を撃墜しようと思うな。自分が撃墜されないよう全力をつくせ。
二、いかに苦戦しても、絶対におれから離れるな。おれが健在であれば必ず救援する。おれもこの一戦に全力を爆発させて戦う。戦略は、敵を分断、混乱させることを基本におく。戦法は、格闘戦と高速度戦法をとる。勝敗は考えるな。「人事をつくして天命を待つ」の心境で戦え。おれが死んだら全速直進飛行で戦闘から離脱せよ（飛燕はグラマンより時速で四十キロ、スピードがある）。

このような基本的な指示を与え、さらに離陸から戦闘開始までの注意を行なった。機関砲の試射、冷却器の扉、索敵など。敵機を発見したらバンドをしめ、深呼吸を三回して心を落ちつけよ、など。

真戸原軍曹は、決死の出撃を前に緊張した表情で、私の指示と注意を一言も聞きもらすまいとしている。

「真戸原軍曹、よいか」

「はい、わかりました」

私と彼の魂は一つに固く結ばれた。彼は初陣にもかかわらず、落ちついた明るい表情で、迫力のある声で答えた。

「私は、この一戦に操縦生命を賭けて戦う。この愛する部下を殺してはならない」

大敵を恐れず、小敵をあなどらず、操縦の極意を心の中で復唱し、天の時、地の理、人の和の兵法の鉄則を考えて、大敵撃滅の戦略をたてた。

小用をすまして水を一杯グッと飲んだ。決戦を前に飲んだこの水はすばらしい味であり、生命の躍動を感じた。今日の出撃は決死隊であり、運と努力で生還の道は残されている。しかし、二十対一で生還した戦例は、陸軍の航空戦史に一つもない。だが不思議に心の動揺は感じない。真戸原軍曹も平静な表情で、張り切って離陸を待っていた。

煙草をふかしながら二人で雑談する。

「奥さんや子供たちに、なにか遺言はありませんか」

　真戸原軍曹は、笑いながら冷やかす。

「うん。この期におよんではね」

と苦笑しながら、私はふと、独身者は強く、妻帯者は弱い、という俗論を思い出したが、独身者、妻帯者の区別はまったくなかった。

飛燕二機での出撃命令

　いよいよ出撃離陸の時間がやってきた。

　出動、九時二十五分。整備兵の手によって飛燕二機が始動された。

「あとを頼みます」

「がんばってください」

　星飛行団長以下の将兵に見送られて、二機編隊で離陸した。高度二百メートルで機関砲の試射を行なう。二十ミリ機関砲二門、十二・七ミリ機関砲二門から心強い銃声を発する。僚機の調子も上々。飛行場上空を一周して、基地の将兵に別れをつげた。

　機首を南西に向け上昇しながら、私が所属する北港飛行場に向かって飛んだ。北港飛行場の近くで翼を振って、西嶌部隊長以下の戦友に無言の別れを告げた。二機で四十機を相手にしては、生死はまったくわからない。

　私は、台中―嘉義―北港を結ぶ三角線上において敵を捕捉迎撃し、台中には一歩も敵を侵入させないという方針で、情報による小型機（グラマンF6F）四十機に対し、高度四千メートルで索敵のための哨戒飛行を行なう、慎重な迎撃作戦計画をたてた。

空中戦というものは、奇襲攻撃を受けることなく、時間的に余裕があって、索敵に勝って先制攻撃を加えることができれば、心理的にずいぶん楽に戦えるのである。

雲量二、雲高六千メートル、東風十メートルの快晴である。これでは気象条件の利用はまったくできない。水平線上よりも、地平線上の敵機の方が発見しやすい。

台中飛行場を離陸して約十分が経過した。海岸線に沿って北から南へ、南から北へと、高度四千メートルを時速三百キロのスピードで飛ぶ。左方翼下に鹿港飛行場が見え、その東方に嘉義飛行場、さらにその南方に海軍の台南飛行場が見える。これらの飛行場から私たちを救援してくれる新鋭戦闘機は、一機もいない。東郷中隊長に率いられた中隊主力も帰還したころと思われるが、敵の次の攻撃に備えねばならないので、私たちを救援してくれることはぜんぜん期待できない。戦闘機の無線は八十キロ以内で、それ以上では基地との通信はできない。

敵機との遭遇時刻が刻々と近づく。

私は、警戒索敵から、敵機発見のための戦闘索敵を開始した。台湾の西海岸線上を、水平線を背にして、太陽に向かわないようゆるやかに蛇行しながら飛行する。いよいよ心のアンテナに、

「敵機近し」

と、次第に感度を強めて伝わってきた。

「索敵を厳重にせよ。戦闘隊形に移れ」

僚機にこのように命じた。飛行時計の針は九時三十八分を示し、離陸後十三分を経過していた。ずいぶん長い時間がたったような気がする。見えない敵との戦いはシンが疲れる。そして一分が経過した。そのとき、ふと、新高山と嘉義を結ぶ線上近くの南方に、針でつついたほどの黒点を一つ発見した。

「敵機だ」

多年の戦場の体験で感じた私は、全身全霊を集中して、その黒点を見失わないように飛行した。ゆるやかに十五度右旋回して接敵を開始する。十秒ほどすると、黒点の前に一つ、後方に三つ、合わせて五つに黒点がふえた。しかも、北東に進む私の飛行機の方向に少しずつ移動して行く。まだ黒点であるから、正確に敵機とは判断できない。しかし、全般の戦況と、カンと、二・五の視力と、心眼に基づく索敵能力によって、二十キロ以上遠方のこの黒点を、「敵機に間違いなし」と自信をもって断定した。時、まさに九時四十分。

「敵機発見」

僚機の真戸原軍曹に、静かに翼を振って知らせた。初陣の彼の目には映じないのか、首をかしげて懸命に索敵している。

私は照準器を点灯し、風防ガラスを手套で拭く。計器を点検、冷却器の開閉扇を全開にして、バンドをしめ、大きく深呼吸を三回して、機関砲の引き金に手を当てた。これらの処置は、索敵を中断することなく無意識のうちに行なった。僚機に対して左手を上げて、同じ処置を命じた。カンのよい彼は瞬間に私と同じ処置をした。

黒点は次第に拡大され、やがて飛行機の形からグラマンＦ６Ｆと識別され、機数もおぼろげながら判明するようになった。

ついに、敵の全貌が把握された。三機、九機、九機、九機、六機のグラマン戦闘機三十六機の大編隊群が密集隊形で、高度四千五百メートル、新高山北西方を侵攻している。彼我の距離は約十五キロ。私は、

「九時四一分三九九九六計三六キ」

と筆記板に記入した。

決死の迎撃命令で離陸し、哨戒飛行十六分にして、情報どおり三十六機のグラマンの大編隊を捕捉した。まず索敵に勝利をおさめたのである。もともと米軍操縦者の視力は一・〇が基準で、日本の操縦者の方が視力ははるかに優れていた。

グラマン三十六機の大編隊。その戦力は優に軽空母一隻、もしくは一個戦隊に相当する。日華事変、ノモンハン事件、太平洋戦争を通じて、大敵を相手に戦った戦例はあるが、敵機は実に十八倍である。二対三十六の戦闘機対戦闘機の空戦である。

二対三十六、相手にとって不足のない大敵である。この一戦に、九年間に学んだ空戦の神髄を爆発させて戦うのだ。

バックミラーに映った自分の顔を見たが、さほどきびしい表情はしていない。われながら落ちついていると思った。

敵機の進行方向に対して四十五度の角度で、前方を制しつつ四百キロの高速で、少しずつ高度をとりながら接敵を開始した。十五キロ、十四キロ、十三キロ……。

敵は、いぜんとして密集隊形で、高度四千五百メートル、速度二百五十キロで静かに北進

している。

　このとき、真戸原軍曹が敵機確認の報告をした。彼は私の飛行機に接近して、敵機の方向を指して、頭をかいてにっこりと笑った。

「たくさんいますね」

と、死闘を前に笑っている。豪胆な、どえらいヤツだと感心した。だが、敵は十八倍の大群である。演習ではない。感心しているときではない。

「こいつ」

と大声でどなった。もちろん爆音で聞こえないが、私の表情で意味を感得したか、急いで戦闘隊形の位置（間隔三十メートル）にかえった。

　この清純な魂の持ち主である真戸原軍曹を殺してはならない、と心に誓った。

互いに接敵

彼我の距離は十キロ、八キロと接近した。

　このとき、敵の第一編隊のいちばん左の一機が、急激に翼を振って、私の飛行機に向かって全速で直進してきた。いよいよ敵が私たちを発見したのだ。敵機の編隊群総指揮官も大きく翼を左右に振った。

「日本戦闘機発見」

「戦闘隊形に移れ」

三十六機のグラマンの大編隊は一瞬、混乱、動揺した。敵全機が私たちを確認していない。

日本の戦闘機が何機いるのか、彼我の態勢がどうなっているのか、それを確認しないまま、急反転で降下する機、翼を傾けて索敵する機、急上昇する機、全機がしばしバラバラになった。

私が黒点として敵機を発見してから、三分以上の時間が経過していた。索敵能力の優劣は、緒戦において心理的、実践的に決定的に大勢を決める、大切な条件である。

だが、さすがに米海軍一の精鋭を誇る第三八機動部隊の艦載戦闘機隊である。指揮官も部下も、恐るべき練度の高い操縦者たちであった。混乱の次の瞬間には、みごとな戦闘隊形を組んで、私たち二機を立体面と水平面の戦闘圏内に包囲する作戦で、全速で迫ってくる。

総指揮官、第一編隊群九機の一番機が急激に翼を振って、「戦闘開始」の命令を下した。

ここに、ついに矢は弦を離れた。

私は指揮官編隊群をかきまわして、敵の指揮体系を分断する方針を決めて、突進を開始した。

一時、立ちおくれた敵は、態勢を整え、

「ただの二機か」

と軽く見て迫ってきた。いちばん前の前衛三機編隊が勇敢にもオトリとして、私の直下に向かって、高度差五百メートルぐらいの位置に全速突進してくる。指揮官編隊の九機は、右旋回しながら上昇する。第二編隊の九機は、ゆるやかに左旋回しながら急上昇する。第三編隊の九機は右旋回後、しばらく直進したのち右急旋回、全速力で上昇してくる。後衛六機は、右旋回しながら上昇する。

彼我の距離は、六キロ、五キロ、四キロ、二キロ、みるみる近づいてきた。さすがに三十六機の大編隊を指揮するだけに、敵の指揮官はうまい。このまま対進すれば、第一撃は成功するが、立体面で包囲されてしまう。

この敵の作戦に対して私は、敵の意表をつく戦術をとった。目的は撃墜することではなく、第一撃は敵を混乱させることにあった。無理に高度をとらず、エンジンレバーを全開にして、少し機首を下げて突進した。速度計は五百キロ、六百キロ、飛燕の制限速度の時速六百四十キロになった。機首を敵編隊群の中間上空に向け、レバーを中速にしぼって斬り込んでいった。

そのとき、もう一度、四周を索敵したが、敵三十六機のほかには、敵機も友軍機も視界内にはなかった。

一千メートル、九百メートル、八百メートル……。

私の意図を察知した敵も、急激に態勢を変えようとしている。

私は敵の一瞬の乱れをついて、前下方、高度差五百メートルの低位にある第二編隊の九機に対して、攻撃を加えた。猛烈な一連射の牽制射撃を加えると、全機あわてて急反転降下していった。

このとき真戸原機が、射撃可能な上昇中の他の九機に対して、百五十メートルから三十メートルぐらいの距離まで接近して、機関砲の一連射をあびせた。このみごとな攻撃で、敵一機はキリキリ回りながら墜落していった。撃墜第一号である。

この敵第二編隊を攻撃中の真戸原機に対して、左前下方、低位から後衛六機が猛烈な射撃を集中してきた。このままでは、僚機が危ない。

私は作戦を変更して、敵の最高位にあるこの後衛六機に対して、掩護のための攻撃を加えた。一機撃墜して五十メートルまで接近してきた僚機に対して、初陣の一機撃墜をほめてやるかわりに「ばかッ」ときめつけた。

初陣の真戸原軍曹は、他に三十五機の敵がいることを完全に忘れて攻撃していたのだ。これが編隊群戦闘でいちばん危険なことである。徹底的に攻撃できないところに、編隊群戦闘のむずかしさと味があるのだ。このような状態の乱戦において、ベテランパイロットが無名のパイロットに撃墜された実例は、世界戦史にあまりにも多い。

以後の態勢がどうでもよいなら、三十六機もいる敵だから、どちらに機首を向けても撃墜できる敵機がいる。それをただちに攻撃できないところに、多数機相手の空中指揮の困難と危険があるのだ。

全速で敵編隊の中間を突破し、戦闘圏外に脱出した私たちは、一挙に敵の最高位編隊よりも一千メートル高位を獲得した。敵三十五機を完全に前下方に追い込んだ。僚機が夢中で一機撃墜の長追いをしたために一瞬危機にさらされたが、こうしてふたたび絶対的に有利な態勢を獲得できた。

このとき、ふと、中隊主力は無事に帰還したか、が脳裏に浮かんできた。

私は、戦闘の原則である敵の指揮官を撃墜する決意を固めていた。その企図を胸に秘めて、前下方、高度差一千メートル付近を急上昇中の六機編隊に対して、

「攻撃するぞ」

と機首を向けて牽制すると、あわてて全機急降下して退避していった。
その間に、斜め左下方一千メートル付近から急旋回して後方に脱出しようと、時速五百五十キロで高速飛行中の敵指揮官編隊に対して、私と僚機は深い角度で追跡に入った。

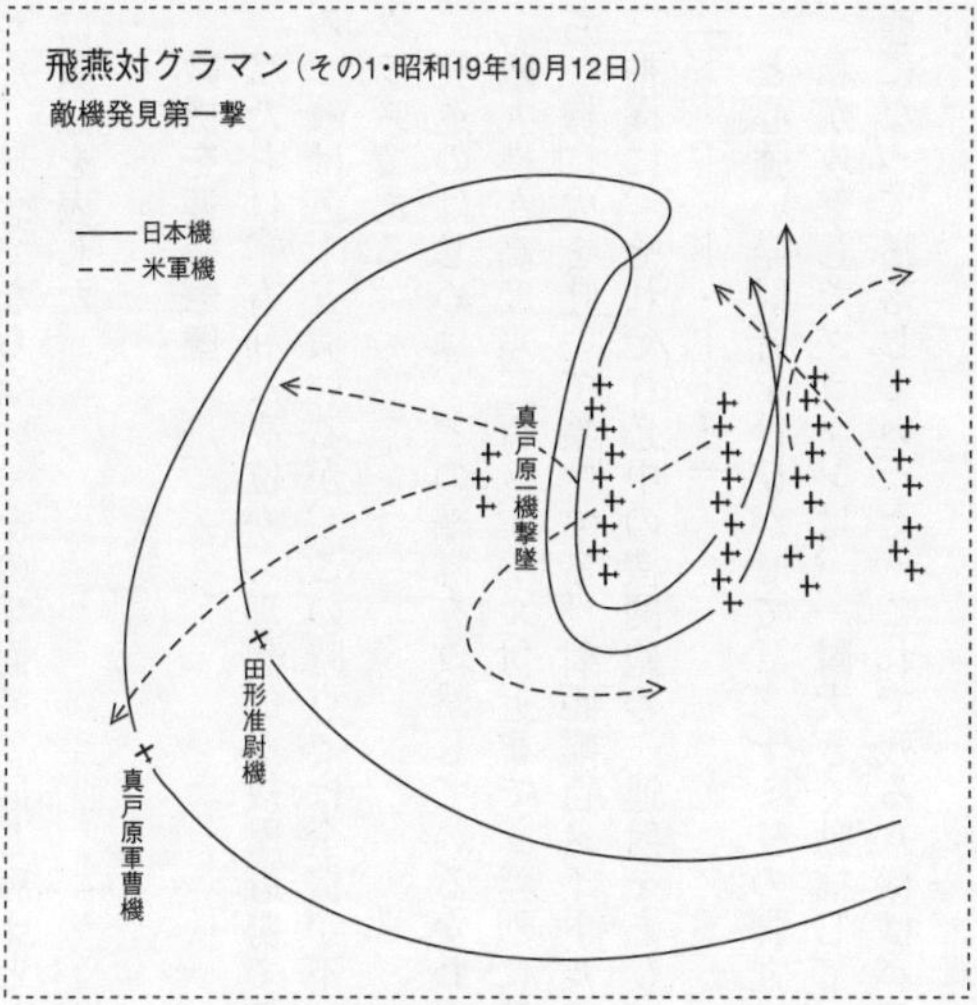

敵九機は、急激な操作によって回避しようと焦っている。だが、このとき、敵ながらあっぱれにも、指揮官を掩護すべく、二番機が捨て身の急上昇をして猛烈なる射撃をしかけてきた。

このままの態勢では相討ちになる。私たちは、いま一歩というところで攻撃を中止して、反転上昇に移った。身の危険を感じた指揮官機は、二番機の翼の陰で急反転し、降下退避した。もうひと息で指揮官機を撃墜できたのに、自己を投げうって指揮官機を救った勇敢な敵のために、ついに撃墜できなかった。

それ以後、乱戦中に二回、指揮官機をいまひと息のところまで追い込んだが、そのつど敵機に妨げられて撃墜できなか

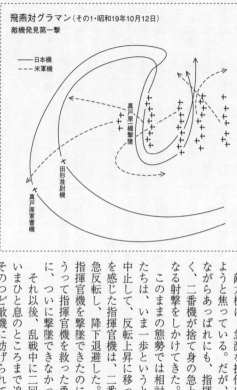

に敬意を表した。

った。無念でならない。その半面で、同じ戦士として、アメリカの青年の自己犠牲的な勇気

敵機を連続撃墜

私たちは、有利な高位から理想的な攻撃態勢で突進する。しかも、戦闘も射撃も自信がある。敵は三十五機いるが、この時点では全機が不利な低位にいる。操縦技量は日本軍の中堅クラスである。

突進のはじめは、どの編隊を攻撃しているかわからないように幻惑戦法をとる。

敵九機が高度差三百メートル付近まで、猛烈に連射しながら急上昇してくる。敵弾は私たち二機に火を吐いて集中する。射距離百メートルまで食い下がって、私は二番機に、僚機は三番機に、それぞれ必中の機関砲の一連射をあびせた。

「ド・ド・ド・ド……」

と心強い発射音をひびかせて、二十ミリの弾丸は敵機に吸い込まれていく。

私が攻撃したグラマンは、一瞬大きく動揺して、機首を垂直に上げ、反転してキリモミ状態になって墜落していった。これで残る八機はバラバラに急反転して、垂直降下で退避していく。

私が一機撃墜したが、その喜びに浸るひまはない。僚機の真戸原機は戦闘隊形でがっちり編隊を組み、指揮官の私の掩護と戦闘索敵に、必死の努力を払っている。私は急降下の余力をもって全速急上昇しながら、敵機全部の位置と態勢を確認した。

われわれに対して、いちばん不利な態勢にある敵最高位の六機編隊のうち、最後尾の一機に後上方攻撃を加えるために、最良の位置まで一挙に上昇した。

急反転して深い角度で攻撃追跡に移る。速度、時速六百キロで、五百メートル、四百メートル、三百メートル、二百メートル、百メートル、だが敵は、一向に逃げようとしない。敵の回避があまりにもゆるやかなので、かえって私は不審に思った。私が一機撃墜して、次の攻撃を開始するまでの時間が短く、それは現在照準している敵機の死視界内での行動であったから、敵は僚機の方だけ確認して、私の飛行機を確認していなかったものと思われた。

射距離は百メートルに迫った。有効射撃開始から離脱まで、三秒から六秒ぐらいの短い間に勝敗が決するのであるが、敵の操縦者は、前方と上方をさかんに警戒している。戦闘中の索敵は、前方三、後方七の割合といわれる。それは、このような状態が起こりやすいからだ。この場合、編隊のいちばん右にいる敵機が牽制射撃を加えてくると、私は攻撃を断念せねばならない。

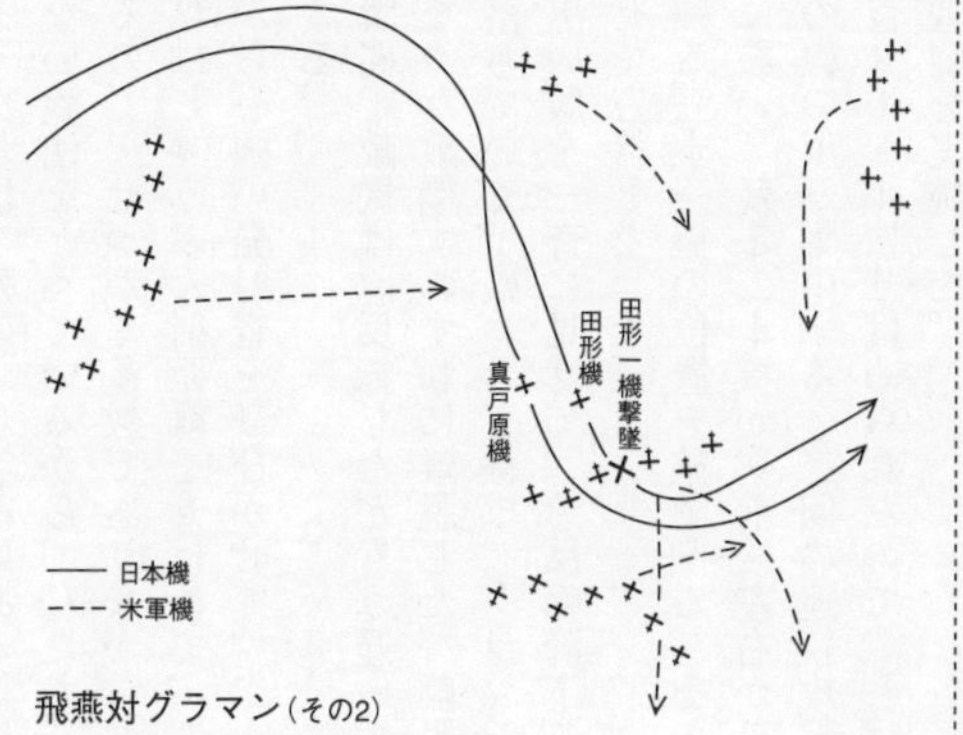

飛燕対グラマン（その2）

そうなれば、死の一歩手前にある敵は助かるのだが、攻撃当初は誰を狙っているのかわからない戦法をとっているから、私たち二機に集中突進中の敵機は、われ先にと反転して回避するので、せっかく多数でありながら、次々に二機の私たちに食われていく。

私はじゅうぶん射距離をせばめて、八十メートルから必殺の銃弾を撃ち込んだ。機関砲二門から心強い発射音をひびかせて、二十ミリの弾丸は、真っ赤な火を吐いて敵機に正確に命中する。

瞬間、敵機は急反転したがもう遅い。弾丸は動力部と燃料タンクに命中した。私は、背面になった敵機すれすれに離脱した。離脱と同時に敵機は火を噴いた。敵機は赤い流星となって落ちていく。残った五機は、グラマンの特徴であるズングリしたブルドッグみたいな、どす黒い腹を一斉に見せて、急反転降下していった。これで、私が二機撃墜、僚機の一機と合わせて三機となった。

残る三十三機の位置を確認する。そのうちの十三機は、われわれに直接危機を与え得る態勢にない。残る二十機が、前後左右から火花を散らして襲ってくる。私たち二機の周囲に敵弾の火の玉が集中する。二回の連続攻撃で二機撃墜、敵編隊との高度差が五百メートルから三百メートルにせばめられたので、しばらく徹底した攻撃を中止して、態勢回復を重点とした戦闘を実施した。

まず、後下方三百メートル付近から無茶苦茶な射撃を続けながら急上昇してきた八機に対し、機首を向けながら攻撃の態勢を示すと、全機あわてて右と左へバラバラに隊形を乱しながら降下した。まるで教官と学生の教習戦闘のようだ。

操縦九年で学んだ高速度戦法と格闘戦法の巧みな組み合わせにより、二機が一心同体となった編隊指揮による総合戦闘は、私の最も好きで得意な戦闘である。ことに、飛燕はグラマンより時速で四十キロ速い。この速度差をじゅうぶんに活用して戦った。

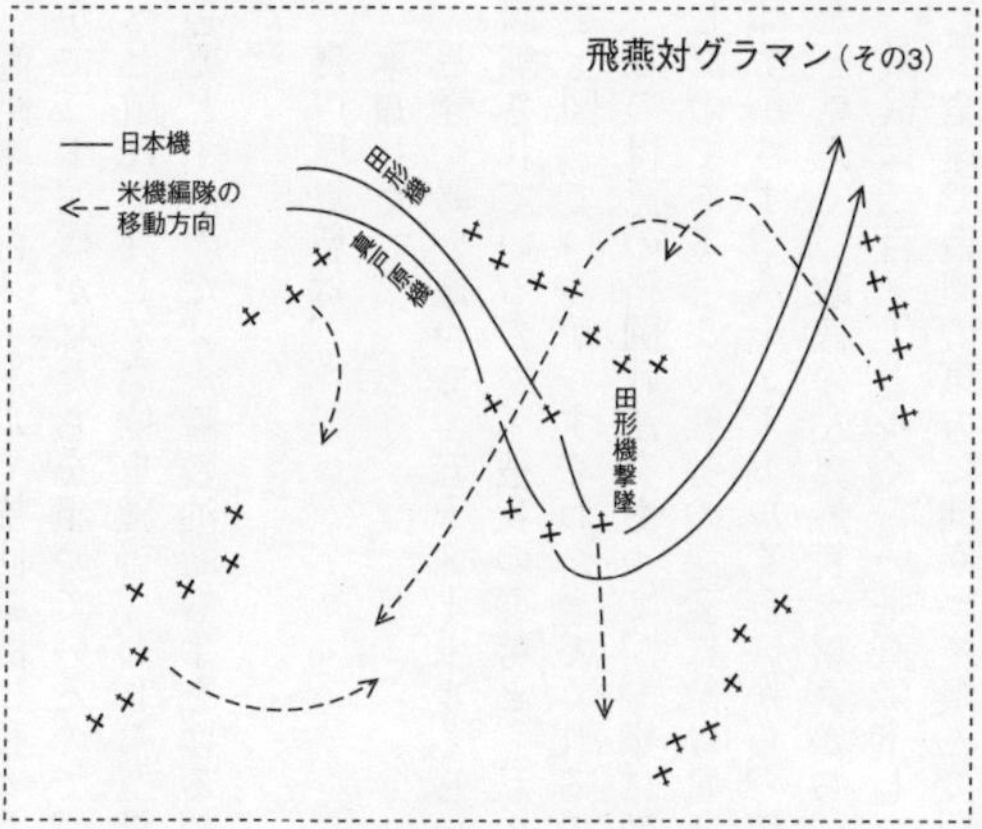

飛燕対グラマン（その3）

しかし敵は圧倒的に多い大敵である。こうして戦っていても、味方の一機も救援に来てはくれない。まったく自力で血路を開かねばならない。もちろん救援は期待していない。

このとき前方六百メートルくらいから、敵機編隊が猛烈に一斉射撃をしながら全速突進してくる。しばらくまわり込みながら、対進の撃ち合いを避ける。そして後上方からの追跡攻撃に移るために、機首を下げ、レバーを全開にした。みるみるうちに速度は時速六百キロになった。レバーを中途にしてエンジンに余力を残しておく。敵は高位に出ようとあせって高度をとっているので、速度は四百キロ以下で、しかもエンジンは全開にしている。私の方は、速度六百キロでエンジンは中途にしぼっている。その上に高位からの攻撃という、有利な条件で戦っている。

直距離三百メートルで旋回戦闘に移った。完全なる二対九の旋回戦闘になったが、敵はほかに二十四機が私たちを狙っているので、何回もぐるぐる回ることは許されない。次から次へと敵は上昇して高位を獲得、われら二機を包囲しようと迫っている。迅速な追い落としを必要とするのだ。一瞬の油断も手をゆるめることもできない。私は手を上げて僚機に信号した。

真戸原軍曹は、

「承知した」

と軽く翼を振って、五十メートルくらいまで間隔を広めた。彼は一年半、私の僚機として訓練されているので、彼我の態勢と、私の操舵、速度などから、次はどのような態勢と攻撃を企図しているか、すぐわかってくれるのだ。二人の呼吸はぴったりと合っている。

私の得意の格闘戦法をもって、一挙に敵の後上方至近距離に迫り、敵九機を前方に追い出したのである。この態勢の急変に敵は驚き、九機とも一斉に急降下反転して逃げ出した。私はすかさず、八十メートルくらいから、第二編隊の長機に一連射を浴びせた。少し左に滑ったと見えて、敵機の左翼燃料タンクから、パッとガソリンを噴き出した。

敵機は二百メートルくらい垂直降下して、ガソリンのまっ白い煙を引きながら戦闘を離脱し、全速で台湾の東方に向かって飛んでいく。それ以上確認する余裕はない。撃墜に至らず撃破のようだ。

こうして、態勢はじゅうぶん有利になった。三機撃墜、一機撃破だが、敵はまだ三十二機が健在である。

戦闘開始以来、九分経過していた。全身が燃えるように熱くなってきた。バックミラーを見ると、顔色が激闘と興奮とマラリアの熱で真っ赤になっていた。それからの数分間は、二対三十二の五分と五分の本格的な格闘戦、大乱戦である。

初陣の真戸原軍曹はよく戦った。この時点では、実戦によって開眼したのか、常に十機くらいは敵機を確認できるようになった。戦闘にも精神的余裕が表われてきた。

しかし、敵は、わずか二機に四機撃墜破されたという負い目からか、猛烈な殺気を発しながら執拗に食い下がってくる。

敵の戦法もぐっと変わり、激しさを加えてきた。三機編隊が七群、六機と五機の各一群に編成を変えた。五機と六機が、私の直下五百メートル付近を、横一千メートルの間隔をとって、平行しながら四百キロのスピードで北に向かって飛ぶ。三機編隊の七群は思い思いに、私たちから一キロ以上の距離をとって、各編隊とも分散して急上昇している。

この隊形の変換を見た私は、

「ははあ。おれたちを立体的に包囲して追い落とし、五機と六機が相互に救援しあうと同時に、七群の編隊二十一機は、各方面から集中攻撃を加えようとしている」

このように判断した。今の態勢なら楽に戦闘離脱は可能である。

「敵は、航続距離の関係で、三十分以上の戦闘はできない。その間、歯をくいしばってがんばれば、任務を完全に果たすことができる」

このような大局的な判断に基づき、私は戦闘を離脱しようとはまだ考えていない。時間がくるまで一歩も引かないぞ、とあらためて決意を固めた。

新戦闘法に開眼

こうして二対三十二の空戦は、高度三千五百メートルから一千五百メートル付近で、虚々実々、彼我の銃火は狂ったように火を吐いて、凄絶な死闘を展開した。

だが、そうした中にあっても、僚機と一心同体となり救援し合い、飛燕の高性能は幾度か私たちを救ってくれた。飛行機の優れた性能、神技といわれる戦技、不屈の闘魂、卓越した空中指揮などが、戦闘機対戦闘機の空戦に必要なことは、各操縦者は誰でも知っているが、私は身をもってそれを体験した。生死を賭してのこの戦いを通じて、私は新戦闘法に開眼することができた。

三機編隊の七群が迫ってきた。相手が多すぎて、どれを攻撃しようかと迷うほどである。いちばん早く高位を獲得した敵機に、斜め前方攻撃を行なう。三百メートル低位の敵は急激な左旋回で回避する。私は、そのおくれた一機に正確な照準をつけて、百二十メートルから三十メートル付近まで時速六百キロのスピードで突進して、必殺の一連射を浴びせかけた。あえなく敵機は火を吐いて墜ちていく。残りの二機はあわてて、垂直降下で敵最下位編隊の下まで逃避した。

その一機に対して、僚機が執拗に追跡していく。私は攻撃中止の命令を出したが、敵をいまひと息のところまで追い込んでいる真戸原軍曹は、気がつかずにぐんぐん高度を下げてしまった。

僚機が危ない。掩護しなければ。

果たせるかな、右前方の三機が、猛烈なスピードで僚機に対して攻撃を加えてきた。

射距離三百メートルはあるが、敵の銃弾は火を吐いて真戸原機に集中する。一瞬の遅延も許されない。私は救援のために、真上から深い角度で全速降下で敵を追った。このとき、僚機は一機にガソリンを噴かせて急上昇に移った。そして、三百メートル後方の敵機に気づいて、急激な射弾回避を行なった。

私は、他の二群が私に迫っているのを確認しながら、三百メートル以上の射距離から、牽制を兼ねた射撃をしつつ、二百メートルで離脱した。

やがて敵の一機が、エンジン付近からドス黒い煙を吐きながら、急反転急降下で逃げていった。弾丸は命中したが、射距離が遠くて、息の根を止めることはできなかった。

この私の攻撃で、他の二機は真戸原機の攻撃を断念して、あわてて退避していった。

まさに危機一髪のところで救援に成功したのだ。

僚機を救援し得てホッとしたとたんに、私の周囲に無数の火の玉が飛んできた。後方はじゅうぶん警戒していたので、射撃は瞬間に回避して危機を脱した。

僚機と私の距離が百メートル以上離れたので、僚機は全速で私を追ってくる。その側方二百メートルの下位から次の新たな三機が僚機に迫ってきた。もうこのころには、僚機も戦闘索敵が非常にうまくなっていた。僚機は急操作で射弾を回避しながら、この敵を前方に追い出した。うまい。実にうまい。その見事な戦闘ぶりを見て、ほっとため息をついた。

後下方から攻撃してきた敵を軽くかわした私に、ひきもきらず、各方面から連続して、数百メートルの遠距離からむちゃくちゃに乱射しながら突進してくる。そんなヘッピリ腰では、弾は絶対に命中しない。私は余裕をもって速度を増加しながら、有利な態勢の挽回に努力する。必死の努力で僚機との距離を八十メートルにせばめた。どうしても三十メートルから五十メートルの距離にいないと、瞬間に救援はできない。編隊群戦闘においては常時、敵全機を確認していなければならない。このときまでに四機撃墜、三機撃破していた。残る敵機は二十九機である。

気がついてみると、五、五、六、三、二、二の二十六機は確認できるが、三機が見当たらない。四周を見渡したが、必殺の攻撃を加え得る敵機はいない。それなのに、殺気だけがひしひしと感じられる。背筋が寒くなるような一瞬だ。

まったく恐ろしい殺気。少なくとも数年から、十年前後のベテランパイロットのみが感じる、空戦の極意である。

私は殺気を感じると同時に「前下方だな」と判断した。大きく翼を傾けて見ると、やっぱり前下方百五十メートルから三機、必殺の気迫をみなぎらせて突進してくる。まったく危なかった。危機一髪であった。

後上方から三機、左側上方から三機、三方から同時に突入しようとしている。戦闘圏七百メートルの小さい空間で、宅全に包囲されようとしている。僚機もまた二機と三機からの同時攻撃を受けようとしている。私たち二機は、今や絶体絶命である。緒戦以来、初めて追い込まれた危機であった。

だがこの場合、決定的に有利な高位から攻撃している編隊はない。さらに、包囲中の敵が、編隊単位による攻撃だったということが、逆にわれわれを救ってくれたのだ。編隊攻撃では、至近距離までの攻撃は同士討ちするのでできない。これが一機ずつの連続攻撃だったら、まったく助かる見込みはなかった。三機編隊の三方同時攻撃というところに、死中に活を求めるチャンスがあった。ここに多数機相手の編隊群戦闘の妙味があった。

私は、長い間の訓練と幾多の実戦の戦訓で、危機回避の方法を知っていた。まず、殺気を感じたいちばん危険な態勢にある前下方の死視界の敵を、安全な視界内に移動させ、後方からの三機の銃弾を軽くかわしつつ、エンジンレバーを全開にして、少し機首を下げてスピードをつけた。時速六百キロの速度のまま、エンジンを中速回転に落として、余力を残し、三方から飛来する射弾を回避しながら、安全度の限界ギリギリまで敵を引きつけた。

敵弾は私の翼端から一機幅付近に集中する。敵は味方撃ちの恐れと、六百キロ近い高速のための友軍機との衝突の危険と、三方からの射撃で流れ弾の危険もあるので、徹底した攻撃ができない。敵は功を急いだのか、三方から同時に攻撃してきた。

敵機が百メートルの距離に迫ったとき、私の最も得意とした、一口でいえば、三百六十度を九十度くらいしか回らない間に、敵を前方に追い出し、急上昇反転を高度なものとした八十度の垂直上昇、六百キロの速度とエンジンの余力を使っての、高速度戦法と格闘戦法の調和による私独自の戦技によって、たちまち攻守立場を変える結果となった。

急激な態勢の変化に驚いて、攻撃目標を失った敵機が、フラフラと前方に飛び出してきた。敵機との距離五十メートル、絶好の攻撃態勢となった。瞬間に機関砲の猛烈な一連射を加えた。あっけなく敵一機が火煙を噴き墜落していく。説明すれば長いようだが、敵九機に包囲されてから、わずかに一分以内の短い時間である。

僚機も懸命の努力で危機を脱出しつつある。私は、急反転降下で前上方から僚機を攻撃中の敵三機に、牽制射撃を加えて救援する。これで真戸原機を追っていた敵五機は、バラバラになって急降下退避していった。

敵機は二十八機となった。場所は嘉義西方二十キロ、高度三千メートル、翼下には数ヵ所に飛行場があるが、新鋭機は一機もない。各基地からは、荒鷲たちが翼なき悲しみを味わって、無念の涙を流して見守っているであろう。

空戦開始から約十五分、飛行時計の針は十時を指していた。連続の死闘で胸が苦しくなり、全身に疲労を感じてきた。

こうして、緒戦から中盤戦は有利に戦ってきた。三十六機の大編隊が、私たちわずか二機に八機も撃墜破されて、簡単に撃墜できる相手でないことを悟ったようだ。敵も急速に態勢を整えてきた。

敵の戦法と戦力はすっかり判定した。このまま長時間戦えば、いずれ私たちが不利になってくる。有利な面は、グラマンより飛燕のスピードが時速四十キロまさり、しかも二機は一心同体である。さらに、友軍上空であるという精神的な余裕がある。

死んではならない

敵味方がふたたび態勢を整えるまでに、一分間ほどの余裕があった。私たちは態勢確保に努力しながらも、精神と肉体の疲労を一息ついていやした。

私は確保した五百メートルの高度差と速度を生かして、敵の後方を狙って、回り込みによる攻撃を開始した。この私の闘魂の行動開始が、その後の文字どおり十分以上にわたる悪戦苦闘の口火を切ることになった。

まず第一撃は、敵最後尾上位の三機に指向した。

私が機首を向けると、こちらの気迫にのまれたのか、敵機は反転して退避した。次は、右方下位から急上昇中の三機に照準をつけ、時速六百二十キロの高速で突進肉薄した。その中の一機に銃弾が命中、敵機は右翼から猛烈にガソリンを噴いて戦闘圏外に逃げ去った。

私がこの一機を撃破したとき、反転急降下に移った二機に対して、闘魂の鬼となっている真戸原軍曹が、逃げる兎を追う猟犬のごとく、五百メートル下位の敵主力付近まで追撃していった。私は、

「しまった」

と思った。

大敵相手の編隊群戦闘において絶対に長追いはできない。この僚機に、左側同高度付近の三機が、一斉に銃弾を浴びせかけた。これは射距離が二百メートル以上あるので助かったが、このままでは僚機が撃墜される。

私は、以後の態勢が不利になることを承知で、この三機に対して掩護のための攻撃を加えた。僚機は救援できたが、こうして不利な態勢に追い込まれてしまった。

それからの数分間は、巧妙執拗なる敵二十七機の連続集中攻撃に翻弄《ほんろう》された。私たちは体力、気力、戦技の全力を尽くして、射弾回避に努めるだけであった。幸い敵は射撃がへたで、射距離が遠かったので、どうにか、かろうじて一機を撃墜してこの危機を切り抜けた。

戦闘圏離脱には成功したが、台湾西海岸の海上で、態勢は不利なまま高度が百メートルしかない。私たちの後方七十メートルくらいのところを十二機が、競走馬のように闘魂を燃やして追撃してくる。その上空に五機、海岸線上に九機が高度をとりながら、私たちの陸地上空への帰還を制圧している。このままの態勢で決戦したら、海上で撃墜される。

敵は、海上戦闘専門の空母搭載機である。私たちは陸軍機であり、海上より陸地上空の方が得意だ。一刻も早く陸地上空に帰還しなければならない。

私は最後の手段として、超低空戦闘に移る決意をかためた。好機を見つけて海面すれすれの五メートルに降下し、時速五百キロの超高速飛行で陸地上空へと急いだ。敵二十七機が包囲の輪をせばめ、猛烈な銃弾を集中、執拗に迫ってくる。

僚機の真戸原軍曹も、ようやく疲労の色が濃くなったようだ。それは操舵でわかる。飛行時計は十時十一分を指している。戦闘開始以来、二十六分を経過している。敵は、落とされても落とされても戦闘を断念しない。負けず嫌いの私もいささか疲労し、苦痛を覚えてきた。

「地上に衝突するな」

と僚機に注意を与えて、海岸線と直角に、一千メートル間隔に植えられた高さ五メートルから十メートルの防風林を真ん中に、僚機と三十メートルの間隔をとって、ときどき入れかわり、相互に救援しながら、地上すれすれの超低空で射弾を回避しつつ飛んだ。こうして樹木の利用により、一時的にしろ危機の回避に成功した。

しかし、僚機とすれ違うとき顔を眺めると、一瞬間で明瞭ではないが、いかにも苦しそうである。私も苦しくなった。口の中が乾いてしまって、一滴の唾も出てこない。喉がカラカラで、胸が張り裂けるように痛む。今までに体験したことのない苦しさと疲労を覚える。

速度は、時速四百キロから四百五十キロ、全馬力を使って、二メートルから五メートルくらいの超低空で、僚機の状態を監視しながら、数機ずつ至近距離まで肉薄し攻撃して離脱する敵機の射弾を、回避せねばならない。

この態勢から生還を望むならば、神業とも思われる特別な離脱方法をとるよりほかに手はない。いまや生殺与奪の権を敵に握られるまでに追い込まれてしまった。

敵機を発見し第一撃を加えてから、二十分以上の真剣勝負において、数え切れないほど激しい攻撃を受けたが、私も僚機も幸い被弾は一発もない。

いま形の上では、私たちは完全に死の一歩前である。だが私は、体力、気力、戦技において、なお余力を残していた。今ならば、指揮官の責任として、僚機・真戸原軍曹を脱出させうる可能性はじゅうぶんある。私は、勇気をふるって最後の断を下した。僚機に対して、

「戦闘を離脱せよ。全速力で退避せよ」

と、猛烈な射撃を回避しながら命じた。私の命令を解した真戸原軍曹は、

「最後までいっしょに戦う」

と左手を高くあげ、それを左右に振った。私とともに戦い、最後には大地に激突する覚悟なのだ。私は大きな声を出して、

「馬鹿、馬鹿、馬鹿、死んではならない。生き残るんだ」

と心から絶叫した。もちろん、私の声が聞こえるはずはない。「死んではならない」という、私の最後の命令に従わぬ僚機に、腹が立って仕方がなかった。

「ああ、ついに彼を殺してしまうのか」

不屈の闘魂を持つ真戸原軍曹は、生も死も指揮官の私といっしょであり、私と運命をともにして戦って来た以上、私を残して一人戦闘離脱はしたくない——こういう気持ちから、命令に従わなかったのである。その気持ちは私にはよくわかる。指揮官としてこれ以上うれしいことはない。任務を遂行することは指揮官の責任である。

しかし指揮官は、自分は死んでも部下を助けねばならない義務がある。私はどんなことをしても、まず真戸原軍曹を助けねばならない。二人とも戦死すれば、全軍の士気にも影響するであろう。どうしても彼だけは助けたかった。

火を噴く愛機

二十数分間の長い死闘で、彼の疲労は限界にきていた。後上方、射距離五百メートルに、敵五機がピタリと食いついてしまった。距離はみるみるせばめられていく。四百メートル、三百メートル、あっという間に接近した。銃弾は真戸原機の四周に集中する。まさに彼の生命は風前の灯である。

このとき、私は彼の三十メートル左前方を飛んでいた。私の後方にも六機が、猛烈な殺気をみなぎらせて追撃している。

「危ない。もっと回避せよ」

と無意識のうちに叫び、急激な右旋回によって、僚機を追撃している五機と対進しながら、僚機と敵機の八百メートルの間に飛び込み、捨て身の戦法で僚機の楯になった。すばやく五

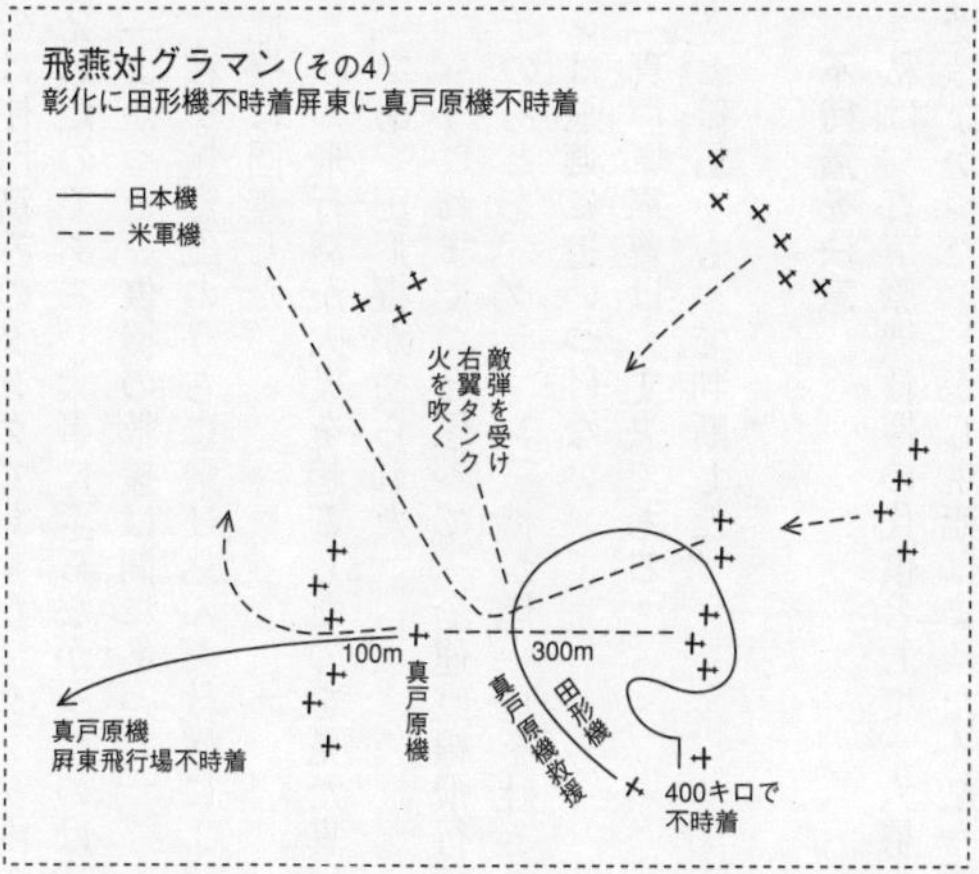

機編隊の指揮官機に、

「この野郎」

と闘魂を爆発させて、機関砲の一連射を加えた。

私が発射した弾丸は運よく、その敵機の右翼燃料タンクを撃ち抜いた。バシッという手ごたえとともに、ドッと燃料が噴き出した。

だがその瞬間、敵機の銃口百メートル付近を通過した私の愛機にも、ガン、ガンと六発の敵弾が命中した。承知で火中の栗を拾ったのだ。

「ついにやられた」

と直感したとき、愛機の右翼タンクが火を噴いた。火焔が座席に流れてきた。高度は三メートルくらいしかないが、火を消すため飛行機を横にすべらした。

「爆発するな」

と思ったが、翼上面が畳一枚ほど爆風で吹き飛び、機体が大きな振動を起こした。このまま時速四百キロ以上で飛べば、空中分解する。後方タンクには燃料は搭載しているが、爆発したのは使用済みのタンクであった。タンク内の揮発ガスと、底に少し残っていたガソリンが爆発したのである。大事に至らなかったのは、まったく幸運であった。

「よかった。僚機の救援は間にあった」

私が無意識のうちに飛び込んだ救援によって、真戸原軍曹は敵弾五発を機体に受けたが、危機は回避した。

私の飛行機が火災を起こしたのを見た真戸原軍曹は、

「ああ、田形機がやられた」

もうこれまでだと思って、全速直線飛行で低空を南下している。私との距離五百メートル、そのあとを、グラマン三機が黒い煙を吐きながら追撃している。全速直進する限り、グラマンは飛燕に追いつけない。

「真戸原軍曹は大丈夫である」

と確信をもって判断した。

不時着を決意

私は、真戸原機救援の代償として、六機からの機関砲弾を浴びた。幸運にも体には一弾も受けなかった。しかし生死はまったく紙一重である。三百メートル上空から六機、前方から十二機、後方から四機が、包囲しながら激しく迫ってきた。一難去ってまた一難。愛機は傷つき、無理がきかない。極度の疲労で耳が鳴り、めまいがする。二十二機に完全に包囲された。

翼の上面が吹き飛んだいま、得意の高速度戦法も格闘戦もできない。

僚機が助かったと思う安心感と、二機で三十六機を相手に、二十数分間もよく戦い抜いたという満足感を意識する。その反面、弱気は駄目だという闘魂がわき上がってくる。絶体絶命という言葉は、いまの私のための言葉である。

「竹尾、男なら最後までがんばれ」

ふと、やさしい母の幻が励ましてくれた。

「お母さん、ありがとう」

二対三十六の死闘で、六機撃墜、五機撃破して、陸軍戦闘機隊の闘魂を米軍パイロットにたたきつけたのだ。ここで撃墜されては、九仞《きゅうじん》の功を一簣《いっき》に欠く。

「そうだ、おれは台湾防衛戦闘機隊の、責任ある最古参の操縦者だ。負けてはならない。死んではならない。不死身といわれた田形もついに死んだか、と言われては、全軍の士気に影響する。よし、不時着だ」

私は、敵二十五機の完全なる包囲攻撃下に、一瞬の戦機をとらえて不時着する決心をした。右翼下は水田、左翼下は砂糖キビ畑である。不時着の衝撃をやわらげるために、右方の水田を選んだ。

前方の対進中の十二機に対して、牽制のための一連射を浴びせ、体当たりの気迫で突進する。十二機からの一斉射撃で、敵弾は私の飛行機の周囲に火を噴いて集中する。私は運を天にまかせて、衝突寸前まで肉薄していった。

敵は体当たりと勘ちがいして、全機一斉に六百メートルまで急上昇した。敵は、私の意図を察知できず、完全に裏をかかれた。私はこの一瞬の好機を逃がさなかった。時速四百六十キロ、高度三メートル、敵機が反転急降下し攻撃にかかるわずかな時間に不時着して、脱出しなければならない。

エンジンを停止するためにスイッチを切った。

火災を防ぐために燃料コックを閉鎖した。

着陸速度を減じ、浮力を大にするために、フラップを全開にした。

接地の衝撃を緩和するために、車輪を半分出した。

瞬間に不時着の準備は終わった。一秒の何分の一かの短い時間しかない。早く不時着脱出しないと、二十五機に射殺される。

スピードが時速四百三十キロになった。これは新幹線の二倍のスピードだ。ふつうの要領で不時着したら、衝撃と惰性で即死する。

「さあ、どうするか」

考える時間はない。五年前の夜間不時着以上に危険な不時着である。勇気をもって飛行機を地面に押さえつけ、接地と同時にキリモミの舵を使った。腰に当てていた木綿の座布団を接地直前に顔に当てた。

操縦者のカンと体験と度胸で行なった、無謀と思われる不時着も、われながら見事に成功した。理論どおり、時速四百三十キロの高速の惰性がピタリと止まった。

飛行機は水田で六十度ぐらい右旋回して、接地した一点に静止し、転覆もしなかった。体を座席に固定する大きな革のバンドがブツリと切れて、六十キロの私の体は、座席の上方へ飛び上がり、そのままの姿勢でまた座席にドンと落ちた。落ちるとき、計器盤に強く顔をたたきつけられたが、座布団のお陰で顔に負傷はなかった。ただ頭の中ほどを五針縫った程度の軽傷で、内出血も打撲傷もない、奇跡の不時着であった。

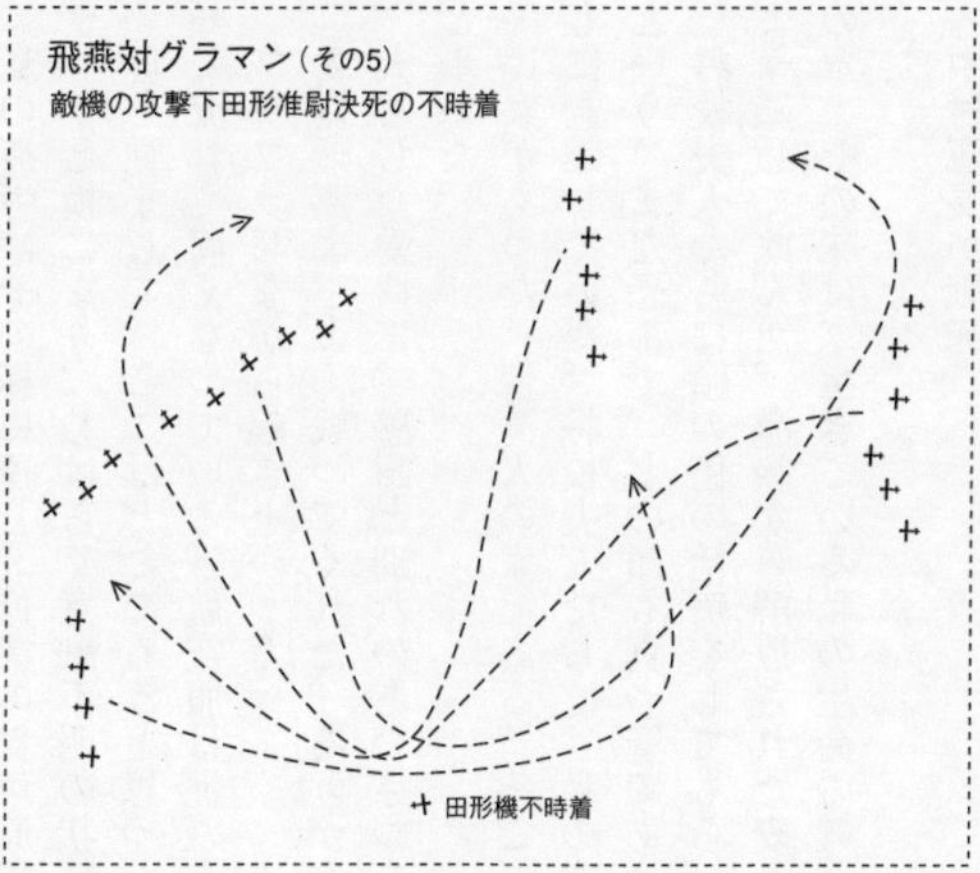

しかし、時速四百三十キロで接地した瞬間、一点に静止したので、一時気が遠くなり、何も見えなくなった。だが、全身これ闘魂という充実した気迫で不時着したので、体近くを銃弾が通過する音でハッと意識をとりもどし、歯をくいしばって座席から水田に飛びおりて、体を泥だらけにしながら、はって脱出、石垣の陰へ向かった。この間、二十五機より延べ数十回の激しい銃撃を受けた。

激しい敵機の銃撃下から、やっと水田の外に出て、高さ一メートルぐらいの石垣にたどりついた。

「畜生、とうとう、おれを落としやがった」

石垣の陰で銃撃を避けながら、五発を護身用に残して、拳銃で急降下攻撃するグラマンを数発撃った。

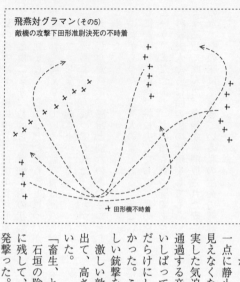

私の疲労はその極に達し、僚機の真戸原軍曹も、私も助かった、という安心感からか、フラフラと横になり、しばらく意識不明の状態になった。

目を覚まして、ここはどこだろうと思ったが、さっぱりわからない。頭から出た血が、左頬に流れて固くなっている。航空服は泥だらけである。

フラフラしながら起き上がった。

「愛機飛燕よ、よく戦ってくれた。ありがとう」

大破した愛機に、感謝と別れのあいさつをして、感無量の心境で、水田の畦道《あぜみち》を十五分ほど歩いた。

民家があった。台湾人の家である。そこには、鹿港飛行隊の将校夫人が十数名、家族とともに避難していた。将校夫人たちは、私の空戦と不時着から銃撃まで、防空壕から見ていたという。まだ恐怖で、どの顔も真っ青であった。

将校夫人たちに頭の傷の治療をしてもらいながら、冷たい水をもらって飲んだ。むさぼるようにして飲んだ。激戦から解放された安心感と、乾き切ったのどをうるおしてくれた一杯の水。その味は、生きている私の生命の確認であり、すばらしい味であった。

中村曹長が戦死

鹿港憲兵隊の車で、鹿港飛行隊に行った。そして、鹿港飛行場南方三キロの水田に不時着したことを知った。

鹿港飛行隊の幹部将校に戦闘状況を報告、救援を感謝して、中隊の基地・台中に緊急電話

をかけた。飛行団付の小林少佐に、

「田形准尉は真戸原軍曹を指揮して、二機で彰化（嘉義西方二十キロ）上空において、グラマン戦闘機三十六機を捕捉し、これと交戦、六機撃墜、五機繋破。僚機の戦闘離脱掩護中、敵弾を受け、火災のため不時着、軽傷、機体大破。真戸原軍曹は戦闘離脱に成功したと思います」

「よし、ご苦労。真戸原軍曹は屏東に不時着、ただいま台中に向かって帰還中だ」

だいじょうぶと判断し信じていたとおり、真戸原軍曹が無事であると聞いた瞬間、うれし涙がぼろぼろと頬を伝った。

「中隊主力はどうなりましたか」

「中村曹長、吉田軍曹が自爆した」

「そうですか」

不吉な予感が的中して、中村国正曹長が戦死してしまった。

「ああ、中村曹長が死んでしまった」

部下の中村曹長の戦死は無念でならない。真戸原軍曹の生還と、中村曹長、吉田義人軍曹の戦死で、胸中は悲喜こもごもで複雑だった。

これが戦争であり、戦士のたどるべき道であった。

菊池時代ともに過ごした同年兵の山本正美准尉の、心尽くしの食事を食べていると、伝令が、

「田形准尉殿、近くの水田に自爆していた飛燕の操縦者の死体を収容してきました。すぐ来てくれとのことです」

と告げた。

私は、飛燕と聞いた瞬間、ハッとして、

「操縦者は、中村曹長ではないか」

とせきこんでたずねた。その伝令を突き飛ばすような勢いで、死体を乗せてあるトラックに飛び乗った。血と土と埃で、まっ黒に汚れた落下傘で全身を包み、顔だけは軍医の情けで、消毒した純白のガーゼでおおってあった。

顔半分は砕け、頭は半分ほど亀裂が入って、見るも無惨な変わり果てた姿であった。顔の表情からは中村曹長とは判断できないが、上官と部下の因縁という心のきずなから来るカンで、中村曹長に間違いなしと判断した。落下傘の縛帯を手に取って見ると、泥水で真っ黒く汚れてはいるが「中村曹長」と書いてある。

私は、無意識のうちに死体に抱きついた。

「中村、貴様はなぜ死んだ。死ぬときは三人いっしょだと誓って北港を飛び立ったのではないか。なぜ、おれが着陸せよと言ったときに着陸しなかったのだ」

変わりはてた愛する部下を抱いて、私は軍人としての誇りも恥も忘れて、大声をあげて泣いた。

鹿港飛行場から台中飛行場への道を、トラックは中村曹長の死体を乗せて急いだ。

午後三時過ぎ、台中飛行場に帰還した。私の生還と中村曹長の無言の帰還によって、台中基地は悲しみと喜びの複雑な空気に包まれた。まだ吉田軍曹の死体は収容されていない。

私は、飛行団長・星少将、中隊長・東郷大尉に戦闘状況を報告した。その報告が終わるのを後方で待っていた真戸原軍曹は、

「田形准尉殿、ご心配をかけました。先に戦闘を離脱し申しわけありません」

涙をボロボロ流しながら報告した。

「おい、真戸原、よく戦ってくれた」

お互いに涙の中で労をねぎらった。

星飛行団長と東郷中隊長から、

「大敵を相手に戦い任務を果たした殊勲は、陸軍戦闘機隊の誇りである。ご苦労であった」

と讃えられ、慰労の言葉があった。

午後四時過ぎ、軍医の治療を受け、頭に白い包帯をぐるぐる巻いて、飛行場のピストに落ちついた。解放感も手伝って、全身がしびれるように痛む。航空帽もかぶれないし、飛ぶ飛行機もないので、休養待機することになった。

敵の攻撃はますます激しくなってくる。東郷中隊長は、十二機を率いて陣頭指揮で迎撃戦に飛び立っていく。負傷とはいえ、待機しているのはまったくやるせない気持ちである。

こうして、激しかった台湾沖航空戦の第一日は、無気味な殺気に包まれながら暮れていった。

十月十三日、戦闘第二日の夜は明けた。今日も台湾全土にわたって敵の大編隊が侵攻し、激しい空中戦が展開された。

私の搭乗機として、飛燕一機が北港から、出口曹長によって午後台中に空輸されるとの電報が入った。戦士が飛ぶ翼を持たぬほど寂しいことはない。

敵操縦者の霊に合掌

午前九時を過ぎたころ、嘉義の憲兵隊から電話連絡があった。

「昨日の戦闘で、田形准尉が撃墜した敵の死体を収容した。午後火葬するが、都合がつけば来ないか」

という連絡であった。

私は東郷中隊長の許可を受けて、台中と嘉義の中間、車で往復四時間ほどの、台湾人ばかりの小さい集落に向かって車を飛ばした。

私は昭和十二年七月、二十一歳のときから、華北、華中、仏印、タイ、ビルマ、マレー、台湾の空を飛び回り、数え切れないほどの航空作戦に操縦桿を握って参加した。私がこの手で発射した銃弾によって、あるいは投下した爆弾によって、幾人かの敵兵の生命を奪ってきた。しかし、自らが殺した敵の顔を見たことは一回もない。敵の顔を見るのは今日が初めてである。落ちつかない心境でいながらも、戦闘の疲れで、いつしか車の中で深い眠りに落ちていった。

「田形准尉殿、到着しました」

運転手の山口上等兵の声で、故郷に帰っている夢を見ていた私は、空襲警報が鳴りわたる厳しい世界に引き戻された。

「よし、ご苦労」

と言って車を降りた。

出迎えてくれた憲兵と、警察官の案内で、死体が安置されている部尾の入り口に立った。部屋の中から、憲兵隊が供えた線香のにおいが伝わってきた。私は一瞬ためらった。深く考えないで軽い気持ちで飛んで来たが、淡い後悔の念が湧くのをどうすることもできなかった。

「来なければよかった」

と思ったが、いまさらどうにもならない。戸を開けて部屋の中に立った。

正面の祭壇には、憲兵隊が日本武士道の精神にのっとって、質素ではあるが、三段の棚をつくり、果物や日本酒などを供え、線香とローソクも灯され、祖国アメリカのために勇敢に日本軍と戦って散っていった、若い敵操縦者の霊をとむらってあった。

私は祭壇の前に進んで線香を供え、焼香をして、頭をたれて合掌し、敵兵の冥福を心から祈った。

遺体は祭壇の上に安置されていた。私は憲兵の説明を聞きながら、顔を覆った純白の白布を取った。軍医の手によって全身きれいに消毒されて、純白の包帯がそれを包んでいた。墜落の衝撃で全身がクタクタに砕けていたという。顔の上のガーゼを取って顔を見た。顔の大半は砕けているが、鼻の上は原型のままだった。その顔は、安らかな表情であり、私と同年の二十八歳くらいの青年であることを物語っていた。

もう一度、全身を眺めてみると、胸部のところが血で染まり、包帯がまっ赤になっていた。

憲兵にたずねてみた。

「ここはどうしたのか」

「胸のところを機関砲弾で撃ち抜かれている、と軍医が語っていました」

私は静かに目をつむり、激しかった昨日の死闘を思い出した。

「そうすると十メートルくらいまで接近して撃ち込んだ、二番目に撃墜した飛行機だな」

と思った。このときの複雑な感情を語る言葉を私は知らない。一歩の差で、私がこのように死体となって安置されていたかもしれないのだ。

殺さなければ、殺される――これが戦争であり、軍人の任務である。

「勇敢な敵空軍の戦士です。丁重に葬って下さい」

と憲兵に頼んだ。そして果物でも買って供えて下さいと、十円を香典として置いた。

「遺品を見ませんか」

と、憲兵中尉が隣りの部屋に案内してくれた。そこには、地図、拳銃、手帳、万年筆、ナイフ、救急箱、救命胴衣、携帯用航空糧食などがあった。これらは、だいたい私たちの携行品と大差なかった。

私が驚いたのは、日本全土の地図であった。地図には、攻撃目標の軍需工場、軍事施設をはじめ、鉄道、鉄橋まで目印がしてあった。これを見ても、敵に徹底した本土攻撃の意図があることが判断された。

私は最後に、最近撮ったと思われる、はがき大の一枚の写真を手に取ってみた。写真には四人写っていた。向かって左に本人が、生後一年くらいのかわいい子供を抱いていた。その横に二十三歳くらいの美しい婦人が座っていた。その後方の中央に、五十歳前後と思われる上品な婦人が立っている。おそらく戦死した人の母であろう。

来るときは想像もしなかったような複雑な気持ちになって、車に乗った。

午後三時、台中飛行場に帰還した。

戦果と犠牲

中隊は師団命令によって、東郷中隊長に指揮されて、十二時に十一機が台中から台北飛行場に移動していた。昼間一機で飛ぶのは危険だから「翌朝、台北の松山飛行場に飛来せよ」との中隊長命令が私に伝えられた。

出口曹長によって北港から、代機として飛燕が台中に空輸されていた。乗る飛行機を失った私は飛燕を見て、恋人に会ったときのようにうれしかった。

さっそく、敵機の空襲の合い間を見て試験飛行を行なった。調子は上々だ。

夕刻、中国大陸から来襲したB29約三十機によって、百キロ爆弾三百発あまりが、台中飛行場に投下された。格納庫二棟が爆破炎上し、飛行機数機（旧式の九七戦）が大破し、十数名の死傷者を出した。私も至近弾で土をかぶったが、幸い無事であった。

東郷中隊長に率いられた中隊主力は、台北上空で壮烈な迎撃戦に参加し、敵機五機を撃墜。藤田准尉が敵弾で両眼をやられ、盲目の不時着で奇跡的に九死に一生を得た。

なによりもうれしかったことは、二対三十六の空中戦で戦闘に開眼した真戸原軍曹が、善戦健闘してグラマン一機を撃墜したことであった。

こうして戦闘第二日は暮れていった。

十月十四日午前六時、東の空がようやく明るくなったころ、私は飛燕を操縦して、単機で台中飛行場を離陸した。高度五十メートルの低空を、三百キロのスピードで台北に向かって飛ぶ。払暁飛行で飛んでいる間に、新竹上空ですっかり夜が明けた。

ふと新竹駅の方を眺めると、鳥が飛んでいるように敵機が銃撃を加えている。その上空一千メートル付近に九機が旋回している。さらに、高度三千メートル付近に二十機あまりのグラマンが飛んでいる。

「この野郎、朝早くからやって来たなあ。地上攻撃している六機をやっつけるか」

機関砲の安全装置をはずした。敵は、六機、九機、二十機の大編隊である。さらに、次の大編隊も侵攻しつつある。私の任務は、台北の中隊主力に合流することであった。

血気にはやってはならない、と自分をいましめて、残念ながら敵機に発見されないよう、その哨戒圏を突破して、台北への道を急ぐことに決めた。高度を五メートルの超低空に下げて、森や家、山陰をはうようにして飛んだ。幸い敵機に発見されず、無事に台北・松山飛行場に着陸した。

「田形准尉、ただいま到着しました」

「ご苦労。途中敵機が来襲していたので、案じていたのだ」

東郷中隊長は、にこにこしながら報告を聞かれた。

松山飛行場には、十戦隊、十一戦隊、二十戦隊と私の中隊など、戦闘機、偵察機約四十機が集結していた。これが戦闘第三日における、第八飛行師団の全戦力であった。

この日も台湾全土が、グラマンとB29の猛攻撃にさらされた。わが方は、台北上空を重点として、常に三十機程度の編隊群をもって迎撃戦闘を行なった。私も三回迎撃戦闘に参加したが、わが方が三十機も飛んでいると、敵は徹底した攻撃を加えてこないので、第一日、第二日のような激しい空戦は展開されず、軽く遭遇戦を行なう程度であった。

十三日、十四日の陸海軍雷撃隊による第三八機動部隊への強襲によって、十四日の夕刻から、台湾に対する敵の攻撃は急に低調となった。十五日夕刻、台湾の戦況急のため中国大陸より、川田少佐に率いられた飛行第二十九戦隊の二式戦闘機二十三機が、松山飛行場に帰還したので、急に戦力が増強され、にぎやかになった。

それから一週間、B25、P38などの少数機による台湾攻撃は続けられたが、見るべき戦闘は行なわれなかった。

私たち操縦者は、台北市郊外にある北投温泉の花屋旅館に泊まった。毎晩、温泉で戦いの疲れを癒すことができて大喜びであった。

第三八機動部隊も、陸海軍雷撃隊の捨て身の攻撃によって大きな損害を受け、比島へ南下していった。こうして、激しかった台湾沖航空戦も終わりを告げた。

台湾沖航空戦における第八飛行師団の迎撃戦闘は、わずか七十五機の戦闘機で、十二日、十三日、十四日の三日間にわたって、グラマン延べ三千二百機、B29延べ三百機を相手に、文字どおりの命令されざる特攻精神で戦った。

敵機撃墜破百二十機以上、味方は自爆約三十機、空中勤務者の死傷約四十名を超える尊い犠牲を払った。

東郷中隊の戦果は撃墜十三機、撃破十機の合計二十三機、犠牲は中村曹長、吉田軍曹戦死、藤田准尉重傷、田形准尉軽傷、飛行機五機大破の損害であった。中隊の十五機があげた戦果は大きかったが、二名の戦死者を出したことは悲しかった。

十月十五日夜、師団主催の操縦者の慰労の祝宴が、山本師団長、岸本参謀長ら師団の高級指揮官、幕僚が参加され、北投温泉で開催された。七十五名の操縦者中、元気で参加したのは半数以下の三十名たらずであった。

席上、川野剛一参謀がにこにこしながら、

「田形准尉の頭は堅いね」

と言って、軽く私の頭をなでられた。

私と真戸原軍曹の三十六機対二機の迎撃戦の記事が、大毎、大朝、同盟通信により、十月二十二日の朝刊に五段で大きく報道された。それによって、内地から、台湾から、知らない人々から多くの慰問品と慰問文が送られてきた。戦局は日増しに緊迫の度を加えてきた。この同胞の激励と期待に応えねばと、さらに闘魂を盛り上げて操縦桿を握るのであった。

第八飛行師団特攻隊

特攻機受領

昭和二十年二月には、比島は完全に敵の手中に落ちていた。この時点で、敵の日本本土上陸のための最後の攻撃目標は、第一が沖縄、第二が台湾、第三が中国大陸と判断されていた。敵は沖縄に侵攻する――この判断が、台湾軍と大本営の一致した結論であった。

この判断に基づき、台湾の第八飛行師団は山本師団長以下、文字どおり全軍特攻の気迫で、来るべき大敵迎撃のための戦備を急いだ。

戦雲急を告げるあわただしさのなかで、私は特攻機十二機（隼）受領の命令を受けて、部下十一名を指揮して二月十日、嘉義より重爆に便乗、嘉義―福岡―立川を飛んで、立川陸軍航空廠に出張した。

比島の決戦に敗れ、サイパン、中国大陸より侵攻するB29のあいつぐ本土爆撃によって、家は焼かれ、工場は爆破され、食糧は不足するなどで、一億玉砕の戦意は火と燃えていたが、人々の表情は暗く、疲労の色は濃かった。

二月二十日、隼十機を本田曹長に指揮させ、先発として大刀洗から台湾に帰還させた。私は、故障した二機を修理するために、出口曹長と二人で大刀洗に残った。

二月二十二日朝、大刀洗から知覧に飛び、昼過ぎに沖縄北飛行場に着陸した。昼間は比島から侵攻するグラマンのために危険なので、沖縄から北港まで夜間飛行で帰還することにした。

午後七時、日没三十分前に沖縄北飛行場を、僚機の出口曹長と二機編隊で離陸した。石垣島上空ですっかり夜になった。石垣—台北間二百キロはずっと雨であったが、夜間の雨中を危険な低空飛行で突破して、午後九時すぎ台北上空に到着した。台北は豪雨であったから、北港まで飛んで九時三十分、沖縄—石垣—台北—北港間七百五十キロ、危険な雨中の夜間飛行を無事に翔破して、目的地の母隊のいる北港飛行場に帰還した。

待機する四百四十機

私が立川に出張している間に、第八教育飛行隊の空気はがらりと変わっていた。西嶌道助部隊長は転出され、第六教育飛行隊長だった小林善晴少佐が部隊長として着任されていた。台湾沖航空戦のおり、ともに戦った東郷三郎大尉が戦隊付となっておられた。

部隊の飛行訓練は全部中止され、操縦者全員が特攻命令を、胸騒ぐ気持ちを押さえて待っている。

第八飛行師団においては、昭和二十年二月から三月の間に、操縦一年から三年の将校、下士官四百四十名、約四百四十機の特攻隊が編成された。

福岡に司令部を置く第六航空軍（軍司令官・菅原道大中将）は、約八百機の特攻隊を編成した。一方海軍は、宇垣纏中将の指揮のもと大分に司令部を置き、約二千機の特攻隊が編成された。

こうして陸海軍約五千機が作戦配置につき、その中で三千四百機が特別攻撃隊であった。九州と台湾を基地として、予想される沖縄決戦のために、燃ゆる闘魂を胸に秘めて、三千四百余名の特攻隊員が満を持して静かに死の出撃を待った。

第八飛行師団編成（昭和二十年二月一日）

師団長	陸軍中将	山本　健児
参謀長	陸軍大佐	岸本　重一
高級参謀	陸軍中佐	石川　寛一
参謀	陸軍中佐	川元　浩
〃	陸軍少佐	西　篤
〃	陸軍少佐	川野　剛一
兵器部長	陸軍中佐	永石　正久
軍医部長	陸軍軍医少佐	野呂　文彦
経理部長	陸軍主計中佐	田中　喜三
高級副官	陸軍中佐	星　光

麾下部隊編成（昭和二十年二～五月）

第九飛行団長	陸軍大佐	柳本　栄喜
第二十二飛行団長	陸軍中佐	藤田　隆
第二十五飛行団長	陸軍少佐	北川　潔水
飛行第八戦隊長	陸軍中佐	長屋　義衛
飛行第十戦隊長	陸軍少佐	浜田　益生
飛行第十三戦隊長	陸軍少佐	丸川　公一
飛行第十七戦隊長	陸軍少佐	高田　義郎
飛行第十九戦隊長	陸軍大尉	深見　和雄
飛行第二十戦隊長	陸軍少佐	村岡　英夫
飛行第二十六戦隊長	陸軍少佐	永田　良平
飛行第二十九戦隊長	陸軍大尉	小野　勇
飛行第百五戦隊長	陸軍少佐	吉田長一郎
飛行第百八戦隊長	陸軍中佐	吉川日出夫
飛行第二百四戦隊長	陸軍少佐	村上　浩
同飛行隊長	陸軍大尉	高橋　渡
独立飛行第二十三中隊長	陸軍大尉	馬場園房吉
独立飛行第四十一中隊長	陸軍大尉	金子精一郎
独立飛行第四十二中隊長	陸軍大尉	森　孜郎

独立飛行第四十三中隊長　陸軍大尉　井手　覚
独立飛行第四十七中隊長　陸軍大尉　森　敏夫
独立飛行第四十八中隊長　陸軍大尉　高橋　一茂
独立飛行第四十九中隊長　陸軍少佐　永山菊次郎
〃　陸軍大尉　鈴木　信也
誠第一司偵隊長　陸軍少佐　伊藤　哲郎
誠補充飛行隊長　陸軍少佐　東郷　三郎
第三教育飛行隊長　陸軍少佐　永岡　良一
第六教育飛行隊長　陸軍少佐　小林　善晴
第八教育飛行隊長　陸軍少佐　西嶌　道助
第九教育飛行隊長　陸軍少佐　綾野　唯雄
第一線機戦闘、偵察、爆撃約二百機
（地上勤務の部隊は省略する）

誠特別攻撃隊編成（昭和二十年二〜三月）

誠第十五飛行隊　隊員　十四名（九九双軽十四機）
誠第十六飛行隊　隊員　十五名（一式戦十五機）
誠第十七飛行隊　隊員　十名（九九軍偵十機）
誠第二十五飛行隊　隊員　二名（九九双軽二機）

誠第二十八飛行隊　隊員　三名（九九軍偵三機）
誠第三十一飛行隊　隊員　十名（九九軍偵十機）
誠第三十二飛行隊　隊員　十五名（九九軍偵十五機）
試第三十三飛行隊　隊員　十名（四式戦十機）
誠第三十四飛行隊　隊員　十四名（四式戦十四機）
誠第三十五飛行隊　隊員　十名（四式戦十機）
誠第三十六飛行隊　隊員　十名（九八直協十機）
誠第三十七飛行隊　隊員　十一名（九八直協十一機）
誠第三十八飛行隊　隊員　八名（九八直協八機）
誠第三十九飛行隊　隊員　十名（一式戦十機）
誠第四十飛行隊　隊員　二名（九七戦二機）
誠第四十一飛行隊　隊員　四名（九七戦四機）
誠第七十一飛行隊　隊員　六名（九九軍偵六機）
誠第百十四飛行隊　隊員　八名（二式複戦八機）
誠第百十五飛行隊　隊員　二名（九七戦二機）
誠第百十七飛行隊　隊員　二名（九七戦二機）
誠第百十八飛行隊　隊員　二名（九七戦二機）
誠第百十九飛行隊　隊員　九名（二式複戦九機）
誠第百二十一飛行隊　隊員　一名（九八直協一機）

誠第百二十三飛行隊　隊員　四名（二式複戦四機）
飛行第十七戦隊　隊員　十七名（三式戦十七機）
飛行第十九戦隊　隊員　十九名（三式戦十九機）
飛行第二十戦隊　隊員　二十四名（一式戦二十四機）
飛行第二十九戦隊　隊員　七名（四式戦七機）
飛行第百五戦隊　隊員　十六名（三式戦十六機）
飛行第二百四戦隊　隊員　九名（一式戦九機）
独立飛行第二十三中隊　隊員　五名（三式戦五機）
飛行第十戦隊　隊員　三名（百式司偵三機）
飛行第百八戦隊　隊員　二名（一式双発高練二機）
（ほかに若干編成された）

全員高く手を挙げて

昭和二十年二月、当時、第八飛行師団所属の操縦者は、将校、准士官、下士官、合計約六百名がいた。その中で、一般の航空作戦に役立つ操縦十年以上の歴戦のパイロットは、東郷三郎少佐、川田一大尉（少飛一期）、梅木隼男准尉（少飛一期）と私たちの五名程度であった。さらに、操縦五年以上の一人前の操縦者は五十名あまりで、わずかに十パーセント足らずであった。

このように指揮官も操縦者も練度が低く、飛行機も旧式が多かったので、通常の航空作戦の展開は困難であり、特攻作戦以外に、物量と性能を誇る大敵と戦う道はなかった。このことは誰よりも、私たち操縦者がいちばんよく知っていた。

特攻隊と特攻攻撃は、形式的には高級指揮官の命令であったが、特攻戦法そのものは航空作戦の自然の流れの中から、操縦者の自発的意志によって、盛り上がって生まれたものであった。

二月の中旬、私が立川に出張の不在中に、特攻隊要員として、村岡英夫少佐の指揮する飛行第二十戦隊に、丸毛軍曹、日高上等兵、神谷上等兵、井上上等兵、田中上等兵の五名が転属していた。

師団命令によって、八飛師麾下の各部隊で一斉に特別攻撃隊の編成が開始された。

三月二十一日、こうした緊迫した空気の中で、第八教育飛行隊が駐屯する小学校の校庭に、操縦者全員集合の非常呼集ラッパが、悲壮な空気をただよわせて鳴りひびいた。

航空服に身をかためた操縦者七十三名が、緊張した表情で二列横隊に、学校正面に向かって整列した。その後方では、六百名の地上勤務者が息をつめて見守っていた。

小林部隊長が正面に立った。

「比島作戦に敗れて、戦局はまことに重大である。軍情報によれば、敵の大機動部隊はすでに比島を発進して、沖縄に向かって航行中とのことだ。わが第八教育飛行隊にも、やがて特攻命令が下令されることは必至である。今や祖国日本は、諸君ら若い生命を必要としている。山本師団長はあくまでも、志願によって特攻隊を編成する、との方針である。この方針に基づき特攻隊志願者を募る。志願するものは手を挙げよ」

一瞬、校庭が水をうったように静かになった。

操縦者全員が顔を紅潮させて、勢いよく手を挙げた。私も命令が終わると同時に右手を高く挙げた。部下に「特攻隊で死ね」と命令しなければならない小林部隊長の表情は、緊張で青ざめていた。

「諸官らの勇気と闘魂と責任感に敬意を表し、心から感謝する。いつ特攻命令が来てもすぐ出撃できるよう、心と環境の整備を行なっておくように」

こうして操縦者の非常呼集は、重苦しい空気の中に終わった。

中隊の将校は、中隊長・岩本茂夫大尉（陸航士五十五期）、中隊付の尾崎恭忠中尉（陸航士五十六期）、丹下一男中尉（陸士五十六期）、五味大礎少尉（幹候八期）、大野好治少尉（幹候八期）、畠山富雄少尉（特操一期）、辻俊作少尉（特操一期）の七名であったが、さすがに青年将校らしく、もう特攻命令をもらったように、闘志満々たる表情に微笑みを浮かべて将校室に引き揚げていった。准士官は私一人であった。

下士官は、河野蓮美曹長以下二十五名だが、将校に劣らぬ立派な態度であった。その中には、特攻隊となって沖縄に突入した堀田明夫軍曹、荻野光雄伍長らがいた。

兵は四十名で、特攻隊として沖縄で立派に戦死した大橋茂上等兵以下十八名が含まれていた。十八歳から二十歳の紅顔純情な少年飛行兵は、維新の白虎隊をしのばせるような、頼もしい態度であった。

それぞれ将校室、准士官室、下士官室、内務班に帰ってから、私物の整理をしながら楽しそうに談笑していた。その空気は明るく、暗い影はなかった。

戦隊初の特攻隊編成

三月二十二日午前九時、非常呼集のラッパは勇壮なひびきをもって校庭に鳴りわたった。いよいよ特攻命令が発令されるのだ。

操縦者全員が、軽い不安と期待に頬を紅潮させて、昨日と同じ要領で集合した。地上勤務の将校は、操縦者の後方に中隊ごとに二列横隊に整列した。

小林部隊長の声は、極度の緊張のためかふるえているようである。陸軍八十年の歴史を通じて、決死隊の命令は数えきれないほどであったが、死んで目的を達成する特攻命令は前例がない。歴史的な死の命令を聞く将校は、せき一つする者もなく、静かである。

「陸軍少尉畠山富雄、誠第百二十飛行隊長を命ず」

豪快な畠山少尉は、大声で答えて力強く五歩前進した。

「陸軍軍曹堀田明夫、陸軍伍長荻野光雄、陸軍上等兵田中瑛二、同東局一文、誠第百二十飛行隊付を命ず」

「はい」

「はい」

「はい」

「はい」

答える声が次々に起こり、まるで進級命令でも受けたかのように、畠山少尉以下五名が前進して一列横隊に並んだ。

さらに命令は続く。

「陸軍少尉五味大礎、誠第百十六飛行隊長を命ず」

「はい」

五味少尉は顔を紅潮させながら大声で答えて、五歩前進した。

「陸軍上等兵大橋茂、同荒井茂、同田中茂男、同一丸研介、誠第百十六飛行隊付を命ず」

四名は元気よく、次々に「はい」と答えて前に出た。

「諸君ら十名は、わが第八教育飛行隊より選ばれた名誉ある特別攻撃隊員である。祖国防衛のために、部隊の名誉を代表して勇敢に戦い、重大任務を遂行してもらいたい。明三月二十三日、北港出発、列車輸送によって台北の師団司令部に出向せよ。では、諸君らの武運を祈る」

ああ、ついに戦隊の特攻第一陣が決定した。極度の緊張でのどがからからに乾いた。特攻隊員の顔は紅潮して赤味を帯びているが、命令をもらわなかった操縦者の顔は青く堅い表情をしていた。

「陸軍准尉田形竹尾は、師団司令部に出向する畠山少尉以下十名を、北港より嘉義駅までトラックによる輸送を命ずる」

この十名の特攻隊員は、私が精魂こめて教育した操縦の教え子たちである。嘉義駅まで見送れることは予期せざる喜びであった。

「陸軍少尉畠山富雄以下五名は、特別攻撃隊誠百二十飛行隊付を命ぜられました。つつしんで申告いたします」

「陸軍少尉五味大礎以下五名は、特別攻撃隊誠百十六飛行隊付を命ぜられました。つつしんで申告いたします」

畠山少尉、五味少尉が小林部隊長に申告した。続いて畠山少尉は部隊将兵に対して、訣別の言葉を述べた。

「畠山少尉以下五名は、名誉ある特攻隊の大命を拝しました。未熟な私たちが先輩同僚をさしおいて、栄えある部隊の特攻先陣を拝し、光栄であると同時に、皆様方に申しわけありません。一死をもって必ず大任を果たしますので、ご安心下さい。祖国と民族の栄光を信じて、喜んで死んで行きます。皆さん、体を大切に、あとを頼みます」

続いて五味少尉があいさつを述べた。

「五味少尉以下五名が、栄えある特攻の大命を拝したことは武人の本懐であります。操縦新参の私たちが、大先輩の教官をさしおいて、先陣として出撃するのは心苦しいのですが、必ずご期待にそうよう、日本男子の土性骨を世界に示して、立派に自爆します。私たちはひと足さきに死んで行きますから、日本の将来と、部下の遺族のことをよろしく頼みます」

十八歳の紅顔の美少年の大橋上等兵が、少年飛行兵を代表してあいさつした。

「大橋上等兵は、少年飛行兵を代表してごあいさつ申し上げます。教官助教の先輩の皆さま、私たちは一年半しか飛行機に乗っていません。操縦もへたであります。しかし、私も名誉ある陸軍の戦闘機乗りです。今まで教えられたとおりの注意を守って、必ず敵艦に命中します。ご安心下さい。先日、同期生の日高、田中、神谷、井上の四君が、特攻要員として二十戦隊に転属しましたが、彼らも、特攻命令をもらったと思います。今日命令をもらった六名は、さきに征《い》きます。同期生の諸君たちより早く命令をもらって申しわけないが、諸君たちにも必ず命令がくると思うから、力を落とさず命令を待って下さい。皆さん、お世話になりました。靖国神社で待っています。さようなら」

大橋上等兵は、感激と興奮に頬を紅潮させながら、とつとつとして別れのあいさつを述べた。

誠第百二十飛行隊

隊長　少　尉　畠山富雄（特操一期）　五月四日、特攻故大尉
隊員　軍　曹　堀田明夫（少飛九期）　五月四日、特攻故少尉
〃　伍　長　荻野光雄（少飛十一期）　五月十二日、特攻故少尉
〃　上等兵　田中瑛二（少飛十五期）　五月四日、特攻故少尉
〃　上等兵　東局一文（少飛十五期）　五月十二日、特攻故少尉

誠第百十六飛行隊

隊長　少　尉　五味大礎（幹候八期）　四月二十八日、特攻故大尉
隊員　上等兵　大橋　茂（少飛十五期）　四月二十八日、特攻故少尉
〃　上等兵　荒井　茂（少飛十五期）　六月六日、戦死故軍曹
〃　上等兵　田中茂男（少飛十五期）　四月八日、戦死故軍曹
〃　上等兵　一丸研介（少飛十五期）　四月八日、戦死故軍曹

別れの宴

こうして、部隊初の特攻命令が発令された。

午後一時から、質素だが盛大な送別の宴が開催された。同じ人間が、死を前に、どうしてあのように明るい態度で宴会にのぞむことができるのだろう。

午後七時、堀田軍曹以下八名の特攻隊員が私の下宿に別れのあいさつに来るので、その送別会の準備のために、四時に北港街の下宿の花屋に帰った。

かわいい教え子との永遠の別れなので、あれもこれもと、下宿のおばさんと相談して、ごちそうの準備に心をくばった。

午後六時、写真屋に連絡しておこうと、自転車に乗って北港神社の横を通りかかった。ふと見ると、社前に深く頭をたれて祈っている一人の軍人の後ろ姿が目についた。

「いまごろ誰だろう」

自転車を降りて石垣の陰に急ぎ、祈り終わって顔を上げるのを息をつめて見守っていた。しばらくすると、長い祈りが終わった。

社殿を背にしたその顔は、今日特攻隊員を命じられた荻野伍長であった。おりから台湾特有のまばゆいばかりの赤い夕陽が、荻野伍長の横顔を照らしている。その表情は明るくあたかも名匠が魂を打ち込んで刻んだ観音像のごとく、神々しい表情である。

私は電気に打たれたように、ついに声をかけることができなかった。彼は足どりも軽く神社を去っていった。私は、遠ざかり行くその後ろ姿に、心の中で手を合わせて祈った。

午後七時には堀田軍曹以下八名が、いつもと変わらぬ朗らかな顔でやってきた。夜おそくまで、飲み、食い、愉快に語り、永遠の別れのさかずきを交わして宴をとじた。

私は車で北港飛行場まで彼らを送った。そして、下宿の布団にもぐり込んだが、さきほど別れた特攻隊の一人一人の面影、脳裏にあざやかに浮かんで、目がさえて、涙が流れてどうしようもなかった。

嘉義駅頭に送る

三月二十三日、敵機動部隊のグラマンF6Fが沖縄に第一撃を加えた。この宿命の日、午前十時に小林部隊長以下の将兵の「万歳」に見送られて、畠山少尉、五味少尉ら十名の特攻隊員は、

「お世話になりました」

「がんばって下さい」

と、別れの言葉を交わして校門を出た。校門前で、私が指揮する軍用トラックに乗車して、嘉義駅に向かった。

部隊から通報を受けていた嘉義の憲兵隊長と、嘉義の駅長が出迎え、駅の貴賓室に案内され、台北行きの急行列車を待った。

私は、汽車の中で食べたり飲んだりするものを、あれもこれもと考えて買って準備した。見送る今の私にできることは、ただそれだけしかなかった。

駅長から渡された特攻隊の記事を、みな真剣に読んでいる。その表情は、不安も、悲しみも、悔いもない、死を克服した者のみが表わす悟りの表情であった。童心の小学生が修学旅

行に行くときのような楽しい表情をしている。

彼らが内地を出てから、長い者は二年、短い者でも一年半、戦士の魂の古里であるお母さんに会っていない。このことには、征く者も見送る者もふれようとはしない。死ぬ前に一目、母に会わせてやりたい。特攻隊の新聞記事を無心に読んでいるこの姿を、母に見せてやりたいという強い衝動にかられた。

「田形准尉殿、私たちが突入すれば、このように新聞に報道され、靖国神社に祭られますか」

田中上等兵が照れたような顔で、あまりにも深刻な問題をいとも簡単に質問した。

「そうだ。君たちが任務を果たせば、下士官は少尉に、准士官以上は二階級進級する。護国の神として靖国神社に祭られ、民族の歴史が続くかぎりその名誉は讃えられるのだ」

「そうですか、私たちが神になるのですか。立派に死なねば申しわけないですね」

十七歳から十九歳の少年飛行兵たちは頰を紅潮させて語った。なんと清純な魂であろうか。この子を育てた偉大なる母にあらためて敬意を表した。

「君たちの崇高な精神は民族の心の中に永遠に生きていく。また遺族は、精神的に、経済的に、国家と国民が責任をもって保障する。あとのことは心配するな」

「はい。私たちは日本人に生まれた誇りと喜びをもって、ひと足さきに死んでいきます。あとのことは頼みます」

私は、ともすればあふれ出ようとする涙を必死でこらえて、やっとこれだけのことを話した。

こうしている間に、発車時刻は刻一刻と近づいていく。

「おい、荻野伍長。君は昨日は、北港神社で何を祈っていたかね」

「はい、恥ずかしくて言えないのですが」

「話せることなら話してくれ」

「はい、笑わないで下さい」

彼は恥ずかしそうに照れながら答えた。

「私は飛行機に一年半しか乗っていない。飛行時間も三百時間たらずで、空中戦をやってもまだ敵機を撃墜する腕をもっていません。しかし、同期生の先陣として、名誉ある特攻隊員を命ぜられた以上、大型空母か戦艦に命中するよう祈ったのです。空母や戦艦とは欲が深いと先輩から笑われはしないかと思ったので、話したくなかったのです」

そう言って顔を真っ赤にして、恥ずかしそうに下を向いている。

「お母さんに会って死にたい。恋人にも会って永遠の別れのあいさつがしたい」

このようなことを考えて祈ったであろうと思ったのに、自分の想像の低さが恥ずかしかった。

嘉義駅の構内は、内地人、本島人の旅行者で混雑していた。いま十名の若き特攻隊員が、肉親の見送りもなく、祖国のために生きて帰らぬ死出の旅路に出発するのだ。秘密行動であるから、そのことは誰も知らない。皆に知らせて、せめて万歳で送ってやりたかった。

台北行き急行列車が到着した。

「さようなら。あとのことはよろしくお願いします」

「さようなら。しっかり頼むぞ」

特攻隊員と、手が痛くなるまで永遠の別れの握手を交わした。こうして、ふたたび還らぬ特攻出撃の大任を帯びた教え子の畠山少尉、五味少尉ら十名を乗せた台北行き急行列車は、駅構内に黒煙を残して次第に遠ざかり、ついに見えなくなった。

愛児の晴れの大任も知らずに、故郷で武運を祈っておられるであろう彼らの父や母のことを思えば、たまらなく悲痛な気持ちだった。

私は、一人ホームに立って、見えなくなった列車の方向をいつまでも見送った。

嘉義駅まで特攻隊を見送った翌二十四日、

「陸軍准尉田形竹尾は、師団司令部に出頭する部隊副官・小林大尉を、中練による空中輸送を命ず」

という命令を受けた。

小林大尉は師団の命令で、特攻隊員編成の参考になる操縦者名簿を司令部に提出するのが任務であった。

第一次特攻隊員十名は部隊長の責任で編成されたが、第二次からは直接師団から発令されることになった。

当日は雲量五、雲高八百メートル、風速十五メートルから二十五メートルの、いわゆる暴風ともいうべき強風の気象状態であった。十二時までに師団司令部に到着しなければならない小林大尉は、車では間に合わない。

「危険をおかしても飛んでくれ」

と言われた。

時速百四十キロの二人乗りの連絡機を操縦して、北港―新竹五十分の航程を、強風下の超低空飛行で一時間二十分を要して無事に飛んだ。

任務を無事に果たした小林大尉は、よほどうれしかったのか、小遣い十円也を私に渡してくれた。

沖縄特攻第一陣・伊舎堂大尉

昭和二十年三月二十五日、ついに運命の日がやってきた。新沢中佐の指揮する飛行第十戦隊の快速・百式司令部偵察機は、沖縄の西方にあたる東シナ海洋上を沖縄本島に向かって航行する、敵の大機動部隊の主力を発見した。

偵察機から、無線ですぐに第八飛行師団へ報告された。

「大機動部隊発見。沖縄に向かって全速侵攻中」

「やっぱり、沖縄だった」

特攻攻撃の決意を固めていた山本師団長は、心の中でそう叫びながら、あらためて自らの決意を確認した。この機動部隊を洋上でたたかねばならない。上陸を許しては大変なことになる。

ただちに、沖縄特攻第一陣として、石垣島に待機中の誠第十七飛行隊長・伊舎堂大尉に、翌二十六日未明の特攻出撃を命じた。掩護する独立飛行第二十三中隊・阿部少尉以下の三式戦・飛燕も、全機が爆弾を装備していた。

正規空母十四隻、軽空母三十二隻、戦艦六隻、巡洋艦その他二百隻、搭載機二千六百機、輸送船約一千四百隻、地上兵力八個師団から十個師団、そのほか英国機動部隊若干を含む米第五八機動部隊を中心とする沖縄攻略部隊は、三月二十三日、沖縄に初の艦砲射撃を加え、三月二十五日、慶良間列島に上陸、沖縄諸島への前進基地を攻略した。そして、伊舎堂飛行隊は二十六日の午前四時、全機、石垣島を発進した。

「天気晴朗、月齢十二夜、残月を浴びつつ……」

という、豪快、沈着そのものの無電報告を最後に、石垣島に帰還した故障の四機を除き、伊舎堂大尉と阿部少尉以下十名、九九軍偵四機と飛燕六機が、敵の戦闘機と対空砲火の熾烈な攻撃を排除して、午前五時五十分、敵機動部隊に突入した。

その状況は、戦果確認のためにおもむいた司令部偵察機によって視認された。

戦果は、師団司令部で想像していたより、はるかにすばらしいものであった。

轟沈　戦艦　一　改造空母　一

撃破　改造空母　一

損傷　戦艦　二　改造空母　二

合計撃沈破七隻という大戦果をあげて、敵の心胆を寒からしめ、恐怖のどん底にたたきこんだ。

陸海軍沖縄特攻の第一陣として、部下九機を指揮して、従容として死んでいった伊舎堂大尉は、奇しくも出撃した石垣島出身であった。それも石垣島飛行場のすぐ近くに実家があって、父母や兄妹もそこに暮らしていた。何年も肉親に会わずに出撃する部下の心情を考えて、親思いの彼だが、一度も実家へは帰らなかった。

実家から慰問品を持ってくると、自分は何一つ取らず、全部、部下に分配してしまった。

部下および直掩の九名の将校、下士官もこの隊長の名を恥ずかしめない立派な人たちであり、その最期は壮烈、鬼神を哭かしむるものがあった。

三月二十七日の各新聞の第一面に、

「伊舎堂用久大尉の指揮する、陸軍特別攻撃隊〇〇飛行隊十機は、沖縄に侵攻した敵機動部隊に突入、十機十艦を屠る大戦果をあげた」

と大々的に報道された。

誠第十七飛行隊編成

大尉　伊舎堂用久（陸士五十五期、沖縄県）
少尉　川瀬　嘉紀（特操一期、東京都）
少尉　芝崎　茂（特操一期、埼玉県）
軍曹　黒田　釈（少飛十一期、愛媛県）

独立飛行第二十三中隊編成

少尉　阿部　久作（少候二十五期、北海道）
軍曹　長野　光宏（少飛八期、東京都）
軍曹　金井　勇（少飛十一期、富山県）
軍曹　広瀬　秀夫（少飛十二期、香川県）

軍曹　岩本　光守（予下九期、福岡県）
軍曹　須賀　義栄（予下九期、千葉県）
（階級は突入時を示す）

特攻前夜、熟睡せよ

伊舎堂大尉の特別攻撃によって、本格的な沖縄攻防戦の火蓋は切って落とされた。敵も全戦力を爆発させて攻撃を開始した。

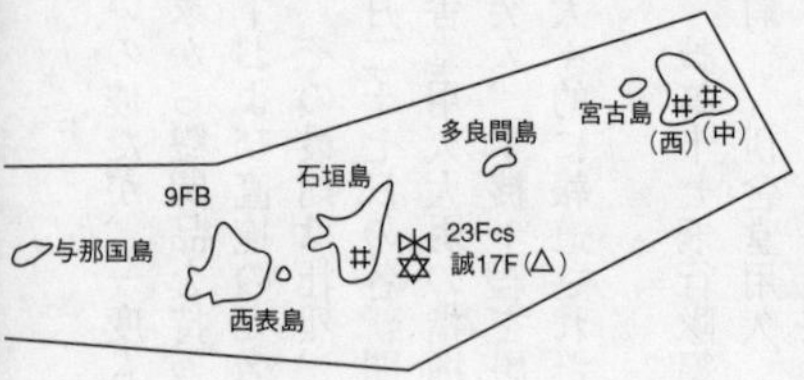

天号航空作戦開始時（昭和20年3月末）における
第8飛行師団展開配置要図（航空部隊）

	飛行師団司令部		司令部偵察機
	飛行団司令部	FD	飛行師団
	一式戦闘機	FB	飛行団
	二式複座戦闘機	F	飛行戦隊
	三式戦闘機	FRL	錬成飛行隊
△	襲撃機	FRK	教育飛行隊
○	軽爆撃機	Fcs	独立飛行中隊
双	双発軽爆撃機		

伊舎堂大尉につづいて、三月二十七日には特攻第二陣として、広森達郎中尉が指揮する誠第三十二飛行隊の十一名が、九九軍偵十一機をもって沖縄北飛行場より午前五時三十分に出撃した。

誠第三十二飛行

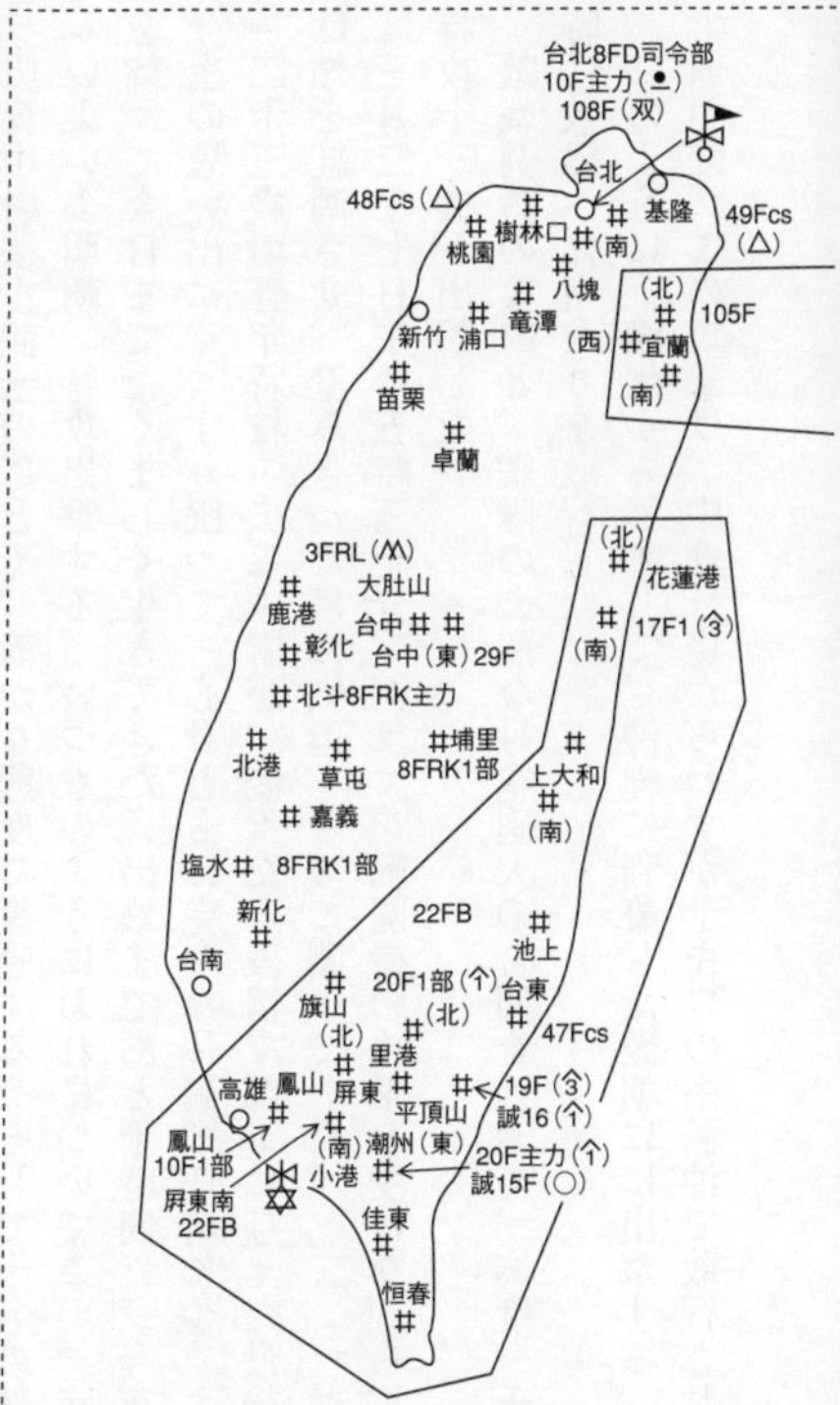

隊は昭和十九年の暮れに、満州・白城子の平安飛行場で編成された。当時は関東軍に所属していた。広森達郎中尉の指揮するこの隊は、操縦者九名、九九軍偵九機、整備員は今野喜代人曹長（宮城県）以下九名の、計十八名であった。

特攻隊の編成が終わると同時に、第八飛行師団に配属された。平安―京城―大刀洗―松本飛行場へと移動し、爆装などの整備を終わって、沖縄の決戦場への道を急いだ。

三月二十六日、沖縄飛行場に夕刻着陸、独立飛行第十八中隊の残存二機を編入して十一機となった。

夕刻、神参謀は、広森中尉以下の武剋飛行隊の特攻隊員十一名に対して、

「明朝、特攻出撃するとして、準備はどうか」

とたずねた。

隊員は澄みきった鋭い視線で神参謀を見つめている。広森中尉は淡々とした表情で力強く答えた。

「いつでも、命令があれば出撃します」

神参謀はきびしい表情で命令した。

「誠第三十二飛行隊は、明二十七日午前五時三十分離陸、嘉手納湾に遊弋する敵艦船群を攻撃、これを撃沈すべし」

広森中尉は古武士のごとく、静かな態度で復唱する。そして十名の部下に対して言った。

「いよいよ明朝、特攻出撃する。いつものようにおれについてこい。諸君たちは、出撃命令を待って今日までたくましく生きてきた。出撃まであと十時間だ。今夜が最後の夜である。今生の思い出にぐっすり眠って、心身ともに完全な体調で任務につくように」

二十三歳の青年将校・広森中尉が、淡々たる表情で部下に与えた最後の訓示を、特攻隊員は頰を紅潮させ、澄みきった目に気迫をこめて聞いていた。

三月二十七日午前五時三十分、グラマン戦闘機の攻撃を受けながら、広森中尉の指揮する特攻十一機が出撃した。

敵戦闘機の攻撃と、艦隊の熾烈な対空砲火の合間をぬって、高度一千メートルから全機同時に敵艦へ体当たりを敢行した。

このように、満州から移動して、沖縄に到着した翌朝には出撃する、というあわただしさであった。この攻撃は、中飛行場からわずか十キロの糸満沖で敢行されたので、首里の展望台から牛島司令官以下の将兵が、息をのんでその最期を見守っていた。
轟沈　艦種不明　五
撃破　艦種不明　五
合計撃沈破十隻という大戦果であった。

誠第三十二飛行隊編成（昭和二十年三月一日）
中尉　広森達郎（陸士五十六期、三重県）
少尉　林　一満（幹候九期、大阪府）
少尉　清宗孝己（特操一期、広島県）
軍曹　島田貫三（乙予候一期、東京都）
軍曹　今野勝郎（同右、宮城県）
軍曹　今西　修（同右、京都市）
軍曹　出戸栄吉（同右、富山県）
軍曹　大平定雄（同右、千葉県）
伍長　伊福　孝（少飛十五期、鹿児島県）
独立飛行第四十六中隊
軍曹　谷川広士（少飛九期、熊本県）
伍長　三竹　忍（操縦下士官、愛知県）
（階級は突入時を示す）

沖縄特攻戦概略図

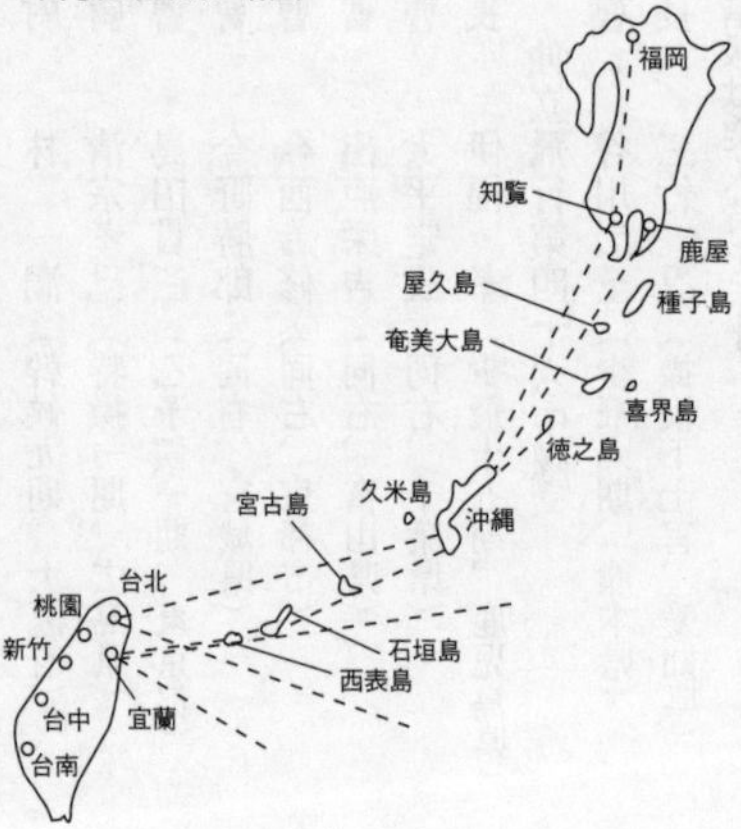

沖縄決戦と特攻隊

三月二十六日の伊舎堂大尉の特攻第一陣から、六月二十二日の最後の特攻まで、福岡に司令部を置く陸軍の第六航空軍は九州から、台北に司令部を置く第八飛行師団は台湾から、大分に司令部を置く海軍の第五航空艦隊は九州から、小崗山に司令部を置く第一航空艦隊は台湾から、陸海軍が闘魂を競って連日、激しい特攻作戦を展開した。

ことに菊水作戦期間中、最も激しい攻撃を加えた日は、一日の特攻出撃が二百機を超えたこともあった。

沖縄に出撃した機数は、延べ七千八百五十二機であったが、そのうち特攻機は二千三百九十三機に達し、第八飛行師団関係は二百二十八機であった。

その第一陣、三月二十七日の伊舎堂大尉の出撃から、六月二十二日の最後の特攻まで連日、悲壮な出撃がつづけられたのである。

私が所属する第八教育飛行隊においても、屏東で訓練した学鷲の特操一期生、北港で訓練した少飛十五期生ら八十名のうち、約六十名が特攻隊となり、そのうちで自爆した人の数は四十名を超えた。その大半が、私が教官として直接教育した人々であった。第八教育飛行隊出身の特攻隊員は、他の部隊出身の特攻隊に劣らず活躍し、はなばなしい殊勲を立てた。

以下は、第八飛行師団特攻隊員および決死隊員を戦死の日付順に列記したものである。編隊出撃の場合でも生還者の名前は省略してある。

略語説明

陸士　陸軍士官学校、陸軍航空士官学校

操縦　操縦下士官学生

少飛　少年飛行兵

特操　特別操縦見習士官

幹候　幹部候補生

召下　召集下士官学生

予下　予備下士官学生

カッコ内の記載のないものは未調査、不明のもの。

遺族住所は調査ずみであるが省略した。

姓名上の階級は死後のもの。

説明文中では出撃時の階級を使用してある。

誠第十七飛行隊（三月二十六日特攻戦死。隊員名は既出）

独立飛行第二十三中隊（三月二十六日特攻戦死。隊員名は既出）

この中隊は、石垣島より出撃した伊舎堂大尉率いる誠第十七飛行隊の直掩の任務をおびて、三式戦をもって操縦九年、飛行四千時間のベテランパイロット・阿部少尉指揮のもとに石垣島より出撃。迎撃してきたグラマンの大編隊と交戦し、特攻機を体当たりさせたのち、全機、命令されざる特攻として、敵艦へ体当たり自爆した。

誠第三十二飛行隊（三月二十七日特攻戦死。隊員名は既出）

誠第三十二飛行隊の主力の九機は三月二十六日、新田原から沖縄・中飛行場に前進し、第三十二軍参謀兼八飛師参謀の神直道中佐の指揮下に入り、三月二十七日払暁、安済大尉機の誘導のもとに、独立飛行第四十六中隊の二機とともに、牛島司令官以下に注視されながら体当たりした。

誠第百十五飛行隊（三月二十七日戦死）

中尉　柘植貞夫（特操一期、長崎県）

誠百十五飛行隊は、私が所属する第八教育飛行隊において三月二十六日に編成した。しかし柘植少尉は豪快な性格と明朗な人柄の、二十三歳の学鷲出身の青年将校であった。しかし三月二十七日、特攻出撃のため桃園飛行場から石垣島飛行場へ前進中、エンジン故障により新竹州竹東郡一番地に墜落、戦死した。

屏東での戦技教育中、歯をくいしばり、体当たりの気迫で私にぶつかってきた姿が、いまも私の脳裏に刻み込まれて消えない。特攻体当たりの闘魂を燃やしていた彼が、事故で死んだのはさぞ無念だったであろう。体当たり攻撃で死なせてやりたかった。

独立飛行第四十六中隊（三月二十八日特攻戦死）

大尉　鶴見国士郎（特操一期、静岡県）
少尉　青木　健二（予下七期）
少尉　吉野　芳積（予下十期、宮城県）
少尉　美坂　洋男（予下十期、鹿児島県）

飛行第二十九戦隊（三月二十八日特攻戦死）

大尉　上宮　賢了（特操一期、新潟県）

第三十二軍の命令により、鶴見少尉、青木軍曹、吉野伍長、美坂伍長、上宮少尉の五機は、沖縄・中飛行場より出撃、慶良間列島西方の機動部隊に突入した。

飛行第十七戦隊（三月二十八日戦死）

准尉　難波国次（操縦九十期、岡山県）

特攻出撃のために石垣島飛行場へ前進の途中、花蓮港飛行場を離陸滑走中、敵機の攻撃を受け、無念の戦死をとげた。

誠第十七飛行隊（三月二十九日特攻戦死）

大尉　安原正文（幹候九期、高知県）

安原少尉は払暁、石垣島飛行場を三機で出撃したが、一機はエンジン不調で引き返し、一機は故障で徳之島に不時着したので、安原少尉は単機、敵戦闘機の攻撃と対空火砲の網の目を巧みにぬって、奥武島付近の機動部隊に突入した。

誠第四十一飛行隊（三月二十九日特攻戦死）

大尉　高祖　一（特操一期、佐賀県）

少尉　掘口政則（召下九期、宮崎県）

少尉　小川真一（少飛七期、岡山県）

少尉　大河正明（少飛十五期、朝鮮咸鏡南道）

誠第四十一飛行隊は、払暁、隊長以下八機が出撃のためにエンジン始動中、グラマンの激しい攻撃を受け、隊長機ほか三機が大破した。敵機の攻撃下に高祖少尉以下残る四機が勇敢に出撃、慶良間列島西方の機動部隊に体当たり自爆した。

誠第三十三飛行隊（三月二十九日戦死）

中尉　中村英明（特操一期、山口県）

桃園飛行場において、待攻出撃準備中に事故で戦死した。

誠第三十九飛行隊（三月十一日特攻戦死）

中佐　笹川　勉（陸士五十五期、徳島県）
大尉　高橋晋二（特操一期、京都市）
少尉　瓜田忠次（少飛十二期、静岡県）
中尉　井上柳三（東京都）

午前七時、徳之島より出撃、攻撃途次グラマンと交戦し、井上少尉は無念にも敵弾を受けて自爆、他の三機は沖縄本島周辺の機動部隊に突入した。
同隊と行動を共にした戦果確認機一機は、戦果を確認して無事に徳之島に帰還した。

誠第三十九飛行隊（四月一日特攻戦死）

大尉　吉本勝吉（特操一期、熊本県）
大尉　宮永　卓（特操一期、東京都）
大尉　面田定雄（特操二期、岡山県）
少尉　内村重二（少飛十期、鹿児島県）
少尉　税田存郎（少飛十一期、福岡県）
少尉　松岡己義（少飛十一期、福岡県）

三月三十一日に出撃した隊長・笹川大尉のあとを追い、夕刻に新田原を出撃、沖縄本島西側の機動部隊に全機突入した。

飛行第十七戦隊（四月一日特攻戦死）

少佐　平井俊光（陸士五十六期、兵庫県）
大尉　児子国高（陸士五十七期、岡山県）
大尉　勝又　敬（幹候九期、愛知県）
大尉　西尾卓三（幹候九期、埼玉県）
大尉　国谷弘潤（特操一期、富山県）
少尉　照崎善久（少飛十期、大阪市）
少尉　西川福治（予下九期、兵庫県）
曹長　桂木　等（少飛九期、福井県）

午後六時、特攻機八機（一機不調、引き返す）が、直掩戦闘機（三機は不調、引き返す）に掩護されて石垣飛行場より出撃。特攻機が機動部隊に突入し、桂木軍曹は直掩任務終了後、敵艦に体当たり自爆した。

　誠第十七飛行隊（四月一日特攻戦死）

大尉　久保元治郎（特操一期、千葉県）
少尉　有馬　達郎（少飛十五期、鹿児島県）

独立飛行第二十三中隊・塚本寛一中尉の誘導で、四月一日午後十一時、久保少尉、有馬伍長の二機は石垣島飛行場より出撃、四月二日午前零時三十分、沖縄周辺の機動部隊に突入した。この二人は、私の教え子たちである。有馬少尉は十八歳の青年であった。
塚本中尉は戦果確認後、徳之島に不時着、戦死した。

誠第百十四飛行隊（四月二日特攻戦死）
少尉　大井清三郎（少飛十三期、香川県）
飛行第二十四戦隊（四月二日戦死）
准尉　須賀　嘉一（埼玉県）
曹長　出雲寺真三（操縦八十七期、京都府）
離陸事故などのため、誠第百十四飛行隊七機のうち大井伍長の二式複戦のみ、須賀曹長、出雲軍曹の隼二機に掩護され、午前四時三十分、宮古島飛行場より出撃、那覇西方の機動部隊に突入した。
直掩の須賀曹長、出雲軍曹の二機は、迎撃する敵戦闘機と凄絶な空中戦を展開、敵弾を受け、大井伍長のあとを追って機動部隊に突入し、壮烈な戦死を遂げた。

誠第百十四飛行隊（四月二日特攻戦死）
大尉　竹田光興（幹候八期、大阪市）
大尉　原　照雄（幹候八期、兵庫県）
大尉　矢作一郎（特操二期、東京都）
少尉　井上忠雄（少飛十期、東京都）
少尉　藤井広馬（少飛十三期、愛媛県）
少尉　伊藤喜三（少飛十四期、岐阜県）

少尉　馬締安正（少飛十四期、大分県）
准尉　坂田　弘（福島県）
独立飛行第四十一中隊・坂田曹長の誘導により、竹田少尉以下七機は宮古島飛行場を午後五時三十分に出撃。坂田曹長は特攻隊を誘導、戦果を確認して帰還飛行中、魚釣島付近にて敵戦闘機の攻撃を受けて不時着戦死したが、同乗者は生還した。

飛行第百五戦隊（四月三日戦死）

曹長　松永知雄（少飛十一期、長崎県）
松永軍曹は特攻隊として石垣島・白保毛飛行場を離陸、空中集合中に僚機と接触、墜落戦死した。敵艦轟沈を胸に出撃したのに、目的を果たさず、不運な最期をとげた。

独立飛行第四十九中隊（四月三日戦死）

少佐　永山菊次郎（陸士五十三期、埼玉県）
少佐　田村登喜夫（陸士五十五期、福岡県）
中隊長・永山大尉、中隊付先任将校・田村大尉の二機は、機動部隊夜間爆撃の目的で石垣島飛行場を離陸。渡嘉敷島付近の敵艦船を爆撃中に熾烈な対空砲火を浴びて、火だるまとなって敵艦へ体当たり自爆した。

陸軍急降下爆撃隊

独立飛行第四十一中隊（四月二日戦死）

少佐　金子精一郎（陸士五十三期、東京都）

准尉　赤沢　房雄（新潟県）

中隊長・金子大尉、赤沢曹長の二機は、機動部隊夜間爆撃の目的で石垣島飛行場を離陸、沖縄西方で艦船爆撃中に敵弾を受け、敵艦へ体当たり自爆した。

九九軍偵に五百キロ爆弾を搭載しての、月明夜間の急降下爆撃は、特別攻撃隊とともに第八飛行師団がとった対艦船攻撃の主要戦法で、三月二十九日に作戦命令を発令した。

「何回でも、死ぬまで出撃する」

このような闘魂で、執拗な敵の戦闘機の攻撃と対空火器の弾幕をぬって、連日出撃して大きな戦果をあげた。

これに対して八飛師・山本師団長は、四十一、四十八、四十九の独立飛行三個中隊に対して、昭和二十年六月八日、感状を授与した。

このように四十一、四十九の両中隊長が戦死したので、四十一中隊は、新保久信大尉（陸士五十五期）が中隊長に就任、亡き中隊長の遺志をつぎ、赫々たる武勲をたてた。

四十九中隊は、鈴木信也大尉（陸士五十五期。五月三日戦死故少佐）、脇本末男中尉（陸士五十六期。戦病）、岩切新三郎中尉（陸士五十六期）と、中隊長があいついで活躍した。

ベテランのパイロットによって編成されたこの陸軍急降下爆撃隊は、特攻隊ではなかったが、菊水作戦の華であった。

特攻隊の出撃、増加

誠第三十二飛行隊（四月三日特攻戦死）

大尉　結城尚弼（特操一期、朝鮮平安南道）

大尉　小林　勇（幹候九期、新潟県）

少尉　時枝　宏（乙予候一期、大阪市）

少尉　古屋五郎（少飛十四期、北海道）

少尉　佐藤　正（少飛十五期、福岡県）

少尉　佐藤英実（少飛十五期）

新田原飛行場より出撃、三月二十七日、体当たり自爆した隊長・広森達郎少佐のあとを追って、結城少尉以下の特攻六機は、沖縄北飛行場より出撃。那覇港外十キロの機動部隊に接近し、沖縄地上軍注視の中に五機は敵艦に体当たり自爆した。豪胆な結城少尉は、長機と部下四機の戦果を確認、沖縄北飛行場に帰還して指揮官に報告。休む暇もなく、最後の水を一杯グッと飲んで、戦友にニッコリ別れの微笑を残して、

「結城少尉はただ今より再度、特攻出撃します」

と単機出撃。みごとに敵艦を轟沈して自爆した。

結城少尉は、学徒出陣により特攻隊となった韓国人であった。その烈々たる不屈の闘魂、淡々とした平静な心境など、日本人も及ばぬような、男らしい男であった。全軍の賞讃を浴びたのは当然のことである。

私は、特攻隊、決死隊として、祖国日本のために、生命を捧げて散っていった韓国人操縦

者を十数名知っているが、ほとんどの将校、准士官、下士官が、この結城少尉に劣らぬ朝鮮民族の魂を持っていた。この特攻隊と、同じ血を分けた今日の韓国軍人が、アメリカの軍隊よりはるかに精鋭な軍隊として育っているといわれるが、私はなんの疑いもなくそれを信じる。

飛行第百五戦隊（四月三日特攻戦死）

大尉　長谷川済（特操一期、愛知県）
少尉　永田一雄（少飛十二期、鹿児島県）
少尉　石田　勝（予下九期、岐阜県）
少尉　山元正巳（予下九期、鹿児島県）
少尉　小川多透（予下九期、福岡県）
少尉　丸林仙治（予下九期、岡山県）
大尉　山口敏行（陸士五十六期、長崎県）

飛行第百五戦隊・栗山大尉指揮の戦闘機五機に掩護された長谷川少尉以下八機は、午後五時三十分、石垣島飛行場より出撃、長谷川少尉以下六機は敵戦闘機の攻撃を回避し、沖縄・残波岬南西方の機動部隊に突入した。栗山隊の山口中尉が戦死、一機は宮古島に不時着、長谷川隊の二機は引き返した。

誠第三十六飛行隊（四月六日特攻戦死）

大尉　住田乾太郎（操候七期、神奈川県）
大尉　北村　正（幹候九期、宮城県）
大尉　片山佳典（特操一期、香川県）
大尉　高嶋弘光（特操一期、香川県）
少尉　森　知登（召下九期、和歌山県）
少尉　小川二郎（召下九期、千葉県）
少尉　貴志泰昌（少飛十一期、和歌山県）
少尉　岡部三郎（予下十三期、香川県）
少尉　細木　章（予下十七期、島根県）
少尉　峰　保昌（予下十七期、長崎県）

誠第三十七飛行隊（四月六日特攻戦死）

大尉　小林敏男（特志十九期、茨城県）
大尉　柏木誠一（幹候九期、東京都）
大尉　佐々木秀三（幹候九期、岩手県）
少尉　小屋哲郎（召下九期、鹿児島県）
少尉　藤沢鉄之助（召下九期、岡山県）
少尉　玉野光一（召下九期、山口県）
少尉　入江　寛（少飛十一期、山口県）

少尉　赤峰　均（予下七期、兵庫県）
少尉　百瀬　恒男（予下十八期、長野県）
誠第三十八飛行隊（四月六日特攻戦死）
大尉　小野　生三（特志十九期、大分県）
大尉　喜浦　義雄（特操一期、東京都）
大尉　蕎麦田水行（操候九期、栃木県）
少尉　高橋　勝見（操縦九十三期、岩手県）
少尉　水畑　正国（操縦九十一期、長野県）
少尉　石川　寛一（少飛九期、東京都）
少尉　松井　大典（少飛十一期、奈良県）
准尉　田窪　力治（愛媛県）

誠三十六、三十七、三十八飛行隊は午後五時、九八直協で相次いで新田原飛行場より出撃、残波岬南側の機動部隊に突入した。

大刀洗陸軍飛行学校で昭和二十年二月十日に編成され、第八飛行師団に配属された。

誠第三十八飛行隊は、隊長の特別志願将校・小野生三少尉以下八名が八機で、四月六日午後五時に新田原飛行場を離陸し、午後八時過ぎ、夕闇に包まれた沖縄・残波岬南側の機動部隊に全機突入した。

その中には、私が熊本県菊池飛行隊時代に戦技教育を担当した、第九十三期操縦下士官学生の操縦四年、飛行一千二百時間の高橋勝見曹長がいた。

彼は大刀洗陸軍飛行学校の助教として、少年飛行兵の基本操縦を指揮していた。大刀洗飛行学校に持攻隊編成命令が下令され、学校当局が特攻隊志願者を集めたさい、高橋曹長は第一番に志願した。

平常は、いつも微笑を浮かべ、誠実でおとなしい親思いの二十四歳の青年であったが、魂の奥底には、烈々たる闘魂を秘めた勇気ある男であった。

菊池時代に彼と過ごした四ヵ月の思い出は、今もなお私の脳裏に刻みこまれている、田窪曹長は、熊本県健軍飛行場において事故のため戦死した。

誠第十七飛行隊（四月八日特攻戦死）

少尉　林　至寛（少飛十五期、京城府竜山区）

独立飛行第四十八中隊（四月八日戦死）

少佐　高橋一茂（陸士五十四期、群馬県）

少佐　佐藤正文（陸士五十五期、岡山県）

誠十七飛行隊の特攻隊・林伍長は、独立飛行第四十八中隊長・高橋大尉指揮のもとに、午前六時、石垣島飛行場を出撃、中城湾付近の機動部隊に突入した。高橋大尉、佐藤大尉は、林伍長の戦果を確認後、艦船に対する急降下爆撃を敢行、敵弾を受け体当たり戦死した。

独飛四十八中隊の中隊長の職は、伊藤俊之助大尉、さらに奥平正人大尉がつぎ、機動部隊の攻撃に赫々たる戦果を収めた。

軍偵の第四十一、四十二、四十七、四十八、四十九の五個独飛中隊の幹部は、特別攻撃隊と変わらない決意で陣頭に立って戦い、その大半が沖縄の空に散っていった。

独立飛行第四十八中隊（四月八日戦死）

少佐　松本富春（陸士五十五期、富山県）

大尉　宮本良能（陸士五十六期、東京都）

松本大尉、宮本中尉の二機は、石垣島より出撃、慶良間列島付近の艦船に対して急降下爆撃を敢行。その帰途、石垣島北方において敵戦闘機の攻撃を受け、海中に突入、戦死した。

誠第四十飛行隊（四月七日戦死）

軍曹　馬場　智（少飛十五期、佐賀県）

馬場伍長は、特攻出撃のために沖縄への移動中、大分県大野郡長谷川村山林に墜落、戦死した。

誠第百十八飛行隊（四月八日戦死）

軍曹　田中茂男（少飛十五期、岡山県）

誠第百十八飛行隊付の少飛十五期の田中茂男伍長が、特攻隊で祖国のために死ぬのは日本男子の本懐と、四月八日、勇躍石垣島へ前進中、台中州北斗郡大城庄において、エンジン故障のために墜落、戦死した。

田中伍長はまだ十八歳の、汚れを知らぬ純情紅顔の美少年であった。戦隊初の特攻隊とし

て嘉義駅で別れたあの日、にこにこと微笑しながら、
「田形教官殿、ラジオのニュースで私の最期を聞いて下さい」
と言った、あの頼もしい姿が脳裏から消えない。

飛行第百五戦隊（四月九日特攻戦死）
少佐　内藤善次（陸士五十六期、東京都）
石垣島より二機出撃だったが、一機は離陸中の事故で中止、内藤機はただ一機で中城湾の
機動部隊に突入した。

飛行第十九戦隊（四月十一日特攻戦死）
大尉　大出博紹（特操一期、大阪府）
大尉　山県　徹（特操一期、岡山県）
少尉　新屋　勇（少飛十一期、山口県）
少尉　田原直人（操縦八十七期、新潟県）
准尉　堀喜万太（操縦九十期、福岡県）
特攻機五機、そのうち二機不調で引き返す。直掩戦闘機五機に掩護され、午後五時、宜蘭
飛行場より出撃、沖縄周辺の機動部隊に突入した。那覇二百四十度、五十キロの海域におい
て敵戦闘機の攻撃を受け空中戦を展開、直掩機五機のうち田原准尉、堀曹長の二機は敵弾を
受け海中に突入した。

飛行第百五戦隊（四月十一日特攻戦死）
大尉　神尾幸夫（特操一期、神奈川県）
少尉　増田利男（少飛十二期、埼玉県）
戦闘機二機に掩護されて特攻四機が出撃、うち二機は故障のため引き返し、神尾、増田両機は、午後六時に石垣島より出撃、中城湾の機動部隊に突入した。直掩二機は任務を果たして無事帰還した。
誠第十五飛行隊（四月十一日戦死）
曹長　田中数敏（新潟県）
曹長　佐藤祐吉（新潟県）
曹長　藪　義夫（兵庫県）
軍曹　林健太郎（東京都）
軍曹　八木　章（滋賀県）
台中州北斗郡渓州庄において特攻出撃準備中、敵艦載機の銃爆撃を受けて戦死した。
飛行第二十戦隊（四月十二日特攻戦死）
大尉　神田正友（特操一期、大分県）
少尉　上野　強（少飛十二期、京都府）

四月十二日午後五時二十分、飛行第二十戦隊特攻四機、誠第十六飛行隊二機の計六機が花蓮港を離陸、沖縄周辺の機動部隊攻撃のために、二十戦隊の隼六機に掩護されて進攻中、花蓮港東方約二百キロの海域で敵戦闘機グラマン三十数機の攻撃を受け、壮烈な空中戦が展開された。隼に五百キロ爆弾を装備している特攻機は、無念にも身の自由がきかず、学鷲の神田正友少尉、上野強軍曹の二機は敵弾を受け、目的地に到着せず、壮烈な自爆をとげた。残った四機は、天候不良のため敵機動部隊を発見せず、花蓮港に帰還した。

神田大尉は屏東で私が教育した教え子の一人である。

「われ肉弾となり敵艦へ突入、護国の鬼となる」という言葉を残して壮途についたが、目的を達せず散華したことは、さぞ無念であろう。

久しぶりの編隊空戦

飛行第百五戦隊（四月十二日戦死）

少佐　岩本　照（陸士五十五期、東京都）

准尉　川原常巳（操縦九十一期、大分県）

飛行第百五戦隊の栗山大尉以下隼六機の決死隊が爆装して、午後六時に石垣島飛行場を離陸し、機動部隊爆撃のため進攻中、波照間島南西方において敵戦闘機グラマンの大編隊と遭遇、凄惨な空中戦を展開した。非運にも岩本照大尉と川原常巳曹長が、火だるまとなって海中に突入、自爆した。

岩本少佐も川原准尉も、戦隊は異なっていたが、ともに親しい人である。ことに岩本少佐は、盟友・高橋渡大尉の同期で、台湾沖航空戦において集成防空第一隊付として、東郷三郎少佐の中隊で彼は第三小隊長、高橋大尉は第二小隊長、私は第四小隊長としてともに戦った僚友である。重厚誠実、部下思いの愛情豊かな二十四歳の青年将校であった。この二人は特攻隊ではなく、決死隊であったが、その心情は特攻隊とまったく同じであった。

特攻隊連続出撃

誠第三十一飛行隊（四月十二日戦死）

中尉　長谷川　信（福島県）

曹長　西尾　勇助（千葉県）

軍曹　海老根重信（茨城県）

特攻出撃の目的で移動中、敵戦闘機の攻撃を受け、長谷川少尉、西尾軍曹、海老根伍長の三名は与那国島北方において戦死した。

飛行第十戦隊（四月十二日戦死）

大尉　和田　睦（陸士五十六期、埼玉県）

少尉　松崎正宣（香川県）

快速の百式司令部偵察機で敵機動部隊捜索中、石垣島南方洋上で敵戦闘機の包囲攻撃を受け、海中に突入、戦死した。

独立飛行第四十七中隊（四月十二日戦死）

准尉　島　崇（北海道）

曹長　中河忠起

払暁から台湾東方洋上に侵攻、台湾各地を攻撃した英機動部隊を捕捉し、これに対する攻撃を企図していた八飛師は、緊張した空気に包まれていた。このような戦況下に島曹長、中河軍曹は、機動部隊爆撃のために夜間出撃、花蓮港東方百六十キロの洋上において、敵の夜間戦闘機の攻撃を受けて戦死した。

誠第三十三飛行隊（四月十六日特攻戦死）

大尉　持丸多喜夫（特操一期、東京都）

飛行第二十九戦隊（四月十六日戦死）

中尉　有田年雄（陸士五十七期、山口県）

持丸少尉は有田少尉の誘導にて日没直後、嘉手納沖の機動部隊に突入自爆した。有田少尉も誘導と戦果確認の任務終了後、敵戦闘機の攻撃を受け、帰還不能となるや持丸少尉のあとを追って、機動部隊に突入、戦死した。

飛行第十九戦隊（四月十八日特攻戦死）

大尉　倉沢和孝（幹候九期、長野県）

大尉　根本敏雄（特操一期、千葉県）

飛行第十七戦隊（四月十八日戦死）

中尉　土田英明（陸士五十七期、香川県）

土田少尉、倉沢少尉、根本少尉の特攻三機は、独立飛行第四十一中隊の一機に誘導され、飛行第百五戦隊の戦闘機二機に掩護されて石垣島飛行場を離陸出撃、空中集合中、敵戦闘機の攻撃を受け、土田少尉は戦死した。倉沢少尉、根本少尉は沖縄沖の機動部隊に突入自爆した。

飛行第十九戦隊（四月二十二日特攻戦死）

大尉　渡部国臣（陸士五十七期、東京都）

大尉　坂本　茂（特操一期、鹿児島県）

大尉　小野　博（特操一期、宮城県）

准尉　結城福徳（操縦九十三期、高知県）

渡部少尉、坂本少尉、小野少尉、結城曹長の四機は午後四時三十五分、特攻隊として宜蘭飛行場を出撃。沖縄に向かって進行中、敵戦闘機と交戦し、結城曹長は墺底海岸付近に海没したが、遺体は戦友の手で収容された。

渡部少尉以下三機は、結城曹長の捨て身の空戦により危機を脱して、機動部隊に突入自爆した。

飛行第二十戦隊（四月十二日戦死）

大尉　伊藤　清（少候二十一期、愛知県）

中尉　酒井　勇（陸士五十七期、静岡県）

准尉　町田茂男（操縦九十期、長野県）

曹長　秋山敏春（少飛九期、香川県）

先島諸島および北部台湾よりの特攻攻撃に対する、敵の関心が大となり、大編隊による来襲は日を追って激化してきた。

第八飛行師団は、特攻隊の出撃を掩護するために十七戦隊、二十戦隊、二十九戦隊の戦闘機約百機を、宮古、桃園、宜蘭に配置し、時刻を定めて特攻基地の哨戒飛行を行なった。

四月二十二日は、飛行第二十戦隊の主力十二機をもって石垣島飛行場を哨戒飛行中、六十機からなる有力な艦載戦闘機が来襲した。昭和十九年十月十二日から十四日の台湾沖航空戦以来、大編隊による迎撃戦を禁止されていたので、操縦者たちは勇躍、敵の大編隊に斬り込んでいった。

ここに、石垣島を中心にエメラルドの南海洋上において、七十機以上の彼我入り乱れての空中戦が展開された。

またたく間に、敵十数機は火だるまとなって墜落した。わが方も、少飛三期出身で操縦八年、飛行四千時間のベテランパイロットの伊藤中尉が、多良間島東側の海中に自爆、陸士出身の若鷲・酒井少尉も同時に火だるまとなって自爆した。さらに中堅パイロットの町田曹長は、宮古島西方五キロの海中に壮烈な最期をとげた。

第八飛行師団の戦略方針としては、圧倒的な敵の物量に対して、飛行機も操縦者も補充困難のために、絶対多数の敵戦闘機に対する少数機による迎撃戦闘は、師団で特別に計画する作戦以外は禁止し、もっぱら飛行機の温存に徹してきた。全力を特攻攻撃に集中し、直協、軍偵などによる急降下艦船爆撃とともに、戦闘機を爆装し、ベテランの戦闘機パイロットは特攻隊の直掩、誘導のために使用していた。

国軍戦闘機隊伝統の精神は「見敵必殺」の闘魂であった。この国軍の思想からすれば、戦闘機を爆装したり、迎撃戦闘を禁止する八飛師の方針には、パイロットの心の中に強い抵抗の空気があった。この迎撃戦闘は、かかる雰囲気の中で戦われたものである。

第八飛行師団司令部（四月二十二日戦死）

中佐　東川信雄（陸士五十期、鹿児島県）

独立飛行第四十八中隊（四月二十二日戦死）

准尉　斎藤義三（山形県）

第八飛行師団司令部付の通信主任参謀・東川少佐は、作戦指導のため宮古島に派遣されていたが、その帰途、斎藤曹長操縦の軍偵で石垣島に着陸直前、敵夜間戦闘機の攻撃を受け、石垣・白保飛行場北方二キロの海上で敵戦闘機に体当たりして、壮烈な戦死をとげた。

誠第三十四飛行隊（四月二十八日特攻戦死）

大尉　桑原孝夫（陸士五十七期、東京都）

大尉　新山喬夫（幹候九期、和歌山県）
大尉　安東愛明（幹候九期、神奈川県）
大尉　中村嘉明（特操一期、香川県）
　飛行第百八戦隊（四月二十八日戦死）
曹長　高沢　弘（富山県）
伍長　原田治巳（宮崎県）
　誠第十五飛行隊（四月二十八日戦死）
曹長　社本　忍（岐阜県）

桑原少尉以下四機の特攻機は、高沢軍曹の誘導によって、午後五時四十分に台中飛行場より出撃、慶良間列島南方の機動部隊に突入自爆した。社本軍曹は高沢機に同乗していたので、敵戦闘機の攻撃を受けて戦死した。

大橋伍長と五味少尉

　誠第百十六飛行隊（四月二十八日特攻戦死）
大尉　五味大礎（幹候八期、山梨県）
少尉　大橋　茂（少飛十五期、岐阜県）

新保大尉の誘導によって、大橋伍長は二十七日の午後十一時三十分、五味少尉は二十八日夕刻、それぞれ宮古島より出撃、慶良間列島付近の機動部隊に突入自爆した。
独立飛行第四十一中隊長・新保大尉は九九軍偵を操縦、部下を指揮して、

「特攻隊は一回しか攻撃はできない。おれは決死隊として、死ぬまで何回でも攻撃に行く」

このような信念をもって宮古島から沖縄に連続出撃して、赫々たる大戦果を挙げた。その大胆沈着、不屈の闘魂、卓越せる戦技など、師団随一の勇士であると台湾軍司令官より感状を授与され、山本師団長から激賞された。

生も死も愛も嫉妬も数ならじ　われ大空に花と砕けん

大橋伍長はこの遺詠を戦友に託して、にっこり笑って、新保大尉の指揮する急降下爆撃機三機に誘導されて出撃した。

「さあ、いよいよ待ちに待った出撃だ。デカイやつを轟沈するぞ。さようなら」

四月二十七日午後十一時三十六分、胴体に五百キロ爆弾を抱いた九七戦の操縦桿を握って、特攻三機編隊が暗黒の沖縄の空に向かって、宮古島飛行場を離陸した。

敵戦闘機の攻撃を受け一機不時着、一機帰還のため、大橋伍長は単機で進攻。二十八日午前一時過ぎ、熾烈な対空砲火を巧みにぬって、慶良間列島付近の輸送船団を攻撃、低空より大型輸送船に体当たりし、瞬間、大爆発を起こして、十八歳の若い生命もろとも轟沈した。

屏東、北港での訓練、初の特攻命令、嘉義駅での別れと、過ぎ去った思い出が、私の脳裏をよぎって、自爆の悲しいニュースで胸がはりさける思いであった。

謹啓、初春の候と相成り、その後御両親様にはお変わりなくお暮らしのことと思います。
お父さん、お母さん、喜んで下さい。

祖国日本興亡のとき、茂も、待望の大命を拝しました。

心身ともに健康で、任務につく日を楽しみに、日本男子と、大橋家に生まれた喜びを胸に抱いて、たくましく死んで行きます。

茂も男と生まれてきた以上は、立派なる死に場所を得て、大空の御楯となり散る覚悟であります。

この便りが最後になると思います。

お父さん、お母さん、長生きして下さい。

昭和二十年三月二十四日　　遠き台湾の一角より　茂

父上
母上　様

身はたとえ南の空に果てるとも
とどめおかまじ神鷲の道
大命を拝して　十八歳　茂

誠第百十六飛行隊長、幹候八期の五味大礎少尉は、四月二十七日午後十一時三十六分、部下の長野軍曹、大橋伍長の特攻二機を指揮して、新保大尉の誘導で宮古島より出撃した。途中グラマン大編隊の攻撃を受け、傷ついた愛機を操縦して宮古島へ無事帰還した。長野軍曹不時着重傷、大橋伍長単機突入、一隻轟沈の状況に、責任感の強い五味少尉は心の中で、

「大橋伍長よくやった。隊長もすぐ行くぞ。靖国神社で待っておれ」

その武勲を讃えて、深夜の沖縄の空に向かって頭をたれて合掌した。

五味少尉は、大橋伍長が自爆した四月二十八日の夜半、

「祖国の栄光と、不滅の歴史に、後に続く者を信ず。日本男子の本懐として、一死をもって必中轟沈を期す」

と、あわただしい出撃の直前にノートに書いて、戦友に渡した。

「では征きます。さようなら」

ニッコリ笑って戦友の肩を軽くたたいて、九七戦の操縦桿を握り、闇に包まれた飛行場を飛び立った。

ふたたび爆撃に出撃する新保大尉機に誘導され、慶良間列島付近の輸送船団を捕らえて、輸送船に命中、これを撃沈した。

遺　書

前略
敵グラマンの跳梁下に寧日なき毎日を送っています。台湾を離れてすでに十日有余、命令の来る日を静かに待っています。
同封の写真は、敵の頭上を飛び、ここから九州まで行かれる方に依頼しました。

長い間、ご心配ご苦労のほど深く感謝致します。

遺品等は、すべて台湾で他の人たちにゆずり処理致しました。お頼みした人の宛名は左記のとおりです。

鹿児島県川辺郡万世町

鷲九一五〇部隊山崎隊

山崎曹長殿

では、祖国の栄光とご一同様の益々御清栄のほど、宮古島より静かに祈りつつ

四月九日

御両親様

外皆々様

この遺書は、出撃の日近し、と感じた五味少尉が、戦友に託した最後の便りであった。この手紙が父母の手に渡ったときは、すでに五味少尉は壮烈な自爆をとげていた。

感状

誠第百十六飛行隊

陸軍少尉五味大礎

外九名

右ノ者特別攻撃隊員トシテ、南西諸島方面ノ戦闘ニ参加シ、昭和二十年四月二十八日慶良

間列島海域ニ到着セル戦艦巡洋艦各数隻及ビ輸送船約五十隻ヨリ成ル艦船群ノ攻撃ヲ命ゼラルヤ、勇躍挺身海上遠距離ヲ航進ノ後、陸軍伍長大橋茂ハ同日未明、爾余ハ同日薄暮、同島南方海域ニ捕捉シ、壮烈ナル体当リ攻撃ヲ敢行シ、大型輸送船一隻轟沈、中型輸送船二隻大破、艦種不詳三隻炎上ノ外、三隻ニ命中スル赫々タル戦果ヲ挙ゲタリ。是レ至誠純忠ノ大義ニ透徹セル烈々タル攻撃精神ノ発露ニシテ、其ノ武功真ニ抜群ナリ。

仍テ茲ニ感状ヲ授与シ之ヲ全軍ニ布告ス。

昭和二十年四月二十八日

第十方面軍司令官

安藤利吉

私は、彼我戦争犠牲者「怨親平等廻向」の目的で『永遠の飛燕』について、『飛燕対グラマン』を昭和四十八年に出版した。

この一冊の本が縁となって、五味大尉の遺骨が三十年ぶりに山梨県韮崎市の懐かしいふるさとへ、無言の帰宅をした。

経過は、昭和二十年四月二十八日夕刻、宮古島から新保大尉に誘導されて、五味少尉は九七戦で単機特攻出撃、慶良間列島の輸送船に突入した。が、その爆発の爆風で海に飛ばされた。一週間後、遺体は久米島の近くの小さい島に流れついた。遺体は損傷していたが、着用していた航空服に「五味少尉」と書いてあった。

米軍の攻撃下に、島の村長が遺体を火葬して、村葬で供養して下さった。郷里がわからないので、遺骨は三十年間、村で供養していただいていた。

たまたま村の人が、沖縄の書店で『飛燕対グラマン』を購入された。そして、村で供養している五味大尉だということが判明した。

私が書いた本が縁となって、実に三十年という長い歳月を経て、五味大尉の英霊は懐かしいふるさとへ帰った。

五味大尉はお母さんと同じお墓で、特攻隊を解除されて、静かに眠っている。

教官の私の一冊の本が、教え子の魂と母の魂を結んだ、哀しき特攻英霊の悲話である。

今日は帰還しない

誠第百十九飛行隊（四月二十八日特攻戦死）

大尉　中村　潤（幹候八期、千葉県）
大尉　森　興彦（特操二期、東京都）
少尉　木原正喜（少飛十三期、鹿児島県）
少尉　山沢四郎（少飛十三期、福岡県）

中村少尉以下四名は午後六時二十分、桃園飛行場より二式複戦で特攻出撃、久米島西方の機動部隊に突入自爆した。

飛行第百五戦隊（四月二十八日特攻戦死）

少佐　中村伊三雄（陸士五十六期、兵庫県）

大尉　小堀　忠雄（特操一期、滋賀県）
少尉　溝川　慶三（少飛十一期、京都市）
少尉　飯沼　浩一（昭和十四年兵、山形県）
中村中尉以下四機は、戦果確認のための百五戦隊の戦闘機一機とともに午後六時、宜蘭飛行場より特攻出撃、慶良間列島西方の機動部隊に突入自爆した。

第三錬成飛行隊（四月二十九日戦死）
中尉　舘　保（特操二期、茨城県）
舘少尉は、特攻隊として訓練中に戦死した。

飛行第十九戦隊（四月三十日特攻戦死）
少尉　栗田常雄（少飛十一期、静岡県）
栗田軍曹は午後十一時三十分、独立飛行第四十三中隊の一機に誘導され、編隊長と二機で石垣島飛行場より特攻出撃した。航進途中に天候不良で引き返し、飛行場上空で敵の夜間戦闘機の攻撃を受けたが、暗夜のため三機とも撃墜をまぬがれた。誘導機と編隊長機は着陸したが、栗田軍曹は飛行場上空を三周して、基地の将兵に翼を振って別れを告げ、悲壮にも機首を沖縄に向けてふたたび飛び去った。操縦三年の若鷲だが、夜間航法には自信をもっていた。彼は悪天候を突破して、みごとに沖縄沖の機動部隊に突入自爆した。
栗田軍曹は四月十一日に第一回の特攻出撃をしたが、エンジン不調のため無念の涙をのん

で引き返していた。この日は、

「いかなることがあっても今日は帰還しない」

と、基地の戦友に決意を述べて出撃、亡き隊長のあとを追って自爆したのである。彼は弱冠二十歳の、少年飛行兵出身の年少の戦士であった。

続く特攻、決死出撃

独立飛行第四十八中隊（四月三十日戦死）

中尉　浦辺敏夫（千葉県）

軍曹　青木健一郎（広島県）

慶良間列島付近の艦船に対して急降下爆撃中、熾烈な対空火砲によって戦死した。

飛行第百八戦隊（四月三十日戦死）

准尉　池松秀雄（福岡県）

曹長　大山　太（鹿児島県）

軍曹　鳥谷　茂（兵庫県）

台湾より石垣島へ帰還飛行中、敵戦闘機の大編隊の攻撃を受け、池松曹長以下三機は壮烈な空中戦を展開、鼻刕角東方百五十キロの海中に突入、戦死した。

独立飛行第二十三中隊（五月一日特攻戦死）

大尉　片山勝義（特操一期、福岡県）
少尉　有吉敏彦（予下九期、福岡県）
片山少尉、有吉軍曹の二機は、戦果確認の戦闘機一機に誘導され、午前四時十分に花蓮港飛行場より特攻出撃、沖縄周辺洋上の機動部隊に突入自爆した。

誠第百二十一飛行隊（五月一日戦死）

軍曹　柳本一雄（少飛十五期、徳島県）
隊長・壱岐少尉以下の九八直協五機は、四月三十日午後十一時、樹林口より特攻出撃したが、天候不良で全機引き返した。柳本伍長はエンジン不調のため単機おくれて離陸、主力を追った。しかし、暗夜と天候不良で主力を発見できず、五月一日午前二時五十分、飛行場に引き返したが、不幸にも墜落、戦死した。
誠百二十一は、たびたび出撃しようとしたが、器材の老朽、燃料増加タンクなどの問題で目的を果たさず、隊長・壱岐少尉以下は無念の血涙に泣いた。
柳本軍曹は私の教え子であり、他の隊員も私が所属した部隊の戦友たちであった。

誠第三十五飛行隊（五月三日特攻戦死）

大尉　遠藤秀山（陸士五十七期、大阪市）
大尉　間庭福次（幹候九期、栃木県）
大尉　古本嘉男（特操二期、静岡県）

少尉　村山政雄（少飛十三期、岩手県）
少尉　塚平　真（少飛十三期、長野県）
　飛行第十戦隊（五月三日特攻戦死）
中尉　北原弘次（見士、東京都）
　誠第百二十三飛行隊（五月三日特攻戦死）
少尉　西垣秀夫（少飛十三期、岐阜県）

誠三十五の遠藤少尉以下五機は夕刻、台中飛行場より四式戦闘機で特攻出撃、沖縄沖の機動部隊に突入自爆した。

北原見習士官、西垣伍長の二名は、二式複戦で誠三十五の戦果確認と特攻攻撃の目的で、遠藤少尉らと出撃、戦果確認報告の無電を最後に、機動部隊に突入自爆した。

　飛行第十七戦隊（五月三日特攻戦死）
大尉　下山　道康（陸士五十七期、広島県）
大尉　辻中　精一（特操一期、大阪市）
大尉　斎藤長之進（特操一期、神奈川県）
少尉　原　一道（操縦九十一期、長野県）
　独立飛行第四十八中隊（五月三日戦死）
曹長　堀田　彪（北海道）
曹長　下地　春信（長崎県）

十七戦隊の下山少尉、辻中少尉、斎藤少尉、原軍曹の特攻四機は、堀田軍曹機に誘導され、午後四時四十分に花蓮港飛行場より出撃、沖縄沖の機動部隊に突入自爆した。堀田軍曹は特攻機誘導の大任を果たし、無電で戦果を報告した直後、対空火器による敵弾を受け「われ突入――」の悲壮な無電を最後に、下地軍曹とともに、特攻隊のあとを追って自爆した。

飛行第二十戦隊（五月三日特攻戦死）

大尉　須見　洋（幹候九期、北海道）

大尉　後藤常人（幹候九期、福岡県）

大尉　宮田精一（幹候九期、富山県）

大尉　島田治郎（特操一期、長野県）

伍長　菊井耕造（少飛十三期、岩手県）

独立飛行第四十九中隊（五月三日戦死）

少佐　鈴木信也（陸士五十五期、岩手県）

曹長　赤峰　信（佐賀県）

島田少尉以下の特攻四機は鈴木大尉機に誘導され、午後四時四十分に竜潭より出撃、嘉手納沖の機動部隊に突入自爆した。

鈴木大尉機は任務を果たしての帰途、赤尾嶼に不時着、隊長・鈴木大尉、赤峰軍曹は戦死した。

かくて四十九中隊は、脇本末男中尉が隊長として指揮した。

誠第三十四飛行隊（五月四日特攻戦死）
大尉　金沢　宏（陸士五十七期、鳥取県）
大尉　二神孝満（幹候九期、愛媛県）
大尉　富山信也（幹候九期、三重県）
大尉　砂畑耕作（特操一期、東京都）
大尉　小林富男（特操一期、東京都）
大尉　荒木周作（特操一期、群馬県）

金沢少尉以下六名は三式戦六機で、午後七時三十分に台中飛行場より特攻出撃、嘉手納沖の機動部隊に突入自爆した。

先輩後輩もろともに

誠第百二十飛行隊（五月四日特攻戦死）
大尉　畠山富雄（特操一期、東京都）
少尉　堀田明夫（少飛十一期、山口県）
少尉　田中瑛二（少飛十五期、神奈川県）

誠第百二十飛行隊の畠山少尉、堀田明夫軍曹、田中瑛二伍長の三名は、五月四日午後五時十五分、新鋭・四式戦闘機に爆装して、台湾の八塊飛行場より出撃。長駆六百キロ、敵戦闘機の哨戒圏を巧みに突破して嘉手納沖の敵艦船を攻撃し、艦種不詳一隻を轟沈、一隻を大破させる赫々たる戦果を挙げた。

畠山大尉は明治大学出身で、第一回学徒動員令が下令されるや、ただちに陸軍特別操縦見習士官一期生として、数々の難関をパスして、操縦学生、特攻隊、体当たり自爆への道をひたすら進んだ、二十四歳の青年であった。

昭和十九年四月から七月まで屏東において、私は彼の教官として戦技教育を担当した。特攻隊を志願して死ぬくらいの人物だから、無欲恬淡、豪快明朗な男らしい男であった。特戦隊に初の特攻命令が下令され、彼に大命が下ったとき、ニッコリ笑って、あたかも進級命令を受けるような淡々たる態度であった。しかしその半面には、親思いのやさしい心をもっていた。

訓練のとき、気迫をこめてぶつかってきたあの顔、屏東や北港の夜の町を飲み歩いたときの楽しい思い出、今生の別れの盃を交わしたとき、

「七生報国、闘魂の鬼となり、必中轟沈を期す」

と扇に書いて、私に形見として贈ってくれた。

堀田少尉は、少年飛行兵十一期生の、操縦三年、飛行一千時間、空中戦闘、戦闘射撃、夜間飛行などが可能な、いわゆる実戦に役に立つ一人前のパイロットであったが、年齢は二十一歳の青年であった。

彼は誠第百二十飛行隊の誘導と戦果確認という、重大な使命を課せられて出撃した。

午後七時十分、畠山少尉、田中伍長の壮烈な体当たりによる最期を、敵戦闘機の執拗な攻撃を回避しながら確認した。

「畠山少尉、田中伍長、敵艦に命中」

「堀田軍曹、敵艦に突入」

敵戦闘機の熾烈な攻撃と、激しい対空砲火の攻撃にさらされ、しかも自らの死を目前にして、冷静沈着な無電による報告を最後に、壮烈な自爆をとげた。

昭和十八年五月、私はシンガポールより屏東へ転属してきた。この日から私と彼は、二年間同じ中隊で勤務した。語りつくせないほどの思い出がある。

田中少尉は少年飛行兵十五期生出身の、十八歳の花も蕾《つぼみ》の若桜であった。

十九年の七月末、大刀洗陸軍飛行学校を卒業して、屏東に配属された四十名の学生とともに中隊付となり、この日から特攻隊で転出するまで、私は彼の戦技教育を屏東、北港で担当した。

彼は、四期先輩の堀田少尉を尊敬していた。二人は階級を超えて特に親しかった。その兄貴分の堀田少尉に誘導されて出撃し、その最期も確認されて、さぞ地下で喜んでいることと思う。

飛行第百八戦隊（五月四日特攻戦死）
中尉　高村光春（見士、佐賀県）
誠第百二十三飛行隊（五月四日特攻戦死）
少尉　水越三郎（少飛十三期、愛知県）
水越伍長操縦、高村見習士官（朝鮮人）同乗の二式複戦は、畠山少尉、堀田軍曹、田中伍

長の誘導をかねて特攻出撃、三機とともに沖縄本島周辺の機動部隊に突入自爆した。
　大尉　飛行第十九戦隊（五月四日特攻戦死）
　　長沼不二人（特操一期、北海道）
　少尉　橋本郁治（操縦九十一期、東京都）
　　飛行第百五戦隊（五月四日特攻戦死）
　大尉　原　仁（特操一期、岩手県）
　少尉　中島　渉（少飛十二期、兵庫県）
　　独立飛行第四十七中隊（五月四日戦死）
　中尉　土橋健治（東京都）
　准尉　関水　弘（東京都）
　関水曹長操縦、土橋少尉同乗の九八直協に誘導され、長沼少尉、橋本軍曹、原少尉、中島軍曹の特攻四機は、午後四時四十五分、宜蘭より出撃、沖縄周辺の機動部隊に突入自爆した。関水曹長、土橋少尉も特攻機のあとを追って突入戦死した。
　　誠第三十三飛行隊（五月九日特攻戦死）
　大尉　坂口英作（陸士五十七期、福岡県）
　　誠第三十四飛行隊（五月九日特攻戦死）
　大尉　前川　豊（幹候九期、愛知県）

誠第三十五飛行隊（五月九日特攻戦死）
大尉　浅井良脩（特操一期、兵庫県）
飛行第十戦隊（五月九日特攻戦死）
大尉　野本幸平（陸士五十七期、愛媛県）
誠第百二十三飛行隊（五月九日特攻戦死）
少尉　南出義光（少飛十三期、和歌山県）
坂口少尉、前川少尉、浅井少尉の三名は三式戦闘機で、野本少尉同乗（航法）、南出伍長操縦の二式複戦の誘導により、薄暮に台中飛行場より出撃、那覇西方洋上の機動部隊に突入自爆した。
野本少尉、南出伍長は、誘導任務を果たしたのちは特攻体当たりの任務で出撃していたので、坂口少尉以下三名の自爆を確認し、無電にて報告と同時に自爆した。
誠第三十五飛行隊（五月十日戦死）
中尉　赤尾則夫（陸士五十七期、鹿児島県）
中尉　尼子篤行（陸士五十七期、広島県）
特攻出撃のために移動中、上海東方百七十キロの洋上でエンジン故障のため戦死した。
誠第百二十飛行隊（五月十二日特攻戦死）
少尉　荻野　光雄（少飛十二期、京都府）

少尉　東局　一文（少飛十五期、石川県）
　誠第百二十三飛行隊（五月十二日特攻戦死）
大尉　加治木利秋（幹候八期、鹿児島県）
　飛行第十戦隊（五月二十二日特攻戦死）
大尉　碓井　正雄（幹候九期、香川県）

誠百二十飛行隊の畠山大尉、堀田少尉、田中少尉の三名が五月四日に出撃し自爆したので、残された少飛十二期、操縦二年半、飛行七百時間の荻野光雄軍曹と少飛十五期の東局一文伍長の二人は、亡き隊長の後を追って、五月十二日夕刻に四式戦二機で八塊飛行場より出撃した。

「亡き畠山隊長のあとを追います。お世話になりました」

この言葉を送る将兵に残して、にっこり笑って飛び立って、敵機動部隊に突入した。

荻野少尉は一年半、東局少尉は八ヵ月、ともに同じ中隊付として勤務した。ことに東局少尉は、韓国人であったが、日本人におとらぬ立派さであった。

荻野少尉は二十歳、東局少尉は十九歳の、ともに年少の戦士たちであった。

同日、荻野少尉、東局少尉より少し遅れて、誠第百二十三飛行隊付の幹候八期の加治木利秋少尉、飛行第十戦隊付・幹候九期の碓井正雄少尉の二名は、偵察機で台北の松山飛行場より特攻出撃した。

碓井大尉は生家が台北市であった。碓井大尉の母トクさんは、彼の出撃を知っておられた。母は愛児の出撃に、赤飯を仏前に供え先祖の霊に報告して祈った。

「正雄が特攻の大任を無事果たして、立派な最期をとげるように」

その母が家の前から日の丸の旗を振って、愛息の還らぬ出撃を見送った。

碓井機、加治木機の機影が台湾の東の空に没してからも、いつまでも沖縄の空に向かって、攻撃の成功と愛息の冥福を、合掌して祈っておられた。

誠第三十一飛行隊（五月十三日特攻戦死）
少佐　山本　　薫（陸士五十六期、徳島県）
大尉　五十嵐　栄（幹候九期、山形県）
少尉　柄沢田子夫（乙予候一期、長野県）

独立飛行第四十九中隊（五月十三日戦死）
准尉　神林　正広（長崎県）
曹長　飯村　真一（茨城県）

山本中尉、五十嵐少尉、柄沢伍長の特攻三機は、神林曹長、飯村軍曹の誘導機とともに、午後四時三十五分に八塊飛行場より出撃、中城湾の機動部隊に突入自爆した。

誘導任務で出撃した神林曹長、飯村軍曹は、熾烈な敵戦闘機の攻撃を受け戦死した。

誠第三十一飛行隊（五月十七日特攻戦死）
大尉　高畑保雄（幹候九期、大阪市）
少尉　五来末義（乙予候一期、茨城県）

飛行第百八戦隊（五月十七日特攻戦死）

少尉　宮崎義次（少飛十四期、大阪市）

高畑少尉、五来伍長は九九軍偵二機をもって八塊飛行場より特攻出撃、沖縄沖の機動部隊に突入自爆した。

宮崎伍長は高畑少尉機に無線手として同乗し、午後七時二十五分、

「二機、敵空母に体当たり」

この最後の無電報告を行なって突入自爆をとげた。

辻少尉と美枝さん

誠第二十六戦隊（五月十七日特攻戦死）

大尉　今野　静（特操一期、宮城県）

大尉　白石忠夫（特操一期、東京都）

大尉　稲葉久光（特操一期、神奈川県）

大尉　辻　俊作（特操一期、富山県）

花蓮港より特攻出撃、慶良間列島東側の機動部隊に突入自爆した。

飛行第二十六戦隊特攻隊の学鷲一期の辻俊作少尉、稲葉久光少尉、白石忠夫少尉は、第一回四月十二日、第二回五月十三日と花蓮港から隼で特攻出撃し、距離六百キロの沖縄周辺まで航進したが、天候不良のため機動部隊を発見できず帰還した。今野静少尉も五月十三日は辻少尉と出撃したが、ともに帰還した。

必死の決意で一回、二回と出撃して、目的を果たさず生還することは、最も勇気のいることである。

辻少尉、稲葉少尉、白石少尉、今野少尉は、五月十七日午後五時、花蓮港より最後の出撃を行ない、六百キロかなたの慶良間列島東側の機動部隊に突入自爆した。

辻少尉らは四月十二日、第一回の出撃において敵機動部隊を発見し得ず、無念の涙をのんで花蓮港に帰還した。五月十三日、第二回目の出撃の命を受け、今度こそは必ずやるぞと心に誓い、出撃一時間前のあわただしい中に、この便りを書いて戦友に託した。

前略
五月十三日、沖縄周辺に突撃する。

われの心に一点の雲なし。

今までに何回か出撃するも、悪運強く、天候不良で敵機動部隊を発見し得ず、無念の涙をのんで○○特攻基地に帰還したが、今日こそは大物と差しちがえる。

最後に、うれしい便り。われの戦果確認は同郷の、また同じ富山師範出身の福沢忠正少尉なり。彼と机を並べて勉学せし二年前、今われの戦果を確認してくれることは、何たる喜びぞ。母校富山師範荒鷲のため、われ、今日、空母轟沈を誓って出撃する。

また、十二日、海軍中尉河合一雄と再会、彼もすぐ特攻出撃すると張り切っている。

この夜は、富山師範出身の、われ、福沢少尉、河合中尉の三名で宜蘭料理屋にて、今生の別れと、語るをつきず、お互いの健闘を誓い、愉快に飲み明かす。

偶然にまったく予期せざる喜びであった。

陸海軍異なるも祖国と民族を愛する心情に変わりはない。ともに米英撃滅を誓って散会、今度会うときは、靖国神社の九段下で大いに飲もうと、お互いに一発必中轟沈を祈って別れた。

それでは、もう時間がない。

ただ今願うのは空母轟沈のみ。

お父さん。さようなら。

お母さん。さようなら。

お母さんの写真を胸に抱いて征きます。

母の写真を抱いて喜んで死にます。ご安心下さい。それでは、辻家御一同様のご健康とご幸福を祈って、われ出撃す。

親類、近所の皆様方にくれぐれもよろしくお伝え下さい。

昭和二十年五月十三日　　　　出撃直前に、○○特攻基地にて辻少尉
父上様
母上様
この第二回目の出撃も、天候不良で全機帰還した。最後の出撃は、四日後の十七日であった。

福沢少尉は、特攻戦果確認のために辻少尉らと同行して飛んだが、不幸、敵戦闘機の大編隊に襲われ、単機勇戦奮闘したが、ついに敵弾を受け火だるまとなって海中に突入、自爆した。それで、十七日の戦果確認は坂本中尉であった。

父母様

律子の県立高女の入学の便りを受け取りました。

俊作もこの便りの来るのを如何に待ちしか。しかし、案じていた妹のことが解決、これで安心して死ねます。

本当にお目出度う

本当にお目出度う、出撃寸前にこの便りを受けた。午後五時。

われ、特攻隊として出撃す。今回は必ず突入に成功します。

われの分まで律子、親孝行を頼む。

それでは、取急ぎこれを書く。

五月十七日　　　　出撃直前、台湾〇〇基地にて　　俊作

この日は突入に成功し、辻少尉らは遂に帰って来なかった。辻少尉が出撃待機中、親しくつきあった基地の特攻隊宿舎勤務の婦人より、辻少尉の消息が父母のもとに知らされてきた。

若葉茂る新緑の候となりました。

皆々様には、お元気にて、おくらしの御事と推察致します。

突然、お手紙等差し上げて、さぞお驚きの事と存じます。

私はふとした御縁によりご子息俊作様とお知り合いになり、今度俊作様、特攻隊として出撃遊ばされる時、最後の事を頼まれたのでございます。

俊作様が特攻隊として屏東から、当地花蓮港に前進していらっしゃって、お泊まりになるところに、私は勤めております。兵站宿舎でございます。

その時は辻少尉殿ってどういうお方なのか、名簿のみで存じ上げませんでしたけれど、第一回の出撃をなさって、二、三日過ぎたある日、事務所にお見えになり、色々とお話などして居るとき、沖縄へ航進途中、航空帽の上からしめている、日の丸の鉢巻きを海に落とした、とおっしゃいますので、では私が作って差し上げましょうと、心をこめて作って差し上げたのが、ご懇意にしていただく初めでございました。その日、私の家の方に遊びにいらしていただきました。私にも丁度俊作様と同じ年頃の弟が、やはり航空兵として入隊して居りますので、実の弟のような気が致し、及ばずながら、母上様に代わってできるだけのお世話をさせていただきました。

特攻隊の皆様方は、魂の純粋なお方ばかりで、今日、明日死んで行かれる人とは思われない、朗らかな方ばかりで、暗い顔の表情をした人は、一人もお目にかかった事はありません。どうして、同じ人間、しかも若い青年の方があのような、聖人も及ばないような偉大な心境になられるのかと、不思議に思うくらいでした。ほんとうに、男らしい、ほれぼれするような方ばかりでありました。

俊作様も、本当に朗らかで純真な汚れを知らないお方でございました。如何に国の御為とはいえ、若い元気な方をと悲しく思います。

「ああ、勿体ない。すまない」

その事のみ思い、感謝しても感謝してもたりない気持ちで一杯でございます。

俊作様の好物は、おうどんという。初めてご出下された晩、何もないまま、何んの気なしに作って差し上げたおうどんを、とても喜ばれ、

「自分の好物はうどんだ。屏東にいる時、兵隊を買いにやったが、どこを探してもなかった。花蓮港にて来て、うどんを食べられようとは、夢のように思われてならない。これで満足して死んで行ける」

と、それは、それはとてもお喜びになりまして、その晩は丼に三杯も召し上がりになりました。私たち家族一同は、こんなに喜んでいただけるとは思って居ませんでしたので、本当にうれしゅうございました。それからは、外出のできる晩（昼間は何時出撃命令が下るかわからないので、外出は何時も夜でした。）は、必ずいらしていただいて、おうどんを作って差し上げました。時には電話で、今晩行くから、美枝さん、作ってね、と俊作様から請求されるようになりました。

ご縁とは本当に妙なもので、私が兵站宿舎に勤め出しましてから、心の中で静かに見送るばかりで、親しく口をきいた事もございませんのに、俊作様とは姉弟の様に親しくなりました。俊作様からは、「美枝さん」って呼ばれたり「姉さん」といわれたり、今だに「美枝さん、美枝さん」って呼ばれたお声を忘れることはできません。今度出撃なさるときも、

「美枝さん。辻少尉最後の頼みがあるんだ。おれの戦死が確定したら、内地に知らせてやってくれ。好きなうどんを腹一杯食べて喜んで征った事をなァ。最後に気になるのはやはり親の事なんだ。おれの最後を知らしてやったらどんなに喜ぶか知れないからな」

と、しんみりとした口調でおっしゃいました。

「ええ、必ずお母さんにお知らせしますよ。その事は決してご心配なく、後々の事はきっと引き受けますから、安心していらっしゃい」

と申し上げましたら、ほろりと涙を流され、にっこり笑って、

「これで思い残す事はない。安心して死ねる」

と大変喜んでいただきました。

何時間かののちには、靖国の神となられる方の最後の頼みを、どんな事があっても果たして差し上げたい、安心して征かせたい、というのが私の気持ちでございました。

本日（五月十七日）午後五時離陸、永遠に帰らぬ攻撃に征かれました。今尚、にここ笑いながら宿舎に出てゆかれたお姿が浮かんで参ります。体当たり攻撃の時間は七時四十分から八時までの間、その時間に見事体当たり出来るようにと、妹と二人で神社にお参りして祈らせていただきました。

今朝（十八日）出勤して戦果をお伺いしましたところ、見事体当たりなされ、大成功だった由、今更ながら俊作様の面影をしのんでおります。

戦果確認の目的で一緒についてゆかれた中尉のお話によりますと、目的地までの辻少尉機は、隊長機として、実に見事な編隊指揮をとられ、始終ニコニコなさっていらしたそうで

ございます。

いよいよ攻撃の時は、皆様最後の別れに翼を振り、ほゝえみをなされ、従容として、目的物に向かって突っ込んでゆかれたそうです。

その大戦果といい、また皆様方のその時のお気持ちといい、お聞きしながら自然とあふれ出る涙をかくすことが出来ませんでした。

遺品としては、軍刀と軍帽をおあずかり致していましたが、今度特攻隊の方の品を扱う係ができましたので、私どもから直接両親様のところにお送りするはずでございましたが、私どもがおあずかり致していましてもいつ送れるかわかりませんし、大切なお品に万一のことがございましてはと存じ、中尉のおっしゃるままに係の方から送っていただくように致しましたから、辻様ご承知下さるように。

それから同封のお手紙は、俊作様の絶筆でございます。これも出撃なさる前、丁度その日に配達されたと、皆様方のお葉書を非常に喜ばれ、早速お返事を書かれて私に託されたのでございます。

同封の直筆は最後の日（十七日）にお書きになったものでございますけれど、もう一枚の写しは十三日にお書きになったものでございました。これも直筆を同封致すはずでございましたけれど、この手紙も無事につくかどうかわかりませんので、二通同時に送って万一紛失しました場合、私の責任が果たせませんので、一通は写しだけにしました。直筆は私が大切に保管させていただきますから、その旨ご承知下さいませ。絶対安心と確実性がつきましたら、その時残る今一通の遺書をお送り致します。

今尚生きていらっしゃるような気がして、戦死なされたとはどうしても思われず、「今晩は」といって入っていらっしゃるようでなりません。

長々と書かせていただきましたけど、これでいくらか在りし日の俊作様の面影をしのんでいただけましたら幸いと存じ、拙いペンを取らせていただきました。

それから、私は現在表書の住所にはおりませんけれど、もしこれが無事つきましたら、お葉書なりとお知らせいただけましたら幸いと存じます。

台湾花蓮港市常盤通一八　湯橋美枝

大切な事を忘れていました。

体当たり時間は、五月十七日十九時三十五分だそうでございます。

では皆様方お元気でおくらし下さるように、はるか台湾の果てより、皆様方のご健康とご幸福をお祈りして、ペンをおかせていただきます。

かしこ

湯橋美枝

俊作様

御両親様

皆々様

感状

飛行第二十六戦隊

陸軍少尉　辻　俊作
外三名

右ノ者特別攻撃隊員トシテ南西諸島方面ノ戦闘ニ参加シ昭和二十年五月十七日沖縄本島海域ニ前進セル十数隻ナル敵輸送船団ノ攻撃ヲ命ゼラルルヤ勇躍挺身同日薄暮海上遠距離ヲ航進ノ後克ク慶良間列島東方海面ニ於テ右ノ部隊ヲ捕捉シ熾烈ナル対空砲火ヲ冒シテ果敢ナル体当リ攻撃ヲ決行シ中型艦船三隻ヲ撃沈スルノ戦果ヲ挙ゲタリ是至誠純忠ノ大義ニ透徹セル烈々タル攻撃精神ノ発露ニシテソノ武勲抜群ナリ

仍テ茲ニ感状ヲ授与シ全軍ニ布告ス

昭和二十年五月十七日

第十方面軍司令官

安藤利吉

外三名とあるのは、今野静少尉、白石忠夫少尉、稲葉久光少尉である。

最後の特攻隊

飛行第十九戦隊（五月十八日特攻戦死）

大尉　飯野　武一（特操一期、福岡県）

大尉　中村　憲二（特操一期、埼玉県）

大尉　大立目公雄（特操一期、北海道）

独立飛行第四十一中隊（五月十八日生死不明）

中尉　四谷栄一（三重県）

曹長　武田一市（熊本県）

飯野少尉以下三名は、午後四時三十分、四谷少尉、武田軍曹に誘導され、宜蘭飛行場より特攻出撃、沖縄沖の機動部隊に突入自爆した。

四谷少尉、武田軍曹は誘導任務を果たして生還せるものと判断される。

飛行第三百四戦隊（五月二十日特攻戦死）

大尉　栗原義雄（特操一期、埼玉県）

大尉　小林　脩（特操一期、香川県）

少尉　田川唯雄（予下十期、岐阜県）

少尉　井沢賢治（少飛十三期、兵庫県）

少尉　大塚喜信（少飛十三期、神奈川県）

准尉　藤井繁幸（山口県）

栗原少尉以下特攻五機は、ベテランパイロットの藤井曹長機に誘導され、午後四時五十分に八塊飛行場より出撃、嘉手納沖の機動部隊に突入自爆した。

藤井曹長は迎撃して来た戦闘機の大編隊と交戦、特攻機の体当たりを確認して無電で報告したのち、敵弾を受け、火だるまとなって機動部隊に突入した。

誠第三十四飛行隊（五月二十一日特攻戦死）

大尉　北原賢一（特操一期、福岡県）

飛行第二十九戦隊（五月二十一日特攻戦死）

大尉　浅野史郎（特操一期、愛知県）

少尉　指方久（少飛十二期、長崎県）

少尉　浜島長吉（少飛十五期、鹿児島県）

北原少尉は誠三十四のしんがりとして、浅野少尉、指方軍曹、浜島伍長らと四機編隊で、午後四時四十分に台中飛行場より特攻出撃、嘉手納西方の機動部隊に突入自爆した。

飛行第十九戦隊（五月二十一日特攻戦死）

大尉　沢田卓三（幹候九期、北海道）

少尉　細見儀作（少飛十一期、京都府）

中尉　岡村良環（特操一期、愛知県）

独飛四十九中隊の一機（生還）に誘導され、沢田少尉、細見軍曹、岡村少尉の三機は、午後四時三十分に宜蘭飛行場より特攻出撃した。岡村少尉は航進中、エンジン故障で亀山島付近の海上に不時着、戦死した。沢田少尉、細見軍曹は無事目的地に到着、沖縄沖の機動部隊に突入自爆した。

誠第七十一飛行隊（五月二十四日特攻戦死）

少尉　渡辺正美（予下士六期、福島県）
　誠第二十八飛行隊（五月二十四日特攻戦死）
少尉　湯村　泰（特幹一期、大阪市）
　誠第七十一飛行隊（五月二十四日特攻戦死）
少尉　畠山正典（少飛十五期、岩手県）
少尉　山本　登（少飛十五期、広島県）
少尉　中山静雄（少飛十五期、香川県）
少尉　押切富家（少飛十五期、山形県）
湯村伍長は、渡辺軍曹機に無線手として同乗出撃した。畠山伍長以下四機は渡辺機に誘導され、悪天候の中を午後四時四十分に八塊飛行場より特攻出撃、沖縄沖の機動部隊に突入自爆した。
　飛行第二十戦隊（五月二十九日特攻戦死）
大尉　石橋志郎（特操一期、京城府）
大尉　武本郁夫（特操一期、福岡県）
大尉　大野好治（特操一期、東京都）
少尉　山田三郎（少飛十三期、大阪市）
少尉　森　　弘（少飛十五期、兵庫県）
独飛四十二中隊の誘導機（生還）誘導のもとに、夕刻、宜蘭飛行場より特攻出撃、沖縄周辺の機動部隊に突入自爆した。

誠第十五飛行隊（五月三十一日特攻戦死）

少尉　半田金三（少飛十三期、愛知県）

誠十五は、誠十六、誠十七とともに、八飛師における最古の特攻隊で、昭和二十年一月十四日に事故で初代隊長を失う不運の特攻隊であった。この日夕刻、隊長・渡辺中尉操縦、馬場中尉同乗指揮により五機で特攻出撃した。渡辺隊長はエンジン故障のため、魚釣島付近の海上に不時着し救助された。半田伍長は不時着した隊長機の上空を二回、低空で旋回し、機上よりハンカチを振って訣別を告げ、悲壮にも単機沖縄に向かって機影を没していった。他の二機は故障のため台湾へ引き返したが、着陸のさい朽本伍長は不運にも墜落、戦死した。

飛行第十七戦隊（五月三十一日戦死）

曹長　村松　衛（少飛十一期、熊本県）

村松軍曹は魚釣島付近で敵機と交戦、戦死した。

飛行第十戦隊（五月三十一日戦死）

少佐　寺田良吉（陸士五十五期、鹿児島県）

中尉　根本四郎（茨城県）

寺田大尉、根本少尉は、沖縄周辺の機動部隊索敵の任務で航進中、敵戦闘機の包囲攻撃を受け、基隆北東洋上で戦死した。

独立飛行第四十七中隊（五月三十一日戦死）

大尉　加藤誠輝（新潟県）

曹長　宮崎修司（長野県）

宮崎軍曹操縦、加藤中尉同乗にて、慶良間列島付近の艦船を急降下爆撃中、敵弾を受け体当たり戦死した。

飛行第二十戦隊（六月一日特攻戦死）

大尉　猪股　寛（幹候九期、宮城県）

少尉　芦立孝郎（少飛十五期、鳥取県）

独立飛行第四十一中隊（六月一日戦死）

准尉　国広竹年（大分県）

独飛四十一中隊の隊長・新保大尉機に国広曹長が同乗し、特攻機誘導と艦船爆撃の目的で、猪股少尉、芦立伍長の特攻二機とともに、午後七時十分に宜蘭飛行場から出撃した。猪股少尉、芦立伍長の二機は、嘉手納沖の機動部隊に突入自爆した。

隊長機に同乗していた国広曹長は、艦船爆撃中に腹部貫通銃創を受け、機上で壮烈な戦死をとげた。

飛行第十戦隊（六月一日戦死）

少佐　塚田　正興（陸士五十三期、鹿児島県）

中尉　山脇平三郎（陸士五十七期、岡山県）

沖縄周辺の機動部隊索敵のため、沖縄に航進中、敵戦闘機の大編隊と遭遇、これと交戦し、基隆北東洋上で戦死した。

飛行第十七戦隊（六月五日特攻戦死）

大尉　稲森静二（特操一期、鹿児島県）

大尉　佐田通安（特操一期、長崎県）

大尉　岡田政雄（特操一期、徳島県）

大尉　富永幹夫（特操一期、東京都）

稲森少尉以下四機は、十七戦隊戦闘機一機の誘導と戦果確認機（生還）とともに、午後四時十五分に八塊飛行場から特攻出撃、沖縄沖の機動部隊に突入自爆した。

誠第三十三飛行隊（六月六日特攻戦死）

大尉　草場道夫（特操一期、佐賀県）

飛行第二十九戦隊（六月六日特攻戦死）

大尉　中島三夫（特操一期、鹿児島県）

少尉　吉森　茂（少飛十一期、佐賀県）

少尉　林田敏治（少飛十五期、京都府）
草場少尉、中島少尉、吉森軍曹、林田伍長の特攻四機は、午後四時四十分に台中飛行場より出撃、午後七時十五分、沖縄沖の機動部隊に突入、と無電による報告があった。

飛行第二十戦隊（六月六日特攻戦死）
大尉　及川　真輔（幹候九期、宮城県）
少尉　東　　勉（少飛十三期、福井県）
少尉　吉川　昭孝（少飛十五期、愛知県）
少尉　遠藤昭三郎（少飛十五期、静岡県）
及川少尉、東伍長、吉川伍長、遠藤伍長の特攻四機は、独飛四十二中隊の一機に誘導（生還）され、午後五時に宜蘭飛行場より出撃、慶良間列島東側の機動部隊に突入自爆した。これが、沖縄特攻作戦における第八飛行師団の最後の特攻隊であった。

沖縄作戦において特攻隊として出撃準備中、約二十名の特攻隊員が目的を達せず戦死した。さらに、沖縄の通常作戦でも約三十名の操縦者が戦死し、台湾の航空基地においては、敵機の銃爆撃で約五十名の将兵が戦死した。

石川作戦主任参謀以下、多数の負傷者も出した。

こうして、第八飛行師団の特攻隊は、二百二十八機、二百二十八名の尊い犠牲者を出した。

沖縄作戦（特攻、一般）における戦果は、

撃沈　三十六隻
撃破｝
炎上｝三百六十八隻
合計　四百四隻
その大半は特攻攻撃による戦果であった。

将兵、涙の武装解除

激闘下の入院

「陸軍准尉田形竹尾、同准尉河野蓮美、同曹長真戸原忠志は、四月七日付をもって飛行第二十戦隊付を命ず。よって、ただちに赴任すべし」

ついに私にも来るべき命令が来た。いよいよ私も特攻隊として出撃することになるのだ。

飛行第二十戦隊は、昭和十九年十月の台湾沖航空戦直後、新任の戦隊長・村岡英夫少佐に率いられ、比島に転戦し、壮烈な特攻作戦に参加。惨憺たる戦況下において勇戦奮闘、比島の大勢が決するや、台湾防衛のために小港に満身創痍の姿で帰還した。

その後、戦力を再編成し、隼三十機で特攻隊、掩護戦闘機隊として、沖縄作戦で活躍中であった。

私たち転属者は特攻隊戦闘機隊に属した。

掩護部隊はいわゆる決死隊であったが、その大半が任務終了後に特攻隊と運命をともにして、機動部隊に突入自爆していた。

私が命令を受けた時点では、台湾東海岸の花蓮港飛行場を基地として、連日激しい戦闘に参加していた。

飛行第二十戦隊に転属して、まだ一度も出撃しないうちに私は病に倒れてしまった。ビルマでのデング熱、屏東でのマラリア熱と、長い間の熱帯地の風土病のため、私は肝臓と胃腸をすっかり悪くしてしまっていた。十九年から二十年と戦局の重大化にともなって、徹底的に治療する時間がなかったのである。

第八飛行師団軍医部長・野呂文彦軍医少佐の診断の結果、

「肝臓肥大症、胃腸衰弱により、しばらく休養を命ず」

このような診断と指示によって、北投陸軍航空病院（温泉）で静養することになった。

重大な沖縄作戦中に入院静養とは無念でならない。病気で体の自由がきかないので、これも運命とあきらめ、一日も早く作戦に参加できるようにと、はやる気持ちをおさえて療養に専念した。

当時、北投陸軍航空病院には、師団参謀の川野剛一少佐が爆弾で負傷され入院中で、久しぶりで楽しいひとときを過ごした。しかし、病気は私が感じている以上に重かった。

川野参謀、野呂軍医部長、北投病院長の三者協議の上、私は内地に転地療養を命じられることになった。

師団命令で昭和二十年四月二十八日の午前九時、師団飛行班長・江良大尉操縦、機関士・高島准尉の師団大型双発輸送機に便乗、台北の松山飛行場を離陸し、台北―上海―雁ノ巣と飛んだ。

台北を離陸して上海に向かって飛んだ。二年間住みなれた台湾、数々の思い出を持つ台湾、その第二の故郷ともいうべき台湾が次第に遠ざかり、ついに海のかなたに沈んで見えなくなった。沖縄作戦なかばで病で内地に帰るのだ。残念であり無念でならない。

思えば、仏印、タイ、ビルマ、マレー、シンガポールなど南方戦線一年、台湾二年の連続第一線勤務三年、父母妻子の待つ内地帰還となったのだ。福岡に空から第一歩を踏んでも、その喜びが実感として少しも湧いてこない。それは、病を得ての内地帰還であり、台湾で別れた戦友たちが、沖縄作戦で死闘を続けているからであった。

即日、久留米陸軍病院に入院し、徹底的な治療をすることになった。

奇しくも、教え子の中でみごと敵艦への体当たりに成功した五味少尉、大橋伍長突入の、悲しいラジオニュースを、病院のベッドの上で身を裂かれる思いで聴いた。

私は久留米陸軍病院に入院、五十日間を療養に専念した。適切な治療が効を奏して、思ったより早く健康をとりもどした。担当の西川修軍医少尉は、

「君たち操縦者は国の宝である。どうせ秋までの生命であるから、完全に全快するまであと一ヵ月は療養するように」

と愛情こめて説得された。しかし、沖縄も玉砕寸前にある。久留米陸軍病院の上空を、毎日何回かは、グラマンF6F戦闘機の大編隊がわがもの顔に乱舞する。この敵機を、戦闘機乗りの私は歯を食いしばって、

「いまに見ておれ」

と、無念の涙で見守っていた。

体力、気力も充実してきた。これなら何とか戦闘任務に耐えられると思ったので、西川軍医の厚意に感謝しながらも、直接、病院長に退院を申請した。

六月二十日、病院長の退院の許可がでた。西川軍医、看護婦さんたちに感謝しながら、五十日ぶりに白衣を軍服にかえて退院した。完全に治癒していないので、腰に帯びた軍刀を重く感じた。

「さあ、また操縦桿を握って戦えるぞ」

すがすがしい気持ちで大空を仰いだ。

健康を回復した私は、戦いの厳しさを忘れるほど心は軽かった。

ふえた白木の墓標

六月二十日夕刻、これが最後の帰省になるだろうと心に期して、福岡の生家に帰った。

ビルマで三年前に会った弟盛男も戦死して、新しい位牌が仏壇に祭ってあった。

兄寅次は鹿児島県の出水海軍航空隊に召集され、特攻隊の世話係となっていた。

弟茂は、七つボタンの予科練に入隊、海軍航空特攻要員として大分海軍航空隊に待機していた。

いとこの加藤豊次が航空士官学校第六十期生として、満州の白城子で操縦訓練を受けていた。

町の友人のほとんどが召集されていた。家には、父母、妻子のほか、義姉ちとせ、修身と妹の道子、瑳智子と、姉のリヱ、興亜らが疎開してきていた。生後十ヵ月の寛文も健康に育っていた。いわゆる出征兵士の留守宅は、老人と女子供の手で守られていた。

戦闘機乗りなので一番早く戦死する、と父母たちが覚悟していた私が、日華事変、太平洋戦争と二度出征して、まだ死なずに元気で生家に帰ってきたので、父母はじめ家族一同が心から喜んでくれた。

私は一泊しかできないので、さっそく祖父母兄弟の墓参りに、二キロほど離れた山の上にある先祖の墓に母と二人で行った。

日華事変に出征するときは、墓参りができなかった。ビルマに出征するとき、母と二人で参って以来、三年半ぶりで墓参りをした。祖父母の墓の横に、弟盛男の新しい墓標が立てられていた。線香を供え、花と水で供養して、祖父母、弟をはじめ、先祖の霊に合掌した。目をつむって合掌していると、子供のときから可愛がってくれた祖父母と、ビルマで会った盛男の顔とが脳裏に浮かんで、熱いものがこみあげ、涙があふれてきた。

町の墓地には、新しい戦死者の白木の墓標がずいぶんふえていた。母も、私も、私の戦死のことについては一言もふれなかった。

私は、何回か「今回が最後だ」と心に期して家族と別れたが、今度こそ最後であろうと、母がつくってくれた味噌汁の味を、母の味だと噛みしめて飲んだ。

六月二十一日朝、家族に見送られて、任地の岐阜の第五十一航空師団司令部に向かって出発した。

連日のマリアナからのB29の九州爆撃と沖縄からの艦載機の攻撃で、列車のダイヤは混乱していた。久留米駅から福岡―下関―大阪への急行列車は、いつ来るかわからない。久留米―大分間の九大線は正常に運転していたので、大分経由で岐阜に向かうことにした。

空襲のため大分駅で運行が停止されていた。二時間ほどの時間があったので、大分海軍航空隊を訪ねた。特攻要員として、弟茂は張り切って訓練を受けていた。一年ぶりの再会であったが、海軍二等飛行兵曹として、十七歳の少年だがびっくりするほどたくましく成長していた。

「盛男に負けないよう、がんばれよ。だが生命は大切にせよ。俺も近く特攻隊で征くだろう」

「兄さんたちに負けないようにがんばるから、安心して下さい」

ビルマで弟盛男と別れたように、おそらくこれが最後になるであろう。グッと胸に熱いものがこみあげてきたが、弟に涙を見せてはならないと微笑を浮かべた。

大分海軍航空隊で弟と別れて、大分駅で艦載機グラマンの熾烈な銃撃を受けた。駅前の広場を歩いている人が銃撃されて、二人が銃弾を受けて負傷した。

「北九州、空襲警報発令中」

「南九州、空襲警報発令中」

「四国、空襲警報発令中」

ラジオのニュースが報道している。当日は九州、四国地方に艦載機数百機が激しい攻撃を加えてきた。母の妹のミツヨ叔母（八幡保健所長・中島蔦治の妻）が迎えにきてくれた。

「叔母さん、早く田舎に疎開しないと、八幡はB29の大爆撃を受けますよ」

「そうだろうね。主人が心配だが、いずれ疎開します。竹尾さん、体を大切にね」

と、叔母はハンカチで涙をふきながら、別れの言葉を述べた。これが、子供のときから可愛がってくれた叔母との永遠の別れであった。叔母は八月上旬のB29の大撃爆のさい、直撃弾を受けて悲しい最期をとげた。

大分駅構内でグラマンに銃撃され、倒れて苦しむ二人の女性の姿が、いつまでも目に映じて消えなかった。

小倉駅発・東京行きの急行列車の二等車に乗り込み、灯火管制で暗い小倉の町をあとにして、はやる心をおさえて岐阜に向かった。

三木飛行隊

昭和二十年六月二十三日、沖縄防衛の第三十二軍司令官・牛島満中将は参謀長・長勇中将とともに、日本古武士の礼式に則って切腹された。

辞世の歌

秋をまたで枯れゆく島の青草は
　皇国の春に蘇へらなむ
矢弾つき天地染めて散るとても
　魂かへり魂かへりつつ皇国まもらむ

小禄地区の海軍の根拠地隊司令官・太田実少将も、幕僚とともに自決された。

こうして敵上陸以来、八十三日の陸海空の死闘も及ばず、沖縄は米軍に完全占領され、日本本土進攻の基地となった。

この悲報に接したとき、私は岐阜の飛行師団司令部に出頭していた。師団参謀からの、「田形准尉は三木の第六錬成飛行隊に至り、部隊長の指揮を受けよ」という命令によって、三木飛行場に向かった。三木飛行場は兵庫県三木市の郊外三キロの距離にあった。

「愛機戦闘機で最後の御奉公」と決意を胸に秘めていた私は、着任してがっかりした。第六錬成飛行隊は百式司令部偵察機を主体とした偵察隊であった。部隊の作戦任務は、本土防衛のために太平洋方面の海上哨戒が主体であった。

陸軍では、作戦目的によって機種が戦闘機、偵察機、爆撃機の三つに区分されていた。私の専門は戦闘機であったが、部隊の要望により、特別に双発大型輸送機の操縦を習得した。シンガポールで陸軍の全機種を操縦した関係で、操縦技量明細書に「単発」「双発」といくつも記録されていたので、よく見ないと専門が何かわからない。二年前、南方から台湾に転属になったときも、嘉義の爆撃隊付となった。これが二回目の間違い命令であった。

さっそく師団司令部に電話で、戦闘機隊への転属を要請した。しかし、どうしたわけか転属命令が来ない。遊んでいるわけにもいかないので、百式司令部偵察機を操縦して、三木飛行場から往復三百キロ、四国南方洋上まで、敵機動部隊と潜水艦に対する哨戒飛行の任務についた。

飛行隊は偵察三個中隊、約四十名の操縦者がいたが、中隊長以下、操縦歴の若い将校、下士官であった。

偵察隊動務が、ついに一ヵ月を超えた。中隊長に戦闘機隊への転出を強く要請した。

「田形准尉、われわれ操縦者の生命は、本土決戦の秋までだ。どこで死んでもよいではないか。戦隊も古参操縦者がいないので、田形准尉を転出させないよう部隊長にお願いしたのだ」

陸士五十四期の若い中隊長は、しんみりとした口調で話された。

「そうでしたか。未熟な私にご期待下さるのは有りがたいが、私は戦闘機乗りです。最後は戦闘機で戦い、戦闘機と運命をともにしたいのです。中隊長も同じ操縦者ですから、私の気持ちはわかっていただけると思いますが」

「田形准尉、すまなかった。中隊に残ってもらいたかったので……」

中隊長の目に涙が浮かんでいた。私もこの若い中隊長の心情は、わかり過ぎるほどわかる。お互いに、大空に死を賭けたパイロットである。涙のうちに固い握手をかわした。

中隊長の気持ちには、心の中で感謝しながら、戦闘機隊への転出はあきらめなかった。たまたま師団参謀の中佐が来隊された。私は直接、参謀に転出を相談した。

「なんだ、田形准尉は戦闘機か。古参の田形准尉は一日も早く戦闘隊に行かねばだめだ。命令を出すから転属準備をしておけ」

「はい、ありがとうございます」

こうして、やっと八月六日、佐賀県目達原《めたばる》の第十一錬成飛行隊付と発表された。出発は八月七日と指示された。

日本全土にわたって連日連夜、敵機の執拗な無差別爆撃がつづけられている。

わが陸海軍戦闘機隊は、特攻体当たり攻撃を主力として、少数機で大編隊を相手に、血みどろの戦いを展開していた。

大刀洗の牟田中隊時代に訓練を担当した、飛行第四戦隊付で、少年飛行兵五期生出身の内田実曹長が、マリアナより侵攻してきたB29の大編隊に屠龍で突入、

「われ、B29に体当たり」

と最後の無電を発し、B29とともに紅蓮の炎を残して、北九州市八幡上空で壮烈な最期を遂げた。

私がビルマ時代に所属した飛行第七十七戦隊の副戦隊長であった、明野教導飛行師団教官の広瀬吉雄少佐が、昭和十九年十二月二十二日、マリアナより関西地方を襲ったB29の大編隊に飛燕戦闘機で突入、体当たりを敢行し、B29とともに愛知県鳴海沖に自爆戦死された。陸軍戦闘機隊の至宝、空の宮本武蔵といわれた陸の親鷲《おやわし》にふさわしい、壮烈な最期であった。

さらに、陸軍少年飛行兵一期生の首席、恩賜の銀時計の栄誉に輝く、戦闘機ベテランパイロット、陸軍航空審査部パイロットの田宮勝海准尉も、この広瀬少佐と前後して、新鋭・五式戦の実戦テストを兼ねて福生《ふっさ》飛行場より出撃。名古屋市上空において、単機、B29の大編隊を攻撃したが、敵の集中砲火を浴びたのか、B29に体当たりを加えて一機を撃墜し、名古屋上空の華と散った。

彼は当時、操縦歴十一年、飛行五千時間を超える名パイロットで、入隊は私より一年後輩、操縦は私より一年先輩の、同年生まれで大分県出身の、男が惚れる九州男子であった。

大刀洗、中国、ビルマでともに戦った日々の思い出とともに、悲しみは今も消えない。

原爆四日目の広島

「八月六日、広島市にB29一機来襲、大型特殊爆弾を投下。全市火の海と化し、損害甚大なり」

ラジオのニュースは、日本人が人類初の原爆の洗礼を受けたことを報道した。

「敵を圧倒する飛行機さえあれば……」

空の責任をもつ私たちは残念無念でならなかった。

連日連夜、あいつぐ激しい空襲のために、九州行きの列車がない。八月九日まで、三木市の下宿で待機することになった。

「八月九日、ソ連がついに対日宣戦布告を発し、怒濤のごとくソ満国境を越境、満州に進入して、所在の陸軍部隊と激戦を展開中」

ラジオは、臨時ニュースとして伝えてきた。

「八月九日、長崎市に大型特殊爆弾投下。わが方の被害甚大なり。広島に投下された爆弾と同型である」

ラジオは臨時ニュースとして、かさねてこれを放送した。

原爆の第二弾は長崎に投下された。情報によれば、サイパン島にもう一発あるといわれている。

日本の運命は、まさに風前の灯である。それは誰の目にも明らかであった。私にも、いよいよ最後の時がやってきたのだ。一日も早く新任地に急がねばならない。

ソ連の対日参戦、米の原爆投下など、複雑な心境で八月九日に姫路駅で降り、急行列車に便乗、目達原への道を急いだ。空襲でダイヤが乱れ、発車したのは夕刻であった。

八月十日朝、列車はノロノロ運転で広島駅に到着した。私は真夏の焼けつくような、炎熱の太陽の光を全身に浴びながら、ホームに立って広島の町を眺めた。四日前に原爆を受けた広島市は、文字どおり全滅していた。

広島城は石垣だけになっていた。まだいたるところで、死者を火葬した残り火の煙が、何もかも消滅した廃墟から立ちのぼっていた。

第十一錬成飛行隊

爆撃の退避などで、姫路―鳥栖間を二日もついやし、佐賀県神崎郡三田川村目達原の第十一錬成飛行隊（空第五二五部隊）に到着したのは、八月十一日の十二時であった。

第十一錬成飛行隊編成（昭和二十年八月十一日）

飛行隊長　陸軍少佐　山口　栄（特志。操縦）

副　官　陸軍中尉　中森良吉

第一教育隊長　陸軍少佐　河野清助（少候。操縦）

第二教育隊長　陸軍少佐　渡辺七郎（陸航士五十三期。操縦）

整備隊長　陸軍中尉　久下惣作

将校四十九名、准士官十名、下士官百四十四名、兵五百十二名、軍属五十七名、操縦学生

（学鷲二期。少尉）五十一名、合計八百二十三名の、飛行隊としては大部隊であった。

飛行隊の任務は、特攻隊要員教育、特攻隊編成、および防空任務を使命とする戦闘機隊であった。

飛行機は飛燕約四十機、練習機若干、最新鋭の五式戦五機を保有していた。

この飛行隊は岐阜の師団で編成されて八ヵ月あまりの、歴史の新しい部隊であったが、すでに沖縄作戦において、転出した若い将校、朝倉豊少尉（故大尉）、四家稔少尉（故大尉）、上原良司少尉（故大尉）ら特操二期、そのほか学鷲合わせて三十六名の特攻隊員が出撃、機動部隊に突入し、赫々たる戦果を挙げていた。

目達原飛行場は佐賀市東方二十キロ、久留米市北西十五キロの背振山の近く、筑後平野と佐賀平野の境の小高い台地にあった。

連日、艦載機の攻撃を受けながらも、将兵は明るい表情で忙しそうに働いている。この飛行隊には懐かしい戦友が多数在隊していた。それは、予期せざる喜びであった。

飛行隊長の山口栄少佐は、大刀洗、菊池時代の中隊長であった。懐かしさとうれしさで、高鳴る胸をおさえて隊長室に入った。

「陸軍准尉田形竹尾は、八月六日付をもって第十一錬成飛行隊付を命ぜられ、ただいま着任致しました。つつしんで申告いたします」

「おお田形准尉か、待っておったぞ。よく今日まで生き残ったね。もう戦いも終わりだ。最後の命令が出るまで、体を大切にせよ」

山口飛行隊長とは、菊池で別れて三年半ぶりの再会であった。

「山口飛行隊長殿も第一線に行っておられたので、案じていました。ご無事でなによりです」

「うん、おれも悪運強くてまだ生きているよ」

温顔に微笑をたたえながら、私との再会を心から喜んでいただいた。

「田形准尉も大東亜戦争前から四年間も戦い、後輩たちが将校になっているのに、将校にもならず気の毒であった」

戦闘機操縦十年、准士官四年の、第一線操縦者最古参の私を、せめて、

「将校に進級させてやりたい」

と思われたのであろう。それに対し私は答えた。

「山口部隊長殿、私はあの夜間不時着以来、人生観が変わりました。操縦と闘病を主にして、少尉候補者の試験も受けなかったのです。将校にならずとも、誇り高き戦闘機乗りとして、また最古参准尉として、准尉の階級に誇りと自信をもって大空を飛んでいます。ご安心下さい」

陸軍航空隊の幹部候補生出身の操縦者の中で、人格識見ともに一番といわれた山口飛行隊長が、変わらぬ信頼と深い愛情をそそいで下さることは、大空に生命を賭けるパイロットの私にとって大きな感激であった。

おそらくこの部隊が、私の最後の部隊であろう。敬慕する山口飛行隊長といっしょに戦えるのは、武人の本懐であり、これ以上の喜びはない。

第一教育隊長・河野清助少佐は、大刀洗の初年兵時代に二年先輩、後輩には私が大刀洗、

菊池時代に教育した三瓶准尉など、十数名の准士官、下士官の操縦者がいた。

大刀洗陸軍航空廠・目達原分廠長の井上光次准尉は、大刀洗時代の同年兵であった。飛行隊警備の歩兵隊には、いとこの田形義男伍長、田形秀雄軍曹らが張りきって勤務していた。

私は第二教育隊付を命じられた。教育隊長は、誠実な人間性と豪快な風格を備えた渡辺七郎少佐であった。中隊付将校は闘志あふれる青年たちであった。

夜は三瓶准尉ら教え子たちが私の歓迎会を催してくれ、心温まる楽しい時を過ごした。そして、部隊から二キロ離れた三田川町の農家の下宿で、着任第一夜の眠りについた。

二日後の八月十三日、私は試験飛行で久しぶりに操縦桿を握った。だが、これが私にとっては操縦十年の最後の飛行となった。終戦の二日前、この日が少年時代からの夢であった大空との、永遠の別れとなった。

全員特攻の訓示

八月十四日午前九時、空中勤務者全員集合の非常呼集のラッパが営庭に鳴りひびいた。

さあ、何かある。操縦者全員の表情に、厳しい緊張の空気が流れた。

臨時に設けられた松林の中の飛行隊本部前に、中隊ごとに、将校、准士官、下士官の操縦者九十一名と、操縦の将校学生五十一名が、航空服に身をかため、ほおを紅潮させて二列横隊に整列した。

山口飛行隊長は航空服を着用して、右手に書類をしっかりと握り、

「山口飛行隊長殿に頭右」

各中隊長の号令で、全員の敬礼を受けられた。

「敵は沖縄を占領し、本土上陸作戦の前哨戦として、機動部隊の艦載機が、マリアナのB29が、連日、日本全土に激しい銃爆撃を加えている。機動部隊の本土に対する艦砲射撃も本格的となってきた。

ことに、敵は国際法を無視して、非戦闘員の大量虐殺を目的として、六日広島、九日長崎に原爆を投下した。ソ連も日ソ不可侵条約を破って参戦した。まさに戦局は重大である。本土防衛の責任は、われわれ航空特攻の双肩にかかっている。先に征った学鷲二期の朝倉少尉以下三十六名は、わが部隊の先陣として、勇躍、沖縄の機動部隊に突入、赫々たる戦果を挙げ自爆した。われわれは、この特攻隊に続かねばならない。

山口飛行隊長の生命も、諸官たちの生命も、長くて秋までだ。この大動乱の時代に生まれた青年として、昔の防人《さきもり》たちの精神と同じく、祖国に殉ずるのは日本男子の本懐である。今さら何も言うことはない。いつ大命が下ってもよいように、心の準備を整えておくように」

誠実重厚、陸士出身将校に劣らぬ武人の魂を持つ三十七歳の人情部隊長・山口少佐は、静かな力強い口調で、祖国を愛する私たちの魂に訴えて訓示をされた。

操縦者全員が、炎熱焼くがごとき真夏の太陽の光を浴びながら、微動だにしない。清らかに澄みきった目で、鋭い視線を山口飛行隊長に注いで、黙々として聞いている。

山口飛行隊長は、さらに言葉をついで、

「師団命令に基づき、全員、特別攻撃隊要員として別命あるまで待機を命ずる」

「爾後の行動は、後刻示す」

本土防空戦闘で連日、特攻隊がB29に体当たり攻撃を加えている。さらに沖縄特攻作戦の経過などから、特攻の風潮は常態となっていた。

「いよいよ特攻出撃近し」

空の戦友たちにとっては、特別の興奮や苦悩はなかった。比島、沖縄、本土と、私たち操縦者にとって特攻への道は、空の戦士がたどる当然の道と自覚していたからである。

比島、沖縄に出撃した特攻隊の主力は、操縦百五十時間から一千時間の、十八歳から二十四歳ぐらいの年少の将校、下士官たちであった。もちろん、特攻隊掩護と誘導は一人前のベテランパイロットを中心に編成された。特攻隊を迎撃する圧倒的な敵戦闘機隊、敵艦隊の熾烈な対空砲火などのために、その大半が任務終了後、命令されざる特攻として、自らの意志で、特攻隊のあとを追って敵機動部隊に突入、自爆した。

本土決戦は最後の戦いである。操縦者も飛行機も温存する必要はない。最大の効果をあげるために、特攻隊は古参から、飛行機も新鋭機で編成されるようになった。

第十一錬成飛行隊には戦闘機操縦者は、将校は少佐三名、中・少尉三十名、准士官六名、下士官六十二名、合計九十一名。ほかに学鷲二期の学生（少尉）五十一名が在隊していた。

陸軍少佐　河野清助（操縦十一年、三十三歳）

陸軍准尉　田形竹尾（爆縦十年、二十九歳）

陸軍少佐　山口　栄（操縦十年、三十七歳）

陸軍少佐　渡辺七郎（操縦七年、二十六歳）

私はこのように、飛行隊操縦者九十一名中二番目の古参パイロットで、それだけに責任は重かった。

准士官、下士官の中には、操縦五年から七年の、いわゆる一人前の歴戦の荒鷲が十数名いた。中・少尉はその大半が、操縦二年から三年の修業中の若い青年たちであった。

本土決戦準備のこの時点では、内地でも外地でも、五年から十年のベテランパイロットたち多数が、全軍特攻の名のもとに、特攻命令を受けて待機していた。同期生の久保了少尉も、ジャワで特攻隊長として張りきって待機していることが、風の便りで伝わってきた。

家族との生き別れ

比島、沖縄、本土と展開された特攻作戦では、操縦二年、三年の若い操縦者を中心に特攻隊が編成された。敵の日本本土上陸を迎撃する日本軍の頼みは、陸海軍の五千機の航空戦力の特攻作戦であった。

整備員の血のにじむような努力で、飛燕二十二機が爆装された。いつ出撃命令があってもよいように整備が完了した。飛行隊長・山口少佐の厚意で、操縦者の留守宅に電報が打たれた。

私の郷里は目達原の南東四十キロ、自転車で三時間の距離である。午後三時すぎ、父と妻が誕生後まもない寛文を背負って、自転車で駆けつけた。

「竹尾、特攻隊で出撃するのか」

「はい、近いうちに出撃します」

と答えた。父は涙を流すまいと我慢している。

「体を大切に、がんばって下さい」

と、妻は目にいっぱい涙をためて、

「子供と、お父さん、お母さんのことは心配いりません」

「父母、弟妹、寛文のことは頼むぞ」

このような別れのあいさつを父と妻と交わしたが、覚悟を決めている私は不思議に涙一滴出てこない。

「お母さんは来てくれないのかね」

と妻に尋ねると、名刺判の写真を一枚私に渡して、

「お母さんは、会えば別れがつらいので」

と、あとは涙で声にならなかった。

「ああ、そうか。母もいっしょに行ってくれるのか」

この母の子に生まれて、おれは幸福者だ。今日まで私を育ててくれた母の恩をしみじみ感じた。ぐっと胸に熱いものがこみあげて、やっと涙をおさえた。

「母に会いたくないか」

特攻隊員にこの言葉は禁句であったが、その意味が実感として私にもわかった。

准士官下士官集会所が家族との別れの面会所に指定されていたので、多くの肉親の家族の方が別れを惜しんでおられた。特攻隊の私たちが、死の恐怖、死の悲しみ、死の苦しみを克服して、明るい表情で家族に接しているので、ほとんどの家族の方が別れを惜しんで涙を流しておられたが、面会所の空気は明るく、温かい空気が流れていた。

私もコーヒーで、父と妻と子供と別れの乾杯をした。
「寛文に、なにか遺言はありませんか」
「特別なにも言うことはないが、父は軍人として、祖国のために誇りと喜びをもって、心身ともに健康で、たくましく死んでいったと、寛文が大きくなったら話してくれ」
　昭和二十年八月十四日辞世の歌（二十九歳）
大君の命かしこみいさぎよく
　愛機もろとも我は散り征く
散る桜残る桜も散る桜
　勇みいでたつみ仏のもと
　万葉集（沙弥満誓）
世の中を何に譬へむ朝びらき
　漕ぎいにし船の跡無きごとし
ノートを破って、鉛筆でこの心境を書いて妻に渡した。これが私の「遺言」であり「遺詠」であった。
「竹尾、しっかりやれよ」
「あなた、がんばって下さい」
「お父さん、お母さんも長生きして下さい」
「おい、両親と子供を頼むぞ」
父、妻と別れの言葉を交わした。寛文の頭をなでてやると、誕生前の幼い子供は父の運命も知らずに、ただ無心に笑っていた。

俺が戦死したら、この子の将来はどうなるだろう。ふと、そう感じたが、死んでいく私には、どうにもならない。一人前に成長するまでは、妻と父母が育ててくれるだろう。面会時間の一時間が過ぎた。

真夏の夕陽を背にうけて、父と、子供を背負った妻は、振りかえり、振りかえり、自転車で遠ざかって、ついに見えなくなった。

八月十五日

八月十四日、明日は運命の終戦を迎えるとも知らずに暮れていった。

B29爆撃機、艦載機が、今日も日本全土に猛爆を加えていることを、ラジオのニュースは伝えていた。

八月十五日、敵の艦載機は払暁攻撃によって、九州、四国、中国地方に猛威をふるっている。午前九時、ピストで煙草を吸いながら、

「出撃命令は、いつ出るだろう」

と操縦者たちと雑談していると、飛行隊本部から緊張した伝令が命令を伝えてきた。

「天皇陛下の玉音放送が正午にあります。操縦者は全員、十一時五十分までに飛行隊本部前に集合せよとの命令であります」

「なにっ、天皇陛下の玉音放送だっ」

「いったい、なんだろう」

「本土決戦に対する、一億玉砕の訓示だろう」

異例の玉音放送に、緊張と興奮で飛行隊全部が急に騒々しくなった。

いよいよ正午、全将兵が息をつめ、手に汗握る緊張の瞬間である。

天皇陛下の玉音は、ラジオの電波に乗って流れてきた。

「なに、ポツダム宣言受諾、無条件降伏……」

「なにかの間違いではないか」

ああ、特攻隊まで出して戦った祖国は、ついに戦いに敗れた。しかも、無条件降伏とは……。

最後の特別攻撃隊には、第一陣として体当たり自爆を決意しておられた山口飛行隊長は、部隊の統率者だけに、さすがに無念の涙を両眼から流しながらも、厳粛な口調で、

「無念だが、天皇陛下の聖断は下った。かしこき聖旨を奉じて、軽挙妄動をつつしみ、世界を相手に戦った皇軍の最後を立派に全うして、敗れたりといえども、正々堂々と敵の武装解除を受けねばならない。武力戦には敗れても、精神的な民族の闘魂は敗れてはならない。今後、独立を失って、日本民族は苦難の道を歩かねばならないが、われわれは特攻隊の遺志をつぎ、世界から尊敬される平和の特攻隊として、たくましく生き抜かねばならない。これが、亡き戦友の英霊に対する、生き残った者の責任である。諸官たちは長い間軍務について、ご苦労であった」

将校は歯を食いしばって、山口飛行隊長の最後の訓示をじっと聞いていた。

これで戦争は終わったのだ。明日の日本はどうなるだろう。

「部隊の全責任は、おれ一人でとる」

指揮官責任の立場で隊長は、五百十二名の兵全員と軍属五十七名を即日帰郷させた。兵と軍属は、敗戦の悲しみと無事に復員できる喜びの、複雑な表情で、それぞれの郷里に帰っていった。

炎熱の太陽のもと、汽車の屋根の上まで乗って、目達原飛行場に向かって手を振りながら去っていった。

武装解除と山口飛行隊長

翌十六日、私たちは作戦任務を解除された。

「ああ、助かった」

という喜びがわく前に、われわれの胸の中に大きな空洞ができていた。

将校と准士官と下士官の幹部のみが残った。兵舎も営庭も、急に人影がまばらとなり、敗戦の悲しみと寂しさが、ぐっと強く感じられた。

各地からデマが流れてくる。大村海軍航空隊の零戦一機が、「本土決戦に立ち上がれ」とビラを投下して飛び去った。

山口飛行隊長は残った将校以下に、

「いつ武装解除を受け、兵器、弾薬の接収が行なわれてもよいように、皇軍の名を辱めないよう、完全な整備を実施せよ」

と命令を下し、これによって将校、准士官、下士官全員が、黙々として軍隊最後の任務についた。もちろん、山口飛行隊長が先頭に立って指揮をとられた。飛行機は完全整備で、故障機は一機もない。兵器も、車両も、弾薬も、被服も、食糧も、すっかり整備され、全部の明細書も作製された。兵舎はチリ一つないよう掃除され、営庭も清掃された。黙々として任務を遂行する戦隊幹部の心境は、赤穂藩士の開城前の心と一脈通ずるものがあった。

八月二十六日、准士官、下士官百五十四名と、将校四十九名の一部が除隊となり、帰省した。最後に残ったのは山口飛行隊長以下、わずか数名の将校のみとなった。

やがて進駐してきた占領軍の米軍将校が、一個小隊を指揮して武装解除と接収に来た。敗戦の将・山口少佐と、占領軍の米軍中佐の対面は、劇的な大石蔵之助と脇坂淡路守そのままであった。

さすがにこの米軍将校は、開拓者精神の持ち主で、日本武士道を解する軍人であった。正々堂々と武装解除を受けた飛行隊長・山口少佐に、勝敗を超えて、同じ祖国を愛する軍人として最高の敬意をはらい、固い握手を交わした。

日本武士道の真髄に徹した、空の武人・山口栄少佐の面目躍如たるものがあった。これは、武装解除の中の心温まる終戦秘話である。

こうして、私の戦闘機操縦十年、飛行五千時間、出撃二百回、重軽傷三回の、血と涙と闘魂でつづった、二十歳から二十九歳までの青春を賭けた、大空の長い戦いは終わった。

あとがき

あの終戦の御詔勅から六十年、私は現在八十九歳となった。様々な人々と出会い、そして別れがあった。しかし、なんといっても戦争の中で、出会い別れていった戦友たちのことは忘れることができない。なかでも、本書で書いた部下であり戦友であった真土原忠志軍曹、特攻教官として共に短い訓練の時を過ごした、学徒の青年たち（陸軍特別操縦見習士官）四十名（二十二名、沖縄方面にて特攻死）、少年飛行兵五十名（二十一名、沖縄方面にて特攻死）のことは忘れられない。

六十年の歳月が経った今も、それぞれの顔や表情が、まざまざと目に浮かんでくる。特攻の日、ある少年飛行兵は、頰の輝くような笑顔で、涙をこらえる私に告げて言った。

「教官殿、にっこり笑って送ってやってください。後は頼みます」

すばらしいいのち、すばらしい日本人が、祖国日本のために自らの人生を捧げたのである。私が戦後、孤立した思いの中で様々な運動、著作等を続けてこられたのも、彼らのお陰である。

いや、私は孤独ではなかった。常に彼らが私の後ろで見つめ、支え、私を励ましてくれたからである。そういう役割を私に与えてくれたのである。軍人一筋だった私は、出会った良き日本人の思えば、私は良き日本人と出会えたと思う。軍人一筋だった私は、出会った良き日本人の皆さんに教えられ、導かれ、今日まで来られたような気がする。

終戦直後、どう生きればよいか分からなくなっていた自分に「良き人に会え、そこから勉強せよ」と教えてくださったのは生まれ故郷の堀川久助先生、軍人としての精神を教えていただいた松浦淳六郎陸軍中将、一晩徹夜して私の話を聞いてくれ、多くの有力者を紹介して下さった代議士の田中龍夫先生、「飛燕対グラマン」を書くにあたってご指導をいただいた作家の山岡荘八先生。山岡先生は何度も特攻の出撃を見送られた方だったが、特攻は「あまりにも崇高すぎて、私には書けない、君が一生かかっても書くべきだ」とおっしゃったのが、印象に残っている。

私の一生の願いとして、特攻映画製作がある。渡辺邦男監督は、私と共に動いていただいた方だったが、ついにそれを果たすことなく先に逝かれた。亡くなる間際、私の手を取り、「田形君、申し訳なかったね、とうとう私の手で作れなかった。あきらめるなよ、あきらめるなよ。必ずチャンスは来るから」

と繰り返しおっしゃられ、翌日亡くなられた。

それから三十年の長い歳月を経て、渡辺監督の遺言と先に逝かれた英霊の思いは、神仏の御加護と英霊に導かれ、現在、私が相談役を務めている衛星放送「日本文化チャンネル桜」（電話・〇三―六四一九―三九一一）に引き継がれている。社長の水島総氏との出会いが、そのきっかけだった。水島氏は新しいメディアを創設し、戦後日本を変えようとしている。

英霊が願い、祈り、自らのいのちを捧げた誇りと勇気と責任ある祖国日本の復興を、この衛星放送「日本文化チャンネル桜」が必ず実現してくれると、私は信じている。皆様のご理解、ご協力をお願い申し上げたい。そういう意味で、現在の日本の姿を見るとき、八十九歳になった私であるが、まだまだ忙しく、「あちらの世界」へ行く暇は、まだ当分ないなと痛感しているのである。

平成十七年九月

田形竹尾

平成七年三月「飛燕対グラマン」改題　朝日ソノラマ

NF文庫

空戦 飛燕対グラマン 新装版

二〇二〇年二月二十二日 第一刷発行

著 者 田形竹尾

発行者 皆川豪志

発行所 株式会社 潮書房光人新社

〒100-8077 東京都千代田区大手町一-七-二

電話/〇三-六二八一-九八九一(代)

印刷・製本 凸版印刷株式会社

定価はカバーに表示してあります

乱丁・落丁のものはお取りかえ致します。本文は中性紙を使用

ISBN978-4-7698-3156-3 C0195

http://www.kojinsha.co.jp

NF文庫

刊行のことば

第二次世界大戦の戦火が熄《や》んで五〇年——その間、小社は夥しい数の戦争の記録を渉猟し、発掘し、常に公正なる立場を貫いて書誌とし、大方の絶讃を博して今日に及ぶが、その源は、散華された世代への熱き思い入れであり、同時に、その記録を誌して平和の礎とし、後世に伝えんとするにある。

小社の出版物は、戦記、伝記、文学、エッセイ、写真集、その他、すでに一、〇〇〇点を越え、加えて戦後五〇年になんなんとするを契機として、「光人社NF（ノンフィクション）文庫」を創刊して、読者諸賢の熱烈要望におこたえする次第である。人生のバイブルとして、心弱きときの活性の糧《かて》として、散華の世代からの感動の肉声に、あなたもぜひ、耳を傾けて下さい。

＊潮書房光人新社が贈る勇気と感動を伝える人生のバイブル＊

NF文庫

海軍戦闘機物語
小福田晧文ほか
秘話実話体験談で織りなす海軍戦闘機隊の実像
強敵F6FやB29を迎えうって新鋭機開発に苦闘した海軍戦闘機隊。開発技術者や飛行実験部員、搭乗員たちがその実像を綴る。

戦艦対戦艦
三野正洋
海上の王者の分析とその戦いぶり
人類が生み出した最大の兵器戦艦。大海原を疾走する数万トンの鋼鉄の城の迫力と共に、各国戦艦を比較、その能力を徹底分析。

どの民族が戦争に強いのか？
三野正洋
戦争・兵器・民族の徹底解剖
各国軍隊の戦いぶりや兵器の質を詳細なデータと多彩なエピソードで分析し、隠された国や民族の特質・文化を浮き彫りにする。

三号輸送艦帰投せず
松永市郎
苛酷な任務についた知られざる優秀艦
制空権なき最前線の友軍に兵員弾薬食料などを緊急搬送する輸送艦。米軍侵攻後のフィリピン戦の実態と戦後までの活躍を紹介。

戦前日本の「戦争論」
北村賢志
「来るべき戦争」はどう論じられていたか
太平洋戦争前夜の一九三〇年代前半、多数刊行された近未来のシナリオ。軍人・軍事評論家は何を主張、国民は何を求めたのか。

幻のジェット軍用機
大内建二
新しいエンジンに賭けた試作機の航跡
誕生間もないジェットエンジンの欠陥を克服し、新しい航空機に挑んだ各国の努力と苦悩の機体六〇を紹介する。図版写真多数。